Niels Brunse
Der Meermann

Niels Brunse

Der Meermann

ROMAN

Aus dem Dänischen
von Ulrich Sonnenberg

Sammlung Luchterhand

Die Originalausgabe erschien 2005 unter dem Titel
Havmanden bei Forlaget Per Kofod, Helsingør.

1. Auflage
Deutsche Erstveröffentlichung

Satz: Greiner & Reichel, Köln
Druck und Einband: CPI – Clausen & Bosse, Leck
Printed in Germany
ISBN 978-3-630-62130-2

www.luchterhand-literaturverlag.de

Für Nila

1

Die Fischer, die mich aus dem Boot zogen, starrten mich mit kugelrunden Augen und gerunzelter Stirn an. Erst da wurde mir bewusst, wie ich aussah. Ich war vollkommen nackt; meine Körperbehaarung bestand nur noch aus Flaum und meine Finger- und Zehennägel waren zur Hälfte abgefallen. Einige Fingerspitzen bluteten. Ich fuhr mir über den Kopf. Auch dort waren lediglich Stoppel geblieben. Ich lachte – aus lauter Überraschung und überschäumender Freude, noch am Leben zu sein.

Sie lachten mit, aber wachsam. Sie waren zu dritt – zwei ältere Männer mit zerfurchten, rotfleckigen Gesichtern und einer, der höchstens ein großer Junge sein konnte, sechzehn, siebzehn Jahre alt. Der Kräftigere der Älteren öffnete den Mund und fragte mich etwas. Das Boot schaukelte. Ich verstand ihn nicht. Er wiederholte die Frage und ich begriff, dass es sich um Englisch handelte, allerdings sprach er einen Dialekt, den ich nie zuvor gehört hatte. Er wiederholte seine Frage und jetzt verstand ich ihn. Bist du ein Mensch?, wollte er wissen.

Art thou a man?

Ich sah ihn an. Seine kräftigen Hände hatten nach meinen Armen gegriffen und mich zum Vordersteven gezogen. Nun saß er ein paar Meter von mir entfernt und wagte nicht, mich noch einmal anzufassen.

»Yes, I am a man«, erwiderte ich.

Es beruhigte sie sichtlich, dass ich sprach. Derselbe Mann fragte nach meinem Namen. John, antwortete ich.

Er lächelte und deutete auf sich.

»Du hast denselben Namen wie ich«, sagte er.

Ich dankte ihnen für meine Rettung und Fischer John entgegnete etwas, das ich nicht verstand. Dann steckten sie die Köpfe zusammen und berieten sich, so vermutete ich jedenfalls, doch aufgrund meines aufgewühlten Gemütszustandes achtete ich nicht besonders darauf.

Das Glitzern der Sonne auf dem Wasser, der Geruch nach Salz und Teer, die Brise, die über die Küste strich, die Bewegungen des Boots, all das traf mich mit einer Kraft, als wären sämtliche Schleier des Gewohnten fortgerissen, als könnte ich mit jeder einzelnen Zelle meines Körpers empfinden. Ich fühlte mich ein wenig schwindelig und seltsam zerschlagen, allerdings konnte ich nirgendwo einen blauen Fleck feststellen; vor allem aber erfüllte mich eine vollkommen euphorische Freude darüber, am Leben zu sein, dieses Sonderbare überlebt zu haben, das mir gerade eben widerfahren war – oder war es schon vor einigen Stunden passiert? Ich hatte keinerlei Erinnerung, wie lange ich im Wasser gelegen hatte, ich erinnerte mich nur an den schwarzen Rumpf des Fischerbootes vor mir und an den unartikulierten Schrei, den ich ausstieß, während ich im Wasser auf der Stelle trat und mit den Armen winkte, so deutlich, wie es mir überhaupt möglich war. Und an die Erleichterung, als in dem Fischerboot zwei Riemen ausgelegt wurden und die Schläge begannen, zunächst etwas zögerlich, doch dann taktfest und zügig.

Nun saß ich auf der vordersten Ducht in Sicherheit und die Fischer im Achtersteven schienen einen Beschluss gefasst zu haben, denn sie nahmen ihre Arbeit wieder auf. Der

Jüngste kam mit einem alten Fetzen Segeltuch und forderte mich mit Gesten auf, es mir wie einen Lendenschurz umzubinden. Er wagte offenbar noch nicht, mit mir zu sprechen. Später erfuhr ich, dass er Will hieß. Der andere der beiden Älteren, der sich Jock nannte, hisste das Segel und setzte sich an die Ruderpinne, und während das Boot nach einer Backbordhalse auf die Küste zusteuerte, machten sich Will und John daran, den Tagesfang, der in zwei Weidenkörben vor dem Mast lag, von Fischabfällen und Tang zu säubern.

Ich glaube, in diesem Moment begann ich, mich über das Boot und die Männer zu wundern. Es war ein geklinkertes, breites Holzboot von ungefähr zwanzig Fuß Länge, das relativ ruhig in der See lag. Alles war aus Holz, sogar die abgenutzten Ruderdollen. Das primitive Gaffelsegel war an einigen Stellen geflickt und das gesamte Tauwerk bestand aus geteerten Hanfseilen, genau wie das Vorstag, an dem ich mich mit einer Hand festhielt. Die Männer waren barfuß, sie trugen dunkle Hosen, die ihnen bis zur Wadenmitte reichten, und bauschige schmutzige Hemden aus gebleichtem Leinen, sonst nichts. Ihr halblanges fettiges Haar und der Backenbart um Jocks Kiefer hatten etwas undefinierbar Altmodisches, auch gab es keinerlei Hinweise auf einen Motor, auf Funk oder Navigationsinstrumente. Meine Verwunderung wurde allerdings durch vier, fünf kreischende Möwen abgelenkt, die vorbeischossen, um zwischen den Resten, die die Fischer über Bord warfen, etwas Essbares zu erwischen. Beim Anblick ihrer unbeschwerten Luftakrobatik und dem weißen Schimmer ihres Gefieders in der Sonne hatte ich wieder das Gefühl, innerlich jubeln zu müssen, mich erfüllte dieses Gefühl von Freiheit auf See, das ich schon immer beim Segeln empfand.

Als wir uns der Küste näherten, stieß Jock einen Warnruf aus, ging über Stag und legte das Ruder um, doch statt unsere Fahrt zu verlangsamen, wurden wir schneller, und ich begriff, dass er das Boot auf den Strand auflaufen lassen wollte. John kam in den Bug und ich stand auf und sprang backbord hinaus, so wie er es an Steuerbord tat, und half, das Boot den Strand hinaufzuziehen. In diesem Augenblick verlor ich meinen Lendenschurz, aber es gelang mir gerade noch, ihn mit der linken Hand festzuhalten; und während ich hinter mir Will lauthals lachen hörte, schaute ich auf und begegnete dem starren und entsetzten Blick eines sechs- oder siebenjährigen Jungen, der offenbar zum Strand gekommen war, um uns zu empfangen.

»Ein Meermann! Ein Meermann!«, schrie der Junge und schoss auf einige Hütten zu, die ich ein Stück weit entfernt undeutlich erkennen konnte. Da stand ich nun am Strand, splitternackt, kahl und tropfend, und rascher, als ich geglaubt hätte, verbreitete sich das Gerücht über den Meermann.

Als ich mir den nassen Lumpen wieder auf eine einigermaßen vertrauenerweckende Weise um den Körper gebunden hatte, war der Junge bereits mit einer Frau an der Hand auf dem Weg zurück zu uns. Es war Johns Ehefrau Meg, der Junge war ihr Sohn Harry, und Will war ein Sohn von Jocks Schwager, aber all das erfuhr ich erst später. John beruhigte seine Frau, dass ich durchaus ein menschliches Wesen sei, und sie hieß mich willkommen. Wir gingen hinauf zu den Hütten, die dort standen, wo der Strand in dürren Bewuchs und kleine, flache Dünen überging. Von John erhielt ich ein Paar zerschlissene Hosen und ein fast neues Hemd. »Das ist alles, was wir haben«, erklärte Meg nüchtern, nahm ein Brot vom Tisch, hielt es an die Brust und schnitt mit einem kurzen, fast völlig heruntergeschliffenen Messer eine dicke

Scheibe ab. Dann nahm sie einen Krug Wasser aus der Tonne und reichte ihn mir, entschuldigte sich, dass sie »sich um die Fische zu kümmern hätten«, und ging mit den Männern wieder hinunter zum Strand. Ich dankte ihr, aber die Worte schienen an ihrem Rücken abzuprallen.

Ich setzte mich vor die Tür, lehnte den Rücken an die Bretterwand und aß und trank. Nie hatten mir Wasser und Brot besser geschmeckt. Die Sonne schien noch immer und ich sah, wie die drei Männer und die Frau die Fische mit raschen, routinierten Bewegungen auf einem aus Bohlen gezimmerten, vor Alter silbergrauen Tisch ausnahmen, in eine Tonne legten und Salz zwischen die Lagen streuten. Ein paar glänzende Hornfische wurden in einen kleinen Eimer mit einem Strick als Henkel geworfen und mit etwas Meerwasser begossen, dann rief Meg den Jungen, der neben dem Boot stand und immer wieder aus den Augenwinkeln zu mir hoch schielte.

»Bring die dem Pastor«, befahl sie ihm so laut, dass ich es hören konnte, »und beeil dich!« Harry lief so schnell, wie es mit dem platschenden Eimer überhaupt möglich war, und bald war er hinter einer Düne verschwunden.

Ich blieb mir selbst überlassen – und dem Befremden, das mich mehr und mehr erschreckte und sich nun nicht mehr abschütteln ließ. Gern hätte ich geglaubt, dass ich mitten in einem historischen Rollenspiel gelandet sei, einer Kostümparty oder einer Filmaufnahme, aber alles um mich herum war so durchweg altertümlich, dass ich immer fieberhafter nach dem winzigen Detail Ausschau hielt, das den Betrug enttarnen würde: ein Stück Plastik, ein Zigarettenstummel, den Kronkorken einer Cola.

Es gab nichts. Die Möbel, die ich in der Fischerhütte gesehen hatte, waren grob gezimmert und primitiv: ein Tisch mit ein paar Hockern, zwei Bettgestelle, eine Kiste für die Kleider. Die offene Feuerstelle war verrußt und das Gestell mit Haken versehen, um Töpfe über das Feuer zu hängen; auf den Regalbrettern daneben standen Töpfe und Krüge aus Ton. Sogar die Hütten, die drei, vier, die hier standen, hatte man aus Treibholz und irgendwelchen Brettern gebaut; die Hälfte einer Hütte bestand aus zwei halben ausrangierten Booten, die offenbar durchgesägt und hochkant gegeneinander gestellt waren, so dass sich die zusammengefügten Vordersteven wie eine sonderbar recycelte Kuppel zum Himmel reckten. Auf dem Meer waren lediglich ein paar Fischerboote zu sehen, keine großen Schiffe; es gab keine Kondensstreifen am Himmel und keine Hochspannungsmasten am Horizont, nur einen viereckigen Kirchturm, der in der Ferne aufragte. Und so sehr ich auch mit der größten Anspannung und Aufmerksamkeit lauschte, ich konnte nichts hören, das auch nur annähernd an den Verkehrslärm einer Straße oder an eine Eisenbahn erinnerte. Weit entfernt muhte eine Kuh, dann und wann hörte ich einen Vogelschrei und das Summen von Fliegen und Bienen – sonst nichts. Die Landschaft atmete Frieden, unheilverkündenden Frieden.

Ich ging zu den Menschen am Strand. Sie hielten mit ihrer Arbeit inne und blickten auf; die Weidenkörbe waren beinahe leer.

»Entschuldigung«, sagte ich, »aber welchen Tag haben wir heute?«

»Mittwoch«, antwortete John.

»Ja gut, und welches Datum?«, präzisierte ich.

»Datum? Den Tag im Jahr? Es muss der …« John dachte nach. »Der zwölfte Juni, möchte ich meinen.«

Ich musste schlucken. »Und welches Jahr?«

Sie schauten sich an, als wäre es unbegreiflich, dass ich so etwas fragte. Dann antwortete John: »Sechzehnhundertsiebenundvierzig.«

Ich drehte mich um und ging. Ich brachte kein Wort heraus.

Planlos lief ich am Strand auf und ab, mehrere Stunden lang. Eine innere Lähmung hatte all meine Freude verdrängt. Wenn Johns Angaben richtig waren – und ich hatte unbedingt das Gefühl, dass er die Wahrheit sagte –, dann musste ich versuchen, es zu begreifen, nur wollte es mir nicht gelingen; mein Verstand stellte sich quer und mein Herz klopfte panisch. Schließlich entschied ich mich, nach der Gegenwart wie nach dem einzig vorhandenen Strohhalm zu greifen und zum Fischerdorf zurückzugehen.

Zwei weitere Boote waren gelandet und außer Meg säuberten nun sechs Männer und zwei Frauen auf dem Bohlentisch die Fische. John und Jock hatten ihre Netze auf einem kleinen Trockenplatz hinter dem Haus aufgehängt und bearbeiteten sie mit ein paar merkwürdig krummen Werkzeugen, deren Funktion sich mir nicht erschloss. Als ich mich den Booten näherte, richteten die Fischer sich auf und Meg sagte: »Das ist er.« Ich ging davon aus, dass inzwischen alle die Geschichte meiner Rettung gehört hatten. Meg von John, und die anderen sicherlich von ihr.

Ich grüßte mit einem stummen Kopfnicken und fragte, ob ich behilflich sein könnte. Sie akzeptierten, denn es war ein heißer Tag, wie einer von ihnen sagte, und der Fisch musste eingesalzen werden, bevor er schlecht wurde. Viel mehr Worte wurden nicht gemacht. Ich empfand eine gewisse Befriedigung, als ich ein paar volle Fässer in einen Schuppen hinauftrug, in dem bereits eine Reihe von Fässern stand.

Sie waren schwer, aber ich konnte sie problemlos auf dem Rücken tragen, und die Männer warfen mir anerkennende Blicke zu.

Aus diesen Menschen, zu denen noch zwei kleine Kinder gehörten, die in den Hütten geschlafen hatten, bestand die gesamte Bevölkerung des kleinen Fleckens. Ich kann mich nicht mehr erinnern, wie die anderen hießen, aber John, Jock, Will, Meg und der sommersprossige kleine Harry haben sich unauslöschlich in meine Erinnerung eingebrannt. Sie waren die ersten Menschen, denen ich nach meinem verstörenden Sprung durch die Zeit begegnete; sie nahmen mich freundlich auf, obwohl ich mich bei ihnen in keiner Weise revanchieren konnte.

Später, als wir eine sehr einfache Mahlzeit aus gekochtem Fisch und Brot gegessen hatten, erschienen die anderen in der Hütte von John und Meg; die Luft vibrierte geradezu vor Neugierde. Die Arbeit lag hinter ihnen, nun sollte der merkwürdige Fremde erzählen.

Sie nickten, als ich berichtete, dass ich aus einem Land namens Dänemark käme. Sie kannten es gut, es lag auf der anderen Seite des Meeres. Nicht dass sie je dort gewesen wären, aber sie wussten, dass es Dänemark gab. Allmählich verstand ich ihre Aussprache immer besser. Den größten Teil der Zeit hörten sie zu, aber sie stellten auch Fragen, und ich versuchte, mich an Informationen zu halten, die sowohl für die Vergangenheit wie die Gegenwart galten – oder für die Gegenwart und die Zukunft, denn welche »Gegenwart« sollte ich wählen? Ich zermarterte mein Hirn, um ihnen nicht irgendetwas zu erzählen, mit dem ich dieses Erstaunen hervorrief, das nur ein weiterer Beweis dafür gewesen wäre, dass meine bangen Ahnungen Wirklichkeit waren. Aber als sie fragten, wie unser König heiße, musste ich mich entscheiden. Christian, sagte ich, und das war gleichsam der erste Schritt über eine gefährliche Schwelle.

Christian IV. starb 1648 – ich erinnerte mich an ein Buch, das wir neulich in unserem Programm am Samstag verwendet hatten. Er war also noch König. Im Übrigen erschien mir mein historisches Wissen als ein gähnend leeres Loch, aus dem ich keine Hilfe erwarten durfte. Hastig fuhr ich fort, von Kopenhagen zu erzählen, einer großen Stadt mit hübschen Kirchen und vielen Schiffen im Hafen. Ich berichtete von einem großen Schloss, von dem aus das Land regiert wurde, und einem schönen kleinen Schloss, das Rosenborg hieß und in einem Park lag. Sie hörten eifrig und aufmerksam zu und ich hatte das Gefühl, ich hätte ihnen erzählen können, was ich wollte; und doch waren sie in diesem Augenblick meine einzige Hoffnung und ich wollte sie nicht vor den Kopf stoßen, indem ich irgendetwas erwähnte, das sie als Hirngespinst oder Teufelswerk auffassen mussten.

Von ihnen erfuhr ich, dass ihr Fischerlager keinen eigenen Namen hatte, das ein Stück landeinwärts liegende Dorf aber Winterton hieß. Dort gäbe es eine Kirche, eine Schmiede und ein Wirtshaus. Dann fragten sie unermüdlich weiter, sie wollten wissen, wie ich hierhergekommen war, und ich erklärte, dass mein Boot plötzlich gesunken sei. Also ein Schiffbrüchiger, stellten sie mit gewichtigem Nicken fest, als ob für sie dadurch irgendetwas klarer würde. Und dann fragten sie, ob ich Frau und Kinder und Eltern hätte. Schließlich hatte mich mein mentaler Balanceakt so erschöpft, dass sich meine Zunge verknotete und ich nach den gewöhnlichsten Vokabeln suchte.

»Er ist müde«, sagte Meg umsichtig. »Lasst ihn jetzt schlafen.«

John bot mir eine der Bettstellen an, sie selbst wollten

zu dritt in dem anderen Bett schlafen, aber ich entgegnete, es wäre ein zu großer Umstand und ich würde gern draußen schlafen. Es geschah nicht nur aus Höflichkeit – in der Hütte stand die Luft, es roch nach Fisch, schweißigen Körpern und ungewaschenen Kleidern. Nach ein paar weiteren freundlichen Aufforderungen gingen sie schließlich auf mein Angebot ein und ich bekam ein Stück Persenning, in das ich mich einrollen konnte und einen Wollpullover, um ihn mir unter den Kopf zu legen.

In der Nähe der Hütte fand ich eine Mulde zwischen den Dünen, in der der Sand noch warm war. Es war längst noch nicht dunkel, aber ich schlief auf der Stelle ein – und erwachte einige Stunden später, wie ich aufgrund des schwindenden Lichts vermutete. In den Hütten war es still, der leichte Wind hatte sich völlig gelegt, und ich lag sehr lange wach, sah auf zu den Sternen, die am diesigen Himmel schwach leuchteten, und dachte darüber nach, was geschehen war.

Am frühen Montagmorgen des 6. Juni 2005 war ich bei schönem Wetter mit meiner *Fidelio* aus Skagen losgesegelt, obwohl der Wind nicht ganz günstig stand, aber ich hatte reichlich Proviant und freute mich auf meinen ersten Einhand-Törn über die Nordsee. Mein Ziel war einer der Häfen an der englischen Ostküste, Grimsby, Lowestoft, je nachdem, wie es sich mit Wind und Wetter ergab. Ich rechnete damit, dass die Überfahrt einige Tage dauern würde. Die *Fidelio* war genau das richtige Boot für solch eine Tour, eine schwere zweiundzwanzig Fuß lange Hurley mit langem Kiel und so stabil, dass ich es allein laufen lassen konnte, wenn ich schlief. Ich hatte die Einhandsegelei ein wenig trainiert und wusste, dass ich mit jeweils drei, vier Stunden leichtem Schlaf auskommen würde, um mich dann im Hafen auszuruhen. Wie einer meiner Freunde sagte, lautet die Grundregel bei tagelangem Einhandsegelns: »Setz die Segel, bind die Pinne fest, schlaf wenig und hoffe das Beste.«

Von England aus wollte ich eventuell einen Abstecher an die französische Küste unternehmen. Es sollten meine Ferien sein. Ich hatte in diesem Jahr früh Urlaub genommen und fing an, mich zu erholen, zumal die beiden ersten Etappen von Kastrup nach Mølle und weiter nach Skagen gut gelaufen waren. Und hinter Skagen gab es nur noch Meer und Himmel.

Dreihundertachtundfünfzig Jahre früher wurde ich am Mittwoch, den 12. Juni, an der Küste aufgefischt, die ich erreichen wollte – allerdings nicht auf diese Weise. Der Gedanke schien wahnsinnig. Nur war das Vorausgegangene nicht weniger wahnsinnig gewesen.

Gegen zehn Uhr abends dänischer Zeit, am zweiten Tag meiner Abreise aus Skagen, kam Land in Sicht. Schwache Lichter an der englischen Küste. Es wurde allmählich dunkel und ich wusste nicht ganz genau, wo ich war. Der Wind hatte aufgefrischt und kam jetzt mehr aus östlicher Richtung, und ich war in den letzten Stunden zügig vorangekommen und hatte genug damit zu tun gehabt, auf das Ruder und die Segel zu achten, so dass – abgesehen von den Informationen, die der Kompass mir gab – keine Zeit geblieben war, die Position zu bestimmen.

Kurz nach der Landkennung geschah es. Plötzlich öffnete sich direkt vor dem Boot im Wasser eine Art Kluft oder riesengroße Furche, die nach backbord schräg abfiel. Ihre Seitenwände wuchsen und weiteten sich zu einem Tunnel oder einem Loch – ich könnte nicht sagen, ob das Meer sich aufbäumte oder das Boot hinabstürzte, in jedem Fall aber wurde das Schiff mit einer geradezu unwiderstehlichen Kraft in diesen eigenartigen Hohlraum hineingesogen. Ich hatte das Gefühl, als stiege die Geschwindigkeit bis an die Grenze des Erträglichen, als säße ich in einem beschleunigenden Flugzeug, nur sehr viel extremer; die Gravitation des Körpers war auf eine sonderbare Weise nicht richtungsbestimmt, sondern kam wie ein Druck von allen Seiten gleichzeitig. Ich fühlte mich wie breitgetreten, das ist die beste Umschreibung, die mir dafür einfällt. Die Wände des Tunnels wogten, aber auf eine gelee- oder gummiartige Weise, es sah nicht mehr aus wie Wasser. Ich blickte nach oben – oder nach vorn oder in welche Richtung auch immer – und sah die Tunneldecke über mir wie einen glasklaren, schaukelnden Himmel; die Mastspitze zerschnitt ihn offensichtlich in einem rasenden Tempo, allerdings ohne irgendwelche Spuren zu hinterlassen. Das Licht wechselte vom Dämmerlicht in eine tiefblaue Farbe, die intensiv glühte und immer dunkler wurde, bis hin zu Indigo und weiter zu Violett, und mir schoss ein Gedanke durch den Kopf: Ist dies nun eine Halluzination oder der nahende Tod? Dann wechselte das Licht ohne Vorankündigung in ein blendendes, strahlendes Rot, danach kann ich mich an nichts mehr erinnern. Das rote Licht war ebenso erschreckend wie wunderbar lebendig, es zog mich an, nein, es verlangte nach mir mit einer Vehemenz, wie ich sie weder vorher noch später je wieder verspürt habe.

Und dann: das Gefühl von sanft schaukelndem Wasser, von Sonnenreflexen; ich trieb rücklings auf der Meeresoberfläche und bewegte aus einem tiefverwurzelten Schwimmreflex die Arme und Beine ein wenig. Ich hätte ertrunken sein müssen, aber ich lebte.

Und etwas weiter entfernt entdeckte ich ein Fischerboot.

2

Ich muss mir alles ins Gedächtnis zurückrufen. Thurloe will alles wissen. Und es taucht mit verblüffender Deutlichkeit auf, als ob es einfach in meinem Hirn gelegen und darauf gewartet hätte, hervorgeholt zu werden.

Heute ist er beinahe zwei Stunden bei mir gewesen, und er hat mir erklärt, es wäre nur der erste von vielen weiteren Besuchen – jedenfalls so lange wir brauchten, um bis ans Ende dieser Geschichte zu gelangen. Eine etwas bedrohliche Bemerkung. Er unterbricht mich nicht, er macht sich auch keine Notizen, hört aber mit intensiver Aufmerksamkeit zu; ich bin sicher, dass er sämtliche Details, die er möglicherweise verwerten kann, erfasst und sich daran erinnern wird. Außerdem ist er geradezu versessen darauf, das Ganze aus meinem eigenen Mund zu hören. Der neutrale Blick seiner Augen wechselt bisweilen in Ungläubigkeit oder blankes Unverständnis, aber er hebt nicht einmal die Augenbrauen, er bittet lediglich um eine weitere Erklärung, wenn ich meinen Satz beendet habe.

Es bereitete mir einige Schwierigkeiten, ihm zu erklären, was ich einmal gewesen bin: Programmredakteur von Danmarks Radio. Gut, dass ich nicht beim Fernsehen war, dann wäre es noch komplizierter geworden. Der Idee einer Einrichtung, die Stimmen und Musik in die Luft schickt, so dass sie im ganzen Land mithilfe kleiner Kästen gehört werden können, gab ihm eine harte Nuss zu knacken. Elektromagnetische Wellen, unsichtbare Wellen in der Luft, sagte ich zu ihm. Wellen in der Luft, wiederholte er. Das musste vorerst als Erklärung reichen, aber ich sah ihm an, dass er diese Frage denen zuordnete, die eine genauere Erläuterung erforderten. Von anderen, nicht von mir.

Sein langes hellbraunes Haar fällt über die Schultern und den schneeweißen Kragen aus steifem feinen Leinen, der seine schwarze Samttracht abschließt. Seine Hände sind gepflegt, bisweilen faltet er sie vor sich auf dem Tisch, dann wieder streckt er sie aus, die Handflächen nach unten. Sein langes markantes Kinn bewegt sich auf und ab, wenn er, beinahe ohne jede andere Mimik, spricht. Er sieht dann aus wie eine dieser Marionetten, deren Mund sich mit einem Zug an der Schnur öffnen und schließen lässt. Seine Augen sind allerdings ganz und gar nicht die einer Puppe.

Er ist mein Feind und ich erwarte morgen seinen Besuch.

3

Nach einer Nacht, in der ich abwechselnd tief schlief und aus innerer Unruhe oder vor Kälte aufwachte, wurde ich am nächsten Morgen geweckt, als mich jemand sanft an der Schulter rüttelte. Ich schlug die Augen auf und sah, wie Will sich über mich beugte. Reflexartig schaute ich auf mein linkes Handgelenk, nachdem ich mich aufgerichtet hatte, aber meine Uhr war ja nicht mehr da, sie war zusammen mit meinen übrigen Habseligkeiten verschwunden.

»Da wartet ein Mann auf dich«, sagte Will. »Vom Pastor.«

Schlaftrunken und hungrig folgte ich ihm bis zu einem schmalen Pfad, auf dem tatsächlich ein breitschultriger Mann in Grau stand und mit Pferd und Karren auf mich wartete. Das Pferd ließ den Kopf hängen, auf dem Karren lag eine dünne Lage Stroh, und der Mann gab mir wortlos ein Zeichen, dass ich mich daraufsetzen sollte. Ich tat es, und während Will mir nachsah und erst eine Hand zum Gruß hob, als ich mich schon so weit entfernt hatte, dass ich seine Gesichtszüge nicht mehr erkennen konnte, wurde ich langsam in Richtung des Kirchturms gefahren, den ich am Vortag entdeckt hatte. Der Karren war hart und unbequem und der Weg holprig; es knarrte und rumpelte, eigentlich wäre es bequemer gewesen, selbst zu gehen, aber aus irgendeinem Grund sollte ich wie eine Ladung Brennholz oder ein Sack Kartoffeln zu diesem Pastor gefahren werden. Er musste ein mächtiger Mann im Dorf sein, da offenbar alle widerspruchslos, seinen Anordnungen Folge leisteten.

Wir hielten vor einem Steinhaus, das zurückgezogen in einem Garten mit großen Büschen und Hunderten von blühenden Rosen stand. Der Pfarrhof, dachte ich, und ganz richtig: Als die Haustür aufging, öffnete der Knecht endlich seinen Mund und sagte: »Da kommt der Pastor. Er heißt Jonathan Strongworth. Vergiss das nicht.«

Ich beobachtete Pastor Strongworth, als er über die Steinplatten des Gartenweges schritt. Er hatte einen schwankenden, humpelnden Gang, der auf ein steifes oder möglicherweise verkrüppeltes Bein hinwies, und stützte sich auf einen Stock mit einer Stockzwinge, die bei jedem zweiten Schritt einen kleinen Knall auf den Steinen verursachte. Sein Gesicht war hager und unrasiert. Unter einer Art langen Weste mit vielen Knöpfen, die nur vom Hals bis zur Mitte des Bauches zugeknöpft waren, trug er lediglich ein Hemd.

Als er den Karren erreicht hatte, musterte er mich eine Weile prüfend. »Das also ist der Meermann«, stellte er mit einer überraschend klangvollen Stimme fest.

»Ich bin kein Meermann«, erwiderte ich in meinem besten Oxford-Englisch. »Ich bin ein menschliches Wesen wie Ihr und alle anderen. Mein Name ist John Vivilt und ich komme aus Kopenhagen in Dänemark.«

Seine einzige Reaktion bestand darin, mit der Hand ein kleines silbernes Kruzifix aus der Tasche zu ziehen und es mir entgegenzustrecken, als wäre es ein Messinstrument. Da ich mich weder in Schmerzen wand noch heulte oder Feuer spie, schien er hinsichtlich meiner menschlichen Beschaffenheit zufrieden zu sein.

»Glaubst du an unseren Herrn Jesus Christus?«, fragte er

und heftete seinen bohrenden Blick auf mich. Ich hielt es für das Ratsamste, alle Diskussionen und Einschränkungen zu ignorieren und ganz einfach mit Ja zu antworten.

Er nickte. »Hast du gegessen, *master* John?«, erkundigte er sich dann mit einer Anrede, aus der ich nicht klug wurde. War es höflich oder herablassend gemeint? Jedenfalls hatte ich nichts gefrühstückt, und außerdem spürte ich einigermaßen dringend, dass ich seit dem Vortag nicht auf der Toilette gewesen war. Ich bedankte mich für die Einladung zum Frühstück, erklärte aber auch auf eine etwas verklausulierte Weise, dass ich zuvor noch etwas anderes zu erledigen hätte.

»Ah, die Natur ruft«, sagte er. »Benutz den Stall.« Er deutete auf die halb geöffnete Tür eines Fachwerkgebäudes hinter dem Pfarrhaus.

Ich ging hinein. Der Stall verfügte über einige Viehboxen, aber nur das Pferd, das den Karren gezogen hatte, stand dort und wurde vom Knecht des Pfarrhofes gestriegelt. Der Bursche sah meinen suchenden Blick und zeigte stumm auf die Rinne vor den Boxen – Mistgang wird sie wohl genannt. Er entfernte sich nicht, sondern drehte mir lediglich den Rücken zu, während ich mir die Fischerhose herunterzog und mich in die Hocke setzte. Es sah aus, als wäre ich nicht der einzige Mensch, der erst kürzlich hier gehockt hatte. Hinterher wischte ich mich mit einem Büschel Stroh ab. »Wo kann ich mir die Hände waschen?«, fragte ich den Knecht, der mich verwundert ansah, so dass ich die Frage wiederholte. »In der Küche, würde ich meinen«, erwiderte er und machte eine unbestimmte Handbewegung in Richtung des Steinhauses.

In der Küche traf ich auf eine Dienstmagd, die bei meinem Anblick die Augen aufsperrte und die Hand vor den Mund hielt. Dennoch half sie mir mit einer Schüssel und einer Kanne Wasser und reichte mir ein dünnes Leinenhandtuch, als ich meine tropfenden Hände aus der Schüssel nahm. Sie musste von mir gehört haben, denn hinterher führte sie mich – mit vorsichtigem Abstand – in eine Stube, in der der Pastor und seine Frau an einem alten Eichenholztisch saßen.

An den Tisch kann ich mich sehr genau erinnern. Viele Stunden sollte ich daran sitzen, in Gesellschaft von Pastor Strongworth und seiner mageren Ehefrau Deborah, zusammen mit neugierigen Gästen des Pastors oder ganz allein mit meinen Kopierarbeiten. Es war ein schwerer, solider Tisch mit einer dicken, vom Alter gedunkelten Platte, die sich ein wenig gebogen hatte, so dass der Tisch nicht ganz eben war; er konnte gut mehrere hundert Jahre alt sein, der Stil war schwer zu bestimmen. Der Tisch wurde eine Art Ankerpunkt in meiner Zeit auf dem Pfarrhof, ein Ort, an dem ich mit einer fremden Welt konfrontiert wurde, einer fremden Gedankenwelt in all ihren unterschiedlichen Aspekten. Gleichzeitig aber auch der Ort, an dem ich etwas erhielt, um mich für das Tagwerk zu stärken, denn bereits nach dem ersten Tag wurde es zu einer festen Regel, dass ich mit am Tisch saß statt mit dem Knecht und der Magd in der Küche zu essen. Dies geschah nur, wenn der Pastor unterwegs war und Frau Deborah ihre Mahlzeiten sittsam allein einnahm.

Nach dem Tischgebet und den ersten Bissen der Mahlzeit – Grütze, Brot, Käse, gesalzene Heringe und dünnes selbstgebrautes Bier, kein Tee, wie ich anachronistisch erwartet hatte – begann der Pastor, mich auszufragen. Vor allem die Mitteilung, dass ich so gut Englisch sprach, weil ich es auf der Universität studiert hatte, interessierte ihn. Wieso unterrichtete man die Sprache eines fremden Landes auf der Universität von Kopenhagen und nicht nur Latein, Griechisch und Hebräisch? Meine Antworten wurden zunehmend unbestimmter und schließlich nahm ich meinen Mut zusammen und konfrontierte ihn mit meiner Vermutung: »Ich glaube – selbst wenn es Euch unverständlich erscheinen mag –, dass ich in der Zeit zurückgereist bin, mehr als dreihundertundfünfzig Jahre. Ich habe Dänemark im Jahr 2005 verlassen und nun schreiben wir 1647, soweit ich es verstanden habe …«

Er sah mich eine ganze Minute an, als wollte er den Gedanken begreifen oder meine mentale Gesundheit beurteilen. Dann sagte er: »Master John, man kann nicht durch die Zeit reisen. Gott hat bei der Erschaffung der Welt die Zeit eingerichtet, damit wir unsere Zeit leben und hinterher in das ewige Leben eingehen können, wenn wir es verdient haben. Die Zeit ist eine Eigenschaft, kein Land, in das man reisen und wieder zurückkommen kann. Möglicherweise wärest du beinahe ertrunken, als dein Boot unterging – und Menschen, die dem Tode nahe gewesen sind, können unter den merkwürdigsten Wahnvorstellungen leiden. Aber hab keine Angst, das gibt sich bald wieder.«

Nach diesen besänftigenden Worten aß er weiter. Und jedes Mal, wenn ich ihn in den Monaten danach mit einer sonderbaren Information über die Welt, die dereinst kommen würde, überraschte, beruhigte er mich wieder mit der gleichen felsenfesten Überzeugung, dass ich im Irrtum sei und er recht habe. Ich konnte ihn nicht einen Zoll davon abbringen.

Ebenso unwiderruflich war sein Beschluss, mich in sein Haus aufzunehmen. Die armen Fischer vom Strand könnten mich weder unterbringen noch ernähren, erklärte er, daher würde er mir ein Dach über dem Kopf, Kost und

Kleidung anbieten – unter der Bedingung, dass ich bei ihm bliebe und für ihn arbeitete, wenn es etwas zu erledigen gab.

Ich sah die Fischer vor mir – ihre zerschlissene Kleidung, ihre engen Hütten – und mir wurde klar, dass er recht hatte. Ich akzeptierte. Damit hatte ich eine Art Job und Pastor Strongworth hatte seinen Haustand um ein Kuriosum erweitert.

Allerdings hätte ich wissen müssen, dass es tatsächlich immer etwas zu tun gab. Wenn ich nicht Brennholz für die Feuerstelle in der Küche zu hacken hatte, musste ich der Dienstmagd helfen, die zwei Kühe des Pastors zu melken und zu tränken – sie molk und ich trug die Eimer hin und her –, bevor das Vieh im Sommer auf die Weide kam. Und wenn im Stall nicht nach den Tieren (und Menschen) ausgemistet werden musste, war ein Zaun oder ein Gatter zu reparieren. Hatte ich nicht der Pastorengattin behilflich zu sein, wenn sie mit einer groben Schere im Garten umherging und ihre Rosen pflegte, so gab es zumindest ein Beet, das umzugraben oder zu jäten war.

Oft war ich vollkommen erschöpft, wenn ich mich auf mein Strohlager in der hintersten Box des Stalls legte. Der Knecht und das Mädchen hatten kleine Kammern im steinernen Hauptgebäude und zunächst fühlte ich mich gedemütigt, wie ein Tier in den Stall verwiesen zu sein – aber es hatte seine Vorteile. Ich war allein, die Menschen ließen mich in Ruhe, und das Pferd schnaubte leise und stampfte mit den Hufen auf den Boden, was sehr beruhigend klang. Sogar an das Rascheln der Mäuse im Stroh gewöhnte ich mich.

Darüber hinaus gehörte es zu meinen Pflichten, mich als Sehenswürdigkeit bereitzuhalten, wenn der Pastor Gäste empfing. Meist handelte es sich um Kollegen aus den Nachbargemeinden oder Adlige, die den Feudalherrn des Dorfes besuchten. An einem der ersten Tage, nachdem ich in den Stall des Pfarrhofes gezogen war, erschien der Gutsherr persönlich. Es war das einzige Mal, dass ich Pastor Strongworth unterwürfig erlebte. Es hieß »Mylord« hier und »Mylord« da, und der Baron wandte sich mit seinem feisten, rotfleckigen Gesicht jedes Mal an den Pastor, wenn er mich etwas fragen wollte, worauf der Pastor die Frage für mich zu wiederholen hatte, als wäre es unter Mylords Würde, mit einem Geschöpf meiner Art direkt zu sprechen.

Die Besucher stellten mir die sonderbarsten Fragen und völlig schwachsinnige Aufgaben – so sollte ich zwei und zwei zusammenzählen, die Frage beantworten, wie der erste Mensch hieß, oder spitzfindige naturwissenschaftliche Probleme lösen: Woher kommt das Wasser im Meer oder was lässt den Wind wehen. Einige wollten mehr über das Land hören, aus dem ich stammte, andere wollten meine Arme oder meine Zähne prüfen. Ich wurde entweder behandelt wie ein an Land gespülter Idiot, dessen Intelligenz man als zweifelhaft anzusehen hatte, oder als eine Art Fabelwesen, das ein übernatürliches Wissen besaß. Sehr bald schon war es nicht mehr lustig – jedenfalls nicht für mich.

Es gab eine Ausnahme. Eines Tages, kaum ein paar Wochen nach meiner Ankunft, wurde ich vom Feld geholt, weil wieder einmal ein Gast eingetroffen war. An diese Begegnung erinnere ich mich noch sehr gut, denn mit diesem Gast sollte ich später mehr zu tun bekommen. Es handelte sich um einen großen kräftigen Mann mit einer starken, dominanten Ausstrahlung – Hugh Peters, ein Feldgeistlicher im Heer des Parlaments. Strongworth saß neben ihm und schien auf der Hut zu sein. Peters nahm mich ernster und war offensichtlich besser informiert als die meisten, er unterzog mich geradezu einem Verhör über Dänemark und die dänischen Verhältnisse. In jenen Wochen hatte ich mir das Gehirn zermartert, um mich an alles über Christian IV. und die Zeit danach zu erinnern; viel war mir nicht eingefallen, aber von Hugh Peters fühlte ich mich provoziert und so berichtete ich das meiste. Um einen Trumpf zu landen, erzählte ich ihm, dass König Christian nächstes Jahr sterben und sein Sohn Frederik III. ihm auf dem Thron folgen werde, außerdem würde Dänemark bald einen Krieg mit Schweden beginnen und seine dominierende Position im Norden verlieren. Und wenn Peters von einem Mann namens Corfitz Ulfeldt gehört hätte, dann sollte er wissen, dass dieser Mann sich als ein Verräter erweisen würde.

»Ulfeldt? *The Lord Senechal?*«, fragte Peters und hob die Augenbrauen. Ich konnte mich nicht mehr an Ulfeldts Titel erinnern, aber der Name war offenbar bekannt und die Information hinterließ Eindruck. Ich bestätigte es.

Peters blickte mich durchdringend an und wollte mich weiter befragen, als Pastor Strongworth sich einschaltete und erklärte, dass Master John an gewissen Wahnvorstellungen leide und sich einbilde, die Zukunft zu kennen, aber mit Gottes Hilfe würde er Master John schon wieder auf den rechten Weg bringen. Die angespannte Atmosphäre zwischen den beiden Geistlichen, die ich bereits bemerkt hatte, als ich eintrat, verschärfte sich, und nach einem weiteren Versuch und einer weiteren Einmischung von Strongworth brach Peters das Gespräch ab und verabschiedete sich kühl.

Als er fortgeritten war, packte Pastor Strongworth mich hart am Arm und fuhr mich an: »Du sollst nicht prophezeien, Master John, das kann dich das Leben kosten. Auf dem Scheiterhaufen.« Dann schickte er mich wieder hinaus aufs Feld.

Er hat ja recht, dachte ich unterwegs erschüttert. Im siebzehnten Jahrhundert wurden Hexen und Hellseher noch verbrannt.

Strongworth ehrte den Sonntag und heiligte ihn. Wenn wir am Sonntag den Besuch des Gottesdiensts hinter uns hatten, verlangte er nichts mehr von mir. Am ersten Sonntag war ich überrascht, als ich ihn und seinen Hausstand in die graue Kirche begleitete, deren mächtiger viereckiger Turm in der flachen Landschaft so weit zu sehen war. Der Innenraum der Kirche erschien mir nicht sonderlich groß, aber sie war bis zum letzten Platz gefüllt; ich hatte den Eindruck, als wäre die gesamte Gemeinde erschienen, in den Reihen erkannte ich auch meine Fischerfreunde. Nach dem Gottesdienst bemerkte ich Strongworth gegenüber, dass er ein bekannter Geistlicher sein müsse, wenn so viele Gläubige seine Kirche aufsuchten. Er erwiderte trocken, dass sie kämen, um Gottes Wort zu hören, nicht seines, und im Übrigen wäre es gesetzlich verboten, dem sonntäglichen Gottesdienst fernzubleiben.

Dass er der Worte mächtig war, erfuhr ich dennoch Sonntag für Sonntag. Wenn er auf die Kanzel humpelte und zu predigen begann, bekam seine ohnehin schon klangvolle Stimme ein noch größeres Volumen, er schmetterte die Konsonanten und ließ die tiefen Vokale in Worten wie *»alMIGHty GOD«*, *»CHRIST the LORD«*, *»deVOURing FIRE«* und *»eternally DAMNed«* zwischen den Steinwänden dröhnen. Es gab nicht eine Bibelstelle, die er nicht so interpretierte, dass sie von der Sünde aller irdischen Pracht und Herrlichkeit handelte; von der Strafe, die auf die Eitlen und diejenigen wartete, die Gottes Allgewalt über die eigene unbedeutende Macht hier auf Erden nicht anerkannten; und von der Belohnung der Seligen für ihre Demut und mäßige Lebensweise. Die Kirche war spartanisch und frei von jeglichem Bilderschmuck und die Lieder erklangen einstimmig und eintönig. Es gab nicht einmal eine Orgel.

Pastor Strongworth war Puritaner, zweifellos. Ich versuchte mich zu entsinnen, was ich in dem Semester, als ich den Kurs über Milton besuchte, über den Puritanismus gelesen hatte. Leider erinnerte ich mich am besten an einige von Miltons Versen; doch mir dämmerte, dass wir uns mitten im englischen Bürgerkrieg befinden mussten, in dem die Puritaner und das Parlament gegen den König und die Royalisten kämpften. Der König – Karl I.? – wurde hingerichtet und Cromwell übernahm die Macht als Lordprotektor, bis Karl II. sechzehnhundert und wasweißdennich zurückkehrte … Hätte ich den ganzen Stoff doch bloß besser gepaukt!

Wieder wurde mir das Absurde meiner Situation klar, während ich mich in der Dorfkirche zurechtzufinden versuchte, gestrandet in Zeit und Raum. Es gab keine andere sinnvolle Erklärung, und doch war es sinnlos und meine Einsamkeit fürchterlich. Die Männer auf den Bänken neben mir – denn die Gemeinde saß sittsam getrennt nach Männern und Frauen auf je einer Seite des Mittelganges – schauten mich verstohlen an und glaubten wahrscheinlich, mich hätten die Worten des Pastors ergriffen. Aber wenn ich die Augen zusammenkniff und nicht zu weinen versuchte, dachte ich nur an mich selbst.

Nach dem Gottesdienst aßen wir am ersten Sonntag im Pfarrhaus, und hinterher erklärte der Pastor mir, ich könne mich ausruhen oder spazieren gehen. Allerdings sollte ich am Abend wieder zurück sein, doch ein Gebet unter freiem Himmel wäre Gott ebenso genehm wie ein Gebet in der Kirche. Ich ging, aber ich betete nicht. Meine erste Wanderung führte mich zum Strand, um dem Fischer John die geliehenen Kleider zurückzugeben. Ich hatte vom Pastor zwei Hemden, ein Paar Hosen, vier Paar Strümpfe, ein Paar Schuhe und eine Art lange Jacke bekommen, alles abgenutzt, aber heil und sauber. Außerdem hatte er mir eine kleine alte Kiste gegeben, um die Kleider in meiner Box im Stall zu verwahren. Das war großzügiger, als mir zu diesem Zeitpunkt bewusst war, denn obwohl es sich um die ältesten Kleidungsstücke des Pastors handelte, hatte er seine Garderobe dadurch im Grunde halbiert. Alles war ein wenig zu klein und die Schuhe drückten – auf dem Weg zum Strand zog ich deshalb Schuhe und Strümpfe aus –, aber es war eindeutig eine Verbesserung.

Die Fischer freuten sich über unser Wiedersehen, fast hatte ich das Gefühl, nach Hause zu kommen, als ich ihre zusammengezimmerten Hütten sah. In den folgenden Monaten besuchte ich sie häufig und plauderte mit John und Meg über dieses und jenes oder erzählte dem kleinen Harry Geschichten – von den griechischen Göttern, von Hamlet und König Lear und von einer Zeit, in der die Menschen an Bord großer Schiffe gehen und bis zum Mond und den Sternen fliegen würden. Er hörte mit offenem Mund zu und auch die Erwachsenen lauschten mit gespitzten Ohren, während sie so taten, als wären sie damit beschäftigt zu nähen oder die Netze zu reinigen. Sie waren der Ansicht, dass der Ruhetag ausreichend eingehalten wäre, wenn sie nicht hinausfuhren.

Wenn es irgendwo einen Ort unter Menschen gab, an dem ich mich in diesen Monaten geborgen fühlte – ja, in all den zehn Jahren, die ich nun in meiner Zeitverschiebung zugebracht habe –, dann bei den Fischern in diesem namenlosen Weiler bei Winterton.

Die einzige Tätigkeit, die auch meinen Gedanken etwas Nahrung lieferte, waren die Kopierarbeiten, mit denen Pastor Strongworth mich beschäftigte. Irgendwann hatte er gefragt, ob ich lesen und schreiben könnte, und als ich es bejahte, hatte er mir einen Federkiel in die Hand gedrückt und mich gebeten, einen Satz zu kopieren, den er auf ein Stück Papier geschrieben hatte. Dies gelang mir problemlos, denn glücklicherweise verwendete er wie alle Engländer die leicht zu entziffernden lateinischen Buchstaben und nicht diese undurchschaubare Frakturschrift, die ich nur von den Furcht einflößenden Karteikästen der Älteren Sammlung in der Königlichen Bibliothek von Kopenhagen kannte. Ich hatte sie nie lernen müssen.

Pastor Strongworth lachte, als er bemerkte, welche Mühe ich mit etwas so Simplen wie dem Zuschneiden und Anspitzen eines Federkiels hatte, aber er half mir mit dem Federmesser. Und ich lernte auch rasch, die Feder rechtzeitig in die Tinte zu tunken und klare und deutliche Buchstaben zu schreiben. Er ließ mich bestimmte Abschnitte aus geliehenen Büchern abschreiben; nahezu alle waren in Latein verfasst und soweit ich es übersehen konnte, ging es darin um theologische Fragen. Ich verstand nicht viel von dem, was ich kopierte, und schon gar nichts von den griechischen Zitaten, die bisweilen in den Texten standen, aber ich malte die griechischen Buchstaben so sorgfältig ab, wie ich konnte, und alles war zu seiner Zufriedenheit.

Manchmal schrieb ich an dem alten Eichenholztisch bis weit in den Abend hinein – mithilfe einer Talgkerze, die mir die Magd brachte, bevor sie zu Bett ging. Ich hatte mit dem

Papier sparsam umzugehen – der Pastor zählte die Bögen, die er mir überließ – und eng, aber leserlich zu schreiben. Diese penible Aufgabe und die verschwommene Ahnung über den Inhalt der Texte, die ich mir mithilfe meiner bescheidenen Lateinkenntnisse und des üblichen Vorrats an Fremdworten verschaffte, genoss ich in einer Weise, gegen die physische Arbeit keinerlei Chance hatte.

Eines Abends saß ich daher sehr lange mit Feder und Tinte am Tisch. Als ich endlich fertig war, ordnete ich die Bögen, pustete die Kerze aus und wollte gehen – doch draußen im Korridor bemerkte ich, dass die Tür zum Studierzimmer des Pastors nur angelehnt war und ein schwacher Lichtschein aus dem Zimmer fiel. Ich dachte, ich könnte ihm die fertige Abschrift ebenso gut gleich geben, holte die Papiere und ging auf den hellen Türspalt zu.

Noch bevor ich klopfte, konnte ich in das Studierzimmer blicken. Was ich sah, ließ mich innehalten. Der Pastor und seine Frau knieten zu beiden Seiten eines Stuhles und der Schein eines Kerzenleuchters an der Wand erhellte ihre Gesichter. Ich vermutete, dass er sein versehrtes Bein unbeholfen zur Seite ausgestreckt hatte; sie stützte wie er die Ellenbogen auf den Stuhl. Beide hielten die Augen geschlossen und sein sonst so strenger Gesichtsausdruck war in sich gekehrt und wehrlos. Und ihre Miene, normalerweise scharf wie eine Axt, war nun sanft und heiter.

Sie bewegten nur stumm ihre Lippen, vielleicht sprachen sie aber auch so leise, dass ich nichts hören konnte, obwohl ich nur wenige Meter entfernt stand. Sie beteten. Von Zeit zu Zeit schlugen sie die Augen auf und sahen sich mit einer ganz leisen Andeutung eines Lächelns an – und dann begann einer von ihnen mit einem neuen Gebet und wieder schlossen sie die Augen und bewegten die Lippen synchron.

Entweder kannten sie die Worte auswendig oder diese beiden Menschen waren so eng miteinander verbunden, dass das leiseste Flüstern für ihren Einklang genügte.

Ich konnte mich nicht losreißen, lange blieb ich stehen und schaute sie an, obwohl ich das Schamlose und Verletzende durchaus spürte – als hätte ich sie beim Beischlaf überrascht. Der Anblick erfüllte mich mit einer merkwürdigen Sehnsucht und schließlich nahm ich mich zusammen, ging zurück in das dunkle Esszimmer, legte Buch und Papier auf den Tisch und schlich mich hinaus in meinen Stall.

Ich hatte sie tief versunken gesehen, in einer fremden Welt, an der ich nie Anteil haben würde, und vielleicht war es dieses Erlebnis, das mich ernsthaft den Entschluss fassen ließ, den Pfarrhof zu verlassen.

4

Thurloe ist gerade gegangen. Wieder diese Mischung aus berechtigter Furcht über seine Entscheidungen und paradoxer Freude über seine Aufmerksamkeit. Er ließ mich erzählen, was ich wollte und wie ich wollte. Heute hatte er nur zwei Fragen: Was Hugh Peters zu diesem Zeitpunkt in Norfolk machte – ich konnte nur antworten, dass ich es nicht wüsste –, und ob ich Frau und Kinder gehabt hätte, dort, wo ich herkam.

Auf die letzte Frage antwortete ich kurz. Nein, ich hatte nur eine Freundin. Er fragte nicht weiter nach. Und ich verspürte keine Lust, ihm von der Sehnsucht nach Christine zu erzählen, die in den ersten Monaten in meiner neuen Welt an mir genagt hatte und immer stärker geworden war, je eintöniger der Alltag wurde. Die Sehnsucht war auch ein Grund, warum ich fort wollte, hin zu aufregenderen Erlebnissen, die mich an etwas anderes denken ließen. Hin und wieder versuche ich noch immer mir vorzustellen, wie es ihr wohl ergangen ist? Sicher bin ich als vermisst gemeldet worden. Vermisste sie mich? Wie sehr? Trauerte sie? Biss sie die Zähne zusammen? Bekam sie den Job im Ministerium, den sie sich gewünscht hatte? Hatte sie einen Mann gefunden, der mehr war als nur ein Wochenendliebhaber wie ich? Hatte sie Kinder? Oder war sie noch immer »aus Prinzip Single«, wie sie es nannte?

Es gab Nächte, in denen ich wach lag und mich im raschelnden Stroh drehte und wälzte, weil ich es niemals erfahren würde. Es gab Nächte, in denen mich die Sehnsucht nach ihrem Körper heftig onanieren und den Samen ins Stroh spritzen ließ, wo er zu undefinierbaren Flecken eintrocknete, die zusammen mit all dem anderen organischen Mist ohnehin ausgekehrt wurden. Es gab Nächte, in denen ich von ihr träumte, aufwachte und erschrak, wenn ich mich daran erinnerte, wo ich war.

Wäre unsere Beziehung anders gewesen, hätte die Sehnsucht nach Christine möglicherweise ein starkes Seil werden können, an dem ich mich ins einundzwanzigste Jahrhundert hätte zurückhangeln können. Aber das Seil hielt nicht, es zerriss, zerfiel, zerbröselte mir unter den Händen …

Die kühle Distanz und Vorläufigkeit, die unsere Beziehung ebenso vereinfachte wie versüßte (nimm nichts als gegeben hin, nimm alles wie etwas Neues), machte sie auch zerbrechlich, das wussten wir genau. Und wenn es überhaupt eine vernünftige physische Erklärung für mein Erlebnis gäbe, hätte mein Sehnsuchtsbild von Christine selbstverständlich nichts mit der theoretischen Möglichkeit meiner Rückkehr zu tun.

Diese Möglichkeit verwarf ich nach den ersten Tagen zwischen Euphorie und totaler Verwirrung im Grunde sofort. Wieso eigentlich? Wenn ich wirklich zurück wollte, wieso glaubte ich nicht weiterhin hartnäckig an diese Möglichkeit? Gefiel es mir besser, all das, was mein Leben ausgemacht hatte, im rosaroten Schein des sicheren Abstands zu sehen? Als ich aus der Nordsee gezogen wurde, war ich fünfunddreißig. Jetzt bin ich fünfundvierzig. Ich habe es noch immer nicht herausgefunden.

Allerdings habe ich keine Lust, all dies dem Staatssekretär John Thurloe zu erzählen, dem Spionagechef von Oliver Cromwell.

Ich kann ja verstehen, dass er mir Informationen über die politischen Akteure seiner Welt entlocken will. Wie Hugh Peters. Aber er lässt mich einfach reden und tut sogar so, als interessiere er sich für meine Welt, die sich nirgendwo mit seiner deckt. Frau und Kinder, wo ich herkomme? Nur sehr wenige haben mir diese Frage gestellt. Meg fragte danach. Laetitia fragte danach. Jurij fragte, natürlich. Sonst haben die Menschen mich eher als Kuriosum betrachtet, als einen interessanten Fremden, und sich mit dem Äußeren begnügt.

Thurloe reicht das Oberflächliche nicht, er will mehr wissen. Was genau?

Ich gehe an das Fenster mit den vielen kleinen Scheiben und den Sprossen aus Blei. Der Garten ist leer. Es muss sich um die Themse handeln, die dort draußen hinter der Hecke so breit dahinfließt. Und nach dem Stand der Sonne zu urteilen, befinde ich mich am Nordufer. Näher kann ich den Ort, an dem ich mich aufhalte, nicht lokalisieren.

Wieso dauert es so lange, bis sie ein Urteil über mich fällen?

5

Meinen ersten Versuch, dem Pfarrhof zu entkommen, unternahm ich irgendwann im August. Ich erwachte sehr früh am Morgen. Kein menschliches Geräusch war zu hören, alles schlief noch, und der Himmel war gerade so hell, dass man sehen konnte, wohin man trat. Ich beschloss sehr schnell, dass jetzt der Moment gekommen sei.

Die Idee, Winterton heimlich zu verlassen, hatte mich mehrere Wochen beschäftigt. Ich war es leid, das Gefühl haben zu müssen, ausgenützt und ausgestellt zu werden, und ich war mir so gut wie sicher, dass der Pastor sich widersetzen würde, wenn ich ihm mitteilte, dass ich fort wolle. Ich war der Ansicht, dass ich hinreichend für ihn gearbeitet hatte und ihm nichts schuldete. Ich schlich in die Küche, nahm mir ein Brot, etwas kaltes Fleisch und eines von den Tüchern, die über die Milchkannen gelegt wurden. Das Essen wickelte ich in das Tuch und verknotete es zu einem Bündel. Ich besaß nichts, nicht einmal eine Tasche, um meine Sachen zu tragen, und die kleine Kiste für die Kleider war zu schwer. Der Pastor durfte die Kleider zum Wechseln gern behalten, ich hatte beschlossen, so wenig wie möglich mitzunehmen.

Dann brach ich auf.

Ich hatte nicht einmal eine klare Vorstellung davon, wohin ich wollte. London hatte ich mir gedacht, denn in einer großen Stadt gibt es mehr Möglichkeiten als auf dem Land, aber ich war mir nicht ganz sicher, welchen Weg ich einzuschlagen hatte. Also wählte ich die Richtung, die so aussah, als führte sie nach Süden, das Meer lag linker Hand. Ich hatte keine Ahnung, wie lange es dauern würde. Allerdings war mir bewusst, dass mein Vorhaben nicht ungefährlich war. Schließlich besaß ich nichts und musste mich darauf verlassen, dass sich unterwegs genügend Gelegenheiten böten, um mit anzufassen und dafür etwas zu essen und ein Obdach für die Nacht zu bekommen.

Im Laufe des Tages wurde es schwül, doch die Wolken, die sich zu einem Gewitter auftürmten, das niemals zu kommen schien, schirmten die Sonne ab, so dass ich nicht so schnell durstig wurde. Die Landschaft war flach und wechselte zwischen sumpfigen Marsch- und Moorgebieten und für Ackerbau geeigneteren Gegenden. Hin und wieder begegnete ich einem Reiter oder einem Wagen; die Leute sahen mich an, sagten aber nichts. Der Weg führte von Dorf zu Dorf und all diese Dörfer wirkten tot und verlassen, allerdings war Erntezeit und wahrscheinlich halfen die Einwohner draußen mit. Einige Male sah ich denn auch ein Stück entfernt Menschen auf den Feldern.

Im Schatten einer kleinen Steinbrücke, die über einen Wasserlauf führte, aß ich etwas von dem Fleisch und dem Brot. Weil es nichts anderes gab, trank ich von dem Wasser, durchaus mit einer gewissen Sorge, aber es schmeckte frisch und gut. Dann ging ich weiter.

Von Weitem sah ich drei Reiter auf mich zu galoppieren. Hinter ihnen wirbelte der Staub zu Wolken auf, als würden ihre Pferde Feuer speien und die Straße in Brand setzen. Ich trat an den Straßenrand, drehte den Kopf zur Seite und hielt die Hand vor Mund und Nase, als sie vorüberritten – dann hörte ich plötzlich, wie einer von ihnen mit einem Ausruf sein Pferd zum Stehen brachte und wendete, die beiden anderen taten es ihm nach. Als der Staub sich gelegt hatte, blickte ich in ein Gesicht, das ich schon einmal gesehen hatte. Es war der rotfleckige Baron, der mich im Pfarrhof in Augenschein genommen hatte.

»Was haben wir denn hier?«, rief er. »Unser guter Meermann – auf Abwegen, he?«

»Guten Morgen, Mylord«, erwiderte ich ausgesucht höflich. »Ist dies die Straße nach London?«

»Das schon, aber dort hast du nichts zu suchen«, erklärte der Baron und befahl einem seiner Diener – dass sie Diener waren, sah ich an ihrer groben Kleidung, die sich von den Goldknöpfen des Herrn und seinen fein gearbeiteten Reitstiefeln deutlich unterschied –, mich auf sein Pferd zu setzen und dorthin zu bringen, wo ich hingehörte.

Ich protestierte, aber der Baron beugte sich vor und versetzte mir einen leichten Schlag mit der Reitpeitsche. Der Diener grinste. »Hoch mit dir!«, befahl der pausbäckige Adlige.

Ich sah mich rasch um. Ich hatte keine Chance. Ich konnte ihnen nicht entkommen, weder auf der Straße noch in dem übrigen Gelände, das aussah, als gäbe es dort festen Grund. Ich schäumte vor Wut, dass der Baron mich behandelte wie Pastor Strongworths rechtmäßiges Eigentum, wie ein entlaufenes Schaf; aber ich hatte keinen Zweifel, dass die Reitpeitsche mich beim nächsten Mal härter treffen würde, wenn ich weiterhin protestierte. Irgendwie gelang es mir, das linke Bein über den Pferderücken zu bringen. Der Diener griff hinter sich und half mit einem unsanften Ruck an meinem Hemd nach, im selben Augenblick gab er seinem Pferd die Sporen und setzte seinen Galopp auf dem staubigen Weg fort.

Ich konnte nicht reiten – ich lernte es erst später – und klammerte mich mit beiden Armen an den Leib des Dieners, um nicht herunterzufallen. Ich verlor meinen Schnappsack, während die Knochen des Pferdes und mein Steißbein zusammenprallten und ich mir die Schenkel an dem steifen, hohen Sattel aufschürfte. Wo Mylord und sein anderer Domestik blieben, weiß ich nicht – aber schließlich wurde ich am Pfarrhof abgesetzt, mürbe und wund, der Diener packte meinen Arm und führte mich ins Haus. Der Pastor kam aus seinem Studierzimmer und der Bursche meldete kurz: »Wir fanden ihn auf der Straße«, grüßte und ging.

»Master John«, sagte Strongworth, als wir im Studierzimmer allein waren, »du bist hier im Haus kein Gefangener und ich kann dir nicht verbieten zu gehen. Doch ich möchte dir sehr zuraten zu bleiben. Es sind schlechte Zeiten, es wird schwer für dich werden, eine Möglichkeit zu finden, dich selbst zu ernähren. Hier hast du zumindest Nahrung und Kleidung und ein Dach über dem Kopf. Das Land ist in Aufruhr, der Krieg kann schon bald wieder aufflammen, und wenn du nicht zwangsausgehoben oder von einem Söldner, dem du im Wege stehst, getötet werden willst, dann bleib. Versteck dich hier und der Herr wird seine Hand über dich halten.«

Es hörte sich an, als würde mir die Gnade des Herrn nur dann zuteil, wenn ich auf dem Pfarrhof blieb statt mich in der Welt herumzutreiben. Ich antwortete nur kurz angebunden, als er fortfuhr, auf mich einzureden. Schließlich schickte er mich hinaus, jedoch ohne irgendein Zeichen von Zorn. Ich hatte den Eindruck, dass er mich gern behalten hätte, da ich unterhaltsam und obendrein ein billiger Sekretär war; allerdings konnte ich seinen Gesichtsausdruck nicht recht deuten.

Einige Tage später fragte ich ihn ganz direkt, ob er mir einen Empfehlungsbrief für irgendjemanden in London geben könne, dann würde ich selbst sehen, wie ich dorthin käme. Er lehnte es umgehend ab. Ich fragte warum, doch er erwiderte nur, so wäre es am besten.

Zumindest wusste ich nun, woran ich bei ihm war.

Lediglich den Fischern vom Strand konnte ich mich anvertrauen. Mittlerweile hatte ich das Gefühl, dass sie die Einzigen waren, die mich als einen Menschen und sogar als einen Freund ansahen. Ihre erste Furcht und Skepsis war völlig verschwunden, zumal mir die Haare auf meinem Kopf und am Körper wieder wuchsen. Obwohl es noch lange dauern sollte, bis ich die Langhaarfrisur vorweisen konnte, die die meisten Männer hier trugen, sah ich jedenfalls wieder mehr nach einem Mann als nach einem kahlen Fabelwesen aus. Fischer John half mir sogar jeden Sonntag bei der Rasur, denn ich besaß weder ein Rasiermesser noch hatte ich Geld, um den Schmied des Dorfes zu bezahlen, der neben seinem eigentlichen Beruf den Leuten auch Zähne zog und den Bart schabte.

Während einem meiner sonntäglichen Besuche bekannte ich, wie sehr ich es leid war, vorgezeigt zu werden, und erzählte von meiner Sehnsucht, etwas anderes zu sehen als das begrenzte Leben von Winterton. Sie hörten zu, und während John mir mit seinem sorgfältig geschliffenen Messer Wangen und Kinn rasierte und ich gezwungenermaßen still sitzen musste und den Mund zu halten hatte, hielt er einen kleinen Monolog.

»Doch, ich verstehe dich, mein Freund John. Als ich jünger war, verspürte ich auch diese Sehnsucht, ja, das tat ich. Ich wollte die Welt sehen, ich wollte Seemann werden und in ferne Länder reisen. Aber mein Vater war Fischer wie sein Vater vor ihm, und das Fischen hatte ich gelernt, Seemänner gab es genug. Und so übernahm ich sein Boot, dies da, das dort drüben steht ...«, er wies mit dem Messer auf die Hütte, die aus halben Schiffsrümpfen gezimmert war, »... später bekam dann ich mein eigenes Boot, zusammen mit Jock, das war teuer genug, aber das alte leckte und so sehr wir es auch abdichteten, es half nichts. Aber gesehnt habe ich mich, damals, als ich jung war. Doch dann heiratete ich Meg, und mein Platz war hier, nun ja, wir beklagen uns nicht. Aber du bist ganz allein und das ist auch nicht gut für einen Mann; ich verstehe dich, mein Freund John. Ich wünschte, wir könnten dir helfen.«

»Wenn ich nur ein Boot hätte«, sagte ich, als John nach der Rasur das Messer zusammenklappte. »Ich kann nicht reiten und auf der Landstraße kann mich jedermann anhalten. Aber ich kann segeln. In einem Boot würde ich schon nach London kommen.«

»Ein Boot zu finden ist nicht so leicht«, warf Will ein, der auf einer Tonne saß und dem Gespräch zugehört hatte.

»Nein, das ist nicht leicht«, bestätigte Meg.

»Und ich habe kein Geld, ich kann nicht einmal bezahlen, um mir eines zu leihen«, sagte ich. »Also was soll's.«

Wir versanken in grübelndes Schweigen.

»Erzähl mir eine Geschichte«, bettelte Harry.

Eines Abends, als wir nach dem Essen allein waren, bat ich Pastor Strongworth mir zu erklären, warum es im Land Unruhen gab und Kriegsgefahr bestand. Er ging bereitwillig darauf ein, doch mit einer derartigen Unmenge an Details, dass ich rasch den Überblick verlor und einfach nur versuchte, so viel wie möglich zu begreifen. Ich verstand, dass die Anhänger des Königs in der Defensive waren und der König selbst sich in einer Art Gefangenschaft des Parlamentsheeres befand. Außerdem hatten die Puritaner die Macht im Parlament, aber sie waren untereinander zerstritten. Und vor allem gab es ein theologisches Schisma zwischen Presbyterianern und Unabhängigen, das den Pastor sehr beschäftigte – obwohl beide Parteien die hochkirchlichen Laudianer hassten, die nach Laud benannt waren, dem erst kürzlich hingerichteten Erzbischof von Canterbury. Es folgte eine Unzahl weiterer Namen und Bezeichnungen von Gruppierungen, und allmählich begriff ich, dass das politische Leben in England zu der Zeit, in die ich geraten war, mindestens ebenso verworren erschien wie in einer modernen Demokratie. Sogar absolutistische Monarchen und mächtige Feldherren mussten vorsichtig agieren. Mir fiel auf, dass Strongworth mit keinem Wort den Namen Cromwell erwähnte, sondern von Fairfax als oberstem General des Parlamentsheeres sprach. Möglicherweise habe ich mich früher einmal besser erinnert, aber so weit habe ich seine Erklärungen noch im Gedächtnis behalten. Schließlich fragte ich ihn, welcher Fraktion der Kirche er angehöre.

»Das ist eine schwierige Frage«, antwortete er zögernd. »Die Presbyterianer sind Recht und Gesetz am nächsten, aber die Unabhängigen stehen möglicherweise Gottes Wille näher.« Er seufzte und als würde er plötzlich das Bedürfnis verspüren, sich jemandem anzuvertrauen, fügte er hinzu: »Mein Freund Hugh Peters suchte in ebendieser Sache meinen Rat, ebenso wie viele andere.«

Es wurde mir klar, dass die umfangreiche Korrespondenz des Pastors mit seinen Amtskollegen und das intensive Ausleihen von Büchern, aus denen ich zu kopieren hatte, nicht nur der Zeitvertreib eines Dorfgeistlichen war. Strongworth war offenbar eine Art Koryphäe, die in den heftigen Auseinandersetzungen innerhalb der Puritaner für Argumente sorgte. Damals verstand ich noch nicht, dass um nichts Geringeres als die Vollendung der englischen Reformation und damit um enorme soziale Konsequenzen gekämpft wurde. Auch war mir nicht ganz klar, obwohl ich gerade von Erzbischof Laud gehört hatte, dass dieser Streit um theologische Prinzipien für die Teilnehmer durchaus auf Leben oder Tod hinauslaufen konnte.

»Was hilft's?«, erklärte ich nonchalant. »In einigen Jahren sitzt Karl II. als König auf dem Thron.«

»Halt den Mund!«, brüllte Strongworth und schlug auf den Eichenholztisch, dass die Zinnteller hüpften. »Wenn ich dich noch einmal prophezeien höre, werde ich dich verprügeln!«

Ich stand wortlos auf und ging. Er rief mich nicht zurück, es war das einzige Mal, dass er mir drohte.

Hätte ich an Zeichen des Himmels geglaubt, wäre ich wohl zu der Überzeugung gelang, dass es sich bei den beiden Vorfällen, die sich Ende September dicht nacheinander ereigneten, genau darum gehandelt haben musste. Eines Tages auf dem Rückweg von der Weide, auf die ich die Kühe getrieben hatte – ich hatte es inzwischen gelernt und brauchte die Hilfe der Magd nicht mehr –, erlaubte ich mir, ein bisschen auf der Landstraße nach Norden zu wandern, einfach so, ohne die Absicht davonzulaufen. Ich war völlig allein und sah plötzlich auf der Straße ein Bündel liegen. Es erwies sich als ein schwerer Leinenbeutel, in dem es klimperte, als ich ihn aufhob. Er enthielt einige Dutzend große glänzende Kupfernägel. Ich konnte es mir nur so erklären, dass der Beutel von einem Wagen oder einem Pferd gefallen sein musste und der Eigentümer längst weit weg war. Ich nahm den Beutel an mich und legte ihn in meine kleine Kiste im Stall. Am nächsten Sonntag brachte ich ihn den Fischern mit, zunächst um sie zu fragen, ob die Nägel etwas wert wären und ich sie verkaufen könnte, um so zum ersten Mal etwas Geld in den Händen zu haben, aber auf dem Weg zum Strand wuchs in mir die Überzeugung, dass ich ihnen die Nägel eigentlich schenken müsste, als Gegenleistung für alles, was sie für mich getan hatten.

Sie freuten sich sehr über mein Geschenk und erklärten, dass sie genau solche Nägel bräuchten, um ihre Boote zu reparieren. Ihre Freude bewies, dass die Nägel ziemlich wertvoll sein mussten, wenigstens für arme Leute, und beinahe bedauerte ich, nicht um Geld dafür gebeten zu haben. Aber ein Geschenk ist ein Geschenk und schließlich hatten sie mir das Leben gerettet, also konnte ich doch nicht einen Beutel Nägel zwischen uns kommen lassen, dachte ich beschämt.

In der Woche darauf wurde das Wetter herbstlicher und eine ganze Nacht lang heulte der Wind durch die Ritzen und schiefen Luken des Stalles. Es herrschte auflandiger Wind und ich lag wach und stellte mir vor, wie es am Strand aussehen musste: Die Dunkelheit, der aufwirbelnde Sand und die weißen Schaumzähne auf dem Meer nahe den Hütten, wo man die Boote über Nacht bestimmt besonders hoch auf den Strand gezogen hatte.

Als ich am Sonntag zusammen mit dem Pastor und seinem Hausstand in die Kirche ging, sah ich John und Jock in einer kleinen Gruppe von Menschen, die vor der Tür auf jemanden warteten. Sie warteten auf mich, und als wir uns begrüßt hatten und der Pastor mit seinem Gefolge hineingegangen war, flüsterte Jock mir zu: »Wir haben am Strand ein Boot gefunden. Möglicherweise ist es deins.«

An diesem Tag hörte ich nicht richtig zu, weder den Gebeten noch der Predigt. Die ganze Zeit kreisten meine Gedanken um das Boot, um die unwahrscheinliche Möglichkeit, dass es nach mehreren Monaten wieder aufgetaucht sein sollte, um die vielversprechenden Perspektiven, die sich eröffneten, wenn es tatsächlich mein Boot sein sollte. Und nachdem ich wie gewöhnlich im Pfarrhaus gegessen hatte, konnte ich gar nicht schnell genug aufbrechen.

John und Jock begleiteten mich, wir gingen eine gute halbe Stunde am Strand in nördliche Richtung. Schon von Weitem sah ich das Boot – und wusste, dass es nicht meins war. Kein weißer Glasfieberrumpf, kein Glitzern von blankem Metall, sondern eine geteerte Holzjolle wie ihre, nur kleiner und ein wenig anders in den Linien. Das Boot lag am Strand auf der Seite und es zeigte sich, dass an einer Bordwand einige der oberen Planken zerbrochen und beschädigt waren. Das Ruder fehlte und der Mast war knapp zwei Meter über dem Mastfuß gebrochen. Vom Segel gab es keine Spur und abgesehen von ein paar ausgefransten Tauenden war auch das Rigg verschwunden.

»Das ist nicht mein Boot«, sagte ich und konnte meine Enttäuschung kaum zurückhalten.

»Jetzt ist es deins«, sagte John. »Lass es uns instand setzen, dann kannst du damit nach London segeln.«

»Aber ...«, wandte ich ein.

»Wir helfen dir«, versprach John.

Zusammen schleppten wir die Jolle in ein Versteck zwischen den Dünen und Jock verwischte die Schleifspuren mit einem großen Büschel Strandhafer, das er mit bloßen Händen ausriss; ich hätte es nicht tun können, ohne mich an den scharfen Blättern zu schneiden. In den folgenden Tagen brachte ich alle möglichen Entschuldigungen vor, um den Pfarrhof möglichst früh verlassen zu können und zum Strand zu gehen, und meine Fischerfreunde transportierten inzwischen in ihrem Boot Werkzeug, einen Eimer Teer und etwas Treibholz in das Versteck.

Tag für Tag wurde der havarierte Rumpf einem seetüchtigen Boot ähnlicher. Die beschädigte Bordwand wurde mit Brettern repariert, die eigentlich nicht zu den übrigen Planken passten, das Stück einer rot gestrichenen Tür, die passender Weise noch mit einem Scharnier versehen war, ließ sich als Ruder verwenden, und ein Riemen mit zerbrochenem Ruderblatt wurde abgesägt und zum Mastbaum ernannt. John hatte ein kleines dreieckiges Segel aus dem Stück Persenning genäht, unter dem ich in der ersten Nacht geschlafen hatte. Als schwierigstes Problem erwies sich der Mast. Will, der uns in den letzten Tagen geholfen hatte, stieg auf eine der flachen Dünen und hielt Ausschau.

»Lasst uns einen Baum fällen«, schlug er vor, als er zurückkam. Er hatte weit entfernt in der einsamen Landschaft eine Stelle gefunden, an der einige junge Pappeln standen, wahrscheinlich am Rand eines Wasserlaufs.

»Frisches Holz? Du musst verrückt sein«, sagte Jock.

»Was anderes haben wir nicht«, erwiderte Will.

Sie sahen mich an und ich nickte. Es kostete uns einige Stunden, um dorthin zu gelangen, den geradesten der schlanken Bäume zu fällen, ihn zu entrinden und zuzusägen – und ihn dann durch das sumpfige Gelände zurückzutragen, praktisch von einem kleinen Erdhügel zum nächsten. Doch als es dämmerte, stand der Mast, weiß, neu und sachkundig im Kielschwein verzapft. Jock umfasste ihn mit beiden Händen und versuchte ihn zu verdrehen. Er bewegte sich nicht.

»Das Rigg wird ihn schon halten«, meinte er.

Am nächsten Tag wurde das Boot getakelt – mit Vor- und Achterstag und Wanten an jeder Seite, alles aus zusammengebundenen alten Tauresten, die nicht einmal die gleiche Stärke hatten. Das Fall für das Segel bestand aus einem dünnen Hanfgarn, das doppelt geführt wurde. Das Boot war fertig. Der Anblick hätte jeden anständigen Bootsbauer zum Weinen gebracht – doch mein Herz klopfte vor Erwartung.

»Lassen wir es zu Wasser«, schlug John vor und zu viert schleppten wir das Boot hinaus, bis es genügend Wasser unter dem Kiel hatte. Es schwamm! Die Fischer brachten das Werkzeug an Bord ihres eigenen Bootes und wollten aufbrechen – doch Jock überlegte es sich anders. »Es ist besser, ich segele mit dir«, sagte er.

Wir legten ab. Ich saß wieder an der Ruderpinne eines Schiffes! Der Wind kam aus Südwest, so dass beide Boote kreuzen mussten, und ich stellte schon bald fest, dass wir nicht gerade ein Rennboot für mich gebaut hatten. Doch mit dem kleinen Segel ließ sich leicht manövrieren und der Pappelmast krümmte sich so graziös wie der Mast einer modernen Regattajolle, so dass das Boot sich beinahe selbst trimmte. Jock bemerkte es ebenfalls und schaute sich kopfschüttelnd und lachend den Mast an. Im Übrigen achtete er auf eventuelle Lecks; an vier, fünf Stellen sickerte Wasser ins Boot, aber nicht wirklich bedrohlich. Jock holte ein Büschel gerupftes Tauwerk aus der Tasche und stopfte es mit seinem Messer locker in die Ritzen.

»Ich bringe das morgen noch in Ordnung«, sagte er.

Einige Zeit nach John und Will erreichten wir das Fischerlager. Mein kleines Boot wurde neben die anderen gezogen und ich machte mich eilig auf den Weg zurück zum Pfarrhof. Ich musste die Kleiderkiste mitnehmen, wenn ich aufbrach, ich hatte eingesehen, dass ich alles benötigen würde, was überhaupt von irgendeinem Wert war. Außerdem brauchte ich Tageslicht und einigermaßen vernünftigen Wind.

Es war bereits dunkel, als ich zurückkam, doch im Studierzimmer des Pastors brannte noch Licht. Ich schlich in den Stall und tastete mich vor, aber er musste mich kommen gehört haben, denn kurz darauf stand er mit einem Kerzenhalter in der Hand in der Stalltür.

»Master John!«, rief er.

Ich ging zu ihm, bereits halb ausgezogen, nur in meiner Hose und mit nackten Füßen.

»Ich muss morgen nach Norwich und werde erst übermorgen zurück sein«, sagte er. »Auf dem Tisch liegen drei Bücher mit Lesezeichen, außerdem habe ich Papier und Feder bereitgelegt. Schreib wie gewöhnlich die Stellen für mich ab.«

»Ja, natürlich.«

Er senkte das Licht. »Was hast du denn da auf deiner Hose? Teer?«

»Ich habe den Fischern geholfen«, erklärte ich.

Er hob die Kerze wieder, so dass er mir in die Augen sehen konnte – und ich in seine. Ich hatte das Gefühl, als würde ich eine ferne Trauer in seinem Blick aufkeimen sehen. Ich weiß es nicht, vielleicht war es auch nur die ungewohnte Beleuchtung.

»God speed thee«, wünschte er.

Ein zweideutiger Ausdruck. Viel Glück – oder gute Reise. Er schien zu ahnen, was ich vorhatte.

In der Tür wandte er sich um.

»Gute Nacht, Master John.«

Ich wünschte ihm ebenfalls eine gute Nacht und er schloss die Tür. Die Dunkelheit des Stalles umfing mich.

6

Ich kann den Wachwechsel draußen vor der Tür hören. Die schweren Schritte, die kurzen, leisen Befehle. Die Stimmen tauschen Informationen in einem nicht ganz so kommandoartigen Ton aus. Tag und Nacht steht ein Soldat dort draußen – natürlich nicht, um mich zu beschützen, sondern um aufzupassen, dass ich nicht flüchte. Bestimmt gibt es auch noch einen Posten am Haupteingang, und unten im Garten habe ich hin und wieder einen Dragoner mit Rock und einem breitkrempigen Hut auf und ab gehen sehen; allerdings gibt es auch längere Zeiten, in denen offensichtlich niemand da ist. Es wäre nicht unmöglich, das Fenster mit einem Stuhl einzuschlagen, aus dem ersten Stock zu springen und sich einen Weg durch die Hecke zu bahnen.

Die Wahrheit ist allerdings, dass ich einfach nicht in der Lage bin zu fliehen. Mein Schicksal liegt in anderen Händen und dort soll es liegen bleiben. Ich schaffe es nicht, mich zu verstecken, Angst zu haben, unruhig zu schlafen, mich im Verborgenen aufzuhalten und ständig die Orte zu wechseln, bevor jemand entdeckt, wer ich bin. Die einzige Hoffnung wäre, an Bord eines ausländischen Schiffes zu kommen und England zu verlassen, aber ich habe nicht einen Penny bei mir, was die Sache nicht einfacher macht. Ich ertrage den Gedanken nicht.

Heute Nacht träumte ich, dass ich im Hafen ein Schiff mit dem Danebrog am Achtersteven fand. Es sah aus wie die Fregatte im Tivoli. Glücklich lief ich die Gangway hinauf und sagte zu den Matrosen: »Nehmt mich mit nach Hause, nach Dänemark!« Doch sie sahen mich misstrauisch an und der Kapitän – er trug eine moderne Tarnuniform mit goldbestickter Baseballkappe – kam von der Brücke und richtete seine Pistole auf mich. »Förrädare! Spion!«, zischte er und die Matrosen riefen Ähnliches. Zu meinem Entsetzen erkannte ich, dass sie alle Schwedisch sprachen. Dann wachte ich auf.

Thurloe blieb heute nicht so lange, er schien in Eile zu sein. Dennoch fragte er diesmal detailliert nach den Büchern, aus denen ich für Pastor Strongworth Abschriften anfertigen musste. Die Autoren, Titel, Themen … Leider waren mir die meisten entfallen, ich hatte mich ja darauf konzentriert, korrekt abzuschreiben, aber ich versicherte ihm, dass es sich ausschließlich um theologische Themen gehandelt hätte. Er setzte mich unter Druck, ich sollte versuchen, mich an Namen zu erinnern, und mir fiel ein Name ein, weil Strongworth ungewöhnlich viel von diesem Autor kopiert haben wollte: Jacobus Arminius. Thurloe reagierte mit einem Achselzucken und der Bemerkung: »Nicht überraschend.« Dann ließ er es gut sein und fiel zurück in seine sphinxartige, geduldig zuhörende Rolle.

Ich habe keine Ahnung, worum es in Arminius' Schriften geht, aber als ich mich an den Namen erinnerte, konnte ich mich auch daran entsinnen, dass der braune Ledereinband des dicken Buches speckig war und ein wenig nach Pferd roch. Und dass die Pastorin sich am Vormittag des Tages, an dem ich mit dem Buch begann, an einem Rosenstrauch die Hand blutig gerissen hatte. Die merkwürdigs-

ten Dinge tauchen auf, wenn ich die Erinnerungen heraufbeschwöre.

Das ist die einzige Aufgabe, die ich im Augenblick zu bewältigen vermag. Mich zu erinnern.

7

Im Morgengrauen hörte ich, wie der Knecht das Pferd vor die kleine zweirädrige Kutsche des Pastors spannte, und ich hörte die Stimme des Pastors, als er aus dem Haus kam und auf den Bock stieg. Dann klapperten die Räder über die Steine des Hofplatzes, knirschten im Kies der Einfahrt und rollten über die Dorfstraße davon. Zwei Tage wollte er in Norwich bleiben, zwei Tage, an denen es auf dem Pfarrhof eine Person weniger gab, die mich im Auge behalten konnte. Ich streckte mich und stand auf.

Von meinem Schreibplatz am Tisch konnte ich verfolgen, was im Haus vor sich ging. Als ich eine Seite geschrieben hatte, kam Frau Deborah ins Zimmer, holte ein Buch und einen Brief und bat den Knecht, beides zum Pastor der Nachbargemeinde zu bringen. Ich ließ mir nichts anmerken, ermittelte aber auf meiner inneren Skala, dass er dazu mindestens einige Stunden brauchen würde, da der Pastor das Pferd hatte und der Knecht zu Fuß gehen musste.

Als ich gut drei Seiten geschrieben hatte, fingen die Pastorin und die Magd in der Küche an, Brot zu backen. Es handelte sich um ein größeres Unterfangen, denn es galt, mehrere Kilo Teig zu kneten und den Backofen anzufeuern, sie würden also fürs Erste ausreichend zu tun haben. Beinahe gleichzeitig brach die Sonne hinter den Wolken hervor und schien durchs Fenster, direkt auf meine Schreibhand.

Ich beendete den Satz, machte einen Punkt, nahm einen neuen Bogen und schrieb:

Lieber Pastor Strongworth. Ich danke Euch für Eure Freundlichkeit und Gastfreundschaft, aber ich kann nicht länger bleiben. Nun muss ich mein Schicksal in die eigenen Hände nehmen. John Vivilt

Ich setzte einen Strich unter meinen Namen, einen dicken, schwarzen Schlussstrich, denn ich wusste, dass ich diesen Namen zum letzten Mal benutzte. In London würde ich mich anders nennen. Ich wollte nicht noch einmal aufgespürt und hierher zurückgebracht werden.

Den kurzen Brief legte ich unter den Stapel der beschriebenen Bögen, klappte das Buch zu, verkorkte das Tintenfass und schlich mich aus der Haustür. Ich ging ums Haus herum, damit ich nicht am Küchenfenster vorbei musste. Kurz darauf trat ich mit meiner kleinen Kiste unter dem Arm durch eine Hintertür in den Pfarrgarten und lief die Hecke an dem kümmerlichen Feld des Nachbarn entlang, hinunter zum Fischerlager.

Die Männer waren auf See, aber Meg und Harry empfingen mich. »Ist es an der Zeit?«, fragte Meg. »Ja«, antwortete ich, »so schnell wie möglich.«

Sie gab mir etwas gesalzenen Fisch, reichte mir einen Tonkrug mit Trinkwasser und erklärte mir, dass er einem der anderen Fischer gehöre. Seinen Namen habe ich vergessen. Sehr ernst verabschiedeten wir uns voneinander und Harry klammerte sich einen langen Augenblick an mein Bein, aber auch er verstand, dass es jetzt darum ging, rasch zu handeln. Er fasste mit an, als wir mein kleines Boot ins Wasser schoben.

Der Wind stand nicht sonderlich günstig, aber es gelang mir, mit ein paar unbeholfenen Manövern abzulegen, dann nahm ich Fahrt auf. Weit entfernt sah ich ein Boot mit geborgenen Segeln und drei Männern an Bord – sie konnten mich zweifellos an meiner wunderlichen Takelage erkennen. Alle drei winkten mit ausladenden Armbewegungen, es mussten meine Freunde sein; der Mittlere von ihnen – der Statur nach zu urteilen, John – setzte die Hände vor den Mund und schrie irgendetwas, aber der Wind riss die Worte mit sich und ich hörte nichts als einen lang gezogenen Uuu-Laut. Der Sinn jedoch war nicht misszuverstehen: Viel Glück. Ich winkte zurück, musste mich aber gleich darauf wieder um Schot und Ruder kümmern.

Es war ein zähes Unterfangen, in dem unsteten Wind voranzukommen. Ich hatte keine Karte und steuerte mehr oder weniger von Küstenvorsprung zu Küstenvorsprung. Früher oder später musste die Themsemündung auftauchen, aber ich hatte nicht einmal eine klare Vorstellung davon, wie ich sie erkennen sollte. Ich segelte durch einen Regenschauer, der meine Kleider durchnässte und heftige Böen mit sich brachte, so dass ich die ganze Zeit höchst konzentriert agieren musste. Doch durch das kleine Segel und den niedrigen Mast konnte das Boot glücklicherweise nicht so leicht kentern und ich musste mich nicht einmal hinauslehnen, um es gerade zu halten. Nach dem Regen flaute der Wind etwas ab. Ich nutzte die Gelegenheit, zog mir das nasse Zeug vom Oberkörper und wechselte es mit dem trockenen Hemd aus der Kiste; dadurch wurde mir wieder warm.

Bei Einbruch der Dunkelheit hatte ich noch immer nichts gesehen, das auch nur im Geringsten an die Themse erinnerte. Ich segelte aufs Land zu und fand eine Stelle im Windschatten einer Landzunge. Dort zog ich das Boot ein

Stück ans Ufer und aß zu Abend. Gesalzener roher Fisch und Wasser sind eine harte Kost, aber ich hatte Hunger und hätte auch einen Schuh verspeisen können. Dann legte ich mich ins Boot, um zu schlafen. Sollte es im Laufe der Nacht ins Wasser rutschen und abtreiben, wollte ich zumindest an Bord sein.

Ich erwachte bei Sonnenschein und einem lebhaften Nordwestwind. Nun ließ es sich problemlos segeln und kurz nach Mittag bot sich ein Anblick, der mir die Nähe des Flusses verriet, dass kein langer Weg mehr vor mir lag: Vier, fünf große Handelsschiffe, die dicht hintereinander vor Anker lagen und offensichtlich auf Hochwasser warteten. Es musste die Themsemündung sein, die sich hier öffnete.

Während ich näher kam, begannen die Schiffe Segel zu setzen, und schon bald schaukelten sie in Richtung Land davon. Der Wind und die Tide waren eindeutig mit ihnen und ich begleitete sie durch eine weite Bucht, die sich rasch verengte und mehr und mehr von größeren und kleineren Schiffen, Jollen mit Sprietsegeln und vereinzelten Schaluppen befahren wurde, die sechs oder acht Männer ruderten. Geräusche von knallendem Segeltuch und knarrendem Tau vermischten sich mit dem Glucksen und Rauschen des Wassers und den Kommandorufen der Bootsmänner; die Schiffe glitten vorüber wie große Seevögel mit ausgespannten Schwingen. Es war ein phantastischer Anblick, aber ich hatte keine Zeit, ihn zu genießen.

Der Wind hatte noch mehr auf Nord gedreht und die Schiffe und Jollen machten gute Fahrt. Ich hielt mich, so nah ich konnte, am Ufer zu meiner rechten Seite, um manövrierfähigeren Booten nicht in die Quere zu kommen. Und dann passierte es. Mit einem splitternden Geräusch kam mein Boot ruckartig zum Stehen und ich starrte auf das spitze

Ende eines schräg abgebrochenen Pfahls, der sich direkt unter der Wasseroberfläche verborgen hatte und nun eine morsche Stelle am Bootsboden durchbohrte – Flusswasser drang durch das Loch. Durch den Wind und die Strömung begann mein Boot zu schwojen und die Drehbewegung ließ das Leck nur noch größer werden. Ich hatte keine Wahl, ich musste über Bord springen. Das Wasser war brackig und undurchsichtig. Ich hielt meine kleine Kiste über den Kopf und sprang aufs Geratewohl hinein. Glücklicherweise fand ich Grund unter den Füßen. Bis zu den Achseln stand ich im Wasser und die Strömung riss mich beinahe um, doch nach ein paar zappelnden Schritten kam ich dem Ufer näher.

Bald stand ich am sicheren Ufer, durchnässt und schlammiggrau, und sah zu, wie mein kleines Boot langsam kenterte und sank. Aber so aufgespießt wie es war, konnte es weder ganz untergehen noch abgetrieben werden, die Segel flatterten wirr im Wind. Ich war drauf und dran, mich noch einmal ins Wasser zu werfen, um sie zu bergen, sah aber ein, dass es sinnlos war. Stattdessen fiel mir ein, dass ich das Boot nie getauft hatte – und im Stillen gab ich ihm den Namen *Spatz*. Obschon kein richtiger Seevogel, war er doch tapfer geflogen und hatte mich beinahe bis London gebracht.

Das war das zweite Mal, dass ich ein Boot verlor. Nur gab es diesmal niemanden, der mich rettete; ich musste selbst zu der staubigen Straße finden und mit durchweichten, schmatzenden Schuhen in Richtung Stadt gehen, die ich nur als gelblichbraunen Dunst am Horizont ahnte – es war der Rauch der vielen Schornsteine. Die Sonne schien, aber sie hatte nicht die Kraft, um das nasse Zeug an meinem Körper zu trocknen, und die Schatten waren bereits lang geworden, als ich an einem Fachwerkhaus vorbeikam. Es war ein Haus mit zwei Stockwerken, in der Mitte gab es eine Toröffnung und über der Eingangstür hing ein Schild an einer Stange. Das Schild stellte einen Elefanten dar, eindeutig von jemandem gemalt, der ein derartiges Tier noch nie gesehen hatte. Ich vermutete, dass es sich um ein Wirtshaus handelte.

Ich blieb stehen und dachte: Warum soll ich es nicht versuchen? Ich war müde und hungrig, und die Kälte der klammen Kleider zog mir in die Knochen. Der Gedanke an eine weitere Nacht im Freien war unerträglich. Ich trat unter dem Elefantenschild ein und wurde von einem feisten Mann in einer schmutzigen Leinenschütze empfangen. Er sah ebenso unwirsch wie zuvorkommend aus und ich war ziemlich sicher, dass es sich um den Wirt handeln musste.

»Kann ich hier meine Kleider trocknen?«, war das Erste, was ich sagte.

Er musterte mein nicht sonderlich vertrauenerweckendes Äußeres und fragte: »Hast du Geld?«

»Mein Boot ist auf dem Fluss gesunken«, erwiderte ich. »Ich habe nur das hier.« Und stellte die Kiste auf einen Tisch.

Er öffnete sie und nahm die Sachen heraus. Die Strümpfe gab er mir sofort zurück, aber das Hemd interessierte ihn. Er befühlte den Stoff und suchte ihn nach abgenutzten Stellen ab; es störte ihn offenbar nicht, das es nach dem Regenguss auf dem Meer noch immer feucht war. Die Kiste wurde von allen Seiten begutachtet.

»Dafür kannst du heut Nacht ein Bett bekommen, Holz für den Kamin sowie Brot und Käse«, erklärte er und klopfte mit einem Finger auf die Kiste. »Und für das Hemd zehn Pence.«

Wahrscheinlich war es viel zu wenig, aber ich schlug ein. Später sollte ich mich noch oft genug mit Brot und Käse begnügen müssen, aber dort in der Wirtsstube schmeckte es zusammen mit einem großen Krug kühlen Wassers, das der Wirt gnädigerweise nicht berechnete, großartig.

Auch am Kaminfeuer der Kammer, die man mir anwies, war nichts auszusetzen. Als ich meine Mahlzeit beendet hatte, war bereits jemand dort gewesen und hatte angefeuert. Mir stand die Kammer zunächst allein zur Verfügung, obwohl sich drei Betten darin befanden; ich hängte meine noch immer klammen Sachen über ein paar Stuhllehnen vor das Feuer und kroch nackt zwischen die Laken.

Die Matratze war aus Stroh, aber es war eine Matratze. Und es gab Laken. Und eine Wolldecke. Und das Bettgestell stand auf dem Boden und bestand nicht nur aus einem Strohhaufen auf der bloßen Erde. Beinahe hatte ich vergessen, was für ein Gefühl es war, auf zivilisierte Weise zu schlafen. Vor Müdigkeit und Erleichterung schlief ich auf der Stelle ein.

Ich erwachte, als der Wirt mit einer Kerze in der Hand einen anderen Reisenden ins Zimmer führte. Da ich ja wusste, dass so etwas passieren konnte, war ich nicht sonderlich überrascht. Draußen war es dunkel, aber die Glut im Kamin leuchtete noch immer schwach, und so konnte ich erkennen, wie der Fremde Mantel und Stiefel auszog und neben dem Bett, das man ihm zugewiesen hatte, kniete. Er war einfach gekleidet und hatte, soweit ich sehen konnte, ein zerfurchtes Gesicht und graues schulterlanges Haar. Kaum ein gefährlicher Zimmergenosse, vielleicht ein älterer Kaufmann auf dem Weg nach London, so wie ich. Er betete ein unverständliches, von Räuspern und Husten durchsetztes Nachtgebet und kam danach nur mühsam auf die Beine, wobei er einen gediegenen Furz von sich gab. Bald schnaufte er still und friedlich in seinem Bett.

Nicht der neue Mitbewohner hielt mich wach. Es war ein

in mir aufsteigender Gedanke, der mich am Einschlafen hinderte. Nun hatte ich mich so weit von Winterton entfernt und hatte so viel Neues gesehen, und doch gab es noch immer keinen, aber auch nicht den kleinsten Hinweis darauf, dass ich mich möglicherweise doch in meiner eigenen Zeit befand. Alles passte in »die Zeit der anderen«, und wenn ich noch eine winzig kleine Hoffnung gehabt hatte, einen Riss in dem Bild zu finden, so musste ich jetzt sogar diesen kleinen hypothetischen Vorbehalt abschreiben. Es war, als hätte das Schicksal – oder was auch immer es war – sich einen Spaß damit gemacht, meine Faszination für frühere Zeiten beim Wort zu nehmen und sie mich nun persönlich erleben zu lassen. Ich dachte an meinen Spitznamen im Gymnasium und auf der Universität – er war mir bis auf die Uni gefolgt, weil einer meiner Klassenkameraden sein Anglistikstudium gleichzeitig mit mir begann. John Gammeldags, John Altertümlich. Manchmal verdrehten meine Freunde die Augen zum Himmel, wenn ich mich über Holbergs Episteln, Shakespeares archaische Schurken oder Dickens' Beschreibungen der merkwürdigsten, längst verschwundenen Milieus verbreitete. Und Milton, ganz ehrlich! Sie hätten sich eher einen Arm der Länge nach gebrochen, als sich mit Miltons Versen zu beschäftigen. Doch Milton hatte irgendetwas in mir angestoßen und plötzlich entdeckte ich, dass ich noch immer Bruchstücke seiner Gedichte auswendig konnte, obwohl ich nicht sonderlich viel dafür getan hatte. Leider war das aber auch schon alles, ich hatte mich überhaupt nicht mit seinem Hintergrund und seiner Zeit beschäftigt; jetzt hätte es mir wirklich nützen können … Waren all meine Erlebnisse hier nur ein langer Traum, eine mystische Visite all der Vorstellungen, die ich mir gemacht hatte? Aber wieso gerade England und warum diese Epoche? Und wenn es ein

Traum *war*, hatte ich doch noch nie einen Traum erlebt, der so lang dauerte und sich physisch so lebendig präsentierte. Noch immer hatte ich Schrammen und blaue Flecken, weil ich für Pastor Strongworth schwere Lasten schleppen musste, und an den Fingern meiner rechten Hand waren noch immer die Spuren seiner Tinte zu erkennen …

Ich muss dennoch eingeschlafen sein, denn als ich erwachte, war es hell und der Kaufmann bereits fort. Meine Sache waren alle noch da, also zog ich mich an und bürstete notdürftig den eingetrockneten Schlamm heraus. Die Schuhe sahen schlimm aus, aber sie waren trocken; sie hatten sich sogar geweitet, weil ich so lange in ihnen gelaufen war, als sie noch feucht waren. Nun drückten sie endlich nicht mehr.

Als ich herunterkam, war die Wirtsstube leer. Da ich keine Lust hatte zu warten, machte ich mich einfach auf den Weg. Schließlich schuldete ich niemandem etwas und besaß lediglich, was ich am Körper trug und in den Taschen hatte: drei Paar Strümpfe und das klimpernde Kleingeld, das der Wirt mir für das Hemd des Pastors gegeben hatte. Geld in der Tasche, ein fast vergessenes Gefühl. Ich war guten Muts.

Ich weiß nicht, wie lange ich gelaufen bin und ich weiß auch nicht mehr, wie die Lichtverhältnisse waren, ich erinnere mich nur an das überwältigende Gefühl, als ich von einer Anhöhe der Straße das massive viereckige Gebäude mit den kleinen Ecktürmen erblickte, das ich sofort wiedererkannte. Der Tower, *the Tower of London*! Es war das erste Mal, dass ich in diesem fremden England etwas sah, das mir nicht unbekannt war. Den Tower hatte ich mit meinen Eltern besucht, ich war einmal allein dort gewesen und dann zusammen mit Christine auf einer Spritztour übers Wochenende. Oder richtiger, ich würde den Tower in dreieinhalb Jahrhunderten besuchen … oder wollte ich?

Es war eine sonderbare Mischung aus Wiedersehensfreude und Beunruhigung, die mich in diesem Augenblick erfasste. Es war nicht dieser bezaubernde, für die Touristen restaurierte Tower, den ich vor mir sah; das Gebäude sah eher heruntergekommen und düster aus, aber er war es unverkennbar. Ein Halt – und eine schwindelnde Fallgrube, denn gerade durch ihre Bekanntheit ließ die Burg mich bis ins Mark begreifen, womit ich eigentlich konfrontiert war.

Ich hatte London erreicht. Freitag, den 11. Oktober 1647.

8

Jetzt wird es dunkel. Thurloe ist nicht da gewesen. Vielleicht ist heute Sonntag, obwohl es meiner Ansicht nach Sonnabend sein müsste. Allmählich fange ich an, das Zeitgefühl zu verlieren. Ich habe den Wachsoldaten gefragt, der mir mein Essen brachte, aber er hat nicht geantwortet, er hat einfach an mir vorbei gesehen. So lauten wohl ihre Befehle. Nicht mit dem Gefangenen sprechen.

Ich habe Stunden damit verbracht, mir meine letzten Tage bei Pastor Strongworth und meine erste Zeit in London ins Gedächtnis zu rufen – es reicht ja, wenn ich Thurloe beim nächsten Mal davon erzähle. Bei dieser Erinnerungsarbeit taucht allerdings auch alles mögliche andere auf. Ein Segel draußen auf der Themse ließ mich plötzlich an die Fidelio *denken, an den Druck der Ruderpinne in der Hand, an das sanfte Gefühl, wenn man bei einer leichten Brise vor dem Wind segelt und den Eindruck hat, als wäre es windstill, weil Boot und Wind die gleiche Geschwindigkeit haben … Der Name war mir als geschickte Lösung für das ewige Problem eingefallen, welches Geschlecht ein Boot hat: Fidelio, ein Männername, der auch das Weibliche abdeckt. Fidelio, ein Opernklassiker. Studienrat Nielsen spielte sie uns im Gymnasium vor, mit langen Erläuterungen und flatternden Armen, vor lauter Enthusiasmus spritzte ihm die Spucke aus dem Mund. Er war von Beethoven besessen.*

Und jetzt sollte es noch anderthalb Jahrhunderte dauern, bis Beethoven seine Oper schreibt. Und noch länger bis zu den meisten Dingen, die meinen Alltag bestimmten, bevor ich hierherkam. Radio. Computer. Telefon. Selbst wenn die Wache mit mir reden dürfte, würde er nichts von all diesen Dingen verstehen.

Es gab nur einen einzigen Menschen, der es verstand …

Womit hatte ich begonnen? Es ist dunkel. Zeit zu schlafen. Wenn ich kann.

9

Wenn ich an jenen Herbst und Winter in London denke, sehe ich den Innenraum des *Strawberry* vor mir. Einige wenige Bohlentische mit blank gescheuerten Bänken, hoch angebrachte Fenster, die nicht sehr viel Licht einließen, an der Längswand ein Kamin, Kannen und Krüge, die ganz hinten im Lokal an Haken hingen, Bierfässer. Das Schild über der Tür zeigte nicht viel mehr als einen roten Klecks umgeben von ein paar grünen Blättern, einige Stammgäste sprachen von dem Schild und dem Wirtshaus als *Mother Swottle's Nose*, wobei sie auf die Inhaberin anspielten, die das Lokal mit harter Hand leitete. In der Tat zeichnete sich ihre Nase dadurch aus, dass sie etwas mehr gerötet war als der Rest ihres Gesichts, doch im Übrigen war es insbesondere Mutter Swottles Statur, die sofort ins Auge fiel.

Sie war eine stattliche Frau, beinahe ebenso breit wie hoch. Wie ein Spinnaker beulte sich ihre Schürze über dem gewaltigen Bauch und den enormen Hüften, ihr Mieder hatte sie über einem Paar melonengroßer Brüste verschnürt und aus den aufgekrempelten Ärmeln ragten ihre Unterarme wie zwei weiße Schinken. Immer hingen ein paar verschwitzte Haarsträhnen unter ihrem Kopftuch hervor und ihre Augen saßen so tief zwischen den Fettpolstern, dass man normalerweise nicht sehen konnte, welche Farbe sie hatten. Ihre Hände waren groß und schrundig, aber dennoch so pummelig wie bei einem Kind. Doch die Wucht, die in diesen Fäusten steckte, war Respekt einflößend. Ich habe mal mit angesehen, wie sie einen aufsässigen Betrunkenen zu Boden geschlagen hat, der das Wirtshaus nicht verlassen wollte, als sie es von ihm verlangte. Keinerlei Umstände, nur eine klare Rechte aufs Kinn und bei dem Burschen ging das Licht aus. Seine Kameraden mussten ihn raustragen.

Henry Swottle, ihr Mann und eigentlicher Inhaber des Lokals, war einen Kopf kleiner als sie, ausgemergelt, trocken und zerrupft wie ein abgepulter Tannenzapfen. Gewöhnlich saß er am hintersten Tisch und rauchte Pfeife – an diesem Tisch herrschte ein ständiges Kommen und Gehen von Gästen, man tauschte Gerüchte und Klatsch aus, und wenn es etwas besonders Interessantes zu hören gab, rief Swottle seine Frau dazu, immer mit denselben Worten: »Bessie, komm und küss mich!« Und sie gab ihm einen kleinen Schmatz auf die Wange, der ihn zum Lächeln brachte. Dann wurde erzählt. Eine besondere Attraktion war es, Mutter Swottle zum Lachen zu bringen. Erzählte ein Gast etwas Komisches, brach sie in ein verblüffendes Jungmädchenlachen aus, klar und deutlich und in einer Lautstärke, die die Tabaksschwaden zum Beben brachte. Ihr Lachen war derart ansteckend, dass das ganze Wirtshaus mitlachte, ohne zu wissen, worum es bei dem Spaß eigentlich ging.

Es war an einem der ersten Tage nach meiner Ankunft in London, als mir die imponierende Bessie Swottle und ein junger Mann mit hellen Locken vor dem Wirtshaus auffielen. Ich hatte die Brücke überquert, war um ein paar Ecken in Southwark gebogen und blieb unwillkürlich stehen beim Anblick dieser gewaltigen Frau und des lockigen Jünglings, die gerade Bierfässer von einem Brauereiwagen luden. Das Hemd des Mannes war schweißnass und klebte an ihm, man sah, dass er einen Oberkörper wie ein griechischer Gott hatte. Mutter Swottle war zweifellos sein exaktes Gegenteil. Es dauerte nicht lange, bis sie entdeckte, dass ich sie beobachtete. »Was glotzt du denn so?«, schrie sie mir zu. »Hilf ihm lieber. Das hier ist keine Frauenarbeit.« Dann ging sie mit dröhnenden Schritten ins Wirtshaus und der junge Mann schaute mich mit hellbraunen Hundeaugen Hilfe suchend an.

Ich half ihm. Er reichte mir die schweren Fässer von der Ladefläche, ich nahm sie entgegen und stellte sie senkrecht auf das schmutzige Pflaster. Als wir fünfzehn, sechzehn Fässer abgeladen hatten, schnürte er ein Seil um die restlichen Fässer auf dem Wagen und sprang herunter; und der Kutscher, der die ganze Zeit teilnahmslos und zusammengesunken auf dem Bock gesessen hatte, weckte die ebenso apathischen Pferde mit einem Schlag auf die Zügel und rumpelte weiter zu der nächsten Kneipe. Der junge Mann fing an, die Fässer ins *Strawberry* zu rollen, und ich tat es ihm nach. Als wir sie an der Rückwand aufgestapelt hatten, bekam ich wie erhofft eine kleine Mahlzeit und einen Krug Bier für meine Mühe. Wir saßen am hintersten Tisch – Swottle war nicht da, ihn lernte ich erst später kennen – und Bessie stellte Hering, Schnittlauch und Bier auf den Tisch und fragte nach meinem Namen. John, antwortete ich nur. »Und das ist Mop«, sagte sie und tätschelte dem griechischen Gott übers Haar. »Er ist unser guter Junge.« Dann segelte sie mit geblähtem Spinnaker in den Hinterhof.

Mop schaute mich an und grinste. »Sie ist gut zu mir«, sagte er mit einer seltsam näselnden Stimme, und plötzlich verstand ich den Ausdruck seiner Augen. Er war ein fünfjähriges Kind in dem muskulösen Körper eines erwachsenen Mannes. Ich wusste in diesem Moment nicht, wie ich mit ihm umgehen sollte, doch darüber hätte ich mir gar keine Gedanken machen müssen, denn Mop hatte ganz einfach Vertrauen zu mir gefasst und dabei blieb es. Ich habe nie erfahren, wie er ins *Strawberry* kam, ob er ein Verwandter oder möglicherweise sogar der Sohn des Ehepaars Swottle war – ihr Alter war kaum zu bestimmen, allerdings sah er keinem von beiden ähnlich. Vielleicht war er ja genauso wie ich, durch einen Zufall, aufgetaucht und hängen geblieben.

»Sie lässt mich das machen«, erklärte Mop.

»Was machen?«

»Mit dem Stöckchen.« Er nickte vielsagend mit dem Kopf. »Und wenn ich das mit einer anderen Frau mache, dann schneidet sie mir das Stöckchen mit einem Messer ab.«

Beinahe hätte ich mich am Hering verschluckt. Ich spülte mit einem Schluck dünnem, lauwarmem Ale nach.

»Und woher weiß sie, ob du's mit einer anderen Frau machst?«, wollte ich wissen, als ich mich geräuspert hatte.

Mop lehnte sich mit kugelrunden Augen über den Tisch. »Sie hat's mir erzählt. Sie kann es hinter ihrem Silberlöffel sehen.«

»Ihrem Silberlöffel?«

»Sie hat so einen«, sagte er mit geflüsterten Nachdruck, als würde das alles erklären.

The Strawberry wurde in diesen Monaten zu meiner Freistatt. Wenn ich ein bisschen Geld verdient hatte, konnte ich bezahlen, was ich trank, manchmal sogar meine Schulden; und wenn ich kein Geld hatte, bekam ich bei Mutter Swottle Kredit, half ein wenig beim Schleppen der Bierfässer oder hackte Brennholz. Fand ich keinen anderen Ort zum Schlafen, durfte ich in einem kleinen dreieckigen Verschlag unter dem Dach übernachten, direkt am Schornstein. War der

Kamin richtig angefeuert, wurde es manchmal erstickend heiß – es war allerdings besser, als zu frieren –, und bisweilen musste ich die dreckigen Säcke auf dem Boden mit einem anderen notleidenden Freund des Hauses teilen. Aber ich kam niemals vergebens dorthin.

So gut wie jeden Tag begab ich mich auf die Suche nach Arbeit. Die wenigen Pence, die ich in die Stadt mitgebracht hatte, reichten nicht lang, nur hatte ich nichts anderes anzubieten als meine Muskeln. Ich fragte Priester und ich fragte Diener, ob ihre Herrschaften nicht einen des Schreibens und Lesens kundigen Mann benötigten, aber ich hatte kein Glück. Ich beherrschte kein Handwerk, ich konnte nicht reiten, nicht einmal Pferde versorgen, ich fühlte mich wie ein vollkommen überflüssiges Produkt meines eigenen Jahrhunderts. Ich bekam eine Chance als Aushilfe in der Küche der venezianischen Botschaft, die plötzlich Leute brauchten, aber nach ein paar Stunden wurde ich gefeuert, weil ich die anderen Küchenhilfen behinderte und anrempelte. Die Arbeitsgänge in dem dunklen Raum mit der offenen Feuerstelle waren für mich einfach nicht durchschaubar. Einen Tag oder vielleicht auch mal eine ganze Woche hatte ich das Glück, Schiffe entladen zu dürfen, auf einem Bauplatz Steine oder Bretter zu einem Lager zu transportieren, Kornsäcke zu schleppen oder aus einem Weinkeller Fässer über eine Holzrampe zu rollen – es war harte und schlecht bezahlte Arbeit, die zusätzlich dadurch erschwert wurde, dass es überall Gilden, Zünfte, Vereinigungen und Cliquen zu geben schien, die Fremde von allem fernhielten, was nach einer festen Anstellung aussah. Die Buchhändler rund um St. Paul's schauten misstrauisch auf meine dreckigen und aufgerissenen Hände, wenn ich sie fragte, ob sie einen Assistenten benötigten. Die Bootsmänner auf der

Themse, die Passagiere hin- und herruderten, hatten in ihrer Verwandtschaft genügend eigene Leute. Sogar die Bettler achteten eifersüchtig auf ihre Plätze. Als ich ein einziges Mal aus Verzweiflung versuchte, mich an eine Hausmauer zu setzen und bettelnd die Hand auszustrecken, wurde ich von einem Invaliden, der neben mir hockte und plötzlich überraschend gesund und rüstig schien, regelrecht aus dem Weg getreten.

Die Stadt stank. Nach Pisse und Scheiße, nach Kohlenqualm und Brennholzmief, nach vergammeltem Abfall und Pferdeäpfeln. Das Pflaster war selten ganz trocken, nicht einmal, wenn die Sonne schien, denn Abwässer und undefinierbarer Dreck flossen in den Rinnsteinen und verteilten sich über die runden Rücken der Straßen – wenn das holprige Pflaster nicht ohnehin planlos eingesunken war und sich überall Pfützen und schlüpfrige Drecklachen bildeten. Wagen und Kutschen rollten vorüber, dazwischen zwängten sich Reiter: mal eine Standesperson zu Pferde, dann wieder ein reitender Bote. Fußgänger hielten sich meist an den Straßenrändern auf, bisweilen liefen sie in diesem chaotischen Verkehr aber auch quer über die Straße. Ich lernte die Straßen ziemlich gut kennen, denn ich durchstreifte sie beinahe täglich. Von anderen Tagelöhnern, die ich in den Docks oder auf den Bauplätzen traf, hörte ich Gerüchte, wo möglicherweise neue Arbeit zu finden war; und oft gingen wir mehrere Meilen, nur um herauszufinden, ob es stimmte.

Das größte Angebot gab es am Nordufer der Themse. Auf der Südseite hatte man noch nicht sonderlich viel gebaut, dort musste man nicht sehr weit laufen, bis man auf offene Felder mit grasenden Kühen stieß. Dennoch ging ich häufig auf die Südseite, nicht nur, weil *The Strawberry* dort lag, sondern auch, weil die Brücke einfach nicht aufhörte, mich zu faszinieren. Die einzige Brücke über den Fluss, London Bridge, mit ihren zwanzig Steinbögen, den massigen Strompfeilern und diesen unglaublichen Häusern, die man auf der eigentlichen Brücke gebaut hat – mit Anbauten und Lokushäuschen, die über dem Wasser hingen. Wenn man die Brücke überquerte, war es beinahe so, als ginge man durch eine Straße oder eine lang gezogene Torwölbung, denn vielfach waren die Häuser an den Giebeln zusammengebaut. Es gab nur wenige Stellen mit freier Sicht auf die Themse und in der Mitte hatte die Brücke eine Zugbrücke, damit größere Schiffe passieren konnten. Händler hatten kleine Buden aufgebaut, die Leute traten aus den Türen der Häuser direkt auf die Fahrbahn, und auf ein paar Stangen am Torgebäude des südlichen Endes der Brücke hatte man die Furcht einflößenden, geteerten Köpfe von enthaupteten Staatsfeinden gespießt.

Es kam vor, dass in Southwark Handlangerarbeiten gebraucht wurden. Einmal lud ich auf einem leeren Grundstück in der St. Tooley Street Bauholz ab, da ein Kaufmann sich dort ein dreigeschossiges Haus bauen wollte. Einige der Hölzer waren gebraucht, darunter einige schwere Eichenholzbalken, die rot bemalt und mit gelben Verzierungen versehen waren. Ich fragte den Zimmermeister, der neben mir stand, woher das Holz käme. Seine Gesellen nannten ihn heimlich »Beerless«, weil er nur Wasser trank und sich damit brüstete, dass ein hochgestellter Kunde ihn einmal den beispiellosen Baumeister genannt hatte, *the peerless builder.*

»Das da?«, fragte er. »Das ist vom *Globe*, diesem gottlosen Ort. Es wurde vor drei Jahren abgerissen, der Herr sei gepriesen. Aber das Holz ist noch gut.«

The Globe, Shakespeares Theater. Ich legte die Hand auf einen der roten Balken und dachte daran, was sie wohl erzählen würden, wenn sie reden könnten. Eine Ohrfeige des bier- und beispiellosen Baumeisters brachte mich allerdings rasch auf andere Gedanken. »Träumst du, du Köter!«, brüllte er. »An die Arbeit!«

Demütigungen. Kälte. Läuse. Häufig ein knurrender Magen. Erbärmliche Unterkünfte, aus denen ich mich einige Male nachts fortschleichen musste, weil ich sie nicht bezahlen konnte – der Dachboden im *Strawberry* war lediglich ein Nothafen, das hatte Mutter Swottle mir klar zu verstehen gegeben. Flöhe, die in meine Kleider zogen und dort ausharrten, selbst wenn ich meine Wäsche auf einem Hof in eiskaltem Wasser wusch und vor einem qualmenden Kamin trocknete, so dass ich am nächsten Tag roch wie ein Brandherd.

An guten Tagen war das Leben indes auszuhalten und ich lauschte ebenso begehrlich wie die anderen Tagelöhner dem Strom von Gerüchten und Neuigkeiten, von denen die Stadt die ganze Zeit schwirrte; nach und nach hatte ich mir ein Bild von der politischen Situation gemacht, die mir anfangs vollkommen unklar erschienen war. Das Parlament hatte die Macht, aber das Heer war nicht dessen gehorsames Werkzeug. König Karl, der den Kampf gegen das Parlament verloren hatte, hatte man in Hampton Court regelrecht gefangen gesetzt. Seine Anhänger organisierten sich im Westen – und auf dem Kontinent, wohin viele von ihnen geflüchtet waren. Der Bürgerkrieg war vorbei, doch manch einer war der Ansicht, dass er wieder aufflammen werde, wenn die Schotten ein Heer ausheben und gegen England marschieren würden. Und je größer die Bedrohung durch einen Krieg wurde und je länger das Parlament sich Zeit ließ, den unzufriedenen Soldaten ihren Sold zu zahlen, auf den sie seit Monaten warteten, desto größer war das Risiko, dass die militärischen Anführer die Macht in die eigenen Hände nahmen.

Im November überschlugen sich die Gerüchte, dass der König auf die Isle of Wight entkommen sei. Bald darauf wurde mehr bekannt: Seine Majestät war tatsächlich geflohen, aber der Kommandant der Burg Carisbrooke, die ihn hätte beherbergen sollen, hatte sich dem Parlament gegenüber als loyal erwiesen und den König verhaftet. Nun saß er dort. Einige amüsierten sich, andere bedauerten ihn, es gab sogar ein wenig Geschrei in den Straßen; aber das war nichts gegen die wütenden Unruhen, die am 25. Dezember in London begannen, weil das Parlament sämtliche traditionellen Weihnachtsscherze verboten hatte. Revolution oder nicht, gefeiert werden musste.

Meine beste Gerüchtebörse war und blieb jedoch der hinterste Tisch im *Strawberry* unter Swottles Nebelbänken aus Tabakrauch. Dort hörte ich auch eine Geschichte, bei der ich wirklich die Ohren spitzte. Ein Schreiber erzählte, dass man im Sommer bei Yarmouth einen Meermann aufgefischt hätte, der auf einem Kriegsschiff nach London gebracht worden sei. Vom Meeresgrund hätte er ein Wundermittel mitgebracht, das jegliche Schmerzen heilte, daher wurde er nun von Adligen, Geistlichen und den höchsten Führern von Heer und Parlament empfangen.

Der Meermann bin ich, dachte ich, und der Rest ist pure Erfindung. Es sollte mich lehren, nicht auf Gerüchte zu hören. So dachte ich damals.

Den Winter zu überstehen, war hart. Es schneite selten, aber es war fast schlimmer, wenn der schwere, kalte Regen meine Sachen durchweichte. Meine Strümpfe waren längst fadenscheinig und Pastor Strongworths Schuhe hielten sich kaum noch an meinen Füßen. Manchmal musste ich mir die Füße eine halbe Stunde und länger massieren, wenn ich unterwegs gewesen war.

Vielleicht ließ ich mich deshalb eines Abend von einem der Stammgäste im *Strawberry* überreden, ihm bei etwas zu helfen, das sich als widerwärtiger erwies, als ich gedacht hatte. Der Mann hatte einen schlechten Ruf, aber eine charmante Art. Er hieß Waring. Er kam zu mir, als ich einen Augenblick allein an meinem Tisch saß, und setzte sich mir gegenüber. Dann wies er mit den Augen auf einen Mann in einem Lederkoller und großen Stiefeln, der mit dem Rücken zu uns an einem anderen Tisch saß und seinen breiten Filzhut auf die Bank gelegt hatte. »Der da«, sagte Waring, »ist Leutnant und schuldet mir Geld, aber er will nicht bezahlen. Wenn du ihn hier rauslocken kannst, sobald ich gegangen bin, dann werde ich ihn draußen ein bisschen erschrecken. Sag ihm, was du willst, Hauptsache, du kommst mit ihm raus und dann rechts die Straße runter. Du bekommst fünf Schilling dafür.«

Fünf Schilling waren für mich der Lohn mehrerer Tage und ich schlug ein. Waring stahl sich hinaus, ohne dass der Leutnant ihn bemerkte, und ich setzte mich auf die Bank neben den Filzhut und hörte zunächst ein wenig zu. Der Leutnant erzählte von einer Wunde, die ihn bei schlechtem Wetter noch immer quälte, obwohl sie bereits seit langer Zeit verheilt sei. Das griff ich als Stichwort auf und begann, ihm von dem Meermann und seinem Wundermittel zu erzählen. »Ich weiß, wo er wohnt«, behauptete ich, »ich kenne ihn und kann ihn überreden, Euch etwas von seinem Elixier zu geben. Es ist ein wirklich mirakulöses Mittel, das kann ich beschwören.«

Der Leutnant hatte zunächst kein Interesse, doch dann

biss er an. Wir standen auf und gingen hinaus, ich führte ihn nach rechts. Es war ziemlich dunkel und schon so spät, dass die Wirtshäuser ohnehin bald schlossen; ich sprach absichtlich laut, damit Waring uns kommen hörte.

Als wir an einer engen Gasse vorübergingen, sprang Waring plötzlich heraus und zog den Leutnant mit einem überrumpelnden Griff von hinten um den Hals mit sich. Ich hörte nur einige merkwürdig dumpfe Laute, eine Art Husten und das Geräusch eines Falls – und als ich mich umdrehte, sah ich den Leutnant in der Gasse auf dem Boden liegen; dunkles Blut strömte aus seinem durchgeschnittenen Hals. Waring hielt den zuckenden Körper fest, nahm ihm das Portemonnaie und den Degen ab und beugte sich dann über die Füße; er riss die Stiefel von dem sterbenden Mann und warf sie mir zu. »Nimm sie«, sagte er heiser, »du kannst sie gebrauchen, sie sind mehr wert als fünf Schilling.« Dann verschwand er am anderen Ende der Gasse.

Fassungslos blieb ich stehen, starr vor Schreck. Mitschuldig an einem Mord wegen eines Paars Stiefel – niemals würde ich die Füße hineinstecken können. Der Leutnant rührte sich nicht. Kalter Schweiß stand mir auf der Stirn, als ich strauchelnd in die entgegengesetzte Richtung davonstürzte, hinunter zum Fluss, zur Brücke, fort, fort, fort.

Waring zeigte sich in den nächsten Monaten nicht im *Strawberry*.

Als der Frühling kam, wurden die Tage natürlich länger und milder, aber der tägliche Kampf um die Arbeit noch schwieriger. Es hatte den Anschein, als ersticke die allgemeine Erwartung des Kriegs den größten Teil der Bautätigkeit und der Unternehmungslust bei den Leuten, die es sich leisten konnten, andere anzuheuern. Alle waren vorsichtig, wachsam und warteten ab. »Schlechte Zeiten«, war die Antwort, die ich nahezu überall zu hören bekam. Immer häufiger musste ich im *Strawberry* Zuflucht suchen. Mop freute sich jedes Mal, mich zu sehen, doch Mutter Swottle wurde zusehends unwilliger.

»John«, sagte sie eines Tages im April zu mir, »hier kannst du dich nicht länger herumtreiben, du wirst niemanden finden, der für dich bezahlt. Meld dich zum Heer, die bekommen bald wieder Geld, das Parlament kann auf sie nicht verzichten.«

»Meld dich lieber bei den Royalisten«, sagte Swottle mit einem bauernschlauen Gesichtsausdruck. »Der König kehrt bald zurück, dann ist es gut, auf seiner Seite zu stehen.«

»Das wird bei Gott nicht passieren!«, rief Bessie Swottle entrüstet. »Cromwell und Ireton sind viel zu stark für ihn, wart's nur ab! Hast du nicht gerade gehört, wie sie die Lehrlinge und Lümmel abgewehrt haben, die Whitehall angreifen wollten? Sie haben die Reiterei geschickt. Zwei sind gestorben. Sie haben harte Fäuste, diese Herren. John, geh nach Whitehall und meld dich bei Oberst Barksteads Regiment, die haben Geld.«

»Ich kann nicht reiten.«

»Oberst Barksteads Regiment ist eine Infanterieeinheit, du Blödmann!«

Der Gedanke war neu für mich. Ich hatte keine Lust. Aber andererseits wusste ich nicht, wie ich mich weiterhin auf diese Weise durchschlagen sollte. Ich wusste, dass die Königstreuen schließlich den Sieg davontragen würden, doch bis dahin verging noch einige Zeit. Und das Parlamentsheer warb derzeit Leute an und hatte außerdem die Macht in London. Ich ging im Viertel spazieren und dachte nach. Ich hatte keinen besonderen Grund, eine Seite der anderen vorzuziehen, es ging darum, sich durchzulavieren und etwas zu finden, um seinen Lebensunterhalt zu sichern; außerdem vertraute ich Mutter Swottles politischem Instinkt mehr als dem ihres Mannes. Eine halbe Stunde ging ich immer wieder an denselben Fachwerkhäusern und stinkenden Toreinfahrten auf und ab, dann hatte ich einen Entschluss gefasst.

Vom Dachboden des *Strawberry* holte ich meinen kleinen Beutel mit der wenigen zusätzlichen Kleidung, die ich mir trotz allem beschafft hatte, und stieg die steile Treppe wieder hinunter. In der Schankstube sah ich, dass Mop wie ein gehorsamer Hund mit schräggelegtem Kopf dasaß, während Mutter Swottle prüfend auf die Rückseite eines blanken Silberlöffels starrte. Sie schaute mich an und hatte offensichtlich bemerkt, wie sehr mich dieser Anblick amüsierte, denn sie brach in ihr gellendes Jungmädchenlachen aus. Sämtliche Gäste des Wirtshauses lachten mit, ohne zu wissen warum.

Ich überquerte die Brücke und ging nach Westen, dann setzte ich meinen Weg über St. Paul's und Ludgate Hill fort und lief an den großen Häusern und Gärten an The Strand und dem Kreuzmonument von Charing vorbei, bis ich Whitehall erreichte. Und die ganze Zeit hatte ich das Gefühl, dass dies meine bisher wichtigste Wanderung durch London war.

In einem der labyrinthischen Seitengebäude des Palastes gab mir ein Regimentsschreiber den Bescheid, am nächsten Morgen wiederzukommen. Leicht fröstelnd schlief ich unter einem Busch in der Nähe.

Am Morgen trat ich zusammen mit einigen weiteren potenziellen Rekruten vor einen Offizier. Er taxierte mich mit den Augen und fragte: »Was kannst du?«

»Nichts«, antwortete ich.

»Wir schätzen ehrliche Soldaten«, erklärte er sarkastisch und reichte mir eine fünf Meter lange Lanze, die ich unbeholfen in die Hand nahm. »Beide Hände«, befahl er. Dann trat er einen Schritt zurück, als ob er mich beurteilen wollte – und mit einer so raschen Bewegung, dass ich sie gerade noch registrieren konnte, zog er sein Schwert und holte aus. Als ich die Klinge aufblitzen sah, parierte ich instinktiv mit der Lanze und ging in die Knie.

»Du kannst *etwas*«, sagte der Offizier.

Als der Schreiber kurz darauf nach meinem Namen fragte, gab ich ihm dieselbe Erklärung, die ich die ganze Zeit in London benutzt hatte: Dass ich aus Norwegen käme und John Gammeldags hieße.

John Gambledays of Norway, hielt der Schreiber sorgfältig auf seinem Papier fest. Ich war rekrutiert.

10

Wieso ich nicht nach Dänemark zurückgegangen bin, wollte Thurloe heute wissen.

Dänemark im siebzehnten Jahrhundert wäre mir ebenso fremd gewesen wie England, antwortete ich. Und schwieg.

Es war doch richtig. Ich hatte es mir oft überlegt: Wie würde es sein, in einem Kopenhagen anzukommen, in dem kein einziger der bekannten Türme aufragte, in dem keine Øresundbrücke und keine Windkraftanlagen im Meer mit kraftvollen Akzenten das Bild bestimmten; eine kleine Stadt innerhalb einiger Wälle, die ich nie gesehen habe; eine Stadt, in der die Menschen wahrscheinlich ein Dänisch sprachen, das ebenso seltsam klang wie das Englische in den ersten Monaten hier. Es war ja nicht ausgeschlossen, dass ich auf einem Schiff hätte anheuern können, das nach Dänemark segelte, aber wäre es tatsächlich dazu gekommen, wäre es keine Heimkehr gewesen, sondern nur eine Reihe neuer Rätsel, denen ich mich ausgesetzt hätte.

Doch das war nur die rationale Seite. Beinahe von Anfang an hatte es aber noch etwas anderes gegeben, eine Art erdrückende Gewissheit, dass irgendetwas mich hierher versetzt hatte und ich nichts daran zu ändern vermochte. Jedes Mal, wenn ich versuchte, mir zu überlegen, wie ich dieses England verlassen könnte, stieß ich auf diese Gewissheit wie auf eine Mauer – keine schmerzhafte Mauer, eher eine schützende und beruhigende Mauer. Ich kann es noch immer nicht erklären. Ich habe nie an höhere Mächte geglaubt und glaube noch immer nicht daran, aber es erschien mir unstrittig, dass ich hierzubleiben hatte, daran gab es nichts zu diskutieren.

Hatte es etwas mit Christine zu tun? Ich vermisste sie noch immer, manchmal sehr heftig, und noch heute ertappe ich mich dabei, dass ich ein Echo der damaligen Sehnsucht verspüre. Und doch war unsere Beziehung auf eine eigenartige Weise auf null gestellt worden. Es war kein Bruch, es war eine Zurücknahme, es war etwas passiert, was eigentlich niemals geschieht: Dass das Geschehene ungeschehen gemacht wird. Je mehr ich in meiner neuen Umgebung meinen Platz fand, desto mehr kam es mir vor, als hätte sie ihr Leben nicht weitergelebt, während ich meines fortsetzte; es war, als wäre sie annulliert, als wären sie und ich uns niemals begegnet, als wären wir noch nicht geboren, als würden wir es vielleicht auch nie. Unsere gemeinsamen Erlebnisse, gute wie schlechte, waren eine Geschichte, die ich mit mir herumtrug, keine Erinnerungen an etwas, das wirklich stattgefunden hatte. Bis dahin und nicht weiter konnte ich in meinen Gedanken gehen; wenn ich mich weiter vorwagte, wurde mir schwindlig und übel, so wie jetzt.

Das Brot und das kalte Fleisch auf meinem Zinnteller erinnern mich daran, dass Thurloe heute beinahe zur gleichen Zeit erschien, als mir das Mittagessen hereingestellt wurde. Jetzt habe ich keinen Appetit.

Zum ersten Mal wagte ich ihn zu fragen, wie lang es dauern wird, bis über meinen Fall entschieden ist.

»Das liegt nicht in meinen Händen«, antwortete er lakonisch.

»Nun ja, aber was glaubt Ihr?«

»Ich weiß es, wenn ich es erfahre.«

»Kommt Ihr morgen wieder?«, fragte ich und meine Stimme brach und verriet, wie sehr ich seine Besuche gleichermaßen wünsche wie fürchte.

Es entging seiner Aufmerksamkeit nicht. Vor Überraschung hoben sich seine Augenbrauen ein wenig. Ein kurzer, prüfender Blick, dann antwortete er: »Ja. Ich verspreche es.«

Fühlte ich mich getröstet oder bedroht? Es ist nahezu unmöglich, es zu unterscheiden …

11

Ich wurde mit dem Notwendigsten für einen *pikeman* ausgestattet: eine Lanze, ein klobiges Schwert mit Scheide, Hosen, Strümpfe, Hemden, Schuhe, eine rote Uniformjacke mit blauen Ärmelaufschlägen, ein unförmiger Rucksack aus grobem Stoff und ein Brust- und Rückenpanzer aus Eisen, der ziemlich schwer war und auf der Vorderseite die unübersehbare Beule einer Musketenkugel aufwies. Ich befühlte die Beule mit den Fingern. »Der ist wohl schon mal benutzt worden«, sagte ich zu dem Soldaten, der die Ausrüstung aus dem Depot des Regiments ausgab. Er lachte. »Der ist ganz neu«, erwiderte er, »das ist das Prüfsiegel.« Ich sah ihn verständnislos an. »Sobald so ein Panzer fertig ist, wird eine Kugel darauf abgefeuert«, erklärte er mir. »So kann man sehen, ob er hält.« Er nahm mir den Panzer ab und fuhr mit dem Finger über den kleinen Kegel, den die Kugel auf der Innenseite hinterlassen hatte. »Glatt«, sagte er. »Er hat gehalten. Du hast Glück!«

Helme gäbe es im Augenblick nicht, ich würde später einen bekommen, sagte der Soldat und bediente den nächsten Rekruten. Ein Schreiber saß an einem kleinen Tisch und notierte alles, was mir ausgehändigt wurde.

Nun war ich ausgerüstet und verschuldet. Die gesamte Ausrüstung, mit Ausnahme der Waffen, wurde mit meinem Lohn verrechnet, und selbst mit den acht Pence am Tag, die besser waren als viele meiner früheren Jobs, würde es lange dauern, bis ich alles abbezahlt hätte. Aber ich hatte sichere Kost und Logis in einem Bürgerhaus in der St. Martin's Lane, in dem die Herrschaft und die Angestellten widerwillig zusammengerückt waren, um sechs einquartierte Soldaten unterzubringen und zu bedienen. Drei von uns waren Rekruten und drei Mitglieder von Oberst Barksteads Regiment, die sich schon länger in der Ausbildung befanden. Niemand von uns hatte bisher einen richtigen Kampf erlebt.

Jeden Tag hatten ich und die beiden anderen Rekruten auf einem Exerzierplatz am St. James' Palace zu erscheinen. Wir waren ungefähr dreißig Mann, die wieder und wieder die gleichen Übungen mit den gleichen Kommandos durchhecheln mussten. Wir marschierten mit den Lanzen, wir schwenkten nach rechts und nach links mit den Lanzen, wir stellten uns mit den Lanzen in Reih und Glied auf, wir fällten die Lanzen, wir hoben die Lanzen, wir griffen an mit den Lanzen, wir blieben mit gefällten Lanzen stehen, wir blieben mit erhobenen Lanzen stehen, wir zogen uns mit gefällten Lanzen zurück (und gingen dabei rückwärts), wir zogen uns mit erhobenen Lanzen zurück (alle Mann kehrt marsch und nach dem Kommando »Halt!« wieder umdrehen, so dass die ursprüngliche Formation wieder gebildet wurde), wir wechselten die Lanzen in die linke Hand, gestützt gegen den rechten Fuß, zogen das Schwert und steckten es wieder in die Scheide. Wieder. Wieder. Wieder. »March! Halt! Charge!«, brüllte der Korporal mit einer Stimme wie ein verbeultes Nebelhorn, und der Trommler polterte die entsprechenden Signale. Die Frühjahrssonne brannte inzwischen kräftig und an Tagen mit Sonnenschein lief uns der Schweiß in Strömen über die Gesichter, die grau von dem Staub waren, den wir auf dem Exerzierplatz aufwirbelten.

Meine Stiefel waren ganz neu und durch das ständige Vor- und Zurückmarschieren der ersten Tage scheuerte sich die Haut auf und ich hatte Blut in den Strümpfen, wenn ich nach Hause kam. Dennoch war ich über die Stiefel glücklich wie ein Kind. Sie hatten keine Löcher, sie waren solide und man musste sie nicht mit Segelgarn zusammenbinden oder den Matsch ausleeren wie bei den abgelegten und inzwischen vollkommen zerschlissenen Schuhen des Pastors.

Immer neue Gerüchte lieferten uns reichlich Redestoff. Die Schotten wollten ein Heer aufstellen und gegen England ziehen, hieß es. Die Royalisten revoltierten in Wales. Es gab Aufstände und Demonstrationen für den König und gegen das Parlament in Essex, Surrey und Kent. Cromwell führte eine größere Einheit nach Westen, um die Unruhen niederzuschlagen, während Fairfax in London blieb und sich darauf vorbereitete, in den umliegenden Grafschaften mit aller Härte zurückzuschlagen. Mitte Mai versuchte eine größere Gruppe Königstreuer aus Surrey, ins Unterhaus vorzudringen; die Wachposten wurden mit Wurfgeschossen eingedeckt und antworteten mit Musketenfeuer, bei dem zehn Menschen getötet und ungefähr hundert verletzt wurden, erzählten die drei Ausgebildeten am Tisch der St. Martin's Lane. Sie sollten zusammen mit ihrer Abteilung in den Tower verlegt werden, um dort die Garnison zu verstärken. Und wenige Tage später wurden auch wir drei frischgebackenen Lanzenträger verlegt.

Die beiden anderen, James Jackson und John Wright, waren Handwerkersöhne aus London und meinten es ernst mit ihrem Militärdienst. Sie sprachen vom Heer als *The Saints*, den Heiligen, und verabscheuten unsere Gegner, die »Kavaliere« und ihren gottlosen Anhang. Sie wechselten sich bei den langen Tischgebeten ab, die sie vor unseren gemeinsamen Mahlzeiten sprachen, während wir anderen nur die Köpfe senkten und mehr oder weniger so taten, als würden wir beten. In Größe und Breite glichen sie sich durchaus, beide waren schwere Männer mit breiten Gesichtern. John Wright habe ich vor nicht allzu langer Zeit in London wiedergetroffen, er sah aus wie immer, hatte nur etwas mehr Falten; und er erzählte, dass Jackson in der Schlacht bei Worcester gefallen war. Sonderlich unterhaltsam waren die beiden nicht, aber in den Monaten, in denen wir zusammen waren, erwiesen sie sich als zuverlässige Kameraden.

Zusammen mit einer Abteilung Rekruten aus einem anderen Regiment bekamen wir frisch Ausgebildeten von Barkstead den Befehl, als Verstärkung für Generalmajor Lambert nach Norden zu marschieren, um den Vorstoß des schottischen Heeres abzuwehren, sollte es zu einem Angriff kommen. Wir waren ein sonderbarer kleiner Haufen – siebzig, achtzig Männer, nicht einmal eine richtige Kompanie –, der sich auf gewundenen Landstraßen bewegte. Unsere Ausrüstung wurde auf ein paar Karren transportiert und an der Spitze stand ein Fähnrich, der den Weg nicht kannte und sich in jedem zweiten Dorf erkundigen musste. Ich glaube nicht, dass es üblich gewesen ist, so kleine Gruppen über so weite Entfernungen zu schicken, aber vielleicht konnte London zu diesem Zeitpunkt nicht mehr entbehren, da so viele Soldaten in der Stadt gebraucht wurden oder mit Cromwell nach Westen geschickt worden waren.

Es dauerte annähernd drei Wochen, um bis Durhamshire zu marschieren, während des Marschs passierte nichts. Erst als wir Lamberts Hauptstreitkräfte erreichten, hörten wir, dass die Kavaliere die Burg Pontefract – oder Pomfret, wie der Fähnrich sie nannte –, einen Tag, nachdem wir daran vorbeigekommen waren, erobert hatten. Die Burg lag direkt an unserem Weg. Ich kann mich erinnern, dass wir an jenem Tag einen reitenden Boten sahen, der in nördlicher Richtung an uns vorbeigaloppierte – vielleicht hatte er Lambert die Botschaft gebracht. Wir erfuhren jedenfalls nichts und stapften einfach nur weiter, so wie es uns befohlen war. Hätten die Heere Funk oder Telefone gehabt, wären wir vielleicht zurückbeordert worden, um Pontefract zu belagern, dann wäre möglicherweise für mich alles anders gekommen …

Unterwegs waren die Tage eintönig. Wir marschierten, schlugen das Nachtlager auf oder quartierten uns bei Bauern oder auf parlamentstreuen Herrenhöfen ein, brachen morgens auf, marschierten und schlugen das Nachtlager auf – und so weiter. Wir lebten im Wesentlichen von Brot und Käse. Der Käse wurde auf den Wagen mitgeführt und hin und wieder aufgefüllt, das Brot wurde unterwegs requiriert, wir hatten es in unseren Rucksäcken selbst zu tragen. Wasser wurde ausgeteilt, und hin und wieder boten uns unsere Wirtsleute mehr oder weniger notgedrungen dünnes, saures Bier an; ansonsten musste jeder in den Wirtshäusern oder auf den Höfen selbst kaufen, was er sich leisten konnte. Einige der Saints waren sich auch nicht zu schade, denen, die uns beherbergten, ein Huhn oder einen geräucherten Schinken zu stehlen. Ich wäre bestimmt auch in Versuchung gekommen, wenn ich nicht meist mit James und John zusammen gewesen wäre, die immer höflich um diese Art außergewöhnlicher Ration baten. In der Regel konnten die Leute nicht ablehnen, wenn James und John mit gedämpfter Stimme fragten, ob sie nicht etwas für ein paar »christliche Soldaten« entbehren könnten – und obwohl ich bei diesen Gelegenheiten nie den Mund aufmachte, sondern sie einfach nur begleitete, teilten sie unserer alten Bekanntschaft halber stets mit mir.

Wenn wir noch Zeit hatten, sobald ein Nachtquartier gefunden war, exerzierte der Fähnrich etwas halbherzig mit uns und den Bauernjungen, die sich aus Neugierde hatten werben lassen und in den Kleidern, die sie nun einmal besaßen, mit uns zogen – man versprach ihnen eine bessere Ausrüstung, sobald wir das Hauptheer im Norden erreicht hätten. Jeden Sonntag wurden wir in die Kirche des Dorfes geschickt, dem wir am nächsten waren. Durch unsere Gruppe waren die ohnehin gut besuchten Kirchen so voll, dass sie in ihren Grundfesten erzitterten, aber der Kirchgang war obligatorisch und man rückte zusammen. Auf diese Weise hörte ich auf unserem Weg nach Norden drei verschiedene Dorfpastoren das Evangelium auslegen, einer weihevoller als der andere, und alle drei nahmen die Gelegenheit wahr, um ein paar Worte über den tapferen Kampf für den Glauben einzuflechten und uns zu Ehren einige kriegerische Stellen aus den Psalmen Davids zu zitieren. Die Heiligen lauschten andächtig, die weniger Heiligen nutzten die langen Predigten zu einem kleinen Schlummer. Wir saßen so dicht gedrängt auf den Bänken, Schulter an Schulter, dass man nicht vornüberfallen konnte, wenn man schlief.

Anfang Juni erreichten wir das Lager am Fluss Wear. Der Fähnrich lieferte uns mit sichtbaren Zeichen der Erleichterung bei einem der hochrangigeren Offiziere ab. Wir wurden von einem neuen Schreiber erfasst und Teil eines Regiments, das von Oberstleutnant Crackton befehligt wurde. Es befanden sich mehrere tausend Mann im Lager und der tägliche Drill wurde komplizierter, wir exerzierten zusammen mit der Reiterei und den Musketenschützen; aber sonst war es dasselbe. Brot und Käse. Exerzieren. Am Sonntag Ruhetag und Gottesdienst bei einem Feldprediger, der sich bei längst nicht allen Gehör verschaffen konnte.

Es wurde unglaublich viel Zeit verschwendet. Wir warteten auf die Rationen. Wir warteten darauf, zum Exerzieren abkommandiert zu werden. Wir warteten auf besseres Wetter, wenn es regnete. Wir warteten auf irgendetwas Unbestimmtes, das die gesamte Maschinerie ernsthaft in Gang setzen sollte. Einige Soldaten stürzten sich in lange Diskussionen über Gott und Politik, anderen war alles egal. Ich hörte den Diskussionen zu, aber viele der Namen, die durch die Luft flogen, waren mir unbekannt und ich wusste nicht, welche Haltung ich einnehmen sollte. Nur eines blieb hängen: die *Levellers*. Das war eine Gruppierung, von der ich bisher noch nicht gehört hatte – ihr Anführer hieß John Lilburne und saß offenbar im Tower im Gefängnis. Sie wollten eine weitaus radikalere Änderung der Gesellschaft durchsetzen als die führenden Puritaner – etwas mit totaler Religionsfreiheit, der Aufhebung sämtlicher Monopole und einer Verfassung, die auf dem allgemeinen Stimmrecht und nicht auf der Monarchie basierte.

»Ihr wollt doch nur den Reichen das Geld nehmen, um es an alle zu verteilen, und dann haben alle gleich wenig!«, rief ein aufgebrachter Musketenschütze einem anderen zu, der offenbar diese Fraktion unterstützte.

»Nein, wollen wir nicht!«, schrie der andere zurück. »Wir wollen Gerechtigkeit und gleiches Recht für alle. Was du da behauptest, ist einfach nicht wahr!«

Sie waren kurz davor, sich zu prügeln, doch einige besonnenere Soldaten gingen dazwischen. Ich entsinne mich an diese Episode, weil ich spürte, dass irgendeine grundlose Wut in mir aufstieg. Wir waren alle kribbelig und gereizt von der Wartezeit, hatten Angst vor den Kämpfen, die kommen würden, und waren nervös, weil sie noch nicht gekommen waren.

Sogar die Nächte waren enervierend. Man schlief nicht gut in den Zelten des Lagers, die nicht größer waren als das Campingzelt meiner Kindheit, aber fünf, sechs Mann mit Rucksäcken und weiterer Ausrüstung aufnehmen sollten. Hin und wieder schlich ich mich raus, um ein wenig Ruhe zu haben vor den strampelnden, furzenden oder sich unruhig herumwälzenden Zeltkameraden. Eigentlich durfte man das Lager nicht verlassen, aber es wurde nicht weiter kontrolliert; solange der Feind sich noch nicht gezeigt hatte, gingen die Wachen ihre Runden nur in großen Abständen. Die übrige Zeit unterhielten sie sich und schauten ins Lagerfeuer – mit dem Ergebnis, dass sie nichts erkennen konnten, wenn sie hin und wieder pflichtschuldig ihren Blick den dunklen Rändern des Lagers zuwandten.

Das Lager lag an der Südseite des Flusses und ein Stück entfernt ragten ein paar Felsen aus einem Gebüsch; dorthin konnte man sich ein wenig zurückziehen und die Einsamkeit genießen. In trockenen Nächten hielt ich mich im Schutz der Dunkelheit häufig dort auf, es kam nie jemand – mit einer einzigen Ausnahme.

Ich hatte ziemlich lange mit dem Rücken an einen schrägen Stein gelehnt zwischen den Büschen gesessen, als ich nicht weit entfernt Schritte hörte. Ich dachte, es wären die Wachen, die eventuell nach mir suchten, und zog den Kopf ein. Durch die Zweige sah ich, wie zwei Soldaten sich näherten. Meine Augen hatten sich inzwischen an das schwache Licht des Himmels und der fernen Lagerfeuer gewöhnt und ich sah, dass sie unbewaffnet waren. Sie kamen leise und vorsichtig auf das Gebüsch zu, bogen aber an der Stelle, an der ich rechts gegangen war, nach links, so dass sie mich nicht bemerkten. Allerdings waren sie ohnehin nur daran interessiert, eine Stelle zu finden, wo sie allein waren. Sobald sie sich auf die andere Seite des größten Buschs gelegt hatten, der mich verbarg – sie waren ungefähr drei oder vier Meter von mir entfernt –, begannen sie ein aufgeregt flüsterndes Gespräch mit vielen Umarmungen und Küssen. Ich hörte alles. »Oh, mein Willie.« »Oh, meine Annie.« »Ich bin so froh, dich gefunden zu haben.« »Wie hast du mich gefunden?« »Ich habe die Sachen meines Bruders gestohlen und mich als Mann verkleidet, und dann bin ich dir gefolgt.« »Oh, Annie.« »Aber du bist ständig weitergezogen, also ließ ich mich als Soldat werben, um dich zu finden.« »Ich habe dich so vermisst.« »Oh, Willie.« »Aber es waren so viele Wochen …« »Ja, aber nun kann ich mit einer Muskete so gut schießen wie ein Mann!« Gekicher. »Liebste Annie, du kannst in die Schlacht geschickt werden.« »Ich weiß, aber ich wollte dich nicht allein kämpfen lassen. Ich wollte mit.« »Ach Annie, du hättest nicht kommen sollen. Ich bin so froh, dass du gekommen bist. Aber du hättest nicht kommen sollen.« »Ich will nirgendwo anders sein. Küss mich.«

Heftige Geräusche. Das Rascheln von Kleidung. Unzweideutiges Beischlafkeuchen und Stöhnen. Leises freudiges Wimmern und Schnaufen. Oh Annie. Oh Willie.

Ich lag mäuschenstill und versuchte, ihre Gesichter zu erkennen, als sie aufstanden und sich anzogen. Aber das Licht war zu schwach, ich konnte lediglich erkennen, dass sie jung und bartlos waren – was ja bei einem von ihnen zu erwarten war. Als sie sich leise zurückschlichen, bemerkte ich, dass sie zwar ein wenig kleiner war als er, in ihrer Uniform aber überhaupt nichts Weibliches an sich hatte. Ich blickte ihnen nach, bis sie unbehelligt das Lager erreichten und zwischen den Zelten verschwanden. Ich erkannte sie nicht wieder, so dass ich nicht weiß, wie es ihnen ergangen ist – ob sie überlebten oder in dieser Schlacht oder einem späteren Gefecht umkamen. Jedes Mal, wenn ich an sie denke, wünsche ich mir, dass sie zusammengeblieben sind, lebendig oder tot.

In der ersten Juliwoche hieß es dann endlich, das schottische Heer sei unter dem Herzog von Hamilton über die Grenze nach England marschiert. Die Neuigkeit breitete sich in kürzester Zeit im ganzen Lager aus, die nervöse Erwartung stieg spürbar. Nun würden wir wohl aufbrechen! Doch erst am kommenden Tag wurden wir zu einer Truppenparade auf einer abschüssigen Graswiese in der Nähe des Flusses zusammengerufen, auf der Generalmajor Lambert zu seinem gesamten Heer sprach. Er saß auf seinem braunen Pferd, das hin und wieder mit dem Kopf nickte und ungeduldig mit einem Huf auf den Boden stampfte, und sprach laut und deutlich – ein überraschend junger und hübscher Mann, fand ich. Ich sah ihn hier zum ersten Mal, denn unser Regiment unterstand ihm nicht direkt und er war nicht oft im Lager gewesen.

Wir werden den Feind nicht Hals über Kopf verfolgen, rief Lambert von seinem Pferderücken, wir wollen uns die Zeit und den Ort für unser *Engagement* selbst aussuchen, aber wenn wir zuschlagen, dann werden wir den Feind zerschmettern, der gerade jetzt irgendwo an der Küste im Westen herumkriecht, um uns aus dem Weg zu gehen. Aber derjenige, der kriecht, ist leicht zu treffen, Gott ist mit uns, wir werden siegen – und noch Einiges in der Art. Es war eine ansteckende und aufrüttelnde Rede, obwohl sie im Grunde völlig inhaltsleer war. Nachdem Lambert, gefolgt von seinen Obersten, die Truppe inspiziert und hier und da ein paar aufmunternde Bemerkungen hatte fallen lassen, verließ er das Lager wieder und galoppierte mit einigen Offizieren und einer kleinen Reitereiabteilung auf die Straße nach Durham. Und die nächsten Tage bestanden wiederum nur aus Warterei.

Es verging eine weitere Woche, dann kehrte eine Reiterabteilung mit einem verwundeten Offizier und einem toten Dragoner auf einem Packpferd ins Lager zurück. Sie hatten gegen einen Aufklärungstrupp aus Hamiltons Heer gekämpft. Nun bekamen wir endlich den Befehl zum Abmarsch, doch zum großen Erstaunen der meisten führte Lambert uns nicht nach Westen, sondern nach Süden zum Barnard Castle. Es gab einen Veteranen in unserer Kompanie, einen Mann aus Yorkshire, der an der Schlacht von Marston Moor teilgenommen hatte und sehr lebhaft davon erzählen konnte; er sagte, während er mit einer schmalen vierseitigen Drucksache wedelte, einer Zeitung, die er zusammengefaltet in seiner Tasche mit sich trug: »Hier steht, dass Oliver die Stadt Pembroke eingenommen hat. Er hat sie ausgehungert! Und nun marschiert er nach Norden. Ich bin sicher, dass der Lambert-Junge uns nach Süden führt, um ihn zu treffen, dann sind wir doppelt so stark und viermal so schlau.«

Seine Vermutung sollte sich als richtig erweisen – und seine Erwartungen an Oliver Cromwells Schläue ebenfalls. Wir stießen bei Wetherby auf Cromwells Heer, noch weiter im Süden als vermutet; nun wären wir über achttausend Mann, hörte ich jemanden sagen. Und dann wandten wir uns nach Westen. Nach einem harten Dreitagesmarsch über Berge und mit Heidekraut bewachsene Hügel, zum Teil in strömendem Regen, folgten wir dem nördlichen Ufer eines Flusses und schlugen unser Lager auf den Feldern eines Herrenhofes auf. Dort begann Cromwell, seine Truppen auf den Angriff vorzubereiten. Ich sah ihn zum ersten Mal mit eigenen Augen, als er zusammen mit ein paar Offizieren und Ordonanzen auf einem kleinen, kräftig gebauten Pferd heranritt und bei unserem Abschnitt des Lagers stehen blieb, um Oberst Crackton Befehle zu erteilen.

Cromwell war schlicht gekleidet, mit einem braunen Umhang über dem Lederkoller; das einzige Stück Rüstung, das ich an ihm sah, war der Eisenkragen um seinen Hals. Auf dem Kopf trug er einen breitkrempigen Filzhut, den er abnahm, um das Regenwasser abzuschütten; das Haar klebte ihm an der Stirn, aber ich erkannte ihn an der großen rotgeäderten Nase und den scharfen, merkwürdig traurigen Augen, die im Widerspruch zu seinem zusammengekniffenen Mund standen. Es war seltsam, mit anzusehen, wie ein Porträt aus einem Geschichtsbuch den Mund öffnet und zu reden beginnt, und bestimmt habe ich mit offenem Mund dagestanden, vielleicht acht oder zehn Meter entfernt, aber nahe genug, um das meiste zu verstehen, was gesagt wurde. Crackton bekam den Befehl, die Hälfte seines Regiments, vier Kompanien, umgehend in Marsch zu setzen und an der Straße nach Preston in Stellung zu gehen, hinter den Vortrupps. »Nehmt Eure besten Männer«, sagte der General, »und positioniert den Rest eine halbe Meile dahinter.« Crackton erwiderte irgendetwas, dass er Zeit bräuchte, um sich bereit zu machen. Cromwell sah ihn an, bellte nur das Wort »March!«, setzte den Hut auf den Kopf und ritt weiter, ohne irgendeine Antwort abzuwarten. Crackton hatte es nun eilig.

Preston. Ich hatte den Namen der Stadt nie zuvor gehört. Dort waren wir also.

12

Thurloe will wissen, ob ich mich an ein paar von den Namen der Soldaten erinnere, die über Lilburne und die Levellers sprachen. Ich kann es nicht, ich kann mich ja nicht einmal entsinnen, ob ich je gehört hatte, wie sie überhaupt hießen. Ich kann mich nur an Willie und Annie aus der Nacht am Fluss Wear erinnern. Ich nannte sie im Stillen Annie-get-your-gun, erzähle ich.

Ein kleines Lächeln zeigt sich auf Thurloes Lippen.

Plötzlich kommt mir ein Verdacht: Hat er meinen anachronistischen Witz verstanden? Wieso lächelt er? Ich frage ihn, warum er lächelt.

Er, erstaunt: »Why, a gun is a heavy thing for a woman.« Ich verstehe ihn nicht. Wieso ist das komisch? Eine gun ist eine Kanone, erklärt er geduldig.

Ach so. Eine Kanone ist nur eine Kanone. Er stammt aus keiner anderen Zeit als seiner eigenen.

Annie mit der Kanone. Ich kann mich noch genau daran erinnern, wie die beiden Stimmen klangen. Hätte Christine ihr Leben aufs Spiel gesetzt, um mir hierher zu folgen, wenn es möglich gewesen wäre? Oder ich meines für sie? Kaum. Wir hatten jeder ein Leben zu leben. So war es doch.

Ich erinnere mich auch an die anderen Geräusche. Sie regten mich auf. So sehr, dass ich die Hand in die Hose steckte und mit angehaltenem Atem onanierte, bis ihre

Orgasmusgeräusche übertönten, dass es mir selbst kam. Fühlte mich hinterher verachtenswert. Ein Spanner, ein einsamer Taschenbillardspieler.

Mehrfach war ich kurz davor gewesen, zu einem der Mädchen zu gehen, die es in dem Durcheinander der Zelte, Planwagen und hastig errichteten Bretterschuppen außerhalb unseres Militärlagers gab. Dort hielten sich Marketender und Waschfrauen, Krämer und Hochstapler aller Art auf, entweder als Schmarotzer oder als Lieferanten des Heeres. Es gab ein Mädchen, das ihre Kunden in einem gelb angestrichenen Schuppen bediente. Das wusste ich. Ich wusste aber nicht, ob man sich nicht mit irgendetwas ansteckte, wenn man sie besuchte. Ich zögerte.

Eines frühen Abends, als die Lust mich dennoch bis vor ihre Tür getrieben hatte, sah ich John Wright dort herauskommen. Sein Gesicht wurde dunkelrot, als er mich sah, und abgesehen von den Stunden, in denen wir exerzierten, saß er den ganzen nächsten Tag in seinem Zelt und las in einem kleinen abgegriffenen, braunen Buch und wollte mit niemandem sprechen. Erst gegen Abend, als wir schlafen wollten, legte er das Buch beiseite, betete mit zitternden Lippen ein langes lautloses Gebet und sah mir zum ersten Mal in die Augen. »Hüte dich vor der Sünde«, sagte er zu mir, als ob er nun lange genug bereut und gebetet hätte.

Was nun? Was ist das für ein Klopfgeräusch ... Thurloe klopft vorsichtig mit den Knöcheln auf den Tisch.

»Fahr fort«, sagt er.

13

Die Schlacht bei Preston begann am Morgen des 17. August und dauerte mehr als zwei Tage. Ich war höchstens eine Viertelstunde daran beteiligt und das lag an Lord Delaffoy. Früh am Morgen des 17. August sah ich ihn zum ersten Mal, als er mit einer von ihm kommandierten Reiterei-Abteilung vorbeiritt. Ein junger Mann, groß und bleich, mit einem weltfremden Ausdruck in den dunklen Augen, als würde er an etwas ganz anderes denken; es war vor allem der Blick, der mich auf ihn aufmerksam werden ließ. Er trug unauffällige schwarze Kleider, aber der teure Spitzenkragen, der über dem Brustpanzer hing, und der nagelneue federgeschmückte Hut verrieten, dass er nicht irgendwer war. Er und seine Reiterei waren rasch außer Sicht und unsere kleine Gruppe Lanzenträger lag, saß oder stand müßig um ein kleines qualmendes Lagerfeuer, das einer von uns in dem klammen morgendlichen Wetter geschickt entfacht hatte. Daniel hieß er, ein Bauernjunge aus den Marschgegenden unten im Osten. Die anderen sagten, er wäre imstande, sogar frische Kuhscheiße zum Brennen zu bringen.

»John, hol mehr Brennholz«, sagte Daniel und zeigte auf ein niedriges Gebüsch, ein paar hundert Meter entfernt. Eines hatte ich inzwischen gelernt – allerdings nicht von den Korporalen: Die Schwerter, die man uns überlassen hatte, konnten auch dazu verwendet werden, Zweige und

Reisig für die Lagerfeuer zu schlagen; also ging ich zu dem Gebüsch und fand einige trockene Äste. Die ersten paar Zweige bereiteten kein Problem, doch dann geriet ich an einen etwas dickeren und widerspenstigeren Ast, bei dem mehrere Schläge erforderlich waren, und plötzlich stand ich mit dem Heft und einem zwanzig Zentimeter langen Klingenstumpen in der Hand da. Der Rest der Klinge war abgebrochen. Ich schaute auf den Stumpf und hatte das Gefühl, als würde die Welt unter meinen Füßen versinken. Das Schwert hatte mir ein gewisses Gefühl der Sicherheit vermittelt, obwohl ich kein großer Fechter war; und nun hatte ich es ausgerechnet in dem Moment verloren, an dem ich höchstwahrscheinlich zum ersten Mal ins Gefecht musste. Die gemeinen Soldaten wurden nicht mit den Produkten der besten Waffenschmiede versorgt. Ich hob die abgebrochene Klinge auf, ließ sie in die Scheide gleiten und trug die Äste und meine zerbrochene Waffe zurück zu den anderen. Sie starrten die Reste des Schwertes düster an. Unter anderen Umständen wäre es wahrscheinlich komisch gewesen, dass mich etwas Unterholz entwaffnet hatte, aber die Situation war durchaus nicht zum Lachen.

Kurz darauf sahen wir, wie eine Ordonnanz unserem Hauptmann einen Befehl übergab; er rief nach den beiden Trommlern der Kompanie, die sofort auf die Beine kamen und das Signal zum Sammeln schlugen. Wir traten hinter der Kompaniefahne an, einem grünen, quadratischen Tuch, das auf beiden Seiten mit einem Kranz und einem Schädel in Goldfarbe bemalt war – wir kannten die Fahne gut, der Korporal hatte sie uns schon oft gezeigt und uns eingebläut, unser Leben könne davon abhängen, dass wir sie erkannten und ihr während des Kampfes folgten. Und ein Feldgeistlicher hatte uns die allegorische Bedeutung erklärt: Siegeskranz oder Tod, Sieg oder ewige Verdammnis, sowohl auf dem Schlachtfeld wie auch im Leben. Abgesehen von den Phrasen schien mir, dass die Fahne wie eine Art Todesanzeige an einer Stange aussah. Ich kann sie noch immer deutlich vor mir sehen, und heute wie damals sehe ich sie ohne Begeisterung.

Ich meldete dem Hauptmann, dass mein Schwert zerbrochen war. Seine Augen wurden schmal und er hätte mich sicherlich auf der Stelle bestraft, wenn der Ernst der Situation es nicht verhindert hätte. Stattdessen sagte er nur mit zusammengekniffenen Lippen und vorgeschobenem Kinn: »Dann kämpf ohne!« Ich stecke den Stumpf mit dem Schwertgriff zurück in die Scheide und sagte nichts mehr.

Wir warteten eine geraume Zeit und als das Signal zum Abmarsch endlich kam, wurden wir auf die Straße nach Preston geschickt, allerdings nicht dorthin, wo die Kämpfe am heftigsten tobten. Wir wurden nach rechts beordert, in ein flaches, sumpfiges Gelände, um eventuelle Versuche des Feindes zu verhindern, unsere Truppen zu umgehen. Dort standen wir mehrere Stunden, ohne auf irgendwelchen Widerstand zu treffen; wir konnten uns indes vorstellen, was in dem tiefen Hohlweg vorging, der in die Stadt führte. Der Pulverdampf der Musketen stieg dort in dicken Schwaden auf, wir sahen schwankende Lanzen und Mündungsfeuer und wir hörten einen merkwürdig konstanten Lärmbrei aus Trommelsignalen, dem Knallen von Schüssen, klirrendem Metall, Rufen und Schreien, bei denen aus der Entfernung nicht zu entscheiden war, ob es sich um Schmerz, Schreck, Wut oder Jubel handelte – wahrscheinlich war es eine Mischung aus all dem.

Ein Stück weiter hinten sahen wir auf der Straße mehrere Hundertschaften unserer eigenen Reiterei, die in geordneten Reihen still abwarteten; sie saßen ebenso passiv auf ihren Pferden wie wir auf unseren Füßen standen. Ich konnte mir vorstellen, dass der Plan vorsah, den Hohlweg zu räumen und dann mit einem schnellen Kavallerieangriff nachzusetzen, um die Stadt einzunehmen, nur zog es sich immer länger hin. Zwischendurch wurde eine Kompanie ein Stück zurückgenommen und umgruppiert und eine andere als Verstärkung in den Hohlweg geschickt; ich ging davon aus, dass auf der anderen Seite dasselbe geschah. Es erinnerte mich an eine Reihenauswechslung bei einem Eishockeyspiel, aber mir war mein eigener Gedanke zuwider, denn ich wusste ja, dass in diesem Augenblick dort drüben Menschen starben; es ging hier nicht um Sport.

Unterdessen hatte es wieder angefangen, in Strömen zu regnen, und die Feuchtigkeit drang langsam durch die Kleider, bis auf die Haut. Ich weiß nicht, ob es daran lag oder ob der Hauptmann von irgendwoher einen Hinweis bekommen hatte, doch plötzlich gab er den Befehl aufzubrechen. Wir marschierten in geordneter Formation, so weit es auf dem schlüpfrigen Untergrund überhaupt möglich war, die Lanzenträger in der Mitte und die Musketenschützen an den Flügeln, und je näher wir dem fürchterlichen Hohlweg kamen, desto verbissener wurden die Mienen. Wir gingen in Reihen, jeweils sechs Mann hintereinander, die Erfahreneren liefen vorn und bestimmten das Tempo, es war ziemlich hoch. Als wir die Landstraße erreichten, gab der Hauptmann den Befehl zum Halten, und beinahe gleichzeitig wurde »Achtung« auf den Trommeln geschlagen – und danach das Signal »Angriff«.

Ich weiß nicht, was ich eigentlich empfand, als wir mit halb gesenkten Lanzen auf den Hohlweg losstürmten – oder besser trabten –, aber unsere Musketenschützen bezogen auf den höher gelegenen Böschungen Stellung und feuerten über unsere Köpfe. Ein Teil von mir schien wie gelähmt, wie abgeschlagen, ein anderer Teil saß in einer Blase im Gehirn und registrierte hektisch so viel wie möglich, und mein Körper bewegte sich, wie er trainiert worden war. Wir mussten buchstäblich einen kleinen Wall von toten Körpern überwinden, um auf den Feind zu stoßen, der in diesem Moment ebenfalls neue Leute ins Feld schickte. Der Pulverdampf war dicht und beißend, eine Kugel knallte gegen meinen Helm, es dröhnte, als würde ich mit dem Kopf in einer Glocke stecken, und der Schlag war so heftig, dass ich einen Augenblick schwankte. Aber ich verlor nicht das Gleichgewicht, ich versuchte, mit meiner Lanze so zuzustechen, wie es sich gehörte, und duckte mich vor den Lanzenspitzen, die aus dem Rauch und dem Nichts auftauchten. Ununterbrochen wurde ich in diesem chaotischen Gedränge gestoßen und geschubst. Der Lärm war ohrenbetäubend und plötzlich stand ich einem Soldaten direkt gegenüber, er hatte seine Zähne zu einem gewaltigen Gebrüll entblößt, ich verstand nichts. Er hob sein Schwert, um nach mir zu schlagen, ich parierte mit der Lanze, und wenn sie nicht an beiden Seiten bis zu den Handgriffen mit Eisen beschlagen gewesen wäre, hätte er sie glatt zerhackt. Stattdessen rutschte er durch die Wucht seines eigenen Schlages aus und fiel unter mir auf den Rücken; ich trat auf sein Gesicht, so dass es in dem widerlichen Matsch verschwand, es war wohl mit reichlich Blut vermischter Schlamm – in diesem Moment hatte ich jedoch keine Zeit, mir Gedanken darüber zu machen, worin ich eigentlich herumtrat.

Mit einem Mal spürte ich eher den Hufschlag, als dass ich ihn hörte, die Erde bebte. Im Pulverdampf öffnete sich eine Lücke und ich sah eine kleine Reitergruppe von der anderen

Seite heranjagen. Offenbar waren sie von unserer Seite beobachtet worden, denn im nächsten Augenblick bemerkte ich andere Reiter rechts vor mir. Irgendjemand hatte beschlossen, die Königstreuen zu stoppen, bevor sie durchbrechen konnten. Die Pferde trafen auf der Böschung des Hohlwegs aufeinander, ich stand ganz außen in unserer Formation und hörte ihre trampelnden Hufe über mir – und plötzlich rutschte ein feindliches Pferd ab. Irgendwie, in einem Selbstverteidigungsreflex, riss ich meine Lanze hoch und ihre Spitze drang dem Pferd in die Brust und bohrte sich durch das Gewicht des Tieres tief hinein. Das Pferd fiel mir direkt vor die Füße und Blut traf mich, das mit einem gewaltigen sprudelnden Keuchen aus dem Maul spritzte. Meine Lanzenspitze ragte neben der Mähne aus dem Nacken, das Ende der Lanze steckte tief im Matsch, und der feindliche Reiter focht mit den Armen und schrie, festgeklemmt unter dem tödlichen Gewicht des zuckenden Fleisches.

Nun hatte ich Lanze und Schwert verloren und kroch auf Händen und Füßen davon, gleichzeitig wurde ich von einem anderen herrenlosen Pferd, das sich die Böschung hocharbeitete und verschwand, mit Erdklumpen überschüttet.

Ein paar Sekunden später entdeckte ich dessen Reiter, drei, vier Meter von mir entfernt. Zuerst sah ich nur seinen Arm, den linken. Der dunkle Ärmel seines Überwurfs und der weiße Hemdsärmel waren direkt am Ellenbogen aufgerissen, Blut pumpte aus einer tiefschwarzen Wunde – eine Musketenkugel, abgefeuert aus nächster Nähe, erfuhr ich später. In diesem Moment sah ich jedoch nur das Blut, den Arm und das bleiche Gesicht, und ich erkannte den jungen Adligen, der mir am Morgen aufgefallen war. Mein einziger Gedanke war, ihn zu retten, es war das einzig Sinnvolle, das ich in diesem Augenblick tun konnte; ich schleppte ihn einige Meter weiter, bis zu einer kleinen, vom Regen ausgewaschenen Furche oder Rinne an der Böschung des Hohlweges, gerade so tief, um den Kugeln zu entgehen. Der Mann würde verbluten, wenn ich nicht sofort etwas tat. Ich bekam einen meiner Schuhe zu fassen, presste ihn auf den Boden, löste mit einer Hand den ledernen Schnürsenkel und zog ihn aus den Schnürlöchern; dann trennte ich seinen Ärmel mit dem kurzen Schwertstummel auf, der wunderbarerweise in der Scheide steckengeblieben war, band die Schnur stramm um die schmale Stelle am Oberarm, dicht unter der Schulter, und zog sie zusammen. Ich legte die Enden übereinander, zog noch einmal fest zu und verknotete sie. Es blutete nicht mehr in Strömen, es tropfte nur noch, und ich nahm seinen zerrissenen Hemdsärmel zwischen die Zähne und riss einen breiten Streifen ab, den ich um die Wunde band.

Auf einmal fiel mir auf, dass das Getümmel um mich herum anders klang. Ich schaute auf und statt eines verzweifelten Handgemenges sah ich einen Haufen Reiter und Fußvolk, die in die Stadt galoppierten und rannten. Die Royalisten hatten aufgegeben, sie flohen. Preston war in unseren Händen. Ich lud mir den Mann auf die Schulter – sein schlanker Körper wog nicht sonderlich viel – und hielt ihn mit einer Hand fest, während ich mit der anderen seinen linken Arm in die Luft hob, um die Blutung so weit wie möglich zu stoppen. Dann lief ich los. Es muss ein seltsames Bild gewesen sein: Ein bewusstloser Offizier, den Arm hochgereckt wie zu einem Siegeszeichen, der wie ein Sack auf der Schulter eines von Blut und Matsch verdreckten Gemeinen lag. Aber ich hatte keine Kraft mehr, mir über so etwas Gedanken zu machen, ich ging wie ein Automat auf die gepflasterten Straßen zu, die ich undeutlich erkennen konnte.

Am ersten stattlichen Haus an der Hauptstraße wurde ich

von einem Offizier angehalten, der den Mann auf meiner Schulter erkannte. »Herein! Herein!«, befahl er und ich gehorchte. In dem Haus, das unsere Truppen offenbar wenige Minuten zuvor beschlagnahmt hatten, wurde der Verletzte auf einen Tisch gelegt und von irgendjemandem mit aufgekrempelten Ärmeln und raschen Bewegungen versorgt, während ein zitternder, dicker Mann, offenbar der Besitzer des Hauses, aus einer Ecke zusah. Die Wunde wurde gewaschen und ein besserer Verband angelegt, der Arzt – oder wer immer es war – befahl zwei Soldaten, den Verletzten ins Bett des Hausherrn zu tragen.

»Wer hat ihn verbunden?«, fragte ein groß gewachsener Mann, der mit einigen anderen Offizieren am Fenster an einem Tisch stand, auf dem sie eine Karte ausgebreitet hatten.

»Das war ich«, antwortete ich.

»Das hast du gut gemacht«, sagte der groß gewachsene Mann, den ich in diesem Moment als General Lambert erkannte. *You have done well.* Ich kann es noch hören. Es schien, als würden diese vier Worte Ordnung in das Chaos des Tages bringen. »Wer bist du?«, wollte Lambert noch wissen.

»Der Lanzenträger John Gambledays aus dem Regiment von Oberstleutnant Crackton und der Kompanie von Hauptmann Fitzwilliams«, antwortete ich vorschriftsmäßig und schwankte vor Müdigkeit.

»Du hast eine Belohnung verdient. Wie lautet dein Herzenswunsch?«

Mein Hirn war leer. »Kann ich ein neues Schnürband bekommen?«, bat ich.

Die Offiziere lachten. Lambert schnitt eine Zierschnur vom Ärmel seines Lederkollers, ein schmales Bändchen mit eingewobenen Goldfäden, und reichte es mir. »Benutz das, bis du etwas Besseres findest«, sagte er.

Ein Soldat kam aus dem Schlafzimmer. »Seine Gnaden möchte den Mann sehen, der ihn gerettet hat«, meldete er.

Ich ging hinein, gefolgt von dem Arzt. Im Bett lag der Adlige und richtete seine dunkelblauen Augen auf mich, noch immer mit einem etwas abwesendem Blick, aber dennoch unverkennbar präsent. Er sah mich eine Weile an. »Er soll sich mir anschließen«, sagte er dann mir schwacher, aber deutlicher Stimme, schloss die Augen und schlief ein.

Als wir aus dem Zimmer kamen, waren die Offiziere bereits gegangen. »Weißt du, wen du da gerettet hast?«, fragte mich der Arzt und ich verneinte. »Richard, den siebten Baron Delaffoy, einen sehr frommen Mann und tapferen Soldaten«, erklärte der Arzt und setzte seinen Hut auf. »Ich komme heute Abend wieder und sehe nach ihm. Du bleibst hier. Ich werde Sorge tragen, dass deinem Regiment mitgeteilt wird, dass du bis auf Weiteres vom Dienst befreit bist, auf Befehl Seiner Gnaden.«

Ich wusste es noch nicht, aber meine Soldatenkarriere war mit diesem Tag beendet.

14

Es war heute eine lange Sitzung. Thurloe ist gerade eben erst gegangen, und tief zwischen den Wolken glimmt die Sonne ganz rechts, wenn ich schräg aus dem Fenster sehe. Wieder wollte er weitere Informationen über einzelne Personen, er fragte mehrfach nach dem Arzt, der sich um Delaffoy kümmerte und für meine Entlassung aus dem aktiven Dienst sorgte. Aber ich weiß nicht mehr, als ich gesagt habe. Ich habe den Namen des Mannes nicht gehört, ich weiß nicht einmal, ob er tatsächlich Arzt war – obwohl, wenn er es nicht gewesen wäre, hätte er wohl kaum noch einen Krankenbesuch gemacht. Ich verstehe auch nicht, wieso es wichtig sein könnte. Thurloe muss als Gehirn ein riesiges Register haben, in dem alle möglichen heimlichen und offenen Akteure des politischen Spiels mit Anmerkungen und Kreuzverweisen abgelegt sind. Es ist bereits ein paar Mal vorgekommen, dass er mir mit einem Namen behilflich war, an den ich mich nicht mehr richtig erinnern konnte. Imponierend. Und ein bisschen unheimlich.

Seine letzte Bemerkung beim Hinausgehen wirkte beinahe einstudiert, theatralisch, als ob er damit eine verdeckte Absicht verband. »Ja«, sagte er, »Preston. Ein strahlender Sieg. Und Ihr wart dabei. Dort legte Gott den Sieg endgültig in Olivers Hand.« Dann drehte er sich um und ging ohne ein weiteres Wort des Abschieds aus der Tür. Die Tür wur-

de geschlossen und die Schlüssel rasselten, als die Wachsoldaten mein Zimmer verriegelten. Und dann – Stille.

Gott. Endgültig. Der Sieg. In den Monaten nach Preston, als ich Delaffoy zuerst nach Cheshire und dann heim nach Hopesley Hall folgte, hörte ich immer wieder neue Berichte über den unglaublichen Glücksfall, der den Sieg ermöglicht hatte. Der Herzog von Hamilton hatte nicht geahnt, dass Cromwell ihn von Norden und nicht von Süden angreifen würde, ein taktischer Geniestreich, der dem Schotten den Rückzug abschnitt; aber Hamilton hatte auch nicht erkannt, dass es sich bei den Angreifern um die gesammelten Kräfte des Parlamentsheers handelte, als er den größten Teil seiner Truppen noch weiter nach Süden führen wollte. In den zwei Tagen, an denen sich das Ganze abspielte, begingen die schottischen und königstreuen Generäle einen fatalen Fehler nach dem anderen, und so endete die Schlacht mit dem verblüffenden Ergebnis, dass Cromwell seine Gegner mit einem Heer, das nur halb so groß war wie das der Royalisten, vollständig vernichtete. Wie es hieß, hatte Cromwell selbst in glühenden Worten von der Fügung des Schicksals gesprochen, die bewies, dass das Recht auf seiner Seite war und alles, was sich auf dieser Welt selbst erhöhte, zu Fall gebracht werden musste. Mit anderen Worten, Cromwells eigene Erhöhung war Gottes Werk und nicht sein persönliches.

Damals ahnte niemand, wie hoch General Cromwell noch steigen sollte …

Und was wäre mit mir geschehen, wenn ich Delaffoy nicht verwundet auf dem Boden liegend gefunden hätte? Hätte ich als Soldat weitergedient, bis ich entlassen worden wäre? Wäre ich im nächsten Krieg nach Irland geschickt worden? Hätte ich überlebt?

Werde ich das überleben, was irgendjemand im Moment gegen mich vorbereitet? Wird es ein öffentliches Verfahren geben? Oder wird es in aller Stille geregelt?

15

Als eine Art neuernanntes Mitglied von Delaffoys Gefolge wurde mir ein Bett in der Dachkammer des Hauses zugewiesen, in dem er einquartiert wurde. Welch ein luxuriöses Gefühl, wieder in einem richtigen Bett zu liegen! Ich teilte die Kammer mit einem Diener, der Robin hieß und seinen Herrn offenbar in all den Monaten des Krieges begleitet hatte, er war ihm rührend ergeben. Sowie Robin das Haus in Preston betreten hatte, nahm er vor dem Krankenzimmer auf einem Stuhl Platz und erhob sich daraus nur für die wenigen Augenblicke, an denen er entweder den Abtritt hinter dem Haus aufsuchte oder die Küchenmädchen anherrschte, eine nahrhafte Fleischbrühe für Seine Gnaden zu bereiten – obwohl der die meiste Zeit schlief oder döste und allenfalls einen oder zwei Löffel Suppe zu sich nahm, wenn der Diener ihn fütterte.

Robin ging an den Tagen, die wir in Preston zubrachten, spät ins Bett und stand vor Sonnenaufgang auf, ich sah ihn also nicht häufig, aber er dankte mir doch überschwänglich und mit feuchten Augen, dass ich Seiner Gnaden Leben gerettet hatte. Er war ein kleiner Mann mittleren Alters, mit einem runden Kopf und rotblonden Haaren mit so vielen merkwürdigen Wirbeln, dass kein Kamm und keine Schere Ordnung hätten hineinbringen können; eine komische Figur, doch in diesem Moment war er voll von aufrichtigem

Pathos, es war beeindruckend. »Gott möge dich dafür belohnen, John Gambledays!«, brach es aus ihm mit zittriger Stimme heraus.

Und wer weiß? Im Vergleich damit, was mir sonst hätte geschehen können, waren die Ereignisse der nächsten Jahre möglicherweise tatsächlich eine Belohnung …

Am dritten oder vierten Tag unseres Aufenthalts in Preston war Delaffoy ein wenig zu Kräften gekommen, gleichzeitig wies die Wunde aber Anzeichen einer Entzündung auf, und das bereitete dem Arzt, Robin und dem Halbonkel Delaffoys Sorge, der von den Ereignissen erfahren hatte und in seinem Reisewagen nach Preston gekommen war. Der Halbonkel, der den ziemlich pompösen Namen Sir Marmaduke Fauconcrest trug, besaß ein Gut ganz in der Nähe, genau auf der anderen Seite der Grenze zu Cheshire. Er schlug vor, den Kranken dorthin zu verlegen, zumal dort im Augenblick ein wunderbarer ausländischer Medikus residiere, der bestimmt helfen könne. Und so geschah es.

Früh am nächsten Morgen half man Delaffoy in den mit frischem Heu, Decken und Kissen ausgepolsterten Reisewagen; er konnte beinahe ausgestreckt darin liegen und der unermüdliche Robin hockte sich in eine Ecke, um jederzeit zur Verfügung zu stehen. Sir Marmaduke, sein Lakai und ich folgten in einem zweiten Wagen, den Sir Marmaduke bei einer wohlhabenden Witwe in Preston mit dem Versprechen organisiert hatte, ihn sofort wieder zurückzuschicken. Er beteuerte, dass er den Weg gern geritten oder gelaufen wäre, wenn es die Gicht in seinen Füßen zulassen würde, aber so wie die Sache stand, war er gezwungen, mit dem Wagen zu reisen. Er humpelte tatsächlich, obwohl er weder fett noch kurzatmig wirkte; er war eher mager und sehnig, kein typischer Wohlstandspatient.

Noch einmal erlebte ich ein Gefühl von Luxus, als ich in einem Wagen mit Federung und Dach durch die Landschaft fuhr, obwohl der Wagen schwankte und knackte und wir ein paar Mal aussteigen mussten, damit der Kutscher mit Peitschenhieben und Zurufen die Pferde dazu bringen konnte, das Gefährt durch eine besonders schlammige und schwer passierbare Stelle der Straße zu ziehen. Sir Marmadukes eigene Equipage mit dem Verletzten meisterte die Widrigkeiten offenbar leichter, denn sie verschwand auf der gewundenen Landstraße bald aus dem Blick und kam mehrere Stunden vor uns an.

Es war beinahe dunkel, als wir den Fauconcrestschen Herrenhof erreichten, aber unterwegs hatte ich eine unglaubliche Menge wichtiger und unwichtiger Dinge über die Familie und Sir Marmaduke selbst erfahren. Ich hatte dafür alles erzählen müssen, was mir zu meiner Person einfiel – meine einigermaßen plausible Lebensgeschichte als John Gambledays funktionierte glücklicherweise, sie war allerdings auch bei vielen Gesprächen an Lagerfeuern und auf Märschen entwickelt und ausprobiert worden. Und wenn Sir Marmaduke darüber hinaus etwas wissen wollte, improvisierte ich. Ich musste vorsichtig sein, denn es handelte sich bei ihm eindeutig um einen belesenen und gut informierten Mann; das Gute war allerdings, dass er vor allem daran interessiert schien, selbst zu reden – und das tat er unermüdlich. Seine Wangen wurden rot, die Augen glänzten und er pochte begeistert mit seinem Spazierstock auf den Boden, um die eine oder andere Pointe zu betonen, was dazu führte, dass unser entliehener Kutscher mehrfach anhielt, bis Sir Marmaduke ihm begreiflich machte, dass er einfach weiterfahren sollte – »und wenn der Teufel persönlich klopft!« –, bis er ausdrücklich eine andere Order bekam.

Neben Sir Marmadukes Familienverhältnissen der letzten gut zehn Generationen und diversen landwirtschaftlichen Informationen über die Güter, an denen wir vorbeikamen, erfuhr ich eine Reihe Details über eine faszinierende Person: den ausländischen Arzt oder Chemiker, der sich derzeit bei Sir Marmaduke aufhielt. Er hieß Razoumoff und stammte aus Moskau, Sibirien oder einer ähnlich entlegenen Gegend, aber er hatte in vielen Ländern bei den vornehmsten Meistern studiert und konnte in dem Laboratorium, das Sir Marmaduke sich auf seinem Landgut eingerichtet hatte, die herrlichste Medizin herstellen. Denn auch Sir Marmaduke beschäftigte sich mit den Mysterien der Metalle, wie er gestand, und vielleicht wäre dieser sibirische Meister sogar imstande – und hier beugte sich Sir Marmaduke zu mir herüber und senkte vertraulich die Stimme –, das Edelste aller Metalle hervorzubringen ... Er legte einen Finger auf die Lippen und ich setzte eine stumme und bedeutungsvolle Miene auf, während ich den geschwätzigen Fauconcrest im Stillen als einen vom Goldmachen Besessenen und in die Fänge eines Hochstaplers Geratenen einschätzte.

Der Lakai saß ebenso stumm und teilnahmslos da wie ein Kleiderständer und rührte sich nur, wenn er seinem Herrn bei Ein- und Aussteigen helfen musste. Unterwegs hielten wir einmal an einem reetgedeckten Gasthof, um zu rasten, und während Sir Marmaduke sich in der vornehmsten Stube mit Gerichten bewirten ließ, die sicherlich nicht besonders nützlich für die Heilung seiner Fußgicht waren, nahmen der Lakai und ich eine einfache Mahlzeit in einer bescheideneren Kammer ein, ohne ein einziges Wort zu wechseln – ich genoss es mindestens ebenso sehr wie die ständige Konversation davor und danach.

Ich war erschöpft, sowohl physisch wie psychisch, als wir

in der Dämmerung ankamen, aber noch war an Ausruhen nicht zu denken. Das ganze Haus stehe auf dem Kopf, erklärte der konsternierte Hofmeister, der Sir Marmaduke auf der Treppe empfing. Doktor Razoumoff habe nur einen einzigen Blick auf Delaffoys Wunde geworfen und dann sofort das Kommando übernommen, er habe verlangt, für den Kranken ein Zimmer im ersten Stock zu räumen, den Steinboden zu fegen und zu waschen, ein Bett ohne Vorhänge und Seidendecken hineinzustellen und mit sauberer Bettwäsche zu beziehen, ja, der Patient hatte sich vollständig entkleiden und zwei von Sir Marmadukes frischgewaschenen Hemden anziehen müssen. Darüber hinaus hatte der Doktor darauf bestanden, Delaffoys Verbände selbst zu wechseln und angeordnet, dass die Leinenstreifen für die Bandagen ausgekocht werden mussten, bevor sie aufgelegt wurden! Niemand durfte den Kranken berühren, ihm etwas zu essen bringen oder andere Verrichtungen an ihm vornehmen, ohne sich erst die Hände gewaschen zu haben, hatte Doktor Razoumoff gesagt! Und als Krone all dieses Galimathias hatte er gefordert, dass das Fenster offen stehen sollte – woraufhin der hiesige Arzt, den Sir Marmaduke doch persönlich um sein Kommen gebeten hatte, auf das Heftigste protestierte, denn jeder wisse doch, dass die Ausdünstungen der Nachtluft für Kranke wie für Gesunde schädlich wären. Aber Doktor Razoumoff hatte darauf bestanden und der Hofmeister hatte ihm Folge geleistet, denn so hatte Sir Marmaduke es ihm schließlich befohlen. Daraufhin hatte sich der gute Doktor Ferguson auf dem Absatz umgedreht, war wütend zu seinem Pferd gegangen und nach Hause geritten. Der Hofmeister wusste keinen Rat mehr, er hatte diesen Moskauer nur auf Befehl Sir Marmadukes bestimmen lassen, und nun sollte Sir Marmaduke selbst entscheiden, was weiterhin zu geschehen hätte, denn er, der Hofmeister, könnte nicht länger für die Folgen garantieren.

»Ferguson ist ein Trottel, genau wie Ihr«, sagte Fauconcrest und humpelte die Treppe hinauf. »Wie geht es meinem Neffen?«

»Seine Gnaden schlafen.«

»Ausgezeichnet. Lasst ihn in Ruhe – und findet eine Schlafkammer für diesen Mann hier und sorgt für ihn, denn ihm hat mein Neffe sein Leben zu verdanken.«

»Jawohl, Sir Marmaduke«, sagte der Hofmeister und hatte schwer zu schlucken. »Ausländer!«, murmelte er, während er mich die Treppe hinaufführte. »Glauben, sie könnten alles besser. Was ist denn so falsch an der guten alten englischen Art?« Er erwartete keine Antwort von mir, sondern öffnete eine Tür zu einem Flur in der obersten Etage und ließ mich eintreten. »Ich werde jemanden mit den notwendigsten Dingen schicken«, sagte er und verschwand.

Eine kleine Kammer, soweit ich in dem schwachen Tageslicht, das noch eindrang, sehen konnte; weiß gekalkt, mit einfachen Bretterpaneelen, einem Fenster und einem Bett. Aber ein ruhiges Zimmer, ein Zimmer ganz für mich allein. Glücklich warf ich mich auf die Strohmatratze und schlief ein, noch bevor eine Dienstmagd mit der Bettwäsche im Arm anklopfte. Und kaum hatte sie das Bett bezogen, legte ich mich, noch immer in allen Kleidern, wieder hin und sank in diese wunderbar stille und bilderlose Dunkelheit.

Am Morgen des nächsten Tages wurde ich in Sir Marmadukes Privatgemächer gebeten und dem ausländischen Wunderdoktor vorgestellt – oder besser gesagt umgekehrt, denn offenbar wollte der Wunderdoktor wissen, was geschah, nachdem Delaffoy verletzt worden war. Wir saßen auf unbequemen Stühlen um einen Eichenholztisch mit Kugelbeinen, jeder hatte einen Krug dünnes, säuerliches Bier vor sich, und Doktor Georges Razoumoff, wie er sich mit einer leicht französisch klingenden Aussprache vorgestellt hatte – obwohl er im Übrigen fließend Englisch mit einem nicht sonderlich ausgeprägten russischen Akzent sprach –, befragte mich detailliert, womit sich die Wunde des Barons infiziert haben könnte. Hatte der verwundete Arm den Boden berührt? Gab es dort Schlamm? Pferdemist? Blut von anderen Menschen als dem des Barons? Ich konnte alles bestätigen und begann im Stillen Respekt vor diesem Arzt zu bekommen, der offensichtlich ein ziemlich fortschrittliches Verständnis von Krankheiten und ihren Ursachen hatte. Ja, so dachte ich, bevor ich erfuhr, wer er wirklich war.

Er war ein kleiner Mann in den Dreißigern, mit ungewöhnlich kurzen brünetten Haaren und wachen braunen Augen, die sanft und im nächsten Augenblick hart, ja geradezu stechend sein konnten. Aber wenn er lächelte oder lachte, und das tat er häufig, zeigten sich zwei große Lachgrübchen in den Wangen und auf seinem Gesicht spiegelte sich ein Ausdruck von kindlicher Heiterkeit, der jedermann bezauberte. Ich verstand gut, warum Sir Marmaduke ihm seinen Herrenhof und seine Geldschatulle geöffnet hatte, und hielt ihn durchaus nicht mehr für einen Hochstapler. Möglicherweise verspürte ich geradezu ein vages Einverständnis mit ihm, vielleicht habe ich es mir aber auch nur hinterher eingebildet. Denn das Entscheidende geschah erst einige Tage später.

Ich traf ihn im Küchengarten, in den ich zufällig auf einem ziellosen Spaziergang auf dem Territorium des Herrenhofes gekommen war. Ich hatte ja keinerlei Aufgaben, ich war lediglich Delaffoys Retter, und in dieser Eigenschaft zwar ein willkommener Gast, aber mir selbst überlassen. Die meisten Räume des Haupthauses hatte ich bereits gesehen, ich war bis zum Rand des Parks gegangen und hatte die Ställe und Scheunen besichtigt. Der Küchengarten war einer der letzten Orte, die ich noch nicht inspiziert hatte, und ich fand den russischen Doktor, wie er Blätter von Küchenkräutern zupfte und zwischen den Fingern zerrieb, um daran zu riechen. Er schaute auf, sah mich, winkte mich heran und zeigte auf das Beet. »Roter Salbei«, sagte er. »Eignet sich zur Reinigung von Wunden.«

Er ging weiter zwischen den geraden Reihen kleiner und großer Pflanzen umher, offenbar gut gelaunt, denn er summte vor sich hin; es klang ein wenig wie ein slawisches Volkslied, bis ich die Melodie plötzlich wiedererkannte. Es war »Midnight in Moscow«, mein Vater hatte das Stück zu Hause immer gespielt, er hatte es auf einer Schallplatte mit Kenny Ball and his Jazzmen. Auf einmal hatte ich ein wenig Heimweh nach meiner fernen und noch nicht eingetroffenen Kindheit. Der Doktor hörte auf zu summen, als sein Blick auf eine neue Pflanze fiel, die er untersuchen wollte – und ich summte die Strophe für ihn zu Ende. Er schaute mich an, bereits halb vorgebeugt, und lächelte – dann veränderte sich sein Lächeln zu einer verbissenen Grimasse, er richtete sich blitzschnell auf und blickte mir ins Gesicht – und in seinem Blick blitzte ganz kurz das blanke Entsetzen auf, eine Blöße, die ebenso schnell wieder in seinen nun zusammengekniffenen Augenschlitzen verschwand. Ich hatte das Gefühl, als führe er einen gefährlichen Stoß gegen mich aus, und in einem ebenso kurzen Aufblitzen schien dasselbe Entsetzen mir jede Wahrnehmung unmöglich zu machen. Er trat einen Schritt zurück und blickte mich weiterhin an, prüfend, als wollte er einen schwachen Punkt finden, den er treffen könnte. Er sagte einige Worte auf Russisch zu mir. Ich verstand ihn nicht. Es schien, als würde er sich dadurch ein wenig entspannen, aber noch immer starrte er mich mit zusammengekniffenen Augen an.

»Woher kennst du dieses Lied?«, fragte er dann, auf Englisch, ohne seinen bohrenden Blick abzuwenden. Und erst in diesem Moment schoss es mir durch den Kopf: Es war kein altes russisches Volkslied, es war ein Stück sehr viel späteren Datums, etwas, das uns verband, das aber nicht dort existieren durfte, wo wir uns befanden. Es war unheimlich, unglaublich, erhebend, verwirrend, alles gleichzeitig; ich wäre gern davongelaufen und hätte ebenso gern die Arme um ihn geschlungen, ich wollte Bescheid wissen, fürchtete mich aber vor den möglichen Folgen, und aus meinem mahlenden Hirn kam die einfache Antwort. »Ich hab's im Radio gehört.«

»Im Radio«, wiederholte er wachsam.

»Das Radio«, sagte ich.

»Das Radio«, sprach er mir nach, langsam und betont.

Wir sahen uns eine ganze Minute an, glaube ich. Dann brach er das Schweigen. Er hob einen Arm, mühsam, als wäre er plötzlich sehr schwer, und zeigte auf eine kleine Pforte in der Gartenmauer, die in den Park führte. »Lass uns dort hinausgehen«, sagte er. »Du musst mir deine Geschichte erzählen.«

In einer Ecke des Parks stand hinter einer nachlässig geschnittenen Hecke eine Steinbank, die vom Haus aus nicht gesehen werden konnte. Sie war breit genug, um mit einem gewissen Abstand voneinander zu sitzen. Wir setzten uns, einander halb zugewandt, in aufmerksamer Distanz. Ich erzählte. Ich hatte das Bedürfnis zu erzählen. Ich beschränkte mich auf das Wichtigste und er hörte aufmerksam zu und atmete mehrfach hastig ein, als ob er selbst etwas sagen wollte, aber er unterbrach mich nicht und bedeutete mir fortzufahren. Nur einmal sprang er vor Verblüffung auf, und das geschah, als ich das Jahr nannte, aus dem ich gekommen war. 2005. Er stieß einen kehligen Laut aus, eine Art Protest, aber auch dieses Mal sagte er kein Wort, setzte sich still wieder hin.

Als ich meinen Bericht beendet hatte, sagte ich: »Jetzt musst du mir *deine* Geschichte erzählen.«

Er sah zu Boden. »Ich erzähle sie morgen«, erwiderte er. »Morgen Vormittag, wenn ich nach dem Baron gesehen habe. Komm in mein Laboratorium. Morgen. Ich muss …« Er beendete den Satz nicht, wedelte stattdessen mit der Hand in der Luft. »Morgen.«

Er schien derart ratlos, dass ich es aufgab, ihn auszufragen, obwohl ich hätte schreien können vor Ungeduld. *Erzähl es mir doch*! Aber ich schrie nicht. Als wir von der Bank aufstanden, fiel mir etwas anderes ein. »Was hast du zu mir im Garten auf Russisch gesagt?«, wollte ich wissen.

Ein schelmisches Lächeln zuckte um einen Mundwinkel. »Deine Hose ist nass«, sagte er.

Ich schaute unwillkürlich an mir herunter und stellte fest, dass es nicht stimmte. Er lachte laut auf und breitete die Arme aus. »Das habe ich gesagt«, erklärte er. »Und du hast genau das *nicht* getan. Also wusste ich, dass du kein Russisch verstehst.« Wir gingen zurück.

»Also wusste ich, dass du mir nicht nachgeschickt worden bist«, sagte er.

Nachgeschickt, wollte ich fragen, er aber wedelte wieder abwehrend mit den Händen, bevor ich das Wort herausgebracht hatte. Den Rest des Weges zum Haus legten wir schweigend zurück.

16

Heute ist also Sonntag. Ich habe heute Morgen die Kirchenglocken gehört, ich hatte sie früher schon gehört; aber ich kann mich nicht erinnern wie oft, und ich weiß nicht, ob sie nur an Sonntagen läuten. In jedem Fall sind sie nicht in der Nähe, das Gebäude hier muss wohl ziemlich weit vom nächsten Dorf entfernt liegen. Ein Landsitz am Fluss, aber wem gehört er? Und warum bin ich gerade hier?

Nachdem der Wachsoldat meine Schale mit Grütze und den Nachttopf hinausgetragen hatte – sie tun alles für mich, nur damit ich nicht das Zimmer verlasse –, wurde ein Mann mit einer Ledertasche in der Hand eingelassen. Er hatte das rundeste und nichtssagendste Gesicht, das ich seit Langem gesehen habe, fleischige Hände und eine weichen Schmerbauch unter der dunklen Tracht. Nichts an seiner Kleidung deutete darauf hin, dass es sich um einen Priester handelte, aber so war es.

»Sekretär Thurloe schickt mich«, begann er ohne weitere Einleitung. »Mein Name ist Henry Taylor und ich bin Kaplan an einer der Kirchen hier in der Gegend. Sekretär Thurloe hat mir aufgetragen, keinerlei Namen von Orten oder Personen mitzuteilen, außer meinem eigenen. Ich komme, um Euch die Worte des Herrn an diesem Sonntag zu bringen, und ich werde auch die nächsten Sonntage kommen, so lange es notwendig ist. Ich bedauere, dass ich erst

jetzt gerufen wurde und Ihr Gottes Trost so lange entbehren musstet. Gibt es etwas, das Ihr mir anvertrauen möchtet?«

Ich fühlte mich überrumpelt. Was sollte das? Ich vertraute mich die ganze Zeit Thurloe an, und zwar ausführlich, wozu sollte das jetzt also gut sein?

Er antwortete, er könnte das geduldige und stumme Ohr sein, wenn ich Sünden auf meinem Gewissen hätte, die ich nicht den Behörden, sondern nur Gott gegenüber erwähnen wollte. Ich erwiderte, dass Gottes eigenes Ohr noch geduldiger und verschwiegener wäre. Darauf antwortete er nicht, sondern holte eine Bibel aus einer tiefen Tasche und las mir aus den Psaltern vor, einen Psalm Davids, der davon handelte, dass der Herr am Tage des Zorns unter den Heiden richten, die Städte mit toten Körpern füllen und die Köpfe vieler Wohlhabender abschlagen werde. Daraufhin hielt er mir, wobei er meist zur Decke blickte, eine kurze Predigt, erstens über die Hilfe des Herrn bei Davids siegreichem Kampf, zweitens über Christi wundervollen Sieg über seine Feinde durch die Wiederauferstehung, drittens über den Sieg der Schrift über Falschheit und Lüge in diesen Zeiten und viertens über das Versprechen des Herrn auf den endgültigen Sieg der Heiligen in dem herrlichen Zeitalter, das kommen würde.

Danach fragte er, ob ich ein Kirchenlied singen wollte. Ich wollte nicht. Also betete er das Vaterunser und ich murmelte mit. Zum Schluss öffnete er seine Tasche, die einen kleinen Abendmahlskelch, eine verkorkte Flasche, eine Schachtel mit Oblaten und eine kleine Decke enthielt, die er auf meinen Esstisch legte. Ohne zu fragen, ob ich den Wunsch hatte oder nicht, führte er sein Abendmahlritual durch, schob mir die Oblate in den Mund und hielt mir den Kelch mit Wein an die Lippen, und ich fügte mich, weil es das Einfachste war. Hinterher erteilte er sich selbst das Sakrament, schloss die Augen und faltete eine halbe Minute die Hände. Dann packte er seine Sachen, klopfte an die Tür, damit der Soldat aufschloss, drehte sich zu mir um und segnete mich, ohne dass sich der Ausdruck in seinem käserunden Gesicht auch nur im Geringsten änderte.

Nun ist er gegangen und ich sitze hier mit einer Mischung aus Amüsement und Verärgerung über diesen geistlichen Roomservice, mit dem ich nun offenbar jeden Sonntag beglückt werden soll. Solange es notwendig ist. Und wann ist es nicht mehr notwendig? Ich mochte ihn nicht einmal fragen. Vielleicht hätte ich fragen müssen. Nicht denken. Nicht daran denken.

Was bleibt ist merkwürdigerweise der Geschmack des Weins. Irgendein Süßwein, stark und kräftig, überraschend gut. Vielleicht eine Flasche aus Thurloes Keller? Ich habe noch immer den Geschmack im Mund, ein Geschmack nach … Ich weiß es nicht. Nach den Möglichkeiten der Vergangenheit. Nach Sehnsucht, möglicherweise.

17

Ich habe in dieser Nacht sehr schlecht geschlafen, ich habe mich im Bett hin und her gewälzt und mit allen möglichen Spekulationen gekämpft, was ich wohl am nächsten Tag erfahren würde. Dass es einen Zusammenhang zwischen dem russischen Arzt und meinem unfreiwilligen Sprung durch die Zeit gab, war offensichtlich, aber ich konnte mir nicht vorstellen, worin dieser Zusammenhang bestand. Gab es noch mehr von uns? Stand eine Absicht dahinter oder war es einfach eine Laune des Universums? Erst als der Himmel vor meinem Fenster allmählich von Schwarz zu Grau wechselte, schlief ich ein, wachte mehrfach auf und schlief wieder ein, bis ich merkte, dass es bereits Vormittag sein musste. Es regnete, aber das Licht war eindeutig heller als am frühen Morgen.

Ich zog mich an und rannte die Treppe hinunter, bis zur Tür des Laboratoriums im Erdgeschoss, die jedes Mal, wenn ich daran vorbeikam, verschlossen gewesen war. Nun stand die Tür offen und ich hörte die Stimmen des Doktors und Sir Marmadukes. Sie sprachen über Delaffoy, dem es offenbar stetig besser ging. Ich klopfte an der offenen Tür und Sir Marmaduke kam freundlich auf mich zu, nahm mich am Arm und führte mich hinein.

Der Raum war hoch und mit dunklem Holz verkleidet, er hatte einen großen Kamin und eine wahrscheinlich teure Kassettendecke, doch all das nahm ich nur geistesabwesend wahr, während Sir Marmaduke drauflosplapperte, wie er all die Töpfe, Gestelle und Schmelztiegel beschafft hatte, die Stein- und Mineraliensammlungen, die die Regale füllten, und die vorläufigen Arbeitstische des Laboratoriums. »Alles, was der gute Doktor benötigt, besorge ich aus London und Manchester, wenn wir es nicht selbst haben«, erklärte er stolz. »Aber gewisse seltene Substanzen hatten wir schon lange, bevor der Doktor kam; ich selbst habe einen Teil gesammelt und mein verstorbener Vater, Sir Ralph Fauconcrest, war ebenfalls ein Kenner der Mysterien der Materie.« Er zeigte auf ein großes Porträt eines grimmigen Herrn mit Bart, das an dem einzigen Stück Wand hing, das nicht mit Regalen zugestellt war. »Ich ließ es nach einer Miniatur malen, nachdem er gestorben war, aber es sieht ihm vortrefflich ähnlich.«

Während Sir Marmaduke sich endlos über seinen Vater, seine Sammlungen und seine gelehrten Freunde verbreitete, wechselte ich einige Blicke mit Doktor Razoumoff oder Jurij, wie ich ihn bald nennen sollte. Er war blass, sah aber im Übrigen ruhig aus, abgesehen von den Augen, die er zum Himmel drehte, wenn Sir Marmaduke ihm den Rücken zuwandte.

Ich war keineswegs ruhig. Ich hatte größte Lust, Fauconcrest, seinen Stock und seinen Redefluss direkt aus der Tür zu schieben, aber glücklicherweise kam ein Diener und meldete, dass irgendein Nachbargutsherr gekommen war, um mit ihm über einige Pferde zu sprechen. »Sie müssen mich entschuldigen, meine Herren, aber ich muss Sie verlassen«, sagte Sir Marmaduke und wir entschuldigten ihn von ganzem Herzen.

Jurij schloss die Tür von innen ab. Als Erstes teilte er mir seinen richtigen Namen mit, auf Russisch ohne französische

Verzierungen. Jurij Nikolajevitj Razumov, sagte er langsam und deutlich. Razumov mit der Betonung auf dem U. »Und dein Name?«, fragte er, »John Gambledays klingt weder dänisch noch norwegisch.«

Ich sah in seine braunen Augen. Sie waren sanft, abwartend. Ich entschied mich auf der Stelle ihm zu vertrauen. Allein der Gedanke, in dieser wahnsinnigen Situation aufrichtig mit jemandem reden zu können, war verlockend.

»John stimmt schon«, antwortete ich. »Der Nachname ist Vivilt. Alles, was ich sonst noch erzählt habe, ist die Wahrheit.«

Er nickte. Dann atmete er tief durch und begann.

»Ich bin ein Chrononaut«, sagte er. »Ein Zeitreisender. Ausgeschickt vom Volkov-Institut in Irkutsk. Ich verließ das zwanzigste Jahrhundert auf einer Position in der Nordsee, die nahe der Stelle gewesen sein muss, an der du durch die Zeit gesprungen bist. Allerdings war das 1979. Es war in der Nacht des 3. November 1979 und es war kalt! Aber wie du selbst weißt, John, war das Wetter am 12. Juni 1647 schön …

Ich hatte trainiert, über lange Distanzen zu schwimmen. Ich wusste, dass es notwendig werden könnte, weil das Experiment in einem gewissen Abstand zur Küste stattfand. Ich verlor das Bewusstsein, genau wie du, aber offenbar nicht so lange. Als ich wieder zu mir kam und zu schwimmen begann, konnte ich allerdings kein Land sehen – man sieht nicht sehr viel, wenn sich der Kopf auf der Höhe der Wasseroberfläche befindet! – und musste versuchen, mich an der Sonne zu orientieren, dabei habe ich möglicherweise einen Fehler gemacht. Jedenfalls bin ich mehrere Stunden geschwommen, glaube ich, denn ich wurde von einem kleinen Handelsschiff aufgefischt, das auf dem Weg von Newcastle nach London war. Ich war splitternackt, genau wie du. Und sie starrten mich an. Was für ein Gefühl!«

Ich wusste, was er meinte. Seine Augen strahlten und ich erinnerte mich an das enorme Gefühl zu leben, noch da zu sein, die Sonne und die Luft mit jeder einzelnen Faser des Körpers zu spüren, als hätte sich die ganze Welt erneuert. Wir sahen uns an und lachten, und von diesem Moment an waren wir Freunde, ich kann es nicht anders erklären.

»Es war mein Glück, dass ich sofort nach London kam«, fuhr er fort. »Ich hatte ja nichts anderes bei mir als das, was hier drinnen steckt« – er tippte sich an die Stirn –, »und in London konnte ich es sofort anwenden. Sowie die Seeleute mich an Land gesetzt hatten, ging ich los und fragte nach einem tüchtigen Apotheker. Ich hatte – nein, warte, entschuldige«, unterbrach er sich, »ich schulde dir eine Erklärung. Selbstverständlich. Wo habe ich nur meine Gedanken. Du wirst sicher erraten haben, dass du hier bist, weil ich es bin, aber du weißt nicht, wie es passiert ist, oder?«

»Nein«, sagte ich mit Nachdruck.

Jurij wurde ernst. Er stand von dem Arbeitstisch auf, auf dessen Kante er gesessen hatte, und ging zum Fenster. Er blieb einige schweigsame Minuten mit dem Rücken zu mir stehen und schaute hinaus, dann begann er zu sprechen.

»Ich hatte eine Lüge für dich vorbereitet, John. Ich wollte dich glauben lassen, ich wäre so eine Art Wissenschaftler, ein Entdeckungsreisender. Aber ich kann diese Unwirklichkeit nicht mehr ertragen. Es ist, als würde ich mich zwischen Schatten oder historischen Bildern bewegen, die lebendig geworden sind; ich zweifele an allem, was ich über diese Epoche und ihre Menschen gelernt habe, ich bin entsetzt über Kleinigkeiten, die nicht stimmen, ich habe keinen festen Grund mehr unter den Füßen. Ich fange an zu zweifeln, ob ich mich richtig entsinne, wenn ich mir in Erinnerung rufe, wer ich eigentlich bin – oder wenn ich für mich wiederholen soll, welche Rolle ich zu spielen habe. Aber ich glaube, du bist real, du kommst tatsächlich aus einer Welt, die ich mit dir teilen kann, obwohl wir zu verschiedenen Seiten dieser Welt gehören. Ich glaube, du bist derjenige, der du behauptest. Ich muss unbedingt jemandem erzählen, wer ich bin und was ich tun soll, jemandem, der versteht, was ich meine! Jemandem, der meine Geschichte für mich bewahren kann ... John, ich bin dafür ausgebildet, Geheimnisse für mich zu behalten, ich bin dafür ausgebildet, im Untergrund zu arbeiten, aber auf diese Geschichte hier war ich nicht vorbereitet ... Es ist zu riskant, es aufzuschreiben, und das Problem ist, dass diejenigen, die Bescheid wissen, noch gar nicht geboren sind. Ich bin der Einzige, wirklich der Einzige, der davon weiß.«

»Du meinst, du brauchst eine Sicherheitskopie von dir selbst.«

»Sicherheitskopie ...? Ah ja, so wie bei Computern!«

»Ja, Computern.«

Ich genoss es, das Wort zu sagen. Es lag eine ganz eigenartiger Reiz darin, diese unpassenden Worte in den Mund zu nehmen, diese Nonsenssprache der Eingeweihten. Wir sprudelten vor Lachen, als wären wir kleine Jungen, die sich unanständige Witze erzählten.

»Dann ruf ich dich an, wenn ich über irgendetwas im Zweifel bin«, sagte Jurij.

»Du kannst auch einfach das Auto nehmen«, schlug ich vor.

»Das Auto, ja! Oder den ersten Flieger!«

»Oder schick mir eine E-Mail!«

»Was ist eine E-Mail?«

Die Munterkeit hatte ein Ende. Der kleine Zeitunterschied zwischen uns, mitten in unserem großen gemeinsamen Sprung, wurde deutlich. »Eine E-Mail ist ein Brief, den man von einem Computer zum anderen schickt. Über das Internet«, erklärte ich zögernd.

Jurij griff sich an die Stirn. »Nicht jetzt«, sagte er, »später. Deine Gegenwart, meine Zukunft, später. Glaub nicht, dass ich nicht neugierig bin. Aber nicht jetzt!«

»Erzähl mir, was du mir sagen wolltest.«

»Kann ich dir vertrauen, John? Sinnlos. Ich muss es selbst entscheiden. Habe ich eine Wahl? Das ist die Frage.«

»Auf die ich auch nicht antworten kann.«

»Nein. Gut. Hör zu. Hast du jemals von dem Volkov-Effekt gehört?«

»Nein.«

»Es hätte mich auch gewundert. Es ist absolut geheim. Eine sowjetische wissenschaftliche Errungenschaft. Aber du kennst ihn. Er hat dich hierher geführt.«

Jurij erzählte nun von einem militärischen Forschungsprojekt, mit dem man Anfang der sechziger Jahre begonnen hatte, weil die sowjetische Führung der Ansicht war, dass die Amerikaner mit etwas Ähnlichem experimentierten. Es ging darum, Delphine für Unterwasseroperationen abzurichten, das Anbringen von Bomben an feindlichen Schiffen, die Zerstörung des U-Bootnetzes an strategisch wichtigen Einfahrten von Kanälen und Häfen und derartige Dinge. Das Problem war weniger die Dressur der Delphine, sondern ihre Steuerung. Die Geräuschsignale waren leicht durch feindliches Sonar zu orten, daher begann ein Physiker namens Igor Volkow mit Geräuschen auf extrem niedrigen Frequenzen zu experimentieren, unterhalb der Grenze dessen, was menschliche Ohren erfassen konnten. Es zeigte sich, dass die Delphine diese Töne hörten, wenn sie durchs Wasser geschickt wurden, möglicherweise durch ihre Haut; sie reagierten eindeutig auf bestimmte Interferenzen, die entstanden, wenn zwei leicht unterschiedliche, extrem tiefe Töne gleichzeitig von zwei Geräuschquellen ausgestrahlt wurden, die in einem bestimmten Winkel zueinander angebracht waren. In den Sechzigern ließ Volkov in der Nähe des Schwarzen Meeres ein Delphinbassin von zwei mal zwei Kilometern bauen, mit riesengroßen elektrostatischen Unterwasserlautsprechern an den Ecken, und dort entstand der erste wissenschaftlich dokumentierte Volkov-Effekt. Eines Tages arbeiteten Volkov und sein Team mit einem sehr vielversprechenden Delphin, den sie Vanja genannt hatten; er wurde in einer Ecke des Bassins ausgesetzt und empfing ein Geräusch, das ihm anzeigte, vorwärts zu schwimmen. Daraufhin setzte Volkov ein Interferenzmuster ein, um Vanja mitzuteilen, dass er in einem Winkel von dreißig Grad nach links drehen sollte. Der Delphin reagierte nicht. Volkov erhöhte die Lautstärke und es passierten zwei Dinge: Ein merkwürdig stehendes Wellenmuster zeigte sich an der Wasseroberfläche und Vanja drehte sich in die richtige Richtung – aber ein paar Meter hinter seiner ursprünglichen Position. Der Delphin hatte einen unerklärlichen Sprung nach hinten vollzogen, oder richtiger, er befand sich plötzlich, ohne Übergang, an einer anderen Stelle des Bassins.

»Es wurde gefilmt«, sagte Jurij, »ich habe den Film gesehen. Zuerst dachte ich, es sei eine Lichtbrechung im Wasser, die mich täuschte, aber dann habe ich mir die Sequenz mehrfach angesehen. Es passierte tatsächlich so abrupt und so deutlich, dass man keinen Zweifel mehr hatte. Es ist auch kein Schnitt in dem Film, denn es gibt nichts anderes, das sich so ruckartig bewegt. Es existieren noch viele weitere

Filmaufnahmen des Volkov-Effekts, aber sie waren als so geheim klassifiziert, dass wir sie nicht sehen durften. Wir, das war die Gruppe, die das Chrononauten-Training absolvierte. Acht Mann. Mich wählte man aus.«

Volkovs Analysen ergaben, erzählte Jurij, dass die Interferenz der Schallwellen im Wasser einen bis dahin unbekannten Feldtypus bildeten, in dem es sozusagen ein Loch in der Zeit gab. Je größer die Wassermenge und je kräftiger die Signale waren, desto größer der Zeitsprung, allerdings musste die Signalstärke nur geringfügig erhöht werden, um ein wesentlich effektiveres Resultat in größeren Wassermengen zu erzielen. Offenbar waren die Wassermoleküle in möglicherweise Hunderten von Kilometern Umkreis um die Geräuschquelle in diesen Prozess involviert, obwohl niemand eine Erklärung für dieses Phänomen hatte.

Volkov bekam sein eigenes Institut, das der obersten militärischen Führung und dem KGB direkt unterstellt war, denn die Möglichkeit, Menschen oder Dinge in der Zeit zu versetzen, war für den Spionageeinsatz natürlich mehr als interessant. 1975 wurde das erste Experiment mit einem Menschen durchgeführt. Das Institut war vom Schwarzen Meer nach Irkutsk verlegt worden, weil die Stadt – weit weg von den sowjetischen Grenzgebieten – mitten in Sibirien am Baikal-See lag, der sehr tief und wasserreich ist, außerdem erstreckt er sich von Südwest nach Nordost, eine Kompassrichtung, die eine gewisse verstärkende Wirkung auf den Effekt hatte – möglicherweise aufgrund der Erdrotation und ihres Einflusses auf die Deviation von Luft- und Wasserströmungen. Ein Mann, nicht aus der Gruppe der Chrononauten – die existierte damals noch nicht –, wurde drei Tage in der Zeit zurückversetzt, als er in einem Volkov-Feld im Baikal-See ins Wasser ging. Er hatte eine einfache Aufgabe zu lösen: Bei der Stadt Babushkin sollte er an Land schwimmen, aufs Postamt gehen und ein Telefonat mit einer bestimmten Nummer in Moskau anmelden, die zum Verteidigungsministerium gehörte; und wenn er den Wachhabenden an den Apparat bekam, sollte er sich als Professor Lebedev vorstellen und die beiden wichtigsten Überschriften auf der Titelseite der *Prawda* des Tages zitieren, an dem er in den See gesprungen war. Der Wachhabende im Ministerium hatte die Instruktion, den exakten Zeitpunkt von Professor Lebedevs Anruf und den genauen Wortlaut seiner Mitteilung aufzuschreiben, in Ablauf und Inhalt des Experiments war er selbstverständlich nicht eingeweiht.

»Ich bin dem Mann begegnet«, berichtete Jurij. »Professor Lebedev, ha! Er hieß völlig anders und war ein ganz gewöhnlicher Soldat, aber er war Kommunist und erfüllte seine Aufgabe bis ins letzte Detail. Er hat mir erzählt, dass Volkov und die Kommission, die sich an Bord des Schiffes aufhielt, ungewöhnlich munter waren. Hinterher erfuhr er den Grund. Noch bevor er in den Baikal sprang, hatten sie gewusst, dass das Experiment gelungen war. Gegen Mittag hatte Volkov einen Anruf aus dem Verteidigungsministerium bekommen, der bestätigte, dass dort drei Tage zuvor ein Anruf eingegangen war und dabei zwei Überschriften der tagesaktuellen *Prawda*-Ausgabe wörtlich zitiert wurden. Der Mann erzählte mir, dass er überhaupt nichts verstanden hätte. Sie kannten das Resultat des Experiments, bevor es überhaupt begann. Sie hätten es ebenso gut absagen können.«

»Und wenn sie es getan hätten?«, fragte ich.

»Dann wäre kein Anruf des Verteidigungsministeriums gekommen. Denke ich«, sagte Jurij in einem Ton, der mir verriet, dass er sich die gleiche Frage bereits sehr häufig gestellt hatte.

»Und wenn dieser ›Professor Lebedev‹ nun zufällig drei Tage vorher in dieser – wie hieß die Stadt noch? – gewesen wäre? Hätte er sich dann theoretisch selbst auf der Straße begegnen können?«

»Er war nicht dort«, sagte Jurij und zuckte die Achseln. »Das ist alles, was ich weiß. Ich kann es dir nicht erklären. Du meinst, wenn der Mann sich selbst getroffen hätte, wäre die ganze Theorie widerlegt? Oder die Theorie ist Unfug, weil man sich nicht selbst begegnen kann?«

»Das klingt logisch.«

»Und wo befinden wir uns? Mitten in einem absurden, nichtexistenten Unfug?«, fragte Jurij. Er streckte den Arm aus, nahm einen Stößel aus einem Messingmörser, der neben ihm auf dem Tisch stand, und warf ihn mir zu. Ich wollte den Stößel mit einer ungeschickten Reflexbewegung fangen, aber er prallte hart und schwer auf mein Brustbein. »Ist er nichtexistent?«, fragte Jurij. »Hör weiter zu.«

Der Mann, der sich Professor Lebedev genannt hatte, kehrte zurück. Er kam einfach an genau der selben Stelle aus dem Baikal-See heraus, exakt drei Tage später oder besser gesagt, im Verlauf des Experiments – das Volkov-Feld ermöglichte es ihm, zurückzukommen.

»Er sagte zu mir, es sei das Verwirrendste gewesen, was er jemals erlebt hätte«, erzählte Jurij. »Er hatte das Gefühl, als wäre er nur wenige Augenblicke nach seinem Sprung ins Wasser wieder ins Boot gezogen worden. Die Kommission hatte noch immer gute Laune, Volkov hatte noch immer das leere Wodkaglas in der Hand, das er eben mit einem Toast auf das Wohlergehen der Versuchsperson geleert hatte, und doch brachte Lebedev die Erinnerung von drei Tagen mit: Er wusste, wo er geschlafen hatte, wo er gegessen hatte, er erinnerte sich an das Postamt, das Telefonat, die Wartezeit und die Langeweile in Babushkin, aus dem es nichts nach Hause zu schreiben gab.«

Ich versuchte es zu begreifen. Mein Gehirn sperrte sich.

»Und weißt du was«, sagte Jurij. »Er zeigte mir die Schuhe, die er angehabt hatte. Seine Kleidung und das Geld, das er an den drei Tagen brauchte – um das Telefongespräch mit Moskau zu bezahlen –, hatte er in einer wasserdichten Tasche dabei. Aber alles war zerrissen und zerfallen, als er das Ufer hinaufkroch. Fast wäre es so weit gekommen, dass das Hotel, in dem er in den drei Tagen wohnte und aß, seine Rubelscheine abgelehnt hätte, so abgegriffen und ausgeblichen waren sie. Und die Schuhe, ich habe die Schuhe gesehen. Er hatte sie zur Erinnerung behalten. Sie sahen aus, als wären sie aus Wildleder, obwohl es sich um gute Militärschuhe aus festem Leder handelte. Nun waren sie stumpf und rissig und die Sohlen hatten sich an den Rändern aufgelöst. In nur drei Tagen. Das war das Rätsel des Volkov-Effeks: Nur lebenden Zellen gelang der Zeitsprung. Alle leblosen Stoffe, organische wie anorganische, wurden zerstört. Du hast mir ja selbst erzählt, was mit deinem Boot und deinen Sachen passiert ist.«

»Tja, wie könnte ich das vergessen?«

»*Ich* wusste also, was mich erwartete. Ich hatte nichts dabei, nur mein Wissen. Sorgfältig vorbereitet. Aber hör mir zu.«

Das nächste Experiment, berichtete Jurij, war weitaus größer angelegt. Es fand 1976 im Ladoga-See statt, da das Ziel Leningrad war, oder besser gesagt Sankt Petersburg 1886, ein zeitlicher Abstand von neunzig Jahren. Der Freiwillige, den man wiederum aus dem Heer rekrutiert hatte, sollte sich als Maurer oder Handlanger beim Bau der Blutkathedrale anstellen lassen, einer großen Kirche in altrussischem Stil, die erst 1907 fertiggestellt wurde. Und auf der Innenseite eines Steines der Außenmauer, also unsichtbar für alle, sollte er an einer ganz bestimmten Stelle eine Losung ritzen, die sich zu der damaligen Zeit niemand hätte ausdenken können: *Slava KPSS*.

»Was bedeutet das?«, unterbrach ich ihn.

»Ehre der Kommunistischen Partei der Sowjetunion«, sagte Jurij. Ich hob die Augenbrauen. Er fuhr fort.

Der Stein wurde 1976 einige Monate später gefunden, mit der eingeritzten Losung, aber der Mann kehrte nie wieder zurück. Ein Versuch, das Volkov-Feld umzukehren und ihn durch den Ladoga-See zurückzuholen, misslang. Das jedenfalls war die offizielle Erklärung, die dem Chrononauten-Team mitgeteilt wurde.

»Der Mann war ein Held. In unserem Trainingszentrum hing ein Bild von ihm«, sagte Jurij. »Er hieß Tjurin. Am Jahrestag seiner Aktion legten wir Blumen unter sein Bild.«

Er schwieg eine Weile. Während er sich mit zwei Fingern über das Kinn fuhr, musterte er mich. Ich erinnere mich sehr deutlich an seinen Blick, und ich erinnere mich auch, dass ich nicht wusste, was ich davon halten sollte. Wollte er sehen, ob ich ihm glaubte? Wollte er abschätzen, ob er mir auch den Rest anvertrauen konnte? Jedenfalls erzählte er kurz darauf weiter.

»Und dann«, fuhr er fort, »war die Zeit gekommen, die Technik ernsthaft einzusetzen. Wir wurden nicht nur physisch trainiert, wir wurden auch in Englisch, englischer Geschichte und den gesellschaftlichen Verhältnissen in der Mitte des siebzehnten Jahrhunderts unterrichtet und geprüft. Ganz detailliert. Das Ziel der kommenden Mission konnten wir uns durchaus vorstellen, aber wir kannten den Grund nicht. Als das Training und die Prüfungen schließlich damit endeten, dass ich für die Mission ausgewählt wurde, rief man mich ins Leitungsbüro. Dort wurde ich einem Mann vorgestellt, der einige der Bücher und Artikel geschrieben hatte, aus denen unterrichtet wurde. Artur Ignatjevtj Apraksin, vielleicht hast du seinen Namen schon einmal gehört. Er war Historiker und korrespondierendes Mitglied der Wissenschaftsakademie. Dass er auch den Rang eines Generals im KGB bekleidete, wusste ich zu diesem Zeitpunkt noch nicht. Er jedenfalls sollte mir meine Aufgabe erklären.«

Wieder schwieg Jurij, als ob er nach einem Weg suchte, wie er weitermachen sollte.

»Hast du von den Levellers gehört?«, fragte er dann. Ich bejahte. »Phantastische Menschen!«, rief er. »Sie sind Demokraten! Sie wollen für alle Menschen ein sicheres und gerechtes Leben schaffen! Sie werden die Privilegien abschaffen und allen das Stimmrecht für das Parlament geben – allen, auch den Armen! Verstehst du, was passieren kann, wenn sie unterstützt werden? Wenn die Monarchie nicht zurückkehrt und die Levellers die Macht übernehmen?«

Mir dämmerte es.

»In der Phase, in der wir uns momentan in England befinden, John, entwickelt sich eine revolutionäre Situation! Es ist das erste Mal in der europäischen Geschichte, dass die Möglichkeit besteht, die Entwicklung der Produktivkräfte mit einer Volksregierung zu verbinden! Und meine Mission besteht darin, die Kräfte der Levellers zu organisieren und ihnen eine Technologie zur Verfügung zu stellen, mit der sie ihre Feinde besiegen können!«

Die letzten Worte sprach Jurij mit gedämpfter Stimme aus, aber mit einer Begeisterung, die ihm aus den Augen leuchtete. Er war ganz dicht an mich herangetreten, schaute mich mit zurückgelegtem Kopf an und legte mir die Hände auf die Schultern, als ob er auf mich klettern wollte. »Du kannst mir helfen, John, denn ich brauche Hilfe. Ich kann nicht überall gleichzeitig sein, ich brauche einen Helfer! Meine Levellers begreifen nicht, dass die Maschinen ihnen zu der Freiheit verhelfen können, die sie vermissen. Sie denken nur an Worte, Bittschriften, Verhandlungen, Allianzen – sie wissen nicht, dass die wahren Veränderungen an der Basis der Gesellschaft vollzogen werden! Dies ist eine einmalige Chance, John! Denk nur, was wir der Welt ersparen können, wenn der Sozialismus in einer führenden Industrienation und nicht in einer rückständigen Agrargesellschaft eingeführt würde, im siebzehnten Jahrhundert und nicht erst im zwanzigsten! Die kapitalistische Ausbeutung, die extreme Armut des Proletariats – du warst arm in London, aber du hast nur den Anfang gesehen! –, die Weltkriege, der Kolonialismus! Das können wir verhindern! Ein hochentwickeltes sozialistisches England kann zum Zentrum werden, von dem sich Frieden und Wohlstand auf der ganzen Welt ausbreiten! Niemand soll hungern, niemand in Kriege ziehen, niemand sein Leben opfern müssen, um die Privilegien der Reichen zu verteidigen!«

Er nahm die Hände herunter. Der Glanz in seinen Augen verschwand. »Du glaubst mir nicht«, sagte er.

»Ich bin nur etwas überwältigt«, erwiderte ich. »Es fällt mir schwer genug zu begreifen, dass ich hier leben soll … und nun soll ich auch noch die Welt retten.«

»Nicht allein! Wir sind nicht allein!«

»Und wenn ich nicht will? Ich bin auf keiner Mission, ich wurde aus meinem wahren Leben durch ein Unglück gerissen, für das du mitverantwortlich bist! Was passiert, wenn ich dem erstbesten Offizier, der hier ins Haus kommt, erzähle, dass du ein gefährlicher Leveller bist, der die soziale Ordnung auf den Kopf stellen will?«

Um Jurijs Lippen spielte ein Lächeln. »Erstens«, sagte er, »könnte der Offizier möglicherweise ebenfalls ein Leveller sein. Und außerdem: Wenn er es nicht ist und mich festnimmt, dann wirst auch du verhaftet. Du bist zusammen mit mir hierhergekommen, nicht wahr? Du kannst ausfindig gemacht werden, ich weiß, wie du ins Land gekommen bist, unsere Geschichten ähneln sich so sehr, dass die Behörden gar nicht anders können, als eine bestimmte Schlussfolgerung daraus zu ziehen …«

»Wenn du mich verrätst.«

»Nein. Wenn *du mich* verrätst.«

»Du meinst: Es steht in unserer Macht, uns gegenseitig zu vernichten.«

»Oder uns nicht zu vernichten.«

»Das ist wohl ein Angebot, dass ich nicht ablehnen kann. Warte mal – kennst du den Film? ›Der Pate‹? Oder kam der nach deiner Zeit?«

»Ich weiß nicht.«

»Weißt du eigentlich, was mit dem Sozialismus passiert ist, seit du weg bist? Weißt du das? Er ist abgeschafft! Die Sowjetunion ist aufgelöst! Der Kapitalismus – die *Marktwirtschaft*, wie wir es nennen – ist nach Russland zurückgekehrt!«

»Das haben wir befürchtet«, entgegnete Jurij trocken. »Aber vergiss nicht, dass du aus der *alten* Zukunft kommst. Ich bin dabei, die *neue* zu schaffen!«

Er setzte sich mit einem Seufzen wieder auf die Tischkante. »Aber bin ich es überhaupt?«, sagte er.

18

Nein, Jurij hat mich nicht verraten. Sonst hätte man mich bereits damals gefunden, als sie ihn erwischten. Und dass sie ihn ausgefragt haben, sogar besonders gründlich, davon habe ich inzwischen eine klare Vorstellung. Es ist stockfinster draußen, ich liege in meinem Bett und kann nicht schlafen. Vielleicht ist es bereits Mitternacht. Es gibt keine Sterne, es gibt kein anderes Licht als den schwachen Schein, der von der Laterne des Wachposten unter der Tür hindurchdringt.

Thurloe kam spät, er hörte mir mehr oder weniger kommentarlos zu und sagte, ich sollte mich morgen Früh wieder bereithalten. Das heißt, er übernachtet hier im Haus oder irgendwo in der Nähe. In den Stunden, nachdem er gegangen war, versuchte ich, Hufschlag oder das Geräusch einer Kutsche zu hören, aber ich nahm nichts Bestimmtes wahr, nichts, was mir Gewissheit verschafft hätte, ob er hier ist oder nicht. Irgendwo auf der Seite des Hauses, die ich nicht einsehen kann, muss es eine Landstraße geben, aber ich weiß nicht, ob sie in der Nähe ist oder weit entfernt. Es könnte mir eigentlich egal sein, ist es aber nicht. Je größer die Ungewissheit, desto mehr geht sie mir auf die Nerven. Sie wussten, was sie taten, als sie mir auf der ganzen Reise hierher die Augen mit einer Binde verbanden. Oder nein – wenn es ihre Absicht war, mich zu brechen, mich zum Re-

den zu bringen, dann wäre das vollkommen unnötig gewesen. Ich rede ja gern. Ich will alles unter Kontrolle haben, bevor es zu spät ist.

Der Gedanke, dass Thurloe möglicherweise unter dem gleichen Dach wie ich schläft, hält mich wach. Könnte ich die Tür aufschließen und den Soldaten überwältigen, würde ich nicht fliehen, ich würde Thurloe in seinem Zimmer aufsuchen und ihn zwingen, mir zuzuhören, bis ich wirklich alles erzählt hätte; und dann würde ich ihn zwingen, mir zu verraten, was die Wirklichkeit ist.

Schlafloser Blödsinn. Und doch. Was ist wirklich? Die Welt, aus der ich komme, oder die Welt, die mich jetzt festhält? Oder beides? Das Letzte ist zu viel. Wie Jurij irgendwann später einmal meinte: »Es ist zu viel für einen Mann, in zwei Zeiten zu leben.«

Ich konnte mich an so gut wie jedes einzelne Wort unseres Gesprächs im Laboratorium erinnern, von dem ich Thurloe gerade erzählt habe. Ich konnte mich an dieses leicht seekranke Gefühl erinnern, als mir klar wurde, an welch Schwindel erregendem Projekt Jurij arbeitete. Ich stand da und umklammerte den schweren Messingstößel, als wäre er ein Marschallstab, der mir das Kommando über mein Leben zurückgeben könnte.

Auffällig war, dass Thurloe mich nicht – so wie er es häufig tat – bei den Worten unterbrach, die eigentlich Erklärungen erforderten. Sozialismus. Produktivkräfte. Jurijs ganzer marxistischer Begriffsapparat, der so antiquiert in meinen Ohren klang, für Thurloe aber unverständliches Zukunftsgerede sein musste. Es ist kaum denkbar, dass es ihn nicht interessierte. Es ist wohl eher so, dass er es schon einmal gehört hat. Von Jurij. Aber Jurij hatte offenbar nicht denselben Drang wie ich, alles mitzuteilen, inklusi-

ve seines Wissens über mich. Oder man hat ihn dazu nicht befragt. Seine Zeit reichte nicht.

Und so komme ich immer wieder auf die selben Fragen zurück. Warum in aller Welt verschwendet Thurloe so viel von seiner zweifellos kostbaren Zeit, um mir zuzuhören? Wieso unterbricht er mich nicht einfach und stellt einige wenige entscheidende Fragen? Worauf wartet er?

Ich habe versucht, mich heranzutasten, ihn danach zu fragen. Er tat so, als hätte er es nicht gehört, er schaute mich lediglich mit einer Art minimaler Freundlichkeit an und sagt: »Erzähl weiter.«

Weitererzählen. Mir bleibt nichts anderes übrig.

19

Wir blieben noch einige Zeit im Laboratorium. Jurij berichtete von seiner ersten Zeit in London, in der er all seine Energie und sein mitgebrachtes Wissen darauf verwendet hatte, Fuß zu fassen. »Ich brach in den zerrissenen Seemannsklamotten auf, die mir der Kapitän unter der Bedingung gegeben hatte, dass ich seinem Vetter, der in Shoreditch wohnte, vierzehn Pence dafür bezahlte, sobald ich Geld in die Finger bekäme. Und wenn nicht, so der Skipper, dann würde der Vetter mich schon finden und das Geld aus mir herausholen. Bei mir waren das keine freundlichen Fischer, das kann ich dir sagen. Ich ging direkt zum besten Apotheker, den man mir empfohlen hatte, und erklärte ihm, ich wäre über Bord gefallen und hätte alles verloren, aber ich hätte ein Rezept für ein wunderbares Mittel gegen Schmerzen, das ich ihm überlassen würde, wenn er mir half. Glücklicherweise vertraute er mir.«

»Hattest du so ein Mittel?«

»Das war ein Teil meiner Ausbildung. Kräutermedizin, ein bisschen allgemeine Erste Hilfe, ein paar Kenntnisse der Hygiene – alles zusammengenommen ging ich als Arzt durch. Ärzte bekommen überall Zugang, Hauptsache, sie sind gut. Es fiel mir nicht schwer, diese Dinge zu lernen. Ich habe Chemie studiert, bevor ich mich dem Dienst anschloss.«

»Dem Dienst?«

»Der geheimen ... Na, jedenfalls hatte ich die Rezeptur. Schau her.«

Jurij nahm den Deckel von einem Topf und zeigte mir den Inhalt, einige weißliche Kristalle. Er schüttete ein paar davon in den Mörser, nahm mir den Stößel aus der Hand und begann, die Kristalle zu Pulver zu zermahlen. »Ich muss ohnehin eine Portion für den Baron zubereiten, also sieh her ...«

Als das Pulver fein genug war, unterbrach er seine Tätigkeit. »So. Nun muss es nur noch mit Wasser vermischt werden. Man kann es auch mit Talkum mischen oder mit Mehl und dann Tabletten daraus machen, aber das ist so lästig. Das mache ich nur, wenn ich viel Geld dafür haben will.« Er lachte. »Weißt du, was das ist?« Ich schüttelte den Kopf.

»Acetylsalicyl-Säure. Du kennst es vielleicht eher als Aspirin. Denk nur, man kommt mit einer ganz gewöhnlichen Kopfschmerztablette zu den Leuten und sie halten dich für einen Wundermacher, den der Himmel geschickt hat. Die guten Leutchen hier wissen nichts von der Synthese, sie kennen nur Aufgüsse und Hokuspokus. So etwas hier ist ihnen vollkommen unbekannt.«

Er schabte das Pulver vorsichtig in ein kleines Glasgefäß und säuberte den Mörser in einem Wasserfass.

»Es ist ziemlich einfach herzustellen. Man braucht eine ordentliche Portion Weidenrinde und einen Gutteil Essig, aber beides ist beschaffbar. Der Rest ist Chemie. Als ich meine erste Portion in London angemischt hatte und die junge Frau des Apothekers Menstruationsschmerzen bekam, probierten wir es an ihr aus. Nein, zuerst musste ich natürlich selbst von dem Pulver nehmen, damit der Apotheker sah, dass es kein Gift war, haha! Aber als die Ehefrau strahlte wie ein kleiner Stern und erklärte, dass die Schmerzen weg wären, war der Apotheker bereit, alles für mich zu tun, was in seiner Macht stand, vor allem, wenn ich ihm die ganze Methode beibringen würde.«

Er trocknete sich die Hände an einem Handtuch und stellte den Topf mit den Kristallen wieder an seinen Platz.

»Ich habe ihm das Geheimnis für eine hübsche kleine Summe verkauft und ihn gebeten, es niemandem zu verraten – darüber waren wir uns schnell einig –, dann konnte ich auf eigene Faust arbeiten. Ich durfte das Laboratorium des Apothekers benutzen, wenn er nur die Hälfte der Pulvermenge bekam, die ich produzierte, und es dauerte nicht lange, bis man in der ganzen Stadt über das Wunderpulver des Meermannes redete.«

»Ich weiß«, sagte ich. »Ich habe auch von den Gerüchten gehört. Ich habe nur nicht geglaubt, dass es noch andere Meermänner gab als mich.«

»Weißt du, was mein Durchbruch war?«, fragte Jurij. »Oliver Cromwell persönlich. Am Abend des 1. November wurde ich zu ihm gerufen. Er saß auf einem Stuhl mit einer hohen Lehne und stöhnte über unerträgliche Kopfschmerzen. In diesen Tagen hatte er eine Reihe von Zusammenkünften mit Vertretern der Levellers und unzufriedenen Soldaten in der Kirche von Putney zu leiten; ich glaube, er war einfach vollkommen überanstrengt, aber sein Leibarzt hatte Angst, weil er in diesem Jahr wohl schon einmal richtig krank gewesen war. Ich war wahrscheinlich so eine Art letzter Ausweg, verstehst du. Ich gab Oliver etwas von meinem Pulver und eine halbe Stunde später erklärte er lauthals, dass er sich ›erstaunlich erleichtert‹ fühlte und die Schmerzen verschwunden seien. Ich riet ihm, so lange wie möglich zu schlafen, und sie behielten mich über Nacht im Haus. Am nächsten Morgen hatte er sich wieder erholt, bedankte sich überschwänglich bei mir und bezahlte mich mit fünf Schillingen. Danach hatte ich kein Problem mehr, an Kunden zu kommen!«

»Dann hast du ihn also gesehen?«

»Ja, und du?«

Ich erzählte ihm von meinem kurzen Blick auf den General im Regenwetter vor Preston.

»Hast du etwas in seinem Gesicht bemerkt?«, wollte Jurij wissen, plötzlich wirkte er angespannt.

»Nein, nichts Besonderes. Ich erkannte ihn von den Bildern, aber ich kann mich an nichts Ungewöhnliches entsinnen.«

»Er hat keine Warzen«, sagte Jurij und runzelte die Stirn.

»Warzen?«

»Kennst du die Anekdote nicht? Als ein Maler Cromwells Porträt malen sollte, ungefähr in dem Alter, in dem er jetzt ist, befahl ihm Cromwell, ihn ›mit Warzen und dem Rest‹ zu malen, also nichts zu beschönigen. Die meisten Porträts zeigen ihn mit Warzen im Gesicht. Ich habe ihn aus der Nähe gesehen, er hat keine.«

»Und was heißt das?«

»Hast du von dem bekanntesten Leveller gehört, John Lilburne?«

»Ja, hab ich. Sitzt er nicht im Tower?«

»Im Augenblick ist er draußen, soweit ich weiß. Aber nicht er ist wichtig. Hast du je von Henry Lilburne gehört?«

»Nein.«

»Das ist sein Bruder. Oder besser, er sollte sein Bruder sein. Aber es gibt ihn nicht. Es müssten drei Brüder sein, John, Robert und Henry. Robert ist Offizier. Henry sollte auch in der Armee sein und es hieß, er wäre eine weniger bedeutende Persönlichkeit, ein schwacher Charakter, der mir aber möglicherweise zu einem persönlicheren Verhältnis zu John verhelfen könnte. Aber es gibt nur zwei Brüder, das erklären mir alle, mit denen ich gesprochen habe. Niemand hat je von Henry gehört. Mich erschrecken diese kleinen Unterschiede.«

»Wieso?«

»Ich mag den Gedanken nicht, dass ich auf der Basis falscher Informationen handele. Was ist, wenn es sehr viel ernsthaftere Abweichungen gibt, die ich nur noch nicht entdeckt habe?«

»Zum Beispiel?«

Aber bevor Jurij antworten konnte, klopfte es an der Tür und Sir Marmaduke schloss auf, ohne auch nur eine Reaktion von innen abzuwarten. Ihm wäre da ein Gedanke gekommen, den er gern mit Doktor Razoumoff besprechen würde, sagte er – und ich zog mich höflich zurück.

Erst ein paar Tage später bekam ich die Gelegenheit, Jurij einige Fragen zu stellen, die mir wieder und wieder durch den Kopf gegangen waren, beinahe wie eine Fieberhalluzination. Wir gingen auf einem schmalen Weg, eigentlich nur einer Radspur vom Hauptgebäude des Gutes zu einer alten stillgelegten Schmiede. Die Wolken trieben über dem Himmel und öffneten sich hin und wieder für die Sonnenstrahlen, die wie Lichtkegel über die grüne Landschaft liefen und dort, wo sie hinfielen, die Farben warm und klar hervortreten ließen.

»Wirst du in deine eigene Zeit zurückkehren?«, fragte ich Jurij. »Und wenn ja, kannst du mich mitnehmen?«

Er sah zu Boden und ging wortlos ein paar Schritte weiter, bevor er antwortete. »Ich glaube nicht«, sagte er. »Ich rechne nicht damit zurückzukehren. Wenn ich noch dreihunderteinunddreißig Jahre leben könnte und dann auf der Nordsee zu der Position segeln würde, von der ich gestartet bin, dann käme ich vielleicht in die Wirklichkeit zurück, die ich verlassen habe. Aber das ist reine Spekulation. Das Volkov-Feld ist zeitlich begrenzt, es ist keine Tür, die immer da ist.«

»Aber wie bin ich denn da durchgekommen? Ich war nicht in deiner Zeit, als ich versetzt wurde!«

»Darüber habe ich mir auch schon den Kopf zerbrochen. Und mir ist eine Bemerkung von einem unserer Lehrer eingefallen – vielleicht ist es falsch, sich die Bewegung zurück in der Zeit als eine gerade Linie vorzustellen. Vielleicht muss man sich korrekterweise eine Spirale denken, die sich durch die Zeit windet und ihre Kraft genau dort verliert, wo man ›abgesetzt‹ werden soll. Einiges deutete darauf hin, dass sich die Spiralbewegung in Richtung Zukunft beschleunigt und in Richtung Vergangenheit verlangsamt. Daher kann man sich nur in die Vergangenheit versetzen lassen, also physisch. Ich habe mich damals nicht sonderlich um derartige Überlegungen gekümmert, denn ich trainierte ja für eine bestimmte Aufgabe, die mit der Vergangenheit zu tun hatte. Aber dich hat das Feld vielleicht in der Beschleunigungsphase erwischt …«

»Du glaubst also, dass es noch mehr von uns gibt, die versetzt worden sind?«

»Ich weiß es nicht. Es ist nicht sehr wahrscheinlich. Der wirksame Bereich eines Volkov-Feldes ist nicht sehr groß. Ich wurde in einem Schlauchboot ausgesetzt, du bist mit deinem Boot gesegelt. Es hieß, ein einzelner Mann in einem Boot wäre die größte Gewichtsmasse, die das Feld erfassen könnte.«

»Das war also nicht so.«

»Offenbar nicht.«

»Wäre es nicht möglich, dass jemand aus einer Zeit vor dir oder einer Zeit nach mir von der Spirale erfasst wurde, von der du sprichst, und jetzt auch hier ist?«

»Das kommt auf das Anwachsen der Spirale an. Wie oft sie sich um ihr Zentrum dreht, bevor sie ihren Bestimmungsort erreicht. Du musst dir die Bewegung als Spirale vorstellen, aber den Bestimmungsort als eine Ebene, und nur dort, wo die Spirale sich mit der Ebene überschneidet, kann man sozusagen abgesetzt werden.«

»Wieso? Und wenn es nun mehrere Ebenen gibt?«

»Ich weiß es nicht!« Jurij brüllte beinahe und fasste sich an den Kopf. »Und ich will auch nicht darüber nachdenken! Ich habe eine Aufgabe, die ich versuchen werde zu erfüllen. Hilf mir lieber!«

»Warum ich? Ich habe nicht darum gebeten. Wieso konnten die sieben anderen Chrononauten, von denen du geredet hast, nicht mitkommen? Wieso konntet ihr nicht eine ganze Armee schicken?«

»Es war beabsichtigt, weitere zu senden. Daher glaubte ich im ersten Moment, du wärst einer von denen, die hinter mir hergeschickt worden sind. Vielleicht um zu helfen, vielleicht um mich zu kontrollieren, vielleicht um mich zu liquidieren, du warst schließlich keiner, den ich kannte. Glaubst du, ich habe mir nicht den Kopf darüber zerbrochen, was zum Teufel wohl in all der Zeit, die ich jetzt hier bin, geschehen ist?« Jurijs Blick, nun direkt auf mich gerichtet, war hart wie Feuerstein. »Entschuldige«, sagte er kurz darauf, »ich weiß, dass dich keinerlei Schuld trifft, und ich weiß, dass ich nicht von dir verlangen kann, mir zu helfen. Es ist nur so, dass du der Einzige bist, der ein wenig Licht in diese Verworrenheit bringen kann, damit ich etwas sehe. Sonst ist es so, als würde man in vollkommener Dunkelheit ein Gewehr zusammensetzen. Ein Gewehr, das man nicht kennt und das ein anderer auseinandergenommen und gereinigt hat. Bitte sehr, setz es zusammen. Aber schnell. Wenn du es in zehn Minuten nicht zusammengesetzt und geladen hast, kommt der Feind und nimmt dich gefangen, dann bist du wehrlos.«

»Ich bin also dein Gewehr.«

»Nein! Du bist mein Freund, John! Derjenige, der das Licht hält, während ich es zusammensetze. Ebenso wie ich dir das Licht halte!«

Wir waren stehen geblieben, beide in der Bewegung erstarrt. Das Bild war in diesem Moment so treffend, dass ich Herzklopfen bekam. Ihm ging es ebenso. Er hielt die Hände vor sich hingestreckt und ballte die Fäuste, dass die Knöchel weiß wurden. Dann öffnete er sie und drehte die Handflächen nach oben. Acht rote Nagelabdrücke in der weißen Haut.

»Nie zuvor war ich ganz allein«, sagte er. »Ich habe nie zuvor mit dem Bewusstsein leben müssen, dass es nicht einen einzigen Genossen auf dieser ganzen Welt gibt. Ich habe alle Eventualitäten trainiert, nur nicht diese. Es tut mir leid, aber ich weiß nicht, was ich tun soll.«

Er sammelte sich ein wenig. Dann fuhr er fort: »John, hör zu.«

Während wir langsam den schmalen Pfad weitergingen, erzählte Jurij, dass die beiden Spezialschiffe, die am 2. November 1979 in Kaliningrad ausliefen, um die Mission durchzuführen – scheinbar ganz gewöhnliche Küstenmotorschiffe, aber mit gigantischen flachen Lautsprechern und den notwendigen kräftigen Batterien an Bord –, eigentlich gestoppt werden sollten. Drei andere Chrononauten, die Jurij hätten folgen sollen, waren bei der Abfahrt nicht erschienen, auch Volkov nicht, obwohl er darauf bestanden hatte mitzukommen. Der Grund war, dass man Volkov einer Fälschung überführt hatte.

»Der Mauerstein der Blutkirche – erinnerst du dich, ich habe dir erzählt, dass Tjurin für eine bestimmte Inschrift in dem Stein sorgen sollte? –, diesen Stein hatte jemand chemisch analysiert, der Volkov nicht traute. Und es stellte sich heraus, dass er nicht identisch war mit den echten Steinen der Kirche, er war neueren Datums.«

»Das heißt, dass … dass Tjurin nie ankam?«

»Ich weiß es nicht, John. Ich habe keine Ahnung, was mit ihm geschah. Aber ich weiß, was mit Volkov passiert ist.«

Volkov war verhaftet worden. Der Fall schien eindeutig: Er hatte sein Prestige und seine Forschungsgelder nicht verlieren wollen, also hatte er einen Beweis fabriziert, der seinem Projekt höchste Priorität gab. Jurij hatte man bereits zu den letzten Vorbereitungen nach Kaliningrad geschickt, dort lagen die Schiffe auslaufbereit; die anderen aus der Gruppe sollten nachkommen, aber sie wurden zurückbeordert.

»All das erfuhr ich, als wir bereits ziemlich weit auf der Ostsee waren. Ich hatte mich natürlich darüber gewundert, dass meine Kameraden nicht da waren, aber man unterstand ja dem Befehl, nicht wahr, also fragte man nicht. Aber dann wurde ich in die Kajüte des Kapitäns gerufen, und dort saß Apraksin, der Historiker. Als Erstes zog er seinen KGB-Ausweis aus der Innentasche und zeigte ihn mir. General Apraksin, na so was. Damit hatte ich nicht gerechnet. Dann erzählte er mir, dass er das Kommando über die Schiffe übernommen habe, obwohl ein rangniedrigerer Offizier sie nicht auslaufen lassen wollte. Und er berichtete mir von Volkovs Schwindel und seiner Verhaftung. ›Das sollten Sie wissen‹, sagte er. ›Aber den Effekt gibt es und ich glaube an das Projekt. Wir haben als günstigste Zeitöffnung die Nacht nach dem 3. November berechnet; und ich bin nicht der Meinung, dass wir es uns erlauben können, diese Möglichkeit verstreichen zu lassen. Ich kann nicht garantieren, dass Ihnen andere folgen werden, aber ich vertraue darauf, dass Sie eine Chance haben, die Mission zu erfüllen. Unter diesen ungewöhnlichen Umständen frage ich Sie: Sind Sie noch immer bereit weiterzumachen?‹

Was soll man sagen, John. Ich hatte mich mehrere Jahre darauf vorbereitet, ich war bereit dazu, ja, geradezu versessen darauf; ich wusste, dass es welthistorische Bedeutung hatte – ich sagte ja. Der General erhob sich, reichte mir über den Tisch die Hand und dankte mir. ›*Molodjets*‹, lobte er mich, das sagen wir so auf Russisch, das heißt ›guter Mann‹ oder so was in der Art. Ich erlaubte mir sogar zu fragen, was für Konsequenzen auf ihn zukommen könnten. Er machte eine unbestimmte Handbewegung in der Luft, ungefähr so, und sagte dann nur: ›Es gibt welche, die sind dafür, und es gibt welche, die sind dagegen. Jedenfalls kann ich versprechen, dass die Flugzeuge, die losgeschickt werden sollten, um uns aufzuhalten, auf ihren Stützpunkten bleiben. Und im Übrigen – das wird die Zeit weisen.‹ Ich glaube, er ging ein großes Risiko ein, John, ich glaube, er hat dafür sogar sein Leben auf Spiel gesetzt.«

Ich blieb unwillkürlich stehen, während ich die Bilder dieser Palastrevolution in meinem Kopf zusammensetzte. »Hast du deshalb geglaubt, dass ich möglicherweise gekommen sei, um dich zu liquidieren?«

Jurij nickte. »Ja. Aber ich habe mir eigentlich sofort gedacht, dass du dich dann nicht auf diese lächerliche Weise zu erkennen gegeben hättest.« Er summte ein Stück von »Midnight in Moscow« mit einem so entzückt idiotischen

Gesichtsausdruck, dass ich nicht anders konnte und lachen musste. Er lachte mit. Ich verstand, warum man ihn als ersten Chrononauten ausgesucht hatte; er hatte ein ganz ungewöhnliches Talent, Leute für sich zu gewinnen. Seine Offenheit, eigentlich ja eine schlechte Eigenschaft für einen Geheimagenten, war perfekt für eine Mission, die darauf abzielte, Anhänger zu gewinnen; für eine Mission, deren Ziel zu erraten niemand auch nur ansatzweise die Phantasie hatte.

Wir folgten dem Weg und Jurij erzählte, wie er auf See »ausgesetzt« wurde. Sie benötigten zwei Schiffe, jedes ausgerüstet mit einem Satz Lautsprecher, die in einer bestimmten Position zueinander standen. Das Volkov-Feld von Schiffen aus aufzubauen und nicht die Energie der Erde auf dem Festland zu nutzen, war problematisch, da die Maschinen der Schiffe während des Experiments abgeschaltet sein mussten, sonst hätte der Maschinenlärm die Lautwellen der niedrigen Frequenzen gestört. Daher hatten die Schiffe große Batterien an Bord, aber die Batterien lieferten lediglich die Energie für ein Feld, das nur einen einzelnen Mann transportieren konnte, dann waren sie leer und die Schiffe mussten zurückfahren. Beabsichtigt war, den Prozess mit den nächsten Chrononauten zu wiederholen, sobald die Zeitöffnungen günstig waren – ein Begriff, den Jurij nie richtig verstanden hatte und über den er mir daher nicht mehr erzählen konnte –, aber er setzte sich mit dem klaren Bewusstsein in das Schlauchboot, dass ihm möglicherweise niemals jemand folgen würde. Die See war verhältnismäßig ruhig, er hatte warme Kleidung getragen, aber dennoch gemerkt, dass ein scharfer Wind wehte; über sein Funkgerät erfuhr er, dass er seine Position erreicht hatte – und dann hörte er, wie der Maschinenlärm der Küstenmotorschiffe abbrach, er sah, wie die wenigen Lichter an Bord bis auf ein paar schwache Laternen erloschen. Und nun beschrieb er mir genau das, was ich auch erlebt hatte – den Tunnel, die Beschleunigung, die Lichtveränderungen, die kurze Bewusstlosigkeit und danach: das Meer in der Sonne, die Freude, noch am Leben zu sein. Zusammen versuchten wir uns an so viele Details wie möglich zu erinnern. Wir achteten nicht mehr auf den Weg, bis er einen Bogen beschrieb und hinter einigen Bäumen ein kleines verfallenes Haus auftauchte. Es sah aus wie eine Bauernkate, aber das Dach bestand aus Ziegeln und nicht aus Stroh, ich bemerkte die Reste eines Kohlenhaufens unter einem Vordach an der rechten Seite des Hauses.

»Das ist sie«, sagte Jurij und wies auf die Hütte, »die Schmiede. Sie soll instand gesetzt werden, ich habe Fauconcrest überredet, mich hier mit einem tüchtigen Waffenschmied und einem Uhrmacher arbeiten zu lassen, der aus London kommen wird. Wir sollen einen Apparat bauen, der übermenschliche Kräfte hat und möglicherweise unedle Metalle in ›du weißt schon was‹ verwandeln kann ... Meine beiden Meisterhandwerker sind Levellers, das weiß Fauconcrest nicht, und woran er auch nicht gedacht hat: Die beiden können fortziehen und viele weitere Apparate bauen, wenn ich es ihnen erst beigebracht habe. Für das Volk, für die Massen, damit sie bekommen, was sie brauchen!«

»Gold?«, fragte ich verwirrt.

»Nein!«, rief Jurij. »Kein Gold, du weißt doch, dass das nicht geht! Ich will doch keine Goldmachmaschine bauen.«

»Was denn?«

»Eine Dampfmaschine«, sagte er und seine Augen leuchteten.

20

Der Wachsoldat weckte mich mit einem Rütteln an der Schulter. Ich muss tief geschlafen haben. Es war so früh am Morgen, dass das schwache Licht in meinem Zimmer körnig und unklar erschien. Ich bekam eine Schale Grütze und einen Krug Wasser, der Wachsoldat blieb neben mir stehen und drängte zur Eile, während ich aß. Thurloe kam herein, sobald die Schale und der Krug hinausgetragen waren; er war unrasiert und hatte rot unterlaufene Augen, wenigsten einmal war er nicht der untadelige Staatssekretär. Er musste viel zu tun gehabt haben.

Aber er hörte wie gewöhnlich mit konzentrierter Aufmerksamkeit zu, und die kurzen, souffleurartigen Stichworte, die er mir hin und wieder gab, kamen mit derselben Präzision wie immer. Ich war schläfrig und furzte fürchterlich, während ich mit ihm sprach, ich hätte dringend den Topf unter meinem Bett benutzen müssen, aber er ließ sich nichts anmerken, weder bei meiner Suche nach Worten noch beim Geruch meiner Verdauung. Ich hätte ihn gern direkt gefragt, ob er etwas davon verstanden hatte, was Jurij mir erklärte – aber ich schaffte es nicht. Vielleicht beim nächsten Mal.

Als ich an die Stelle mit Jurijs Plänen für die alte Schmiede auf Fauconcrests Gutshof kam, unterbrach mich Thurloe und erklärte, er müsse fort. Es würden möglicherweise einige Tage vergehen, bevor er wiederkäme, aber in der Zwischenzeit könnte ich vielleicht versuchen, auf die Namen des Waffenschmieds und dieses Uhrmachers zu kommen, die Jurij aus London angefordert hatte. Ich glaube nicht, dass Jurij mir gegenüber jemals ihre Namen erwähnt hatte, das sagte ich auch, aber Thurloe wiederholte seine Aufforderung. Ich bin ziemlich sicher, dass er die Namen bereits kennt, also wieso fragt er mich danach? Um meine Geschichte zu kontrollieren?

Der Morgen ist in den Vormittag übergegangen, ich müsste noch ein bisschen schlafen, aber ich kann nicht aufhören, weiter an mein Leben als John Gambledays zu denken – immer mehr wird mir klar, die Zufälle fangen an, wie Zusammenhänge auszusehen, nur gibt es noch keine Logik. Bald werde ich ihm von Laetitia erzählen, über das leuchtende, wärmende Schmerzenbündel in mir. Wird es ihn interessieren?

21

Ich war einige Wochen Gast von Sir Marmaduke, und abgesehen davon, dass ich so oft wie möglich mit Jurij unter vier Augen redete, vertrieb ich mir die Zeit, indem ich müßig durch das Hauptgebäude, die Stallungen und Scheunen schlenderte oder im Park spazieren ging, wenn das Wetter danach war. Aber ich fand keine Ruhe, denn ich wusste nicht, was weiterhin mit mir passieren würde. Fast hatte ich das Gefühl, vergessen worden zu sein, ich wartete nur darauf, dass sich irgendjemand an mich erinnerte und mich zurück in die Armee oder sonst wohin hinschickte. Um Verpflegung und Unterkunft musste ich mich nicht kümmern, das war eine ungewohnte Abwechslung zu meinem Leben in London, obwohl mein Müßiggang kein sonderlich angenehmer Kontrast zu den harten Tagen mit militärischem Drill und Märschen war.

Sir Marmaduke war der Ansicht, dass ich einen exotischen Einschlag in sein Leben als Landadliger brachte. Eines Tages, als er Besuch von ein paar Nachbarn hatte, bat er mich in eindeutiger Absicht mit an den Tisch: Ich sollte mit meinem Bericht, wie ich das Leben seines jungen Verwandten gerettet hatte, für die Unterhaltung sorgen. So war ich eher eine Art Entertainer als Gast des Abendessens, doch als er meine Abneigung bemerkte, mit den Fingern zu essen, während alle anderen ihr Essbesteck aus den mitgebrachten Futteralen zogen, lieh er mir ein Messer und eine Gabel und beobachtete erstaunt und beeindruckt, wie ich, ein einfacher Soldat, die Speisewerkzeuge ebenso gut handhabte wie ein Adliger. Danach galt ich in seinen Augen als ein kultivierter Mensch und er bot mir an, dass ich seiner Bibliothek entleihen dürfe, was ich wollte. Leider besaß er überwiegend auf Latein oder Griechisch verfasste Bücher, und der Rest der Sammlung bestand aus sonderbaren religiösen Traktaten oder Geschichtsbüchern in einem trockenen und holprigen Englisch, so dass ich es bald aufgab.

Eines Vormittags, drei, vier Tage, bevor wir das Gut verlassen sollten, schickte Delaffoy nach mir. Er hatte sich von der Verletzung und dem Blutverlust erholt, und Jurijs Behandlung hatte so gut gegen die drohende Infektion gewirkt, dass der Baron nun vollständig bekleidet auf einem Stuhl am Fenster saß und auf mich wartete. Mit seiner langen, schlanken Hand winkte er mich näher zu sich heran. Die Haare waren frisch gewaschen und sorgfältig gekämmt, den Schnurrbart und den Spitzbart hatte er trimmen lassen, als ob er Modell für ein Porträt sitzen sollte. Seine Gesichtsfarbe schien immer noch blass, so dass die dunkelblauen Augen dunkler wirkten, als ich sie in Erinnerung hatte. Später fand ich allerdings heraus, dass es sich um seine natürlichen Farben handelte und nichts mit Krankheit oder Schwäche zu tun hatte. Er setzte sogar eine freundliche Miene auf, als ich ein paar Meter vor ihm stehen blieb. Für mich gab es keinen Stuhl.

»Lanzenträger Gambledays«, sagte er mit ruhiger Stimme, »ich schulde Euch mein Leben. Es hat Gott gefallen, mich leben zu lassen, aber die Hand, die mich rettete, war Eure. Und mein Verwandter hat mir erzählt, dass Ihr Manieren wie eine Person von Stand habt und Euch auf Bücher versteht. Ihr stammt aus Norwegen, soweit ich weiß. Sind alle Norweger so gebildet und belesen? Dann muss Norwegen wahrlich ein erstaunliches Land sein.«

Höflich, aber bestimmt brachte er mich dazu, eine Kleinigkeit nach der anderen über mich zu erzählen – das heißt über die Person, die zu sein ich mich entschieden hatte –, und nahm mich schließlich in ein ziemlich verwirrendes theologisches Kreuzverhör, in dem ich mich zu Gottesbeweisen, der Natur Christi und was weiß ich nicht noch alles äußern sollte. Aber ich erinnerte mich an das ein oder andere aus meiner Zeit bei Pastor Strongworth und hin und wieder fiel mir etwas aus dem reichen Schatz an Kirchenliedern aus meiner Kindheit ein, das sich wie eine Meinung und nicht wie ein Vers anhörte, wenn ich es ins Englische übertrug. Ich glaube, Delaffoy war ganz zufrieden mit mir, wenn auch meine Bibelfestigkeit nicht ganz seine Erwartungen erfüllte. Schließlich fragte er mich, was meiner Meinung nach die Essenz der Religion sei, und in meinem leeren Kopf tauchte ein Grundtvig-Zitat auf, an das ich viele Jahre lang nicht mehr gedacht hatte: »In einem Wort: Christentum ist das Evangelium des Friedens.« »Christianity, all summed up, is the gospel of peace«, antwortete ich.

»Ausgezeichnet!«, rief er aus, streckte mir beide Hände entgegen und legte dann die Rechte an seine Brust. »Frieden ist das Kostbarste überhaupt. Und das muss ich von einem Soldaten hören! Ich selbst bin ein Mann des Krieges, weil mein Erbe und mein Platz es von mir verlangt, aber ich kämpfe für den Frieden im Land und für den Frieden im Herzen.« Seine Augen bekamen plötzlich denselben unendlich fernen Ausdruck, denn ich bereits beim ersten Mal bemerkt hatte, als ich ihm begegnete. Sie sahen über mich hinweg und durch mich hindurch, mit einem sehnsuchtsvollen Glanz, den ich nie ganz verstehen sollte, der mich aber jedes Mal bewegte, wenn ich ihn in seinem Blick auftauchen sah.

Er schwieg eine Weile, dann kehrte seine Aufmerksamkeit zurück. »Master Gambledays«, fuhr er fort, »der Frieden ist gewonnen, zumindest für eine gewisse Zeit, und Ihr werdet nicht ins Heer zurückkehren. In einigen Tagen werde ich in mein eigenes Haus Hopesley Hall in Nottinghamshire reisen, das ich am meisten von all meinen Häusern schätze. Ich flehe Euch an, mir zu folgen.«

Anflehen. *I entreat you.* Allerdings sagte er es in einem Ton, der ebenso gut »befehlen« bedeuten konnte, und er erwartete keine Antwort. Mit einem aufmunternden Nicken gab er mir zu verstehen, dass ich gehen könnte, und ich murmelte ein »Danke, Mylord« und überlegte kurz, ob ich rückwärts gehen sollte. Ich begnügte mich jedoch mit einer angedeuteten Verbeugung und verließ den Raum wie ein normaler Mensch, den Rücken ihm zugewandt.

Am Abend sprach ich mit Jurij darüber. Er hatte mich in sein Labor eingeladen, wo er irgendeine chemische Reaktion kontrollieren wollte, die er in einem Kolben in Gang gesetzt hatte. Im Laufe dieser wenigen Tage waren wir uns sehr nahe gekommen.

»Ich habe keine Ahnung, wieso der Baron mich in seinem Haus haben will«, sagte ich. »Wenn es der gleiche Müßiggang ist wie hier, wäre ich lieber frei. Kann ich nicht hier bleiben, als dein Assistent oder so was?«

Jurij sah mich direkt an. »Bist du dir im Klaren, was du da sagst?«, fragte er. »Bist du dir darüber im Klaren, dass du nur zwischen zwei Dingen wählen kannst? Entweder du gehst mit dem Baron oder du landest als Vagabund im

Knast. Hier muss man zu jemandem *gehören*, man kann nicht einfach auf eigene Faust sein Leben führen, wenn man nicht adelig oder reich ist, was im Großen und Ganzen auf dasselbe hinausläuft. Ich bin Fauconcrests ›Diener‹, sonst könnte ich nicht hier sein. Du bist Delaffoys ›Diener‹, und wenn er dich mitnehmen will, so hast du nicht mehr Recht es abzulehnen als sein Pferd oder sein rechter Stiefel.«

»Könnte ich denn nicht stattdessen Fauconcrests Diener werden?«

»Fauconcrest schuldet dem Baron Geld. Ziemlich viel sogar. Selbst wenn er dich gern behielte, würde er alles vermeiden, um Delaffoy zu brüskieren.«

»Wieso brüskieren?«

»Wir sind Kuriositäten, John. Interessante Exemplare der menschlichen Rasse. Und Leute wie Delaffoy oder Fauconcrest klauen sich nicht gegenseitig ihre Sammlungen. Benimm dich anständig. Sei eine präsentable Kuriosität.«

Jurij schwenkte die gelbliche Flüssigkeit in dem Kolben vor einer brennenden Kerze und schaute sie sich genau an. Das Resultat war offenbar in Ordnung, denn er steckte einen Korken in den Hals des Kolbens und stellte ihn ins Regal. Ich habe ihn nicht gefragt, was sich in dem Kolben befand, ich ärgerte mich im Stillen nur darüber, dass ich gezwungen war, den einzigen Menschen auf dieser Welt zu verlassen, der verstand, woher ich kam. Aber offenbar war es nicht so schwierig zu erraten, woran ich dachte.

»Glaub nur nicht, dass du mich dann los bist«, sagte Jurij. »Ich werde hin und wieder nach meinem Patienten, dem Baron, sehen müssen, solange er sich in Hopesley Hall aufhält.«

Dann nahm er den Kerzenhalter und wir verließen das Laboratorium.

Am darauffolgenden Montag reisten wir nach Nottinghamshire. Es regnete in Strömen und auch aus diesem Grund war ich froh, neben dem treuen Robin einen Platz im Reisewagen Seiner Gnaden bekommen zu haben. Der Baron hatte es eigentlich für selbstverständlich erachtet, dass ich mit seinen Dienern, die ihm auf Sir Marmadukes Gut gefolgt waren, dem Wagen hinterherritt – aber als ich gestand, dass ich nicht reiten konnte, zog er die Augenbrauen hoch und schlug daraufhin selbst vor, dass ich mit ihm fahren sollte. Robin schaute bei dieser Mitteilung ein wenig verdrießlich drein, denn er musste sich neben mich in eine Ecke quetschen, während der Baron und ich versuchten, unsere langen Beine auf dem schmalen Stück Boden zwischen den Sitzen zu arrangieren.

Der Weg führte durch Städte und Dörfer, häufiger bergauf als bergab, und schon bald wurden die fruchtbaren Felder von magerer Erde und Heide abgelöst, auf der Schafherden eng aneinandergedrängt im Regen standen. Delaffoy sprach nicht sehr viel, er las den größten Teil der Reise in einem kleinen Buch mit braunem Ledereinband, und ich hatte nichts dagegen, die Zeit schweigend zu verbringen.

Wir kamen nicht sonderlich schnell voran und mussten am ersten Tag abends an einem kleinen Wirtshaus vor Chesterfield halten, in dem der Wirt mit Müh und Not Platz für uns alle schaffte. Ich musste notgedrungen ein Bett mit Robin teilen, der unruhig schlief und mich mit seinem abstehenden rotblonden Haar an der Nase kitzelte. Am nächsten Tag hörte es auf zu regnen und die Landschaft wurde wieder sanfter, fetter und grüner; am Nachmittag hatten wir unser Ziel erreicht.

Hatte Fauconcrests Herrenhof in meinen Augen groß und stattlich ausgesehen, so verblasste er doch gegen Hopesley Hall. Das Lieblingshaus des Barons war ein großes hübsches

Gebäude mit vier Stockwerken, hohen Fenstern und einem gewaltigen Sandsteinportal am Fuß des Treppenturms, der die Mitte der Fassade dominierte. Aus dem zentralen Teil des Hauses ragten zwei Seitenflügel, so dass ein Hofplatz, sozusagen für den täglichen Bedarf, entstand, während der herrschaftliche Eingang durch das Portal führte. Dort fuhren wir vor. Die Dienstboten kamen gelaufen und stellten sich zu beiden Seiten der Treppe auf, um ihrem Herrn ein »Willkommen daheim!« zu entbieten. Robin half dem Baron aus der Kutsche, als die breite Eichenholztür geöffnet wurde.

Ein große brünette junge Frau in einem gelblichweißen Seidenkleid, das mit seinen wogenden Stoffmassen ihre Beine und Füße vollkommen verbarg, erschien auf der obersten Stufe und streckte lächelnd ihre Hände nach dem Baron aus, der leichtfüßig und federnd die Treppe hinauflief, sich über ihre Hand beugte und sie küsste. Dann schauten sie sich wortlos in die Augen, allerdings mit einem erwartungsvollen, freudigen Lächeln, und schritten Seite an Seite durch die Tür. Zum ersten Mal hatte ich Lady Laetitia gesehen, Delaffoys Ehefrau. Ich entsann mich dunkel, dass Sir Marmaduke sie erwähnt hatte, ohne dass es bei mir einen größeren Eindruck hinterließ, doch nun war sie so real wie ein Blitz, der vor den eigenen Augen einschlägt. Ich weiß nicht, ob ich schon damals ihre Augen bemerkte, die in einem seltsam weichen Glanz strahlten, als würde ein unsichtbares Licht in ihnen reflektieren; aber ich weiß, dass ich diese Augen niemals vergessen werde, auch jetzt nicht, da ich manchmal über andere Details ihrer Gesichtszüge in Zweifel gerate – obwohl ich geschworen habe, dass ich mich ewig an sie erinnern würde. Vielleicht ist es aber auch nur die Angst vor dem Vergessen, die die Erinnerung an das

Bild blockiert, obwohl man weiß, dass man es eigentlich direkt vor Augen hat …

Gleich am ersten Tag wurde ich in ein Zimmer einquartiert, das man offenbar bereits für mich vorbereitet hatte, eine hohe, aber nicht sehr große Kammer in der dritten Etage des südöstlichen Flügels des Gebäudes. Durch die hohen Fenster hatte ich einen phantastischen Ausblick über die große Rasenfläche, die leicht abfiel zu einem ebenen Areal, in dem ein hübscher, aber nicht sonderlich großer Barockgarten angelegt war; dahinter blickte ich über die Baumkronen des Parks bis zu den niedrigen bewaldeten Hügeln in der Ferne. In dem Zimmer standen ein breites Bett und ein kleiner Tisch mit einem unbequemen Stuhl, außerdem schräg vor dem Kamin ein Sessel mit ledergepolsterter Sitzfläche und Rückenlehne und ein großer, mit Schnitzereien verzierter Kleiderschrank, der Fächer und Schubladen für meine Sachen enthielt. Dass die bescheidene Größe der Kammer von Vorteil war, erfuhr ich im Winter, denn sie ließ sich ausreichend mit dem Feuer des Kamins beheizen, während die größeren Säle und Gemächer des Hauses eiskalt wurden, sobald die Temperaturen draußen den Gefrierpunkt erreichten.

Hinter den Bäumen des Parks floss in einer Senke ein kleiner Fluss mit dem Unheil verkündenden Namen Idle; von meinem Fenster aus konnte ich ihn nicht sehen. Als ich ihn entdeckte und erfuhr, wie er hieß, dachte ich, dass er wohl meinen Zustand an diesem Ort beschrieb – *idle*, faul, müßig, unnütz –, denn ich wusste wirklich nicht, was ich hier draußen auf dem Land mit mir anfangen sollte. Und ebenso wenig verstand ich, wozu der Baron mich brauchte.

Am Tag nach unserer Ankunft kam der Leibschneider

des Barons und nahm Maß an mir, und nach einigen Tagen wurde ich mit einer umfassenderen Garderobe ausgestattet als ich sie in meinem vorherigen, fernen Leben gehabt hatte. Beim Schuhmacher der Gegend wurden zwei Paar Schuhe und ein Paar Reitstiefel für mich bestellt, meine abgetragenen Militärstiefel weggeworfen. Bald darauf erhielt ich Unterricht im Fechten und Reiten vom Fechtlehrer und Stallmeister des Barons, und die Krönung bestand darin, dass der Baron mich zu sich einbestellte – diesmal bat er mich, auf einem Stuhl auf der anderen Seite des schweren Schreibtischs Platz zu nehmen – und mir mitteilte, dass ich über den festen Aufenthalt auf dem Gutshof hinaus drei Pfund und siebzehn Schillinge pro Jahr für meine weiteren Bedürfnisse erhielt. Ich erlaubte mir zu fragen, warum er all dies für mich tat – mit dem indirekten Vorwurf wieso er so entscheidend in mein Leben eingriff –, und er antwortete nüchtern und gelassen: »Ich schulde Euch mein Leben, daher ist es nur gerecht, dass ich für das Eure sorge.«

»Aber was soll ich denn hier bloß *machen*?«, entfuhr es mir.

»Ja, was machen wir hier auf Erden?«, entgegnete er mit einem kleinen melancholischen Lächeln. »Erfüll Gottes Willen, John Gambledays, dann wird das Verständnis kommen.«

»Aber ich habe keine Ahnung, was Gottes Wille ist, Mylord.«

»Bete. Und höre Er auf sein Herz.«

Ich nickte. Ich dankte. Ich ging.

Vor seiner Tür biss ich mir auf die Knöchel. Wenn er gewusst hätte, was passieren würde, wenn ich auf mein Herz hörte, dachte ich, dann hätte er mich auf der Stelle gehängt.

22

Es sind jetzt mehrere Tage vergangen, an denen ich Thurloe nicht gesehen habe. Ich bekomme keine Erklärung, wann oder wieso er kommt oder nicht kommt – es hätte mich auch gewundert –, aber ich höre nicht auf, mir Gedanken darüber zu machen, ob es mit meinem Fall zusammenhängt. Und ob seine Geschäftigkeit und seine ungewöhnliche Übernachtung hier im Haus etwas mit mir zu tun hat. Vermutlich ist es nur meine merkwürdige Eitelkeit, merkwürdig und fehl am Platz, die mich auf solche Gedanken bringt. Eher ist irgendeine politische Krise im Anmarsch oder in vollem Gange. Aber dann ist es zumindest eigenartig, dass er sich überhaupt die Zeit nimmt, hierherzukommen.

So selbstbezogen war ich seit der Zeit auf Hopesley Hall nicht mehr, dieser Zeit, von der ich ihm erzählen soll. Ich dachte nicht daran, wer ich war oder wie ich dorthin kam, ich brauchte nicht einmal daran zu denken, wie es um mein Auskommen stand; ich dachte nur daran, wie ich wirkte und wie andere mich sahen: Ob ich eine Kuriosität war, wie Jurij es genannt hatte, oder ob ich mir die Manieren wirklich aneignete, die die Leute des Barons mir beizubringen versuchten, die richtigen Gesten, die richtigen Antworten, die richtigen Fechtstöße.

Der Fechtmeister amüsierte sich damit, mich mit sei-

nen raffinierten Finten zu konfrontieren, bevor er sie mir beibrachte; und ein ums andere Mal stand ich dem harten Stich seines stumpfen Degens an meiner Brust oder meiner Flanke vollkommen wehrlos gegenüber. Und obwohl ich dachte, meinen eigenen Degen gut im Griff zu haben, wirbelte er mir plötzlich aus der Hand und rollte klirrend über den Steinboden des großen, leeren Bankettsaals, in dem wir trainierten. Es war eine ganz andere tanzende, artistische Art zu fechten, ein grundsätzlicher Unterschied zu dem gezielten Hauen und Stechen, das ich in der Armee gelernt hatte. Und doch konnte es eine Kunst auf Leben und Tod sein. Mehrfach hörten wir von Adligen, die bei Duellen schwer oder tödlich verletzt wurden, obwohl Duelle verboten waren.

Meine Reitstunden waren etwas angenehmer. Der Stallmeister amüsierte sich zwar auch, wenn ich gegen jeden Bewegungsrhythmus des Pferdes auf dem merkwürdig hohen Sattel auf und nieder hüpfte oder sogar ein paar Mal herunterfiel. Aber er war ein gutmütiger Mann, der versuchte, mir das Reiten so rasch und so effektiv wie möglich beizubringen.

Im Grunde waren es die Umgangsformen eines Höflings, die ich zu lernen hatte. Der Kreis der Freunde und Bekannten des Barons bestand nicht aus breitbeinigen Squires mit matschigen Stiefeln, wie ich sie bei Sir Marmaduke getroffen hatte; es war die Elite, die hier einen Miniaturhof in ländlicher Umgebung bildete – dazu gehörten nicht nur die auf den umliegenden Herrensitzen wohnenden Nachbarn, sondern auch die Gäste, die auf der Durchreise vorbeikamen. Und obwohl Delaffoy zur Parlamentspartei gehörte, also zu den Puritanern, gab es an seiner Lebensweise nichts Puritanisches oder den Luxus Verach-

tendes. Dennoch – niemand in seinem Kreis soff sich oder andere unter den Tisch und niemand prügelte sich, alles verlief in einer eigenartigen Mischung aus Freude und Mäßigung. Selbst die zu Besuch kommenden Geistlichen – es waren einige – tranken in der Regel Wein und machten bei Tisch launige Bemerkungen, trotz der langen und schwerfälligen Tischgebete, mit denen sie normalerweise die Mahlzeit einleiteten. Wenn keine Geistlichen zu Besuch waren, sprach der Baron persönlich ein Gebet, und ich glaube, ich habe ihn niemals das Gleiche beten hören. Ich weiß nicht, ob er improvisierte oder eine Vielzahl Gebete auswendig wusste.

Auf Hopesley Hall wurde gespielt, gesungen und es wurde auch getanzt und ich versuchte, die mir zugeteilte Rolle zu spielen. Ich beobachtete mich selbst, ich war geradezu besessen davon zu gefallen … und so verging ein Tag nach dem anderen in diesem wohlorganisierten Theater.

Die Nächte waren anders.

Die Nächte hier sind hart, Stunden der Schlaflosigkeit wechseln mit Stunden des tiefen, festen und bitteren Schlafs, an dessen Träume man sich kaum erinnern kann, bisweilen sind sie voller Angst. Eine Nacht kann erschöpfender sein als ein Tag.

Man misst sein Leben in Lebenstagen – aber man lebt auch in den Nächten. Das ist wahr, ob man schläft oder nicht.

23

Die erste Abendgesellschaft, an der ich auf Hopesley Hall teilnahm, fand ein paar Tage nach meiner Ankunft statt. Der Schneider hatte meine neuen Kleider noch nicht fertig, aber es war ihm gelungen, eine der braunen Garnituren für mich aufzutreiben. Eine Jacke und eine Kniehose, die ein bisschen ausgelassen und umgelegt werden musste, und ein Hemd, an das er in aller Eile ein paar neue Leinenmanschetten nähte, damit die Ärmel lang genug waren. Es war das erste Mal, dass ich nicht geliehene Kleider oder die Soldatenmontur trug, und ich fühlte mich selbst in diesem sehr gewöhnlichen Aufzug gut angezogen. Und als der Friseur des Barons sich mit Kamm und Schere meinem Haar gewidmet hatte – ich sähe noch immer aus wie ein richtiger Rundkopf, sagte er und benutzte damit einen Ausdruck, den man uns in der Armee verboten hatte, denn eigentlich war es ein Schimpfwort der Royalisten für die Soldaten des Parlaments –, hatte ich den Eindruck, deutlich vorzeigbarer geworden zu sein.

Lord und Lady Delaffoy, die in einem kleinen Gemach neben dem Schlafzimmer des Barons bereits allein gegessen hatten, ließen den Bankettsaal an diesem Abend für über zwanzig Personen decken, glaube ich. Es waren Gäste aus London eingetroffen, ein Viscount, der ein enger Freund keines Geringeren als General Fairfax war und daher interessante Neuigkeiten zu erzählen hatte; und seine Frau, die eigentlich aus einer royalistischen Familie stammte und allein aus diesem Grund das Interesse auf sich lenkte. Nahezu alle Freunde und Bekannte aus den großen Gütern der Umgegend waren gekommen, um die Gelegenheit zu nutzen, den Baron zu seiner Heimkehr zu beglückwünschen; mich hatte man zusammen mit dem Gemeindepastor und seiner Frau, einem Bankier und einem weiteren Besucher, einem Bibliothekar, ausersehen, den nichtadligen Teil der Gesellschaft zu bilden. Selbstverständlich musste ich auch hier erzählen, woher ich kam und wie ich den Baron gerettet hatte, und Delaffoy bat die Gäste, mir zu Ehren ihr Glas zu erheben. Aber im Übrigen entsinne ich mich nicht mehr an die Gespräche und Diskussionen an der langen Tafel. Ich erinnere mich an Laetitia, die mit ihrem blassen, hübschen Mann am Tischende saß, weit entfernt von mir, doch ich sehe sie vor mir, als hätte ich ihr direkt gegenübergesessen.

Ihr Haar war in kleinen Locken aufgesteckt, sie trug ein Gewand aus besticktem roten Samt über einem faltenreichen, orangegoldenen Rock, und über dem breiten Ausschnitt lag eine Kette großer weißer Perlen um ihren Hals. Ihre Haut war allerdings fast weißer als die Perlen und ihre Augen strahlten dunkel in diesem weichen Licht, das ich mir nie erklären konnte; sie hatte einen kleinen Mund mit geschwungenen Bögen und ihre Nase, die weder klein noch gerade war, so dass man sie nicht unbedingt hübsch nennen konnte, gab dem ganzen Gesicht einen suchenden, sinnlichen und feinen Ausdruck. Sie lachte häufig, wobei sie ihre weißen und nicht ganz regelmäßigen Zähne zeigte.

Wenn ich es versuche, finde ich durchaus ein Wort, das beschreibt, wie sie aussah, doch es fällt mir so schwer, ihr Bild festzuhalten; es löst sich auf in Tausende von Augenblicken, Schichten, Bewegungen, Veränderungen, Mienenspielen …

Ich war hingerissen von ihr, genau wie bei dem ersten kurzen Anblick auf der obersten Stufe der Treppe. Aber in sie verliebt habe ich mich erst, als sich die ganze Gesellschaft nach dem Essen am Kamin versammelte und sie für uns sang.

Die Diener hatten den Tisch abgeräumt und die Stühle an den Kamin getragen, denn dort war es an diesem kühlen Septemberabend wärmer. Wir setzten uns so, dass wir zwei Halbkreise bildeten, in zwei Reihen, den Blick auf den Schemel gerichtet, den man für Laetitia rechts neben den Kamin gestellt hatte. Sie setzte sich als Letzte, ordnete den Rock über ihrem Schoß, nahm eine Laute, die ein Diener ihr reichte, und probierte, ohne sich zu übereilen, ob die Laute gestimmt war. Sie horchte, drehte ein bisschen an den Stimmwirbeln und schlug die Saiten erneut an. Als das Instrument zu ihrer Zufriedenheit klang, hob sie den Kopf, blickte einen Moment an die dunkle Decke, atmete durch die Nase ein und begann.

Über ein Jahr hatte ich keine andere Musik gehört als Wirtshauslieder, Kirchengesang und Trommelsignale. Und nun trafen mich Töne ganz anderer Art, die weichen Akkorde und perlenden Läufe der Laute, Laetitias klarer Sopran und der vielfarbige Wechsel zwischen Melancholie und Munterkeit, den ich so gut aus der Renaissancemusik kannte, die ich hin und wieder gehört hatte. Nur war es hier keine »alte Musik«, die man andächtig aus den Archiven geholt hatte, es war ganz einfach ihre Musik, und sie sang sie mit einer Natürlichkeit und einem Einverständnis, wie ich es nie zuvor gehört hatte. Sie sang vollkommen rein und spielte völlig unbeschwert, und während die übrigen Gäste sie bewunderten, hatte ich das Gefühl, als würde mir das Herz aus der Brust gerissen; ich spürte, wie meine Wangen brannten und war froh, dass ich mich dort, wo ich saß, ein wenig im flackernden Schein des Kamins verbergen konnte, in der zweiten Reihe, hinter dem breiten Rücken des Bankiers.

Ich kannte keine der Melodien oder Texte, die wohl überwiegend von der Natur und der Liebe handelten – ich vergaß völlig, auf die Worte zu achten, ich war verzaubert von ihrer nackten Schulter, die sich während ihres Spiels und ihrer Atmung bewegte, von den schlanken Fingern, die über das Griffbrett und die Saiten tanzten, und von ihren Lippen, die diese wunderbaren Laute formten. Wenn sie die höchsten Töne anschlug, schien es kein Sprung oder eine Kraftanstrengung zu sein, vielmehr war es, als sähe man die Sonne hinter einer Wolke hervorbrechen; und wenn die Stimme wieder abfiel, füllte sie mit dem goldenen Licht der Wolken einen Sommernachmittagshimmel.

Laetitia sang sieben oder acht dieser Arien oder Madrigale oder wie man das nennt, dann verbeugte sie sich leicht und während alle klatschten, reichte sie einem Diener die Laute, der sie wieder in ihr Futteral steckte. Ich klatschte wie die übrigen Gäste, aber ich war enttäuscht, dass sie nicht weiterspielte, ich hätte ihr eine Ewigkeit zuhören können.

Der Rest des Abends – ich glaube, es wurde nicht sehr spät – verging mit Gesprächen in kleineren Gruppen. Ich sprach mit dem Bibliothekar, einem grauhaarigen Mann mit zerfurchtem Gesicht, der mir erzählte, dass er sich hier aufhielt, um eine komplette Aufstellung der reichen Sammlung des Guts an religiöser und theologischer Literatur anzufertigen. Irgendein Geistlicher, der über die Mittel verfügte, ihn zu entlohnen, hatte ihn damit beauftragt. Dieser Geistliche hatte von einem anderen Pastor, der zu Besuch bei

Delaffoy gewesen war, von der Sammlung gehört. Ich hörte nur mit halbem Ohr hin, ich schaute die ganze Zeit Laetitia an, wenn ich glaubte, dass sie nicht in meine Richtung sah; einige meiner Antworten und Reaktionen auf die Fragen des Bibliothekars müssen wohl einigermaßen sonderbar gewesen sein, denn er räusperte sich mehrfach verlegen und stellte die Frage noch einmal in einer etwas einfacheren Form. Wahrscheinlich nahm er an, dass ich als Ausländer die englische Sprache nur schwer verstand, und ich ließ ihn in dem Glauben.

Erst als die Gäste aufbrachen – einige wollten nach Hause, andere bei uns übernachten –, nahm ich meinen Mut zusammen und ging auf Laetitia zu, die an der Tür stand, durch die wir alle mussten. »Werdet Ihr wieder einmal singen?«, gelang es mir zu sagen, und erst lächelte sie über meine Bemerkung, die sich wie ein angenehmes Kompliment anhörte, doch dann bemerkte sie wohl meinen Gesichtsausdruck. Sie wurde verlegen und wandte ihr Gesicht ab. Aber sie fasste sich wieder, hielt meinem Blick stand und sagte, mit einem ganz neuen Unterton von Neugierde in der Stimme: »Ja. Ja, das werde ich.«

»Danke«, erwiderte ich heiser und verließ eilig den Saal.

Die nächsten Wochen waren qualvoll und wunderbar. Statt der Sinnlosigkeit, die ich befürchtet hatte, schienen die Tage vor Sinn geradezu zu bersten, wenn ich Laetitia nur sehen, an Laetitia nur denken, mich nach Laetitia nur sehnen konnte. Eine eher düstere Form von Sinn waren meine Selbstvorwürfe und die hoffnungslosen Versuche, diese Verliebtheit zu vertreiben – wie konnte ich mir erlauben, mich in die Frau meines Gönners zu verlieben und sein potenzieller Rivale zu werden? Es war töricht von mir, ich hätte Hopesley

Hall verlassen müssen, ich hätte mich nachts davonstehlen müssen, es hätte mir egal sein müssen, dass ich dann wieder rechtlos war und möglicherweise als Landstreicher verhaftet wurde … Ich hätte einen Abschiedsbrief an Laetitia hinterlassen müssen, der sie zu Tränen rührte, der sie mich ewig vermissen ließ … Ich hätte mich in der Scheune aufhängen müssen … Ich hätte auf einem Schiff anheuern und nach Amerika segeln sollen …

Aber selbstverständlich tat ich nichts dergleichen. Ich focht und ritt, ich las Bücher aus der Bibliothek des Gutshofes, ich versuchte sogar, Flöte spielen zu lernen (gab es aber schnell wieder auf) – alles, um Eindruck auf Laetitia zu machen, um die richtige Antwort zur Hand zu haben, sollte sie mich bei Tisch etwas fragen. Ich las in Miltons Gedichten, der Ausgabe von 1645, von der ich bisher nur Abbildungen gesehen hatte, aber es weckte in mir nur eine schwache, unkonzentrierte Begeisterung, diese nahezu frisch gedruckte Seltenheit in den Händen zu halten, wichtig war, ob Laetitia die Gedichte auch gelesen hatte.

Wir begegneten uns nur, wenn andere zugegen waren: bei Tisch, in einem kleinen Kreis von Gästen, am Kamin, wenn Laetitia oder andere spielten und sangen. Nie ergab sich die Gelegenheit, vertraulich mit ihr zu sprechen, ihr zu erzählen, wie es in mir stürmte und tobte. Hin und wieder glaubte ich, dass auch sie in mich verliebt war – sie konnte mich mit einem besonderen Blick ansehen, von dem ich mir einbildete, dass sie niemanden sonst so ansah, mit einer warmen Glut in den Augen, die mich innerhalb von ein paar Sekunden selig werden ließ –, und dann war ich wieder überzeugt, dass ich mich mit meinen Gefühlen lächerlich machte, dass es alles nur Phantasien und Chimären wären. Ich war mindestens zehn Jahre älter als sie, ich war nichts, ein Schmarotzer, den ihr Mann aus Pflichtschuldigkeit oder der Unterhaltung wegen seinem kleinen Hofstaat einverleibt hatte. Es war fürchterlich, die Tage zu überstehen, an denen ich mich so fühlte; ich war kurz davor, mich nach dem nackten, intensiven Kampf um die Existenz zu sehnen, den ich als frierender Tagelöhner im winterkalten London erlebt hatte.

Eines Abends, als ein Cembalovirtuose Hopesley Hall besuchte und Gäste zu einem Konzert geladen waren, setzte sich Laetitia, bevor er zu spielen begann, auf den Stuhl neben mir und sagte in einem Ton, als wolle sie einem Gast eine höfliche und hilfreiche Information zukommen lassen: »Dieser Mann war noch vor einigen Jahren Organist in Winchester, bis die Kirchenmusik abgeschafft wurde. Dann kämpfte er in der royalistischen Armee. Und nun hat Mylord ihn eingeladen, hier zu spielen, und er zahlt ihm dafür ein hübsches Honorar! Musik kann zu den unwahrscheinlichsten Begegnungen führen, das kann man schon sagen.« Sie lächelte und ich meinte, eine geheime Botschaft in ihren Worten zu hören – ich musste wegsehen und meine Wangen wurden, glaube ich, knallrot. Ich schaute erst wieder auf, als der Cembalist begann, doch nun schaute sie unverwandt ihn an, offensichtlich ganz von der Musik erfüllt. Der Mann, ich glaube, er hieß Gibbons, war bestimmt hervorragend, aber ich war von Laetitias Nähe vollkommen benebelt, von dem schwachen Parfümduft ihres Halses, von den geheimnisvollen Worten, die sie gesagt hatte … Der Abend endete damit, dass Laetitia ein Lied sang, bei dem der Virtuose sie begleitete; zwischendurch blickte sie mich nicht ein einziges Mal an. Ich wusste nicht, ob ich glauben oder zweifeln, lachen oder weinen sollte, als ich die Treppen zu meiner Kammer hinaufstieg.

Eines Tages im November bat ich darum, ein Pferd für

mich zu satteln. Ich wollte zum ersten Mal allein ausreiten. Ich hielt es auf dem Herrenhof nicht mehr aus, ich wollte einfach fort, hinaus in die nasskalte Landschaft, an etwas anderes denken. Der Stallknecht schaute ein wenig skeptisch, denn er wusste genau, wie es um meine Reitkünste stand, aber er erfüllte meine Bitte. Ich war wohl eine Weile in unbeholfenem Trab geritten, als das Pferd langsamer wurde und das Maul nach den Grasbüscheln am Wegrand ausstreckte. Ich wollte aber nicht stehen bleiben, ich zog an den Zügeln und trat gleichzeitig in die Flanken: hoch mit dem Kopf und weiter! Doch das Tier bäumte sich auf und bockte, so dass ich das Gleichgewicht verlor und im hohen Bogen über den Schädel des Pferdes flog. Ich klammerte mich noch immer an die Zügel, aber im nächsten Moment bäumte sich das Pferd noch einmal auf und riss sie mir aus den Händen; ich lag auf dem Boden, während das Tier auf der Landstraße zurückgaloppierte. Zum Glück fand es allein nach Hause. Ich stand auf, klopfte den gröbsten Dreck von meiner Kleidung und holte meinen nassen Hut aus dem Straßengraben. Ich hatte mir nichts gebrochen, ich hatte nicht einmal wirkliche Schmerzen, ich war nur wütend auf das blöde Vieh und auf mich, weil ich meine Fähigkeiten überschätzt hatte.

Da hörte ich, dass sich eine Kutsche näherte. Hufschlag und Knirschen, rumpelnde Geräusche. Als der Wagen in einer Kurve hinter einer Baumgruppe auftauchte, erkannte ich die Kutsche von Hopesley Hall, das braune Zweigespann und den Kutscher Thomas, dessen ungewöhnlich rotfleckiges Gesicht wie eine Laterne aus all den graubraunen Stoffen leuchtete, aus denen sein Umhang und seine Mütze genäht waren. Er ließ die Pferde halten – der Schlag wurde geöffnet und ich erblickte Laetitia in der Kutsche, allein, als hätte es der Zufall so gewollt. Sie hatte am Vormittag in der

Nähe einen Besuch absolviert und keine Kammerzofe mitgenommen. »Mylady«, sagte ich mit klopfendem Herzen, »mein Pferd hat mich abgeworfen.«

Sofort bat sie mich in die Kutsche und Thomas fuhr an. Ich erklärte ihr, was geschehen war und entschuldigte meine schmutzige Kleidung, doch sie lachte, nahm es nicht weiter wichtig und erzählte, wen sie besucht hatte – und dann wurde es sehr still zwischen uns. Ich nahm die plötzliche Verlegenheit, die sich in dem schaukelnden Wagen ausbreitete, als eine Art Zeichen; jetzt oder nie, dachte ich, beugte mich zu ihr hinüber und sagte flüsternd, so dass der Kutscher es nicht hören konnte: »Lady Laetitia, ich denke Tag und Nacht an Euch, ich kann an überhaupt nichts anderes mehr denken. Ich liebe Euch.«

Sie hielt einen Finger vor ihre Lippen. Ich wollte trotzdem noch etwas sagen, aber sie streckte ihre Hand aus und berührte meinen Mund, um mich zum Schweigen zu bringen. Ich schloss die Augen und nahm nichts anderes wahr als den Duft ihres parfümierten Handschuhs und das Gefühl des weichen weißen Leders, das sich sanft gegen meine Lippen drückte. Erst als sie die Hand wegzog, öffnete ich die Augen wieder. Das Licht ihres Blicks hatte den Glanz einer Perle, es war dem Zerspringen nahe wie ein Tautropfen, kurz bevor er auf ein Blatt fällt – sie flüsterte: »Ich weiß es, John.« Dann senkte sie ihren Blick und wrang einen Moment die Hände in ihrem Schoß. Als sie wieder aufblickte, begann sie, mir im Plauderton alles Mögliche Uninteressante von ihrem Besuch zu erzählen.

Diese Art der Unterhaltung setzten wir fort, bis wir in Hopesley Hall ankamen. Aber die Luft zwischen uns knisterte, und als wir von der Landstraße in die Hauptallee des Gutshofes bogen, beugte sie sich mir zu und flüsterte:

»Komm heute Nacht in meine Schlafkammer, sobald die Dienstboten schlafen.« Sofort nahm sie die Konversation wieder auf und ich antwortete völlig willkürlich ja und nein und ach und wirklich, verwirrt, glücklich und verwundert, und wenn ihr Blick mir nicht erzählt hätte, dass es die Wahrheit war, hätte ich an dem, was ich gehört hatte, gezweifelt.

Als wir anhielten, sprang ich hinaus und wollte ihr eine Hand reichen, aber sie wandte den Blick ab und wartete darauf, dass Thomas vom Bock kletterte und ihr half. Lediglich ein kleines Nicken schenkte sie mir, dann gingen wir jeder unserer Wege. Ich musste mich zwingen, die Treppe langsam und gelassen hinaufzugehen und sie nicht mit entlarvend schwerelosen Hüpfern zu nehmen, drei Stufen auf einmal, als wäre ich auf dem Mond.

Der Baron und die Baronesse aßen an diesem Abend allein, ich empfand es als Segen. Ich weiß nicht, wie ich es am Tisch hätte aushalten sollen.

Laetitias Schlafzimmer lag im ersten Stock des Westflügels. Ich wusste wo, obwohl ich nie dort gewesen war. Um dorthin zu gelangen, musste ich die Treppe zwei Stockwerke hinuntergehen und mehrere Säle und Korridore durchqueren. Als ich nach einer unendlichen Wartezeit meinte, jetzt könnte ich unbehelligt aufbrechen, ging ich den langen Weg so leise wie möglich, ohne eine Lampe mitzunehmen. Mein Herz schlug heftig, als ich schließlich in dem kalten Gang vor ihrer Tür stand und vorsichtig klopfte.

Die Tür wurde sofort geöffnet und eine Woge von Wärme und Licht strömte heraus. Rasch schlüpfte ich hinein und Laetitia schloss die Tür. Im Kamin brannte noch Feuer, es war warm in der Kammer und der Lichtschein flackerte wie ein goldener Nebel in ihrem brünetten Haar, als sie die Arme um mich schlang und den Kopf an meine Schulter legte – aber nur ganz kurz, dann wandte sie mir ihr Gesicht zu und küsste mich. In einer hastigen, ungeduldigen Verwirrung von Fingern und Knöpfen half sie mir, meine Sachen auszuziehen und zog mich aufs Bett, während ich erst einen Arm aus dem Hemdsärmel befreit hatte. Ihr leichter, lockerer Morgenumhang war auf den Boden geglitten, der Spitzenkragen ihres Nachtgewands oder Damenhemds war geöffnet, und während ich mich des zweiten Hemdsärmels entledigte und nackt auf dem großen weißen Bett vor ihr kniete, zog sie das Hemd über den Kopf und ich sah ihr dunkles Schamhaar und die weißen runden Brüste. Meine Erektion war so hart, dass sie beinahe schon schmerzte. Die Steppdecke des Bettes lag auf der Seite, als hätte sie darunter gelegen und auf mich gewartet. Wahrscheinlich war sie aus dem Bett gesprungen, als sie mich klopfen hörte. Sie zog mich über sich, ihre Hände fuhren über meinen Rücken, meinen Nacken, meine Hinterbacken, sie küsste meinen Mund, meine Wangen, meinen Hals, und ich küsste sie … Beinahe im gleichen Moment drang ich in sie ein, sie war bereit, sie hatte gewartet, gewartet und sich gesehnt wie ich, und wir begannen uns im gleichen Rhythmus zu bewegen, wie zu einer Musik, die nirgendwo als in unseren sausenden Ohren zu hören war; einer immer schneller und schneller werdenden, wirbelnden Tanzmusik, bis ich spürte, wie ihr heißer Schoß sich noch fester zusammenzog, sich um meine hämmernden Stöße spannte und sie plötzlich tiefer aus- als einatmete. Im gleichen Augenblick kam ich in einem wirbelnden Flackern schwarzer Sonnen und strauchelte fast von ihrem Körper, blieb auf den Ellenbogen liegen und begrub meine Nase in ihrem duftenden Haar, während ihre Hand über meinen Rücken glitt und mit einem entspannten und sanften kleinen Geräusch auf das Laken fiel.

Es vergingen mehrere Minuten, bevor wir etwas sagten. Und die Worte kamen mir wie eine Rückkehr in eine Welt vor, die wir verlassen hatten und nun in einem ganz anderen Licht sahen. Es waren gewöhnliche Worte. Ich liebe dich. Wie schön du bist. Oh, wie sehr habe ich davon geträumt. Keine ausschweifenden Sätze, kein Versuch, irgendetwas zu beweisen, nur die schlichtesten Worte, die irgendeinen Sinn ergaben. Ich habe niemals etwas erlebt, was so selbstverständlich schien, wie mit Laetitia zu schlafen. Ich habe keine Ahnung, ob ich ein Gefühl von richtig oder falsch empfand, es kam mir einfach nur vollkommen überzeugend vor, wenn wir es taten, eine überwältigende Tatsache, die sich ohne Vorbereitungen oder Überlegungen selbst regelte.

In dieser Nacht schliefen wir nicht noch einmal miteinander. Aber drei Nächte später passierte es wieder. Und wieder. Und wieder. Laetitia gab mir ein Zeichen: Wenn sie eine besondere Perlenkette um den Hals trug, mit einer großen birnenförmigen Perle in der Mitte, bedeutete es, dass ich zu ihr kommen sollte, sobald es dunkel war.

Selbstverständlich dachte ich: Was ist mit ihrem Mann? Selbstverständlich fragte ich danach. Selbstverständlich wunderte ich mich, dass sie getrennte Schlafzimmer hatten, noch dazu jeder in einem anderen Flügel des Gebäudes. Meine Fragen wurden beantwortet, und noch viele weitere, denn nach und nach bestanden unsere Nächte ebenso aus vertraulichen Gesprächen wie aus wortlosem, befriedigendem Sex. Diese gedämpften, ungekünstelten Gespräche in der dunklen Kammer, die nur von den Flammen oder der roten Glut des Kamins erleuchtet wurde, manchmal vom Stern- oder Mondlicht draußen, wurden für mich ebenso kostbar wie das Gefühl ihres warmen, weißen Körpers.

»Schläfst du überhaupt nicht mit ihm?«, wollte ich von ihr wissen.

»Doch, schon«, antwortete sie, »aber nicht so oft wie mit dir.«

Lächeln in der Stimme. Dann ernsthaft: »Er ist ein sehr ungewöhnlicher Mann. Es ist schwer zu erklären.«

»Meinst du … er kann nicht?«

»Nein, durchaus nicht. Er kann, glaub mir, er kann. Aber es ist, als wäre er nie ganz da, wenn wir zusammen sind. Als ob ein Teil von ihm über uns im Himmel schweben und uns mit ruhiger, liebevoller Nachsicht im Bett betrachten würde. Ich bewundere ihn sehr, er ist ein seltener Mensch. Ich liebe auch ihn, John, du darfst nicht glauben, dass ich ihn verabscheue oder dass er mir gleichgültig wäre. Aber es gibt eine Seite an ihm, die ich nicht erreichen kann.«

Ich fühlte gegen meinen Willen eine Spur von Eifersucht. »Und meine Seiten hingegen sind alle innerhalb deiner Reichweite, oder wie?«

Sie hätte wütend werden können, stattdessen lachte sie. »Ich weiß es nicht. Noch nicht. Aber wenn ich mit ihm zusammen war, fühle ich mich klein. Zusammen mit dir fühle ich mich …«

»Groß?«

Wiederum Lachen. »Nein, ich fühle mich … komplett. Gerechtfertigt.«

»Dann bin ich deine Kompensation?«

»Nein! Du bist der einzige Mann, nach dem ich mich in dieser Weise gesehnt habe. Der Einzige, der mich spüren lässt, dass es egal ist, ob ich klein bin oder – groß. Mit dem Verstand begreife ich nicht, wie es möglich ist, aber es *ist* so.«

»Bin ich auch ein ungewöhnlicher Mann?«

»Ja, das bist du. Ungewöhnlicher, als du glaubst, wie ich vermute.«

»Was meinst du?«

»Erzähl mir, wieso du ungewöhnlich bist ...«

Ich wagte nicht, es ihr in dieser Nacht zu erzählen. Aber schon bald danach begann ich, sie in meine wahre Geschichte einzuweihen. Allmählich, vorsichtig – ich hatte Angst, sie zu erschrecken, sie sollte keinen Teufel in mir sehen. Aber sie ließ sich nicht erschrecken, im Gegenteil, sie fand es faszinierend, von den sonderbaren Dingen zu hören, die es in dem Jahrhundert gab, aus dem ich kam. Im Halbdunkel hörte sie mit großen funkelnden Augen meine Geschichte vom Untergang, dem Tunnel und meiner Verzweiflung, als ich begriff, was geschehen war. Sie schüttelte den Kopf und lachte freudig überrascht, wenn ich von lebendigen Bildern, selbstfahrenden Kutschen und kleinen Apparaten erzählte, die es ermöglichen, dass Menschen sich unterhalten, obwohl sie Hunderte Meilen voneinander entfernt sind.

»Hast du wirklich keine Angst, weil ich aus der Zukunft komme?«, fragte ich sie eines Nachts. »Wirst du nicht irre daran?«

»Nein«, antwortete sie. »Für mich ist das so, als würde ich jemandem zuhören, der in China, auf den Inseln der Hesperiden oder in einem Fabelland gewesen ist, von dem noch nie jemand gehört hat. Ich glaube dir, aber ich habe nur dein Wort dafür. Und du bist nicht Zukunft, du bist hier, direkt neben mir.« Sie ließ ihre Hand nachdenklich über meine Schulter gleiten, lächelte und berührte mit ihren Lippen mein Schlüsselbein. »Du schmeckst nach Salz«, sagte sie, »du bist wirklich.«

24

Wir sprachen heute über Laetitias Familienverhältnisse. Ich konnte mich nicht an alle Namen der Personen entsinnen, die sie mit Oliver verbinden, aber Thurloe konnte es natürlich. Laetitias Mutter, Margaret Cray, geborene Williams und verheiratet mit Sir Anthony Cray, ist die Schwester von Valentine Walton, »dessen ältester Sohn nach der Schlacht bei Marston Moor an seinen Wunden verstarb«, und dieser Walton ist verheiratet mit Margaret Cromwell, der Schwester von Oliver. Das wusste ich nicht, als ich mich in Laetitia verliebte, aber die Verbindung sollte mir noch mehr als deutlich werden. Aber daran will ich jetzt nicht denken.

Er ist gerade gegangen, Thurloe. Zum ersten Mal hatte ich das Gefühl, dass er versucht, mich in eine Falle zu locken. Als ich erwähnte, dass Laetitia es nicht erschreckend fand, dass ich aus einer Zeit komme, die noch gar nicht existiert, sagte er: »Erschrak Lady Delaffoy auch nicht über Razoumoff?«

»Ich habe ihr niemals erzählt …«, begann ich überrascht, aber ich unterbrach mich, weil ich meinte, die kleine Andeutung eines Lächelns in Thurloes Mundwinkeln gesehen zu haben. Ich spürte, dass ich in die Falle getappt war, ich hatte ihm eine spontane, glaubwürdige Information über einen Sachverhalt gegeben, der ihm möglicherweise

noch unklar gewesen war. Hatte Jurij Laetitia in seine Pläne eingeweiht? Absurd. Ich hätte sie nie einem derartigen Risiko ausgesetzt. Außerdem ist Jurij Laetitia nie begegnet, er besuchte Hopesley Hall nur einmal in der Zeit, in der ich mich dort aufhielt. Und da war sie gerade verreist, zu Besuch bei ihrer Mutter. Ich habe ihr nie erzählt, dass ich hier und jetzt nicht der einzige Zeitreisende war. Sogar meine dramatische Überführung in ihre Zeit stellte ich als Naturphänomen dar, als ein unerklärliches, zufälliges Geschehen.

Es ist in Ordnung, dass Thurloe es weiß, es ist sogar sehr gut, dass er es weiß, allein schon wegen ihr. Und es ist sehr gut, dass er sich sein Wissen durch eine gerissene Frage beschafft hat, zumal er dieser Methode offenbar mehr traut als meinen expliziten Erklärungen. Dennoch ärgert es mich, ich fühle mich irgendwie betrogen. Aber was hatte ich denn gedacht? Dass unsere Gespräche auf Vertrauen basieren?

So ist es nämlich nicht. Ich achte sehr genau darauf, die tatsächliche Beziehung zwischen Laetitia und mir nicht auszuplaudern. Ich habe etwas in Richtung einer unerfüllten Hingerissenheit angedeutet, einer Schwärmerei aus gehörigem Abstand, und er hat nicht weiter gefragt. Personen, Zeiten, Orte, Verbindungen, das ist es, worauf er die ganze Zeit aus ist, keine Bettschnüffeleien. Kühles, nützliches Sammeln von Wissen. Ich bekomme langsam Lust, ihn zu provozieren, seinen Panzer anzukratzen.

Aber wozu? Er würde mir diese Zeit, diese zwölf Monate, in denen ich mit Laetitia zusammen war, ohnehin niemals näher bringen können als sie mir jetzt ist, wo ich sie mir in der Stille des Zimmers ins Gedächtnis rufe.

Ich kann ein Boot auf der Themse vorbeigleiten sehen,

lautlos und gemächlich. Es gibt gerade noch Wind genug, um die Segel zu setzen und Druck auf dem Ruder zu haben. Ansonsten wird es eher vom Strom weitergetragen.

Es wird nicht lange dauern, dann ist es hinter den großen Bäumen verschwunden, die ganz links meine Aussicht versperren.

25

Als ich Laetitia das erste Mal von meinem Zeitsprung erzählte, flüsternd in der kleinen privaten, glücklichen Ewigkeitssphäre, die unsere nackten Körper sich im Bett schufen, bat ich sie eindringlich, es niemandem zu erzählen. Ich war oft genug gewarnt worden und ließ mir schon lange nicht mehr anmerken, woher ich kam. Sie versprach es und hielt sich daran, aber es hinderte sie nicht, sich über das Problem der Zeit Gedanken zu machen, wie sich um die Neujahrszeit zeigte.

Ein gelehrter Theologe war zu Besuch gekommen, ein gewisser Dr. Grimshaw, ein ehemaliger Pastor der anglikanischen Kirche, der die Kirche aber verlassen hatte, als er sich der Idee anschloss, dass Pastoren keine Staatsbediensteten sein sollten. Er ernährte sich als herumwandernder Prediger und lebte von den wenigen Schillingen, die er von den einfachen Leuten in den Kirchen und Gemeindesälen bekam, in denen er predigte. Andererseits nahm er die Einladungen Wohlhabender an, kürzere oder längere Zeit bei ihnen zu wohnen und private Andachten mit ihnen zu halten. Wenige Tage vor Silvester war er Gast des Barons, also kurz nach Weihnachten, einem Fest, das der Baron – im wahren puritanischen Geist – nicht feierte. Die meisten seiner Freunde und Nachbarn hingegen taten es, und daher gab es keine weiteren Gäste auf Hopesley Hall.

Ich saß mit am Tisch, als Delaffoy anfing, mit Grimshaw zu diskutieren, aber ich konnte ihnen nicht folgen, sie verwendeten zu viele Fachausdrücke. Aber an einem der Tage, an denen wir mit den dicksten Wintersachen bekleidet mittags in dem eiskalten Saal aßen, forderte Laetitia den Theologen mit einigen Argumenten heraus, denen ich problemlos folgen konnte. Grimshaw hatte offenbar die Behauptung aufgestellt, Jesus hätte von seinen Anhängern niemals verlangt, sich einem so erdrückenden Regime wie einer Staatskirche mit Tausenden von angestellten Pastoren zu unterwerfen. »Vorausgesetzt, wir befänden uns in der Zeit Jesu, nie hätten sie so etwas von ihm zu hören bekommen.«

»Nun ja, angenommen, wir könnten in der Zeit zurückreisen«, sagte Laetitia und ich spitzte die Ohren. »Würde unsere eigene Zeit dann unverändert bleiben? Angenommen, ein Mann reist in der Zeit zurück und begegnet seinem eigenen Großvater. Der Großvater ist ein junger Mann, der noch keine Kinder hat, und der Mann bringt ihn um. Also wird der Mann nicht geboren, weil sein Großvater niemals der Vater seines Vaters werden kann. Was passiert also? Verschwindet der Mann auf der Stelle – in diesem Fall müsste der Großvater wieder zum Leben erweckt werden, denn der Mann wurde nie geboren und kann also auch seinen Großvater nicht umbringen – oder setzt die Welt ihren Lauf in dem Zustand fort, in dem sie sich nun befindet, das heißt mit dem toten Großvater und dem Mann unter den Lebenden? Und wenn der Mann in seine eigene Zeit zurückkehrt, wird er dann nicht entdecken, dass sein Vater nie gelebt hat, dass seine Mutter möglicherweise mit einem anderen verheiratet ist und dass sie statt seiner Geschwister ein paar andere Kinder geboren hat – kurz gesagt, dass er zu einem Fremden in der Welt geworden ist, aus der er stammt?«

»Das ist ein interessanter Gedanke, Mylady; aber da wir kaum in der Zeit reisen können, denn die Zeit geht ihren Gang, ohne dass wir in der Lage sind einzugreifen, muss man Euren Gedanken als vollkommen spekulativ bezeichnen.«

»Aber wenn wir nun wissen«, fuhr Laetitia fort, »dass Gott ewig ist, mit anderen Worten außerhalb der Zeit steht, und dass Gott seinen Sohn auf die Welt geschickt hat, das heißt in die Zeit hinein, muss man dann nicht annehmen, dass Gott durch seinen Sohn eine Welt ändern wollte, die sich verirrt hatte und verloren war? Besteht nicht genau darin die Erlösung?«

»Gott schickte seinen Sohn zu dem Zeitpunkt, als die Welt der Erlösung bedurfte«, erwiderte Grimshaw.

»Wie können wir das wissen?«, erwiderte Laetitia. »Ist es nicht möglich, dass es eine Welt gab, die dabei war sich unwiderruflich selbst zu zerstören, dank all des Bösen im menschlichen Handeln? Ist es nicht denkbar, dass Gott seinen Sohn in genau diese Epoche schickte und die Welt zu einem Zeitpunkt erneuerte, als Erlösung noch möglich war?«

Plötzlich lag Delaffoys Blick auf mir. Eigentlich vermied ich es eher, ihn anzusehen, denn mir war es peinlich, all das zu wissen, was er über meine Nächte mit Laetitia nicht wusste – doch nun sahen wir uns direkt in die Augen, und seine dunkelblauen Augen hatten nichts von ihrer üblichen Abwesenheit. Ein neugieriges, anerkennendes Interesse an Laetitias Gedankenexperiment war darin zu lesen, es war dieselbe Bewunderung, die ich empfand; er spürte die Übereinstimmung und auf seinem Gesicht zeigte sich ein sehr seltenes Lächeln.

Grimshaw drehte eine Locke seines grau werdenden Haares um den Finger und biss sich auf die Lippe, als Laetitia fortfuhr: »Jesus sagt an einer Stelle, dass er nicht gekommen ist, um den Frieden auf Erden zu bringen, sondern die Zwietracht, und dass er gekommen ist, um ein Feuer auf Erden anzuzünden. Dieser zornige Christus, hat er uns nicht auch erlöst? Wie können wir wissen, ob dieses Feuer und diese Zwietracht, das sich für seine Zeitgenossen so anhörte, als käme es in der Zukunft, nicht bereits seine Wirkung getan hatte, weil die Zukunft ausgelöscht und durch eine neue ersetzt worden war?«

»Gott greift zur rechten Zeit ein. Er muss nicht auslöschen, was Er hat geschehen lassen ...«, entgegnete Grimshaw zögernd. »Das wäre ja beinahe so, als würde man behaupten, dass Gott fehlbar ist!«, fügte er mit größerer Sicherheit hinzu.

»Er lässt geschehen, dass Menschen ihren freien Willen entfalten«, sagte Laetitia. »Doch wenn alles, was Menschen tun, durch Gottes Unfehlbarkeit hervorgebracht wird, dann haben die Menschen keinen freien Willen. Dann brauchen wir uns um unsere Handlungen keine Gedanken mehr zu machen, denn dann ist es der unfehlbare Gott, der durch uns handelt.«

»Natürlich tragen wir selbst die Verantwortung für unsere Handlungen. Und was die andere Angelegenheit angeht, kann ich Euch in diesem Augenblick keine Antwort geben«, erklärte Grimshaw mit deutlicher Missbilligung. »Aber lasst mich, mit allem schuldigen Respekt, daran erinnern, dass es nicht die Aufgabe der Frau ist, die Schrift auszulegen. Weibliche Prediger, die könnt Ihr den Quäkern und anderen Phantasten überlassen.«

»So werde ich es halten«, erwiderte Laetitia mit ausgesuchter Höflichkeit. »Euer Teller ist leer, Dr. Grimshaw. Möchtet Ihr noch etwas Rinderbraten?«

»Nein danke, nein danke.«

Der Baron führte die Unterhaltung zurück zu unverfänglichen Themen und Laetitia spielte den Rest der Mahlzeit ganz die Rolle der Gastgeberin. Aber bevor wir die Tafel aufhoben, lockerte sie das dicke wollene Tuch, das sie sich über die Schulter gelegt hatte, und ich stellte fest, dass sie die besondere Halskette mit der großen Barockperle in der Mitte trug. Sie schaute mich nicht an, aber in dieser Sekunde, dort im frostblauen Tageslicht, sehnte ich mich sehr nach der verheißungsvollen Dunkelheit der Nacht.

»Oh, John«, sagte sie zu mir, als wir schweißüberströmt, nackt und ermattet nebeneinander lagen – ich entsinne mich nicht, ob es in jener Nacht oder in einer anderen gewesen ist – »du bist ein Mann aus einem Guss.« Sie rekelte ihren schlanken weißen Körper und legte sich in meinem Arm zurecht.

Ich wusste eigentlich genau, was sie meinte, bat sie aber, es mir zu erklären.

»Du bist ganz und vollkommen, wenn du mich liebst. Du bist mit Leib und Seele da.«

»Du hast mich dazu gemacht. Ich war nicht immer so.«

»Hattest du eine Frau, dort, wo du herkommst?«

Ich erzählte ihr von Christine. In nüchternen Wendungen, glaube ich.

»Vermisst du sie?«

»Nicht mehr.«

»Wegen mir?«

»Ja.«

»Rechne nicht mit mir«, sagte sie, legte einen Arm über

mich und ließ ihr lockiges Haar auf meine Brust sinken, so dass ihr Gesicht verschwand; ich spürte, wie ihre Lippen sich auf meiner Haut bewegten.

»Ich weiß«, sagte ich, »ich rechne mit nichts.«

Das war nicht wahr.

Im Januar kam Laetitias Vater, Sir Anthony Cray, mit ernsten Neuigkeiten aus London zu Besuch. König Karl würde bald schon vor ein Gericht gestellt, hieß es, oder richtiger vor eine Kommission bedeutender Männer, und Valentine Walton, Sir Anthonys Schwager, war zum Mitglied dieser Kommission berufen worden. Darum hatte er seine nächsten Angehörigen gebeten, sich bei ihm in London einzufinden, da er sie um Rat bitten wollte. Es handelte sich ganz einfach um einen neuen und unerhörten Vorgang, dass der formell regierende Monarch in einem Gerichtsverfahren zur Rechenschaft gezogen wurde, noch dazu auf eine Weise, bei der selbst die ernstesten Konsequenzen nicht ausgeschlossen werden konnten.

»Werden sie ihn hinrichten?«, fragte der Baron seinen Schwiegervater während eines Abendessens, bei dem mehr geschwiegen als gesprochen wurde.

Sir Anthony sah eine Weile vor sich hin, bevor er antwortete. Ich schaute ihn an, ich sah immer mehr von Laetitias Zügen in seinem Gesicht und empfand eine plötzliche Sympathie oder Mitleid für diesen Mann, den ich nie zuvor gesehen hatte. Seine Stirn war gerunzelt, seine Lippen strafften sich, und doch sah ich, dass ihr Lächeln um seinen Mund spielte. »Möglicherweise schon«, sagte er schließlich, »das würde den Gordischen Knoten zerschlagen, aber Gott allein weiß, ob es auch die Spaltung des Landes kurieren wird.«

»Ich kann kaum glauben, dass sie den Mut dazu haben werden«, wandte der Gemeindepastor ein, der zur Mahlzeit geladen war.

Ich saß an der Ecke des Tisches, auf meinem bescheidenen Platz als ein rangloser Gast des Barons. Niemand wandte sich an mich, zum Glück, denn ich war ohnehin kurz davor, mit meinem Wissen herauszuplatzen: Der König würde tatsächlich geköpft werden und dies würde als Markstein in die Geschichte eingehen, aber nicht so, wie es sich die Puritaner vorstellten. Es saßen nur Männer am Tisch, Laetitia hatte mitteilen lassen, dass sie nicht am Essen teilnahm – wahrscheinlich aus diplomatischer Rücksicht, denn Delaffoy schien im Unklaren zu sein, ob er nach London reisen sollte. Er fragte sowohl den Pastor wie seinen Nachbarn, der ebenfalls dafür bekannt war, die Sache des Parlaments zu unterstützen, und sie rieten ihm, zu fahren und Walton in den kommenden Verhandlungen zu unterstützen. Es wurde vollkommen anders diskutiert, sobald keine Frauen mit am Tisch saßen, doch ich wusste, dass Laetitia nicht nur ihren Mann, sondern auch mich nach den Gesprächen bei Tisch fragen würde. Ich saß stumm und unauffällig dabei und hörte genau zu, um ihr alles so exakt wie möglich erzählen zu können.

Ich täuschte mich nicht. Als ich an diesem Abend mit einer brennenden Kerze und einem Buch, mit dem ich nicht recht weiterkam, in meinem Zimmer saß, klopfte es an der Tür. Es war Laetitia. »Ich kann nur einen Augenblick bleiben«, sagte sie, und sobald die Tür geschlossen, spürte ich an ihrer harten, beinahe verzweifelten Umarmung, dass sie sehr unruhig war. »Was haben sie gesagt?«, wollte sie wissen. »Fährt mein Richard? Weißt du, was passieren wird?«

Ich erzählte es ihr so knapp wie möglich. »Der König wird sterben, sie werden ihm den Kopf abschlagen. Cromwell wird der neue Führer. Aber später kommt Prinz Karl zurück auf den Thron, als Karl II.«

»Wann?«

»In zehn, zwölf Jahren, glaube ich.«

»Ich fürchte«, sagte sie und ihre Stimme zitterte, »dass diejenigen, die ihren Namen unter das Todesurteil des Königs setzen, damit auch ihr eigenes unterschreiben.«

»Vielleicht diejenigen, die unterschreiben«, erwiderte ich, »aber sogar unter denen, die das Parlament am stärksten unterstützen, wird es einige geben, die freikommen.«

»Wer?«

»Milton. An andere kann ich mich nicht erinnern, ich weiß es nicht.«

»Danke, John. Es ist unvermeidbar, aber es wird sicher nicht das letzte Urteil sein …«

Sie sagte es wie in einem Selbstgespräch, dann war sie so rasch aus der Tür, als hätte ein Windstoß sie geschlossen. Ich blieb verwirrt zurück. Um wen machte sie sich solche Sorgen? Um Walton? Über ihn hatte sie bisher nie gesprochen. Ihren Mann? Ihn hatte man doch nicht in die Kommission berufen. Könnte es noch geschehen?

Der Gedanke war mir nicht ganz unangenehm. Ich kann mich noch immer daran erinnern und muss es mir jetzt eingestehen: Ich verspürte den Hauch eines Wunsches, dass Richard, der siebte Baron Delaffoy, mein Rivale, aus dieser Welt entfernt würde.

Zwei Tage später brachen der Baron und Sir Anthony bei Tagesanbruch auf. Und als die Nacht kam, lagen Laetitia und ich in ihrem Bett – wie in den meisten Nächten in diesen drei Wochen, die der Baron fort war. Ich schlich mich immer davon, solange es noch dunkel war; manchmal spät nach Mitternacht, obwohl ich gern einmal neben ihr eingeschlafen und an ihrer Seite erwacht wäre. Aber das Risiko, zu verschlafen und von den Dienstboten entdeckt zu werden, war zu groß. »Die Dunkelheit ist unser Freund«, sagte Laetitia. »Solange du nur deinen Weg ohne Licht findest, hat niemand Lust, aufzustehen und nachzusehen, wenn Schritte auf der Treppe zu hören sind. Sie haben Angst vor Gespenstern.«

»Ich bin dein gehorsamer Geist«, antwortete ich. Sie lachte.

Der stürmische, atemlose Eifer der ersten Male war zu einem eher ruhigen und empfindsameren Spiel geworden, bei dem wir uns viel Zeit ließen, wenn die Hände in langen gleitenden Wanderungen den Körper des anderen erkundeten, wenn wir bald diese, bald jene Stelle küssten und die Haut schmeckten, salzig oder süß, warm oder kalt, glatt oder rau vor schaudernder Wonne. Manchmal behielt sie ihr Hemd an, während ich sie darunter leckte, dabei streichelte sie meinen Kopf durch den weichen Leinenstoff, bis sie das Hemd schließlich auszog und über mein schweißnasses Haar lachte, mich über sie zog und ihre eigenen Säfte von meinen Lippen küsste. Hin und wieder spielten wir ein Spiel, in dem wir uns Fragen stellten, und wenn wir richtig antworteten, durften wir dem anderen für jede richtige Antwort ein Kleidungsstück ausziehen. Die Fragen hatten natürlich einfach zu sein, denn wenn man ständig falsch antwortete, ging es mit dem Auskleiden nicht recht voran … aber die Leichtigkeit konnte auch komisch sein. Wie viele Zehen hat mein Fuß? Keine, denn sie gehören dir. Richtig. (Ein Schuh war auszuziehen.) Warum geht die Sonne unter? Damit wir nicht zum Schlafen kommen. Richtig. (Ein Strumpf.) Warum ist das Feuer warm? Weil es immer nah am Kamin ist. Richtig. (Ihre Finger an meinen Hosenknöpfen.)

Bisweilen sehnte ich mich nach ihren kleinen runden Brüsten und den starken Schenkeln bereits eine Minute, nachdem ich wieder in mein Zimmer zurückgekehrt war; und manchmal träumte ich von dem üppigen, lockigen Haar ihres Schoßes, als hätte ich es nicht gerade mit den Fingern und der Zunge gespürt. Ich sah ihren schlanken weißen Körper vor meinem inneren Auge und erinnerte mich an ihren Duft, von dem starken Wildgeruch ihrer Achseln bis zu der sanften, beinahe blumenartigen Süße ihres Bauches; ich erinnerte mich sogar an den säuerlichen Geruch des Waschlappens zwischen ihren Beinen, der rasch übertönt und abgelöst wurde durch ihren eigenen salzigen Meerjungfrauenduft … und obwohl ich jeden Tag stundenlang an nichts anderes dachte, war es doch immer wieder neu und hemmungslos gegenwärtig, wenn ich sie sah, spürte und roch.

Wir sprachen stets gedämpft, wenn wir in ihrer Schlafkammer waren, nicht nur, weil wir nicht gehört werden wollten, sondern auch, weil das Leise der Vertraulichkeit entgegenkam. Eines Nachts fragte ich sie ganz direkt, wieso sie sich um ihren Mann Sorgen gemacht hatte, als er nach London reiste. Es dauerte einen Moment, bis sie antwortete.

»Weil er so furchtlos ist. Ich meine nicht mutig, nicht so, dass er einfach in den Kampf zieht oder stehen bleibt, wenn der Feind ihm direkt entgegenkommt. Er hat einfach nur keine Furcht. Wenn ihn jemand bäte, in die Kommission einzutreten, die den König verurteilen soll, und würde ihn überzeugen, dass es seine Pflicht wäre, dann würde er es tun. Er würde nicht einen Gedanken daran verschwenden, ob es ihm schaden könnte.«

»Aber das ist doch bewundernswert!«

»Vielleicht, aber andere Menschen müssen sich überwinden, bevor sie etwas Heldenmütiges tun. Er macht es einfach. Ich glaube, dass er tief in seinem Herzen bereits Abschied von dieser Welt genommen hat, dass er sich nach Gott sehnt und die Wunde oder das Todesurteil willkommen heißen würde, das ihn in die nächste Welt bringt.«

»Er hat aber doch so viel über seine Dankbarkeit gesprochen, dass ich ihn gerettet habe …?«

»Das erwartet man schließlich von ihm. Genauso wie man erwartet, dass er in den Krieg zieht und seine Leute anführt, damit sie den größtmöglichen Schaden unter den Feinden anrichten. Er macht es, er macht es sogar gut, sagen die Generäle, aber das Einzige, wonach er trachtet, ist Frieden. Frieden in der Welt, Frieden in seiner Seele.«

»Wieso quittiert er nicht einfach seinen Dienst als Offizier? Wieso tritt er nicht vor und erklärt, dass Krieg der falsche Weg ist?«

»Weil der Friede, nach dem er sich sehnt, nichts ist, was man sich *nehmen* kann, man kann ihn nur *empfangen*. Solange Gott ihm diesen Frieden nicht schenkt, muss er warten, und solange er wartet, muss er tun, wozu sein Stand und seine Erziehung ihn verpflichten.«

»Wieso?«

»Er muss sich selbst treu bleiben.«

»Aber er bleibt sich doch gerade *nicht* treu. Er tut das Gegenteil dessen, was er eigentlich will!«

»Doch, er bleibt sich treu. Du verstehst es nur nicht. Ich verstehe es ja auch kaum. Er ist so geduldig in seinem Warten, dass er seinen eigenen Willen eher unterdrückt. Er möchte lieber einer der Gerechten sein.«

»Der Gerechten?«

»Er überhebt sich nicht über andere. Hast du die Bauern hier auf dem Gut bemerkt? Sie sind besser gekleidet und haben bessere Häuser als bei den Nachbarn. Er leiht ihnen gern Geld und erlässt ihnen die Schulden, wenn sie nicht bezahlen können. In unserer Familie vergibt er Darlehen und macht Geschenke. Ja, du bekommst doch auch eine Apanage von ihm! Und dennoch fehlt es uns an nichts. Es gibt Männer in der Familie, die den Kopf schütteln und ihm erzählen, wie reich er sein könnte, wenn er es so machen würde wie alle anderen, aber es sieht beinahe so aus, als wollte er es nicht hören.«

»Wer schüttelt den Kopf? Sir Marmaduke?«

Sie lächelte. »Ja, zum Beispiel. Sir Marmaduke mit seinem ewigen Geldmangel.«

»Hat er nicht recht? Wieso es nicht so halten wie alle anderen?«

»Und dich mit einem Goldstück und dem herzlichsten Dank fortschicken?«

»Sag das nicht. Küss mich stattdessen.«

An einem der ersten Februartage kehrte Delaffoy zurück. Er schickte sofort Boten zu den gleichgesinnten Nachbarn und lud sie zum Abendessen ein, um ihnen über das Gerichtsverfahren gegen den König zu berichten. Alle kamen, denn obwohl Gerüchte und Geschichten sich schneller verbreiteten, als die Ereignisse überhaupt eintraten, hatte niemand mit irgendjemandem gesprochen, der vor Ort dabei gewesen war.

Einige Gutsbesitzer erschienen ohne ihre Ehefrauen, allerdings nicht alle. Laetitia saß aufrecht und schweigsam an der Mitte des Tisches an Delaffoys Seite, während er berichtete. Sie trug ein seidengefüttertes Wollkleid von einem so tiefdunklen Orange, so dass es beinahe wie abgebrannt aussah, und nur sehr wenig Schmuck. Die Barockperle hatte sie nicht angelegt. Das dunkelgrüne Gewand des Barons hatte große weiße Spitzenbesätze am Kragen und an den Manschetten. Beide hatten sie sich für einen ernsten, aber nicht traurigen Anlass gekleidet. Mit nüchterner, klangvoller Stimme berichtete Delaffoy über den Prozess, nicht nur, welche Anklagen erhoben wurden und wie der König versucht hatte, sie zu widerlegen, sondern auch über Details, die ihn beeindruckt hatten – und vermittelte uns Zuhörern die bedrückende und eisige Stimmung in der großen, eiskalten Westminster Hall, wo der Prozess stattfand:

Unter die großen Fenster am Ende der Halle hatte man Stühle für die achtundsechzig Richter aufgestellt, der König saß auf einem roten Samtstuhl mit dem Gesicht zu den Richtern. Hinter ihm stand ein Paravent, niedrig genug, um darüberzuschauen, aber ausreichend, um die Zuschauer auf Abstand zu halten. An beiden Seiten hielten bewaffnete Soldaten Wache. Der Vorsitzende Richter, John Bradshaw, hatte vor den anderen Richtern Platz genommen und führte die meisten Wortgefechte mit dem König; die eigentliche Anklage wurde am ersten Prozesstag jedoch von John Cook, dem Obersten Ankläger, verlesen. Die Anklage lautete, der König habe seinen Pakt mit dem Volk gebrochen, in dem er verräterisch und in böswilliger Absicht dem Parlament und damit den Repräsentanten des Volkes den Krieg erklärt hätte. Der König erklärte wiederholt, dass er die Autorität des Gerichtshofes nicht anerkennen würde. Noch bevor Cook, das Gesicht den Richtern zugewandt, mit der Anklageverlesung begann, versuchte der König seine Aufmerksamkeit zu erlangen, indem er ihm mit seinem Stock an die Schulter tippte. Und dabei passierte es: Der Knauf fiel ab, der kunstvoll gefertigte Silberknopf am Ende des Stockes. Es war wie ein drohendes Omen auf das, was den König erwartete, im Saal wurde es still. König Karl, der gewohnt war, seine Diener um sich zu haben, wartete darauf, dass irgendjemand den Silberknopf aufhob, aber nichts geschah. Schließlich bückte er sich selbst, da niemand anderes es tat. Danach wurde das Verfahren fortgesetzt.

Als der Baron diese Episode erzählte, zuckte ich zusammen. Ich erinnerte mich, irgendwann einmal von diesem Vorfall gelesen zu haben, aber ich hatte es längst wieder vergessen; es war sonderbar, nun einen genauen Augenzeugenbericht davon zu bekommen.

Nach mehreren Tagen, die mit Anklagen, Verteidigungen, ausgesetzten Verhandlungen und Anhörungen von Zeugen hinter geschlossenen Türen vergingen, trat das Gericht am 27. Januar wieder zusammen und verkündete das Urteil über König Karl. Bradshaws Schuldspruch wurde von zwei maskierten Frauen unter den Zuschauern unterbrochen: »Oliver Cromwell ist ein Verräter!« Auf das Zeichen eines Offiziers richteten die Soldaten ihre Musketen mit glimmenden Lunten auf die Zuschauerreihen und eine der Frauen rannte hinaus. Es war aller Wahrscheinlichkeit nach Lady Fairfax, die Ehefrau des Oberkommandierenden des Heeres. Fairfax selbst hatte es vorgezogen, dem Gerichtsverfahren fernzubleiben. In der Halle herrschte drückendes, düsteres Schweigen, als die Versammlung dem Rest der Urteilsverkündung zuhörte.

»Fairfax hat seinen Zugriff auf die Armee natürlich verloren«, erläuterte Delaffoy leidenschaftslos. »Die Macht liegt in den Händen des Rates der Offiziere, und darin ist Oliver Cromwell der *primus inter pares*. Wenn jetzt ein Mann England regiert, dann ist es Oliver.«

Der König, so fuhr er in seinem Bericht fort, wurde einen Tag, nachdem man ihm am 29. Januar das unterzeichnete Todesurteil überreicht hatte, vor Whitehall zum Schafott geführt. Nur neunundfünfzig der achtundsechzig ausgewählten Richter hatten das Urteil unterschrieben. Gegen Mittag des 30. Januar erschien er auf der mit schwarzem Stoff drapierten Plattform, die von Soldaten zu Fuß oder zu Pferde umstellt war. Eine unüberschaubare Menge von Zuschauern hatte sich eingefunden. Der König zog ein kleines Stück Papier aus seiner Tasche und hielt eine Rede, die nur die Wenigsten hörten. Delaffoy wusste nicht, worum es darin ging. Kurz darauf wandte der König sich an den maskierten Henker und fragte ihn etwas; dann nahm er einen Hut entgegen und stopfte sein langes Haar darunter, so dass der Hals frei lag. Der Bischof von London, der zusammen mit ihm im Gefängnis gesessen hatte, half ihm dabei. Daraufhin legte der König seinen Umhang ab und kniete nieder, den Kopf auf dem Block. Wegen der schwarzen Vorhänge an der Brüstung des Schafotts konnte man ihn nun nicht mehr zu sehen, aber man sah, wie der Henker die Axt hob und zuschlug, einmal. Durch die Menschenmenge ging ein dumpfes Stöhnen, wie ein Windstoß. Dann hob der Henker den blutigen Kopf und brüllte mit einer heiser grölenden Stimme: »Seht den Kopf eines Verräters!«

Delaffoy schwieg. Die größte Teil der Gäste blickte hinunter auf den Tisch. Dann fügte er hinzu: »Die Leiche und der Kopf des Königs wurden in einen Sarg gelegt und weggetragen. Nach allem, was man mir erzählt hat, hat man den Kopf nachts wieder angenäht und die Leiche einbalsamiert, der König soll in Windsor begraben werden. Das ist alles, was ich weiß.«

Fast eine ganze Minute sagte niemand von uns ein Wort. Dann ergriff Delaffoy wieder das Wort und sagte zum Gemeindepastor: »Bitte sprecht ein Gebet für die neuen Zeiten, die nun begonnen haben, und bittet den Himmel, uns auf den neuen Pfaden zu leiten, die wir nun betreten. Lasst uns nicht hochmütig sein über geschlagene Feinde und lasst uns nicht bereuen, was die Notwendigkeit erforderte.«

Der Pastor griff den Faden auf und betete ein langes, umständliches Gebet, deutlich beeinflusst von dem Bericht des Barons. Laetitia saß still wie eine Statue, mit geschlossenen Augen und gefalteten Händen; Delaffoy hatte die Hände ebenfalls gefaltet, saß aber mit weit aufgerissenen Augen da, und ich könnte schwören, dass er nichts von dem Raum sah, in dem er sich gerade befand. Nach dem Gebet erhob er sich und sagte: »Ich bitte alle um Vergebung, aber ich bin sehr müde und werde mich zurückziehen. Das Abendessen wird sofort serviert, bitte seien Sie meine Gäste und denken Sie an mich, als wäre ich mitten unter Ihnen.«

Er verließ den Saal durch die Tür, die zur Treppe in seine eigenen Gemächer führte. Laetitia folgte ihm bis zur Tür, ein Diener begleitete ihn weiter, dann kehrte sie an den Tisch zurück und auf ihren Wink hin trugen die Diener die Schüsseln herein.

Es wurde nur sehr wenig gegessen.

26

Wieder ist es Sonntag geworden. Der rundgesichtige Henry Taylor hat sich mit seiner Taschenbibel und seinem Abendmahlskoffer eingefunden, um mich am Trost und der Erbauung durch die Religion teilhaben zu lassen. Diesmal hat er einen Text des Zweiten Buchs der Psalter ausgewählt. Der Psalm schildert den Herrn in seinem Zorn als ein Monstrum, dem Rauch aus den Nasenlöchern und Feuer aus dem Mund kommt. Die Absicht ist wohl, dass mir bange wird. Taylor hat bereits mit seiner Auslegung des Textes begonnen und ich habe bereits den Faden in seiner Predigt verloren. Mir ist es ohnehin egal.

In den letzten Tagen habe ich so viel an Laetitia gedacht, habe diese Zeit intensiv wiedererlebt. Ich denke auch jetzt an sie, und sogar in den schmerzlichsten Erinnerungen ist ein größerer Trost zu finden als in Taylors eintöniger Stimme. Wenn ich in ihre Augen sah, glaubte ich fast, dass es einen liebevollen Gott gibt. Wenn ich allerdings in das Gesicht des Kaplans blicke – während er spricht, hält er seinen Blick an die Decke gerichtet –, sehe ich nur einen Käse, der durch ein Versehen lebendig geworden ist. Vielleicht redet er deshalb so gern über den Zorn des Herrn. Weil er selbst schlichtweg nicht in der Lage ist, wirklich zornig zu werden. Ein zorniger Käse wirkt nicht sehr überzeugend.

Oder hat ihm Thurloe einen Tipp gegeben, wie er mich beeinflussen soll? In welche Richtung? Zu weiteren Geständnissen? Ich habe nichts verheimlicht. Zur Reue? Wer hätte etwas davon?

Wenn es sich so abspielt wie vergangenen Sonntag, wird Taylor hinterher Oblaten und Messwein auftischen, und schließlich wird er mir den Segen geben. Daran kann ich mich halten. Diese Worte kann keine noch so große geistliche Dummheit kleinkriegen.

27

Es muss im März gewesen sein, eines Nachts im März, als ich bemerkte, dass Laetitias Brüste fülliger geworden waren, schwerer … ich fuhr mit der Hand hinunter auf ihren Bauch und mein Blick war wohl ein Ausdruck meiner unausgesprochenen Frage, denn sie erriet sofort, was ich dachte. Es muss eine Nacht im März gewesen sein, denn ich kann mich an meine eigene erwartungsvoll zärtliche Stimme erinnern, nach einem Tag voller Sonne und der ersten Wärme des Frühjahrs über der harten und noch immer kalten Erde, an das erste Zwitschern der Sperlinge und Kohlmeisen in den nackten Bäumen.

»Ja, John, ich bin schwanger«, sagte sie mit einer Vorfreude in der Stimme, die größer und reicher war als meine.

Ich küsste ihren Bauch. »Seit wann?«, wollte ich wissen.

»Seit den Wochen, in denen Richard in London war. Ich bin schwanger von dir.«

Was ich in diesem Augenblick fühlte, war eine Art Chaos aus Freude, Überraschung und Zukunftsangst, alles zur gleichen Zeit. Unmittelbar fiel mir allerdings nur eine törichte Frage ein: »Weiß er es?«

»Er weiß, dass ich ein Kind erwarte. Und er freut sich.«

»Ja, aber … dass es von mir ist?«

»Ich habe es ihm nicht direkt gesagt. Aber ich kenne ihn und ich glaube, er hat es erraten.«

»Und nun?«

»Was meinst du?«

»Ich meine – ein illegitimes Kind, und …«

Laetitia setzte sich auf und ich kniete mich aufs Bett, um mit ihr auf Augenhöhe zu sein. Wir waren nackt, mitten in dem großen Bett mit seiner wollüstigen Unordnung von zerknüllten Decken und Kissen, aber dieser Moment hatte nichts Spielerisches. Es war Ernst. Es fällt schwer zu lügen, wenn man nackt ist.

»John«, sagte Laetitia, »ich bin Lady Delaffoy, und jedes Kind, das ich in diesem Haus zur Welt bringe, ist legitim. Glaub ja nichts anderes.«

»Du meinst, es soll ein Geheimnis bleiben, dass es mein Kind ist?«

»Ich meine, es sollte allen klar sein, dass es *mein* Kind ist.«

»Aber ein Kind hat einen Vater.«

»Der Vater meines Kindes ist mein Ehemann.«

»Aber …«

Sie legte drei Finger auf meine Lippen.

»Denk nach, John. Du musst mich entscheiden lassen. Ich habe bereits mehrere Wochen darüber nachgedacht und du hast gerade mal eine Minute Zeit gehabt. Wenn du den übereilten Gedanken folgst, die du gerade hast, kannst du drei Menschen großen Schaden zufügen: dir selbst, mir und dem Kind, das noch nicht einmal geboren ist.«

»Vier Menschen. Auch deinem Mann.«

»Glaub es oder lass es, aber du kannst Richard nicht schaden. Und um dein Gewissen zu beruhigen, werde ich es ihm erzählen. Dass ich von dir schwanger bin.«

»Du kannst doch nicht …«

»Doch, ich kann. Komm her.« Sie streckte die Hände aus,

griff sanft nach meinem Kopf und zog mich langsam und unwiderstehlich an sich. Und ich gab all meinen unschlüssigen Widerstand auf, drang ein in ihren Duft, ihren Zauber, ihr rauschendes Haar, ihren wunderbar warmen Schoß.

Bevor es eine Gelegenheit gab, Laetitia zu fragen, ob sie es dem Baron tatsächlich erzählt hatte, besuchten wieder einmal Gäste Hopesley Hall, ein älteres Ehepaar aus Yorkshire, das mit Delaffoy entfernt verwandt war. Nachdem sie den Winter in London verbracht hatten, waren sie auf dem Weg zu ihrem Landsitz und hatten beschlossen, Delaffoy einen Besuch abzustatten. Beim Abendessen musste ich, wie so oft zuvor, die Geschichte erzählen, wie ich Seine Gnaden gerettet hatte, doch statt wie bisher nur das Glas zu erheben und die Gäste zu bitten, auf mein Wohl zu trinken, hielt der Baron diesmal eine kleine Rede.

»Im Krieg zeigt sich das wahre Herz eines Menschen«, begann er. »Es gibt viele, die ihre Waffe tüchtig gebrauchen und ihre Feinde töten – es geschieht in Übereinstimmung mit dem Gesetz des Krieges und tapfere Soldaten zeichnen sich im Dienste des Todes aus. Aber es gibt auch einige wenige, die ihre Waffen vergessen, um Leben zu retten. Sie zeichnen sich inmitten der allgemeinen Vernichtung im Dienste des Lebens aus und sie verdienen nicht weniger Respekt.« Er hob sein Glas und sah mir direkt in die Augen. »Der Lanzenträger John Gambledays ist ein Mann, der mit heißem Herzen danach strebt, dass lebendige Menschen diese Erde bevölkern. Lasst uns auf sein Wohlergehen anstoßen«, sagte er und ich bemerkte keinerlei Feindseligkeit in seinem offenen Blick.

Ich hatte keinerlei Zweifel, worauf seine Andeutung anspielte, und blickte zu Boden. Eine Sekunde später schaute ich unwillkürlich auf und sah Laetitia an, die mit dem feinsten kleinen Lächeln dasaß und ganz offen meinen Blick erwiderte. Ich fühlte mich beschämt. Es gelang mir zu murmeln: »Ihr erweist mir eine allzu große Ehre, Mylord.« Und wenigstens diesmal entsprach die Floskel tatsächlich meiner Überzeugung. Nur die Gäste, dieser weißhaarige Herr und seine runzlige Ehefrau, verstanden nichts von dem tieferen Sinn der Rede des Barons und stießen vergnügt mit mir und auf mich an; und als das Gespräch zu anderen Themen überging, war mir beinahe schwindlig vor Erleichterung, vor einer verwunderten Erleichterung, wie ich sie nie zuvor verspürt hatte.

Beschämt oder nicht – ich kam auch weiterhin im Schutz der dunklen Nächte in Laetitias Schlafkammer, obwohl der Sommer nahte und die Nächte immer kürzer wurden. Und Laetitia trug weiterhin diese besondere Perlenkette, wenn sie für meinen Besuch bereit war. Wir schliefen weiterhin miteinander, noch eine Woche vor der Geburt, und ihr praller, gespannter Bauch und die strotzenden Brüste erfüllten mich mit heimlichem Vaterstolz und einer ganz neuen Art von Erregung. Sie spürte und genoss es. Nur ganz zuletzt drückte ihre Gebärmutter so sehr auf die warme Höhle ihres Schoßes, dass es für mich keinen Platz mehr gab. Die letzten Male half sie mir mit der Hand, und ich kam, wenn ich mit einem Finger diese weiche, nachgiebige, feuchte, heiße Öffnung unter ihrem gelockten Haarbüschel spürte. Ich liebte und begehrte sie vom Anfang bis zum Ende und ich habe niemals damit aufgehört.

Aber es gab auch Nächte, in denen wir mit größerem Ernst als bisher miteinander sprachen. »Was ist das, was man Sünde nennt?«, fragte sie einmal, als ich gerade dieses

Wort der Verdammnis ins Spiel gebracht hatte. Es war eine bedeckte Nacht, man sah keine Sterne am Himmel; sie saß am Fußende des Bettes, mit dem Rücken an den Bettpfosten gelehnt, und hatte einen weißen Morgenumhang um sich gelegt. Die Kerzen in dem dreiarmigen Leuchter brannten ruhig auf einem kleinen Tisch.

»Es gibt so viele, die gern lange Listen sündiger Handlungen erstellen«, fuhr sie fort. »Sie sagen, es sei Sünde, Wein zu trinken, zu fluchen, Karten zu spielen und am Sonntag zu arbeiten. Und zu huren, natürlich. Das machen wir doch, oder? Huren. Eine Todsünde, sagen die Katholiken. Aber was wäre, wenn nicht die Handlung selbst Sünde ist, sondern der Zustand, in den man durch das Sündigen gerät? Wenn ein Bauer allzu viel trinkt, das gesamte Geld der Familie versäuft und nicht arbeiten kann, weil er zu besoffen ist, dann schadet er seiner Familie damit, dann ist er in einem Zustand der Sünde. Aber das eigentliche Trinken, ist das immer gleich eine Sünde? Ein kleines Glas Branntwein, der einfach nur den Körper wärmt, ist das eine Sünde? Und schau uns an – wenn wir Richard mit unserem Treiben *schaden* würden, wären wir dann nicht auch in einem Zustand der Sünde? Aber wenn es ihm in seinem innersten Herzen *nicht* schadet, ist unsere Handlung dann noch eine Sünde? Und wenn ich dir den Zugang zu meinem Bett verwehrt hätte, als wir uns doch beide danach sehnten, wenn ich deine Begierde abgewiesen hätte und wir beide unglücklich und krank geworden wären vor Sehnsucht, hätte uns das dann nicht auch geschadet, so dass ich mich in einem Zustand der Sünde befände?«

»Jeder Priester ist allerdings der Ansicht, dass Begierde, insbesondere die Begierde nach der Frau eines anderen Mannes, eine Sünde ist – mehr gibt's dazu eigentlich nicht zu sagen.«

»Oh doch, dazu ist noch mehr zu sagen«, versetzte Laetitia, erhob sich aus dem Bett und zog den Umhang fester um sich; dann ging sie zum Kamin und legte ein paar Holzscheite aufs Feuer, denn es war eine kühle Nacht. Die Scheite waren trocken und abgelagert und fingen rasch Feuer, und das tanzende gelbe Flackern des Kamins mischte sich mit dem ruhigen Schimmer der Kerzen und brachte ihr Haar zum Funkeln. »Sehnsucht, Trauer und Hass verursachen auch Schmerzen, und die größte Sünde ist es möglicherweise, anderen Menschen Schmerzen zuzufügen. Dennoch hält man es für richtig, Listen über Handlungen anzulegen, die sündig genannt werden, um diese Listen dann gegen andere Menschen einzusetzen – und um sich einen selbstgerechten Hass gegen sie zu gestatten, oder fromme Verachtung.« Sie setzte sich mit den Händen im Schoß auf die Bettkante. »Hass und Verachtung sind wesentliche Ursachen für Krieg und Elend«, fuhr sie fort. »Nur die Liebe kann uns auf den entgegengesetzten Weg bringen, und Gott ist Liebe, sagt der Apostel Johannes. ›Wer nicht lieb hat, der kennt Gott nicht; denn Gott ist Liebe.‹«

»Ja, *wer* nicht lieb hat. Nur glaube ich, dass der Apostel Johannes die *brüderliche* Liebe meinte.« Ich sagte es nur, um ihr zu widersprechen, aber dabei verspürte ich eine kleine heimliche Freude darüber, genauso zu heißen wie der Apostel, den sie zitierte. *The Apostle John.*

Sie wandte mir ihr Gesicht zu. »Wieso schreibt er dann in seinem zweiten Brief an die auserwählte *Frau*?«, fragte sie.

»Macht er das denn?«, sagte ich überrascht.

»Ja, und dort wiederholt er, dass wir uns lieben sollen.«

»Also, ich habe immer gehört, dass Liebe in der Bibel geistige Liebe ist, und dass dies etwas ganz anderes ist als die fleischliche Liebe.«

»Jetzt denkst du wieder an Handlungen, nicht an Zustände. Eine Vergewaltigung ist fleischlich, sie ähnelt rein äußerlich unseren Handlungen, aber es ist nicht Liebe. Und nach allem, was ich höre, denke ich, dass ein Mann und eine Frau auch aus Hass miteinander ins Bett gehen können – um Macht übereinander zu bekommen, um zu sehen, wer der Stärkere ist. Hasst du mich, wenn wir uns lieben, John?«

»Nein, nein und nochmals nein!«

»Wieso sollte die Liebe dann nicht vom Allerasketischsten bis zum Allersinnlichsten reichen?«

»Weil – ich weiß es nicht.«

Sie streckte eine Hand nach mir aus und ich nahm sie, so blieben wir eine Weile sitzen; schweigend und uns im warmen, flackernden Licht gegenseitig an den Händen haltend.

In den Nächten, in denen ich allein war, wachte ich manchmal auf, möglicherweise geweckt von einem qualvollen Traum, der augenblicklich verschwand und sich nicht wieder ins Bewusstsein holen ließ ... oder vielleicht auch nur durch ein Geräusch in dem großen Haus. Die dunklen Nächte waren tatsächlich so finster, dass jeglicher Versuch, etwas zu erkennen, vollkommen aussichtslos war; ich konnte nichts unterscheiden, auch wenn ich meine Augen noch so anstrengte, es gab nur eine Schwärze, die gleichsam an den Augäpfeln klebte. Ein Knarren von Dielen oder ein heulender Windstoß in einem der vielen Schornsteine, vielleicht sogar dem, der von meinem Kamin ausging, konnte durchaus zu einem Kribbeln der Kopfhaut und Gänsehaut an den Unterarmen führen. Es fiel mir nicht schwer zu verstehen, dass Menschen in einem solchen Haus auch an Gespenster glauben.

Meine Gespenster hausten jedoch überwiegend in mir selbst. In derartigen Nächten konnte mich ein fürchterlicher

Zweifel an Laetitias Liebe packen und eine ebenso furchtbare Eifersucht auf den Baron, der möglicherweise genau in diesem Augenblick das Bett mit ihr teilte. Auch zweifelte ich daran, dass es ihm wirklich so egal war, wie Laetitia behauptete. Sie erzählte mir einiges von *ihren* Unterhaltungen und ich wusste, dass er bisweilen den größten Teil des Tages im Gebet verbrachte – nicht auf den Knien, mit dem Kreuz und zum Himmel gewandten, tränenerfüllten Augen, Seufzen, Stöhnen und all dem, was sonst noch zum Klischee eines religiösen Schwärmers gehört, sondern schlicht und einfach mit gefalteten Händen und einem aufgeschlagenen Buch am Tisch sitzend; allerdings ohne zu lesen, nur mit diesem in unfassbare Fernen gerichteten Blick, den ich selbst von Zeit zu Zeit in seinen Augen wahrgenommen hatte.

Erzählte sie ihm auch, worüber *wir* sprachen? Und konnte er mich besser verstehen als ich ihn? Wusste er von meiner Eifersucht? Empfand er tief in seinem Inneren vielleicht doch Eifersucht, weil es sich um mein Kind handelte, das Laetitia erwartete – obwohl sie niemals, unter keinen Umständen den Ausdruck »*dein* Kind« verwendete, wenn sie mit mir redete … Ich wusste, dass sie vor fünf Jahren geheiratet hatten und es ihr nicht gelungen war, von ihm schwanger zu werden. Nun jedenfalls war klar, dass es nicht an ihr lag.

Ich blieb liegen, wälzte mich herum und kämpfte mit Decken, Laken und der Strohmatratze, bis sich in der Dunkelheit alles zu einem unförmigen Durcheinander zerknüllt hatte; ich musste aufstehen, mich zum Fenster tasten und die Stirn an das kalte Glas legen, bis sich eine Spur von Licht am Himmel zeigte. Warum konnte ich sie nicht besitzen? Warum konnte ich nicht einfach mit ihr fortziehen und mich irgendwo mit ihr niederlassen und … ja, was? Den Boden bestellen? Einen Kaufmannsladen eröffnen? Einen Radiosender gründen und von den Werbeeinnahmen leben?

Die Antworten, warum ich es nicht konnte, waren so einleuchtend, dass ich sie nicht einmal selbst formulieren mochte. Ich fühlte nur die dumpfe Sehnsucht nach ihr, diese schrundige Rückseite der Liebe, und mehr als einmal dachte ich an ihre Worte, dass die Liebe auch Schmerzen verursachen kann!

Doch jedes Mal wusste ich im gleichen Moment, dass diese Liebe, die ich mit ihr erlebte, so strahlend war, so unerwartet, und so bislang völlig unbekannt für mich, dass ich sie um nichts in der Welt entbehren wollte, auch nicht für einen Zustand ewiger Schmerzlosigkeit.

Es gab immer ein Morgen, und manchmal konnte ich noch ein paar Stunden schlafen; bisweilen kehrten meine Gedanken auch wieder in ihre ausgeglichenen Bahnen zurück, wie Planeten um einen Stern mit überwältigender, überzeugender, konzentrierter Kraft.

Ende März reiste Laetitia über eine Woche fort, um ihre Mutter zu besuchen – ihr Vater war in London – und wahrscheinlich auch, um ihr von dem zu erwartenden Ereignis zu erzählen. Und gerade in diesen Tagen wurde Hopesley Hall von einer Person besucht, die ich wesentlich früher zu sehen erwartet hatte, nämlich von Jurij. Er kam sehr standesgemäß in einer eigenen Kutsche mit Kammerdiener und Kutscher, seine Kutsche war allerdings ein verschrammtes Wrack mit rostigen Federn und löchrigen Sitzen, aus denen die Rosshaarfüllung quoll. Der Kutscher war sehr jung, eher ein großer Junge, und die Pferde bildeten ein ungleiches Paar, eines braun und rundlich, das andere weiß, mager und einige Handbreit größer als das braune. Und als der

Kammerdiener mit der Halbglatze ausstieg und dem Doktor das Trittbrett hinunterhalf (eine ziemlich überflüssige Veranstaltung, denn Jurij war bestimmt in weitaus besserer körperlicher Verfassung als sein Personal), erkannte ich durch das nun einsetzende eigenartige Fuchteln und die Mundbewegungen, dass der Diener taubstumm zu sein schien.

»Teilt Seiner Gnaden bitte mit«, sagte Jurij mit voller Stimme zu der Schar von Dienern, die – so wie mich – das Rumpeln des Wagens in der Einfahrt angelockt hatte, »dass Doktor Razoumoff gekommen ist, um sich nach dem Wohlbefinden Seiner Gnaden zu erkundigen.« Eine Dienstmagd verschwand in der Tür. Dann fiel Jurijs Blick auf mich und er lächelte so breit, dass all seine kleinen, weißen Zähne zu sehen waren. Mit ausgestreckten Händen ging er auf mich zu. »Mr. Gambledays«, rief er, »welch ein Vergnügen!« Wir umarmten uns und klopften uns auf den Rücken, was zu erheblicher Heiterkeit unter den Dienstboten führte, die offenbar diese Art des Grußes bisher nicht gesehen hatten. Vermutlich dachten sie, dass Ausländer ihre sonderbaren Bräuche ruhig beibehalten sollten, Hauptsache, sie pflegten sie nur untereinander.

Als bald darauf der Haushofmeister in der Tür unter dem Sandsteinportal erschien, konnte Jurij durch den herrschaftlichen Eingang in Hopesley Hall eintreten, während Kutscher und Diener Bescheid bekamen, hinter das Haus zu den Ställen und dem Hintereingang zu fahren und dort abzuladen. Ich begleitete Jurij, dem ein Gästezimmer direkt neben meiner Kammer angewiesen wurde, dann zog sich der Haushofmeister mit der Mitteilung zurück, dass Seine Gnaden mit Vergnügen in einer Stunde mit dem Doktor sprechen würde.

Jurij winkte mich in sein Zimmer, der Diener und der

Kutscher trugen einige Körbe und Taschen hinein, stellten sie auf den Boden, und Jurij bedeutete ihnen, dass sie hinuntergehen und etwas essen sollten. Und während er seinen Oberkörper freimachte und in der Wasserschüssel, die man ihm hingestellt hatte, den Reisestaub und den Dreck von Händen, Hals und Gesicht wusch, erzählten wir uns, was in den letzten Monaten geschehen war. Ich erwähnte Laetitia mit keinem Wort, so dass mein Teil des Berichts rasch beendet war; Jurij hingegen hatte umso mehr zu erzählen.

Als ich ihn zu der Kutsche beglückwünschte, lachte er laut auf. »Ja«, sagte er, »ich fahre wie ein Adliger. Wie ein sehr armer Adliger mit einem sehr schlechten Geschmack. Nein, mein Freund John, die Kutsche ist ein Güterwagen. Ich habe so viele Maschinenteile darin, dass ich sie nicht in Säcke und Satteltaschen packen könnte, um auf dem Rücken eines Pferdes zu reisen. Ich hielt mich die meiste Zeit in London auf, dort gelang es mir auch, eine Dampfmaschine zu bauen, die funktionierte. Wir verbanden sie mit einer Drehbank und so habe ich in kurzer Zeit Stempel und Ventile für weitere acht Maschinen gefertigt. Präzisionsteile – Kessel sind einfacher herzustellen.«

Jurij ging zur Tür und schloss sie ganz, dann fuhr er mit gedämpfter Stimme fort: »Die Maschinen sollen hier, in dieser Gegend, gebaut werden. In Sheffield, Manchester, dort, wo es ohnehin schon Schmieden gibt. In London ist es zu gefährlich. Wir hatten die Maschine in einem Keller unter einer Schnapsbrennerei – durch die Metallgefäße herrschte dort ohnehin ein erheblicher Lärm und man brauchte viel Kohle und Brennholz, um die Destillation anzuheizen –, aber der Staatsrat hat überall seine Spione. Ich glaube, hier draußen ist das Risiko geringer. Und wenn die acht

Maschinen laufen, werden sie Teile für neue Maschinen produzieren. Und Waffen.«

»Waffen?«

»Feuerwaffen. Um die Leveller zu bewaffnen. Die Konfrontation wird schon bald kommen, und die Partei der Leveller muss für den Partisanenkrieg bereit sein.«

»Die Partei? Partisanen? Wovon sprichst du?«

»Entschuldigung, wenn ich zu schnell bin, aber wir haben vielleicht nur diese eine Stunde. Es kann gut sein, dass du den Gang der Geschichte hier draußen auf dem Land nicht mitbekommen hast, aber ich sage dir, in London sind große Dinge geschehen. Nach der Hinrichtung des Königs wird das Land jetzt vom Staatsrat regiert, mit Cromwell an der Spitze, und die Partei der Leveller stellt sich mehr und mehr gegen diese Führung, denn die Unterdrückung der besitzlosen Massen wird einfach nur fortgesetzt. Wir schaffen es nicht, ein reguläres Heer auf die Beine zu stellen, aber wir können den Widerstand im Untergrund organisieren und mit der Zeit Cromwell und seine neue Oberklasse stürzen. Es wird keine Restauration geben, John, wir werden nicht die Monarchie zurückbekommen, es wird zu einer Revolution des Volkes kommen!«

Jurij strahlte vor Siegesgewissheit. Ich fühlte mich ein wenig, als wäre ich vom Mond gefallen. »Wieso sprichst du die ganze Zeit von einer *Partei*?«, fragte ich. »Ich dachte immer, die Leveller seien nichts als ein Haufen unzufriedener Soldaten …«

»Sie sind jetzt organisiert«, antwortete Jurij. »Es ist großartig. Ich habe mich heimlich mit Lilburne beraten, ihrem Anführer. Er saß im Gefängnis, als wir hier ankamen, John, aber die Presbyterianer im Parlament konnten ihn befreien, als die Royalisten wieder mit dem Krieg begannen, und nun hat er eines der wichtigsten Pamphlete gegen den Staatsrat geschrieben ... Und was noch wichtiger ist, ich habe ihm beigebracht, seine Leute zu organisieren, so dass es jetzt Leveller-Komitees in wirklich jedem Stadtteil von London gibt. Das Exekutivkomitee hat zwölf Mitglieder, die sich dreimal die Woche treffen und die laufenden Dinge besprechen; alle Leveller bezahlen einen Beitrag und wir geben einmal in der Woche eine Zeitung heraus. Das ist unser wichtigstes Mittel, um unsere Aktivitäten landesweit zu koordinieren und neue Anhänger zu gewinnen.«

»Eine Zeitung?«

»Sie heißt *The Moderate.* Lilburne meint, dass auch wir uns so nennen sollten. Die Moderaten. Ich halte mehr von dem Begriff Leveller – die den Unterschied zwischen Armen und Reichen ausgleichen wollen. Aber wenn die Zeit gekommen ist, werde ich dem Exekutivkomitee raten, einen revolutionären Namen zu wählen.«

»Kommunisten vielleicht?«

»Genau, John. Warum nicht? Zweihundert Jahre vor Marx werde ich den Kommunismus begründen, haha! – Spaß beiseite, mit dem Sprung, den wir jetzt machen können, überspringen wir möglicherweise exakt zweihundert Jahre historischer Fehlentwicklungen. Und wir können auf dieser Schiene weiterarbeiten, anstatt all diese sinnlos lange Zeit zu warten. Apropos Schiene, ja ... ich habe meinen Schmieden auch von dem Dampfross erzählt, das viele Wagen hinter sich herziehen kann. Ich habe ihnen von all den Dingen erzählt, die wir in der Zukunft bauen können, wenn unsere Maschinen gut genug sind.«

»Was ist aus deiner Dampfmaschine auf Fauconcrest geworden?«

»Sie wurde fertig, aber sie war zu schlecht. So gut wie

keine Kraft. Es entwich einfach zu viel Dampf, es war nicht präzise genug gearbeitet worden. Aber solange sie Feuer unterm Kessel hat, ist sie doch stark genug, um tagelang einen Behälter mit einer chemischen Lösung zweimal in der Sekunde zu schütteln. Sir Marmaduke verspricht sich viel davon. Und ich habe ihm erzählt, dass ich nach London müsste, um einige sehr, sehr seltene Mineralien und Säuren zu beschaffen. Das war mein Vorwand in den letzten fünf Monaten, aber ich habe ihm Briefe über meine Fortschritte geschickt, ja, er war sogar selbst in London und hat einigen Leuten, die ich kenne, hübsche Summen für kleine Tüten mit Erde bezahlt.«

»Wieso erzählst du mir das alles?«, fragte ich ihn, plötzlich ärgerlich darüber, Mitwisser derartiger Betrügereien zu sein. Fauconcrest war nicht unbedingt sympathisch, aber darum konnte man sich ihm gegenüber doch wohl ehrenhaft benehmen, dachte ich damals.

Jurij seufzte und schaute mich mit seinen braunen Augen an. »Ich kann mir vorstellen, was du denkst, John. Aber ich erzähle dir dies alles, um *dir* gegenüber ehrlich zu sein. Du sollst wissen, was auf dem Spiel steht. Und weil du mir bei etwas helfen sollst.«

»Was?«

Plötzlich klopfte es an der Tür. Ein Diener teilte mit, dass der Baron Doktor Razoumoff jetzt empfängt. Es ging unerwartet schnell. Jurij gelang es gerade noch, mir zuzuflüstern: »Ich erzähle es dir später!« – dann zog er seine Jacke an, knöpfte sie zu und folgte dem Diener.

Beim Abendessen, ohne Laetitia, wurde Jurij zum Mittelpunkt des Tisches. Er lobte die Konstitution des Barons, beglückwünschte ihn, dass die Wunde vollkommen verheilt war, und berichtete in seinem leicht russisch gefärbten Englisch lebhaft und anschaulich von allen möglichen Dingen, die er in London gehört und gesehen hatte: Wie die Gemälde, Juwelen, Bücher und anderes Eigentum des toten Königs jedem, der es haben wollte, verkauft wurden, wie die ausländischen Botschafter abgereist waren, wie der Herzog von Hamilton, der Verlierer bei Preston, zusammen mit zwei anderen hingerichtet worden war.

Mehrfach hörte ich heraus, dass er mich, den Eingeweihten, über den Vormarsch der Leveller-Bewegung informierte; wohl am eindringlichsten, als er das Begräbnis des Vizeadmirals Rainsborough schilderte. Rainsborough war Leveller gewesen, zu fortschrittlich für seine Kollegen in der Flotte, daher hatte man ihn im Mai letzten Jahres zum Heer versetzt. Er wurde beauftragt, die militärischen Kräfte des Parlaments in Yorkshire zu befehligen, doch aus bisher noch vollkommen ungeklärten Ursachen gelang es im Oktober einer kleinen Gruppe von Royalisten, der belagerten Festung von Pontefract zu entkommen. Sie versuchten, Rainsborough gefangen zu nehmen. Als er sich weigerte, ihnen zu folgen, wurde er erschossen. Bei seinem Begräbnis in London begleiteten ihn Tausende ans Grab, alle mit seegrünen Bändern an den Armen oder Hüten. »Es war ein Meer an Trauernden, das seegrüne Glitzern wogte wie die Wellen im aufgewühlten Wasser, seither ist diese Farbe mit der Erinnerung an ihn verbunden«, berichtete Jurij mit beglücktem Pathos und ich dachte: eine Demonstration, ein Marsch gegen die Regierenden, eine politische Manifestation wie im Zwanzigsten Jahrhundert …

Am späten Abend, als es im Haus still geworden war, klopfte Jurij vorsichtig an meiner Tür. Er stand mit einer brennenden Kerze im Flur. Ich ließ ihn herein, er stellte die Kerze auf den Tisch und zog den Stuhl darunter hervor, so dass er mir gegenübersitzen konnte. Doch stattdessen bat er mich, auf dem Stuhl Platz zu nehmen, er setzte sich auf die Bettkante.

»John«, sagte er, »ich brauche deine Hilfe. Du musst einige Monate etwas für mich verstecken, ich kann nicht riskieren, damit auf der Straße angehalten zu werden. Bei allen anderen Dingen, die ich mit mir führe, kann ich mich herausreden, dabei nicht. Du hast nichts anderes zu tun, als es für mich zu verstecken – und wenn eines Tages ein Mann kommt und zu dir sagt, der Doktor hätte ihn geschickt, dann musst du ihn fragen, was der Doktor gestern zu Abend gegessen hat, und wenn er antwortet ›Forelle in seegrüner Soße‹, dann sorgst du dafür, dass er bekommt, was ich dir jetzt gebe, und dass er unbemerkt wieder verschwindet. Ich habe niemand anderen, den ich fragen kann. Nur dich.«

»Was ist es?«

»Es ist vielleicht besser, wenn du es nicht weißt«, erwiderte er; doch als ich mich mit einer kurz angebundenen Gebärde erhob, stand er ebenfalls auf und sagte nur: »Warte.«

Er verschwand in seinem Zimmer und kam mit einem schweren Korb und einem Messer zurück. »Ist dein Zimmer genauso eingerichtet wie meins?«, frage er und klopfte vorsichtig an die Verkleidung unter dem Fenster. Das Geräusch war offenbar Antwort genug, denn er löste das Eichenpaneel mit dem Messer und stellte es beiseite. Dahinter war ein kleiner Hohlraum, nicht viel breiter als eine geballte Faust. Nun öffnete er den Korb und nahm zehn Beutel aus kräftigem Leinen heraus. Sie waren mit einer Schnur zugebunden und die Schnurenden mit rotem Siegellack ans Leinen geklebt. »Willst du es wissen?«, fragte er und hielt einen der Beutel in die Luft. Es klimperte leise.

»Geld?« Er nickte. »Wie viel?«

»Willst du es wissen?«

»Ich will wissen, welches Risiko ich eingehe. Sonst kannst du es wieder mitnehmen.«

»Zweitausend Pfund in Gold«, sagte Jurij. »Sovereigns und neue Einpfundmünzen. Für die Partei. Ich muss sie einige Monate verschwinden lassen, damit man sie nicht nachverfolgen kann. Wirst du mir helfen?«

Zweitausend Pfund. Das entsprach mehr als fünfhundert Jahre meiner jährlichen Apanage des Barons. »Und wenn ich nun nicht will?«, sagte ich.

Jurij sah plötzlich sehr müde aus. »John, ich war auf dem Weg hierher bereits einmal kurz davor, den Agenten des Staatsrats in die Arme zu laufen. Möchtest du, dass sie mich schnappen? Denk dran, mein Schutz ist dein Schutz. Wir teilen unser Schicksal.«

»Habe ich irgendeine Wahl?«

Wir stapelten die Beutel in dem Hohlraum unter dem Fensterbrett und drückten die Verkleidung so leise wie möglich wieder an ihren Platz. Jurij stand auf und nahm seine Kerze, um zu gehen. Bevor er die Tür öffnete, kam er zu mir und legte mit einer merkwürdigen Gebärde aus Zärtlichkeit oder Dankbarkeit die Stirn an meine Schulter; ich wusste nicht recht, was es zu bedeuten hatte.

Dann war er draußen, die Tür fiel zu und es war dunkel.

28

Als ich die zweitausend Pfund erwähnte, legte Thurloe beide Hände flach auf den Tisch und beugte sich ein wenig vor. Es schien wichtig zu sein. Er stellte mehrere Fragen direkt hintereinander, was er normalerweise nicht tut. Wann wurde das Geld abgeholt? Von wem? Wie sah er aus?

Ich konnte ihm nicht mehr erzählen, als ich wusste: Es war im Sommer, wahrscheinlich im Juli, denn es war ein sehr heißer Tag, und ich kann mich erinnern, dass Cromwells Vorbereitungen für den Feldzug in Irland gerade Gesprächsthema auf Hopesley Hall waren. Und plötzlich erschien er, ein groß gewachsener Mann mit scharfen Gesichtszügen und beinahe schwarzem Haar. Er behauptete, er sei Geistlicher und bat um eine Unterkunft für die Nacht bei den Herrschaften, aber in einem unbeobachteten Moment zog er mich beiseite und nannte die richtigen Codeworte. Ich bat ihn, am späten Abend bei mir zu klopfen, und am nächsten Morgen ritt er mit den Geldbeuteln in seinen Satteltaschen davon.

»Gab es jemanden, der Euch erzählt hat, woher das Geld stammt?«, wollte Thurloe wissen. Ich habe die Frage wahrheitsgemäß verneint. »Was war das für ein Siegel, das auf den Beuteln klebte?« Ich antwortete, es wäre ein Monogrammsiegel gewesen, einige verschlungene Buchstaben, die mir nichts sagten, ich konnte sie nicht einmal

richtig entziffern. »Was habt Ihr Euch dabei gedacht?«, hakte er nach. Ich sagte, mir wäre der Gedanke gekommen, dass so viel Geld in lauter Goldmünzen von gleichem Wert bestimmt nicht von den Armen stammte. »Aber von wem dann?«, fragte Thurloe mit der Andeutung eines Lächelns. »Möglicherweise von jemandem außerhalb Englands Grenzen«, antwortete ich, »von Personen in mächtigen Positionen.« Er schwieg. »Habe ich recht?«, fragte ich. »Ich frage, Ihr antwortet«, erwiderte Thurloe und kam noch einmal auf den Mann zurück, der das Geld geholt hatte. Aber ich konnte ihm nicht mehr sagen. Ich hatte den Mann nie zuvor gesehen und ich habe ihn nie wiedergesehen, und der Name Thompson, mit dem er sich vorstellte, war bestimmt falsch.

Als Thurloe merkte, dass er in dieser Sache nicht mehr aus mir herausbekam, stand er auf und ging. Es ist Abend, der Himmel beginnt allmählich zu glühen. Vermutlich kann er zurück in London sein, bevor es richtig dunkel ist. Ich wüsste gern, ob er ein Schiff oder die Kutsche nimmt.

Tatsächlich habe ich keine Ahnung, ob tatsächlich so viel Geld in Jurijs Beuteln gewesen ist und ob es wirklich lauter Goldmünzen waren. Ich habe sie nie geöffnet. Ich phantasierte immer wieder darüber, wie es wohl wäre, alle Beutel zu nehmen, sich davonzumachen und anderswo ein neues Leben zu beginnen … aber ohne Laetitia war es sinnlos. Ich entsinne mich, dass ich mit Hamlet dachte: »Here's mettle more attractive.« Nach und nach führten die Phantasien über das Geld nur zu unangenehmen Schlüssen, die ich so gut wie möglich zu verdrängen suchte. Und ich war sehr erleichtert, als die kleinen versiegelten Beutel, die so gut in der Hand lagen, endlich zusammen mit dem angeblichen Pastor Thompson verschwunden waren.

Aber wenn ich gewusst hätte, was bald darauf passieren sollte … Nein, nicht einmal zweitausend Pfund hätten etwas daran ändern können. Lächerlicher Gedanke.

29

Der Sommer ging vorbei, und als die Nächte am kürzesten waren, fiel es mir manchmal ziemlich schwer, im Schutz der Dunkelheit in und aus Laetitias Bett zu kommen. Doch selbst, wenn ich möglicherweise von dem ein oder anderen Dienstboten gesehen wurde, der schon früh – oder noch spät – auf den Beinen war, so schien unser Geheimnis doch gut bewahrt. Zumindest redete niemand laut darüber.

Die einzige Ausnahme war der strubbelige Robin, der Kammerdiener des Barons. Ich begegnete ihm eines Tages in einem schmalen Korridor, der vom Ostflügel in den Bankettsaal führte. Er hatte einen Stapel frisch gewaschener, ungebügelter Hemden des Barons im Arm und machte sich breiter als sonst, so dass wir nicht aneinander vorbeikamen. »Ihr lohnt Mylord seine Dankbarkeit sehr schlecht!«, fuhr er mich mit grimmigem Blick und einer Stimme voll zähneknirschender Bitterkeit an

»Was meinst du?«

»Ihr wisst, was ich meine! Und dennoch sitzt Ihr mit am Tisch und erzählt Geschichten über Euren edlen Charakter! Mich haltet Ihr nicht zum Narren, John Gambledays!«

Ich wurde wütend. Vielleicht hatte ich auch Angst vor der Enthüllung, aber ich wurde regelrecht böse. Ich fasste Robin unter die Achseln, hob ihn wie ein Kind in die Luft und schüttelte ihn hin und her, während ich zischte: »Du hast dich nicht in Dinge einzumischen, von denen du nichts verstehst!« Robin fauchte zurück und strampelte mit den Beinen, um mich zu treten, aber seine Beine waren zu kurz und die Hemden, die er noch immer in den Armen hielt, wollte er nicht loslassen. Lächerlicherweise versuchte er, den Kopf auf die Seite zu legen, um mich in die Hand zu beißen, und ich wollte ihn gerade an die Wand stoßen, als eine Stimme kommandierte: »Aufhören!«

Wir schauten uns beide gleichzeitig um und sahen den Baron im Sonnenlicht des Bankettsaales. Wir erstarrten. Ich stand still und hielt Robin ausgestreckt vor mir, er hing mit den Füßen dreißig Zentimeter über dem Fußboden – dann hörten wir Delaffoys nächste Worte: »Hütet euren Zorn, alle beide. Mit deinem Zorn, Robin, ist mir nicht gedient. Und Eurer, Gambledays, richtet sich gegen den falschen Mann. Schlagt nicht andere für Dinge, die Ihr Euch selbst vorwerft.«

Mehr sagte er nicht, er drehte sich einfach um und ging. Ich stellte Robin wieder auf den Boden, und ohne uns anzusehen, gingen wir beide unserer Wege.

Als wir das nächste Mal allein waren, erzählte ich Laetitia von dem Vorfall. Sie beruhigte mich. »Robin vergöttert ihn. Wenn Mylord sagt, dass ihm mit Robins Zorn nicht gedient ist, wird Robin seinen Zorn im Zaum halten.«

»Bist du sicher?«

»Ja, ich bin sicher.«

»Wieso ist dein Mann so ungewöhnlich, Laetitia?«

»Wieso regnet es? Wieso wächst das Gras? Ich weiß es nicht, John.«

Am 26. Oktober 1649 gebar Laetitia einen Sohn. Wie ich hörte, muss es eine langwierige und anstrengende Geburt gewesen sein, die vom Vorabend bis weit in den Tag hinein dauerte. Ich konnte natürlich nicht in ihrer Nähe sein, aber irgendwie wurden die Gerüchte in der Küche und im Keller beinahe viertelstündlich aktualisiert, und im ganzen Haus breitete sich ein befreites Summen aus, als man hörte, dass Mutter und Kind es gut überstanden hatten.

Einige Wochen zuvor waren nicht nur Laetitias Mutter, sondern auch die Mutter des Barons nach Hopesley Hall gekommen. Die beiden vornehmen Damen saßen gewöhnlich neben ihren Kindern am Tisch: Die lebhafte und muntere Lady Margaret Cray, Laetitias Mutter, bestimmte die Konversation von ihrem Platz an Laetitias rechter Seite, während die wachsbleiche, verwitwete Baronesse Elizabeth Delaffoy kerzengerade und steif an der linken Seite ihres Sohnes saß und nur selten ein Wort verlor.

In der letzten Woche vor der Geburt saß die berühmte Hebamme Jane Sharp ebenfalls mit am Tisch. Lady Margaret hatte sie zum Kommen bewogen, natürlich auf Kosten des Barons, denn Jane Sharp ließ sich gut bezahlen, aber für das Geld bot sie auch reichlich Unterhaltung während der Abendessen. Mit funkelnden Augen und fuchtelnden Händen (bemerkenswerte Hände – sie waren schlank, geschmeidig und stark, und die Nägel sorgfältig bis zu den Fingerspitzen zurückgeschnitten) verbreitete sie sich über Kinder, Geburten und kritische Momente, die jedoch stets durch ihre Tüchtigkeit oder die Gnade des Himmels gemeistert wurden. Sie begann sogar eine Diskussion mit dem Gemeindepfarrer über den biblischen Beweis, dass die Geburtshilfe nur eine Aufgabe der Frauen sei und nichts für »männliche Hebammen«, wie sie offenbar in vornehmeren Kreisen in Mode kamen. Im Zweiten Buch Moses, so argumentierte Jane Sharp, stünde die Geschichte über die Hebammen der

Hebräer, Siphra und Pua, die ihrer Berufung gehorchten und dem Pharao trotzten, so dass die neugeborenen Jungen am Leben blieben. Dafür hat Gott sie belohnt. Und wenn schwache Frauen, die sich mit den Vorschriften und Regeln nicht so auskannten, aus eigener Eingebung das Richtige taten, dann sei das doch wohl der Beweis, dass Frauen sich besser dazu eigneten, unschuldigen kleinen Kindern auf die Welt zu helfen.

Während Laetitia schmunzelte, wandte der Pastor ein, dass Männer doch wohl nicht notwendigerweise kleine Kinder umbringen würden, aber Jane Sharp versetzte umgehend: »Wer tötete die Säuglinge in Bethlehem, als Herodes das Gleiche verlangte wie der Pharao? Waren das Frauen oder Männer?«

»Es waren Männer!«, rief Lady Margaret vor lauter Vergnügen über das Argument, und der Pastor hob als Zeichen der Kapitulation beide Hände in die Luft und sagte, sogar mit einem kleinen Lachen: »Es waren Männer, ich gebe es zu, Männer.«

Im Haus herrschte in diesen Tagen eine Stimmung von Erwartung und Lebensnähe, eigentlich das genaue Gegenteil zu den Kriegsberichten oder frommen Grübeleien, die sonst den Ton der gemeinsamen Gespräche bestimmten. Laetitia strahlte mit ihrem großen, runden Bauch, den ihre Samtkleider nicht mehr verstecken konnten, wie eine Sonne über allen; und ich freute mich mit ihr und bei ihr und versuchte, mich so zu verhalten, als hätte ich nichts damit zu tun.

Fünf Tage nach der Geburt wurde mein kleiner Sohn getauft – auf den Namen Richard Delaffoy, den traditionellen Namen des ältesten Sohns in der Familie des Barons –, und zum ersten Mal bekam ich ihn zu sehen. Die Taufe fand im Bankettsaal als private Feier statt, an der sowohl Laetitia als auch ihr Mann teilnahmen. Es ist ungewöhnlich, flüsterte mir Sir Marmaduke zu – er befand sich unter den vielen Gästen und stand neben mir. Zum Glück sei der Gemeindepastor ein toleranter Mann, fast schon mit einer Neigung für die Unabhängigen, erklärte er, denn eigentlich sei es Brauch, dass die Mutter nicht mit in die Kirche käme, wenn das Kind getauft wurde. Sie hätte zunächst vierzig Tage zu warten und müsste dann durch eine kirchliche Zeremonie gereinigt werden, so sei es üblich für Frauen nach einer Geburt; ob es bei uns zu Hause in Norwegen auch so gehalten würde? Ich hatte keine Ahnung über die Sitten »bei uns zu Hause« und antwortete entsprechend ausweichend und vage.

Tolerant oder nicht, der Gemeindepastor vollzog das Ritual und wandte sich hinterher in einer kleinen ermahnenden Rede an die Eltern des Kindes und an ein junges Paar, das ich noch nie zuvor gesehen hatte; sie standen auf der anderen Seite des Tisches mit der großen Taufschale aus Silber. Sir Marmaduke flüsterte mir zu, der junge Mann sei der Pate des Kindes – Richard Cromwell, Olivers ältester lebender Sohn. »Eine kluge Wahl«, nickte er, »eine Bekanntschaft aus dem Heer, die sich möglicherweise in der Zukunft als sehr wertvoll erweisen könnte.«

Ich schaute mir den jungen Mann mit dem lockigen blonden Haar an, aber ich erinnere mich nur noch, dass ich sein Gesicht weich fand und er unbedeutend aussah. Meine Gedanken konzentrierten sich auf das Kind, das ich aus diesem Abstand nicht erkennen konnte; erst hinterher defilierten alle Gäste, auch ich, in einer langen Reihe an Delaffoy und Laetitia vorbei, die das Kind auf dem Arm trug. Man hörte einen ständiger Strom halblauter Gratulationen.

Schließlich kam auch ich an die Reihe. Ich murmelte ebenfalls einen kurzen Glückwunsch, aber das Einzige, worauf ich achtete, war das Kind. Man hatte es eingewickelt wie eine kleine Puppe und in ein kostbares Taufkleid mit einer Unmenge Spitzen gesteckt. Es lag wach und die dunkelblauen Augen in dem kleinen Gesicht schauten verwirrt in dem großen Raum umher, ohne etwas zu sehen, während sich eine winzige Zungenspitze zwischen den hellroten Lippen zeigte. Seine Augenlider waren noch immer ein wenig geschwollen, das Haar konnte ich unter der Mütze nicht sehen, aber das Kinn sah genau so aus wie meins. Er hatte *mein* kantiges Kinn, weder die lange untere Hälfte des Barons noch Laetitias feine Kinnpartie. Es war *mein* Sohn, und mich erfüllte ein gewaltiger, warmer, heimlicher Stolz und eine vollkommen unerwartete Zärtlichkeit für dieses kleine Wesen. Unwillkürlich wollte ich meine Hand ausstrecken, um seine weiche Wange zu berühren, blickte aber plötzlich in Laetitias Gesicht – es traf mich wie ein Schock. Sie starrte mich an, als hätte sie ein Ungeheuer gesehen, ihre Augen glänzten. Ihr Erschrecken übertrug sich blitzartig auf mich und wir mussten uns beide ungeheuer zusammenreißen; ich glaube, das Ganze dauerte nur den Bruchteil einer Sekunde. Ich schritt hastig weiter und ließ den nächsten Gratulanten herantreten, aber dann schlich ich mich aus dem Saal in den Park, in dem die roten und gelben Blätter der Bäume reglos in einem nebligen Schleier hingen. Ich ging auf und ab und fror, während ich über den Vorfall nachgrübelte.

Am nächsten Tag kam eine Dienstmagd mit ernster Miene und bat mich, ihr in Laetitias Privatgemächer zu folgen. Ich hatte diesen Flur nie zuvor am helllichten Tag betreten, und als das Mädchen geklopft und mich angekündigt hatte, dass ich da wäre, trat ich mit bangen Ahnungen durch die Tür.

Ich stand im Zimmer neben der Schlafkammer, in der wir unsere Körper in so vielen wunderbaren Nächten genossen hatten. Laetitia war allein, sie saß mit roten, verweinten Augen in einem Stuhl am Fenster und gab mir ein Zeichen, in dem Stuhl ihr gegenüber Platz zu nehmen. Erst als das Mädchen sich zurückgezogen und die Tür geschlossen hatte, begann sie zu sprechen.

»Du musst verreisen, John, bereits morgen musst du von hier fort«, sagte sie leise.

Einen kurzen Moment konnte ich nichts erkennen. Alles schien grau und außer Form.

»Warum?«, flüsterte ich. »Verlangt es dein Mann?«

»Nein, es ist meine Entscheidung.«

»Wieso?«

»Ich habe gesehen, wie du den kleinen Richard gestern angesehen hast. So viel Liebe. Du liebst ihn zu sehr, John.« Ihre Augen flossen über, sie trocknete die Tränen mit einem nassen Taschentuch, das sie in der Hand hielt.

»Aber …«

»Du wirst niemals verbergen können, dass du sein Vater bist. Und das darf nicht geschehen. Wegen ihm. So Gott will, wird er eines Tages der achte Baron Delaffoy und all das hier …«, sie bezog mit einer kreisenden Handbewegung das ganze Haus, den Park und das umliegende Land mit ein, »wird ihm gehören. Wenn du dich verrätst, wäre er ein – Bastard. Er würde ohne Erbe bleiben und müsste sich vor sich selbst ekeln. Und vor mir. Und vor dir …«

»Er soll also der Sohn deines Mannes sein.«

»Ja.«

»Aber das ist doch gelogen!«

Sie schaute auf und der Glanz in ihren Augen, den ich immer geliebt hatte, leuchtete so stark, dass er mich beinahe wie eine Flamme verbrannte. »Willst du sein Leben um einer selbstsüchtigen Wahrheit willen zerstören? Du liebst doch den Kleinen. Denk an ihn, nicht an dich.«

Ich wusste keine Antwort. Es drängte sich bleischwer in mein Gehirn, mit wie viel ich trotz allem gerechnet hatte – obwohl ich eines Nachts leichtsinnig zu Laetitia gesagt hatte, ich würde mit gar nichts rechnen. Aber ich hatte damit gerechnet, dass wir unser heimliches Leben bis in alle Ewigkeit fortsetzen könnten, ich hatte damit gerechnet, dass Laetitia irgendwie immer in meiner Nähe sein würde, ich hatte damit gerechnet, für alle Arrangements und Verhaltensmaßregeln bereit zu sein, mit Ausnahme des endgültigen Abschieds.

»Ich kann nicht ...«, murmelte ich.

»Du musst. Du musst fort, bevor er dich kennenlernt. Und bevor mein Herz vor Furcht und Sehnsucht nach dir zerspringt.«

Ich fiel vor ihr auf die Knie und bohrte mein Gesicht in ihren Schoß. Sie hob meinen Kopf mit beiden Händen. »Brich auf, John«, sagte sie. »Geh fort von mir. Jede Stunde macht es schwerer.«

Ihr Blick war so eindringlich, dass ich mühselig auf die Beine kam. Ich bückte mich und küsste sie ein letztes Mal, und sie wandte den Kopf nicht ab; aber ihre Wangen waren nass und ihr Mund hart und verschlossen. Dann ging ich zur Tür.

»John«, flüsterte sie und ich blieb stehen, in einer letzten verrückten Hoffnung, zurückgerufen zu werden, als sei alles nur ein Irrtum gewesen. Aber nein. »Geh zu meinem Mann«, sagte Laetitia leise. »Er will mit dir sprechen.«

Ich nickte, noch immer hatte ich ihr den Rücken zugewandt, und ging hinaus.

Die ersten Meter des Flures taumelte und schwankte ich wie ein Betrunkener. Dann tauchte das Bild des Barons vor meinem inneren Auge auf und ich konzentrierte all meine Wut und Verzweiflung auf ihn. Wenn er mit mir sprechen wollte, dann wollte ich auf der Stelle mit ihm reden, und wenn ich es aus ihm herausprügeln musste, ich wollte Bescheid wissen, wer dahinterstand. Je länger ich durch die Korridore und Säle in den anderen Flügel des Herrenhauses ging, desto sicherer wurde ich, dass Delaffoy diesen Abschied inszeniert hatte. Der sichtbare, lebendige Beweis für Laetitias und meine Liebe war ihm zu viel, er wollte mich loswerden und das konnte nicht schnell genug gehen. Gefasst und verbittert erreichte ich die Tür zu seinem Kabinett.

Er saß hinter seinem Schreibtisch. »Mylord!«, sagte ich. Meine Kiefermuskulatur war so angespannt, dass ich kaum das Wort aussprechen konnte. Er forderte mich auf, Platz zu nehmen. »Danke, ich möchte lieber stehen«, brachte ich zwischen den Zähnen heraus. »Ich habe erfahren …«

»Ich weiß, dass Ihr heute bei meiner Ehefrau gewesen seid. Ich weiß, sie wünscht, dass Ihr von hier fortgeht. Und ich will Euch bitten, nach London zu gehen; es wird für Euch morgen bei Sonnenaufgang ein Pferd bereitstehen. Ich gebe Euch einen Brief«, und er hob einen bereits versiegelten Brief, »den Ihr Mr. Lionel Pottsborough übergebt, er ist Notar in der Lombard Street, direkt neben dem Wirtshaus *The Laurel.*«

»Mylord …«

»Mr. Pottsborough ist ermächtigt, Euch in meinem Namen zu helfen«, fuhr der Baron fort und sein Blick glitt in die Unendlichkeit. »Und da ich Euch noch immer für mein Leben dankbar bin, Gambledays, und da Ihr von nun an selbst für Obdach und Essen bezahlen werdet, habe ich Eure jährliche

Apanage auf achtundzwanzig Pfund erhöht – sieben Pfund pro Quartal, die Ihr bei Mr. Pottsborough abholen könnt.«

Er reichte mir den Brief. Ich riss ihm den Umschlag mit einer gereizten Bewegung aus der Hand, die er nicht zu bemerken schien.

»Mylord«, sagte ich zum dritten Mal. »Ich bin sicher, dass Ihr hinter dieser Angelegenheit steht, und ich würde mich weigern zu gehorchen, wenn ich es könnte. Aber Ihr habt die Macht, ich habe nichts. Ich gehe, aber ich muss Euch sagen, dass ich Euren Mr. Pottsborough nicht brauche.« Damit warf ich den Brief zurück auf seinen Schreibtisch und ging.

Schon halb aus der Tür musste ich mich doch noch einmal umdrehen. »Wie müsst Ihr mich doch hassen!«, rief ich mit geballten Fäusten. Delaffoy erhob sich aus seinem Stuhl und ich ging unwillkürlich ein wenig in die Knie, um mich zu verteidigen – aber er kam mit offenen, ausgestreckten Händen auf mich zu und fasste mich sanft an die Schulter. Der groß gewachsene Mann blickte mir direkt in die Augen.

»Ich kann niemanden hassen, John Gambledays«, sagte er. »Möglicherweise ist das ein Fehler von mir, aber es ist mir völlig fremd, andere Menschen zu hassen. Geh mit Gott, mein Freund. Es ist der ehrliche Wunsch meiner Frau, nicht meiner.«

Ich musste ihm einfach glauben. Meine Erregung war völlig verflogen, ich ließ ihn die Tür hinter mir schließen und schleppte mich mühsam hinauf in mein Zimmer.

Den Rest des Tages und die Nacht verbrachte ich in meiner Kammer. Hin und wieder döste ich apathisch, dann wieder ging ich mit einem Gefühl auf und ab, als würde ich von einem Stahlband um meine Brust erdrückt. Weinen konnte ich nicht. Ein Verdacht nach dem anderen stieg in meinem

Kopf auf. Dass ihre Mutter Laetitia gezwungen hatte. Oder die Witwe des alten Barons. Oder dass das Ganze ein Komödienspiel war, in Szene gesetzt, um dem Baron einen Erben zu verschaffen, da es ihm ja offenbar selbst nicht gelang. Ich presste die Knöchel gegen meine Schläfen, um die Gedanken zu vertreiben.

Zweimal klopfte es an der Tür. Beim ersten Mal handelte es sich um einen Stallknecht, den ich als Jim kannte. Er reichte mir zwei lederne Satteltaschen mit den Worten: »Seine Gnaden haben gesagt, ich soll sie Euch bringen, Mr. Gambledays.« Ich nahm sie entgegen. »Und morgen soll ich Euer Pferd satteln«, fügte Jim hinzu. »Danke«, brachte ich heraus. Beim zweiten Mal war es eine Dienstmagd, die an die Tür klopfte und mir ein Tablett mit Brot, Käse und einem Krug Bier brachte. Ich mochte nicht fragen, wer es mir umsichtigerweise hatte zukommen lassen, und das Mädchen sagte nichts.

Brot und Käse, wie in der Armee. Ich aß ein wenig, ohne Appetit; die Mahlzeit wurde in meinem Mund nur zu einem großen Brei und das Bier schmeckte bitter und unangenehm. Als ich mich endlich aufraffte und die Satteltaschen öffnete, um meine Kleider darin zu verstauen, entdeckte ich in einer der Taschen einen Lederbeutel. Die Börse enthielt sieben Pfund in kleinen und großen Münzen. Reisegeld – oder die erste Rate meines erhöhten Almosens? Ich steckte den Beutel in die Jackentasche. Ich würde es gebrauchen können.

Sehr viel Schlaf fand ich nicht. Ob ich nun vollständig bekleidet im Bett lag oder mich an den Tisch setzte und den Kopf auf die Arme legte, immer wieder wachte ich kurz nach dem Einschlafen auf, aus lauter Angst, von süßen Träumen eingelullt zu werden. Als ich dachte, es sei hell genug und könnte nicht mehr lange dauern, bis die Sonne aufging, hängte ich mir die Satteltaschen über die Schultern und ging hinunter zum Stall.

Dort herrschte bereits reger Betrieb. Vier, fünf Stallburschen und Knechte striegelten die Pferde und legten ihnen Sattel und Zaumzeug an, und als Jim mich bemerkte, führte er mich zu einer Box, in der mein inzwischen bevorzugtes Reittier, die alte rotbraune Stute, gesattelt und zum Aufbruch bereitstand. Er half mir, die Satteltaschen zu befestigen und das Pferd in den Hof zu führen, und bevor ich den Fuß in den Steigbügel setzte, drückte ich seine Hand. »Danke, Jim«, sagte ich, »ich werde nicht zurückkommen.« Er nickte ernst. »Wie soll ich das Pferd zurückschicken?«, fragte ich. »Es ist Eures«, antwortete er überrascht. »Hat Seine Gnaden das nicht gesagt?«

Im Stall wieherte ein Pferd und zerrte an seinem Zaumzeug, und einige der Männer stießen laute Rufe und Flüche aus. Dann wurde es wieder still. »Es ist viel zu tun«, erklärte Jim. »Der junge Lord Cromwell will heute Morgen auf die Jagd.« Ah ja, der junge Cromwell. Ihn hatte ich ganz vergessen. Es war ohnehin egal.

Ich nahm eine Silbermünze aus der Börse, einen ganzen Schilling, und gab ihn Jim. Er strahlte. Dann schwang ich mich in den Sattel und ritt davon. Die Stute trottete geruhsam dahin; sie hatte als Zugpferd gedient und gelernt, stillzustehen und zu warten, bis sie einen anderslautenden Befehl bekam; ein geduldiges Tier ohne irgendwelche wilden Einfälle. Es war das beste Pferd, das der Baron – oder Laetitia? – mir hatte geben können.

Ich drehte mich ein einziges Mal im Sattel um, an einer Stelle, von der ich Hopesley Hall zum letzten Mal sehen konnte, bevor der Weg in eine Senke bog und das Gelände das große Haus verbarg. Es war bereits verschwommen und im Morgendunst nur noch undeutlich zu erkennen, als wäre es aus der Landschaft ausradiert und hätte aufgehört zu existieren, wenn es mich nicht gegeben hätte, um zurückzuschauen. Dann ritt ich weiter in Richtung London.

30

Heute Nacht habe ich von meiner alten Arbeit geträumt. Inzwischen passiert so etwas ziemlich selten. Im Traum hatte ich Thurloe zu einem Interview im Studio. In meinem Traum wusste ich, dass wir beide in meine Zeit zurückgekehrt waren und ich ihn nun irgendwie in der Hand hatte. Er sah sich mit einem gewissen nervösen Unbehagen um, er verstand nichts von dem, was er sah: die großen schwarzen Lautsprecher, die Bandmaschinen, die Tontechnikerin am Mischpult, der Computerbildschirm an der Rückwand – und als ich ihn ins eigentliche Studio führte und die schalldichte Tür mit dem satten Ffummpp-Geräusch schloss, bekam er einen ausgesprochen ängstlichen Gesichtsausdruck, als fürchtete er, in eine Falle gegangen zu sein. Ich sollte ihn zur Neujahrsrede des Ministerpräsidenten interviewen, an der er sich unrechtmäßigerweise zu schaffen gemacht hatte; ich hatte mir einige sehr scharfe Fragen zurechtgelegt, an die ich mich aber nicht mehr erinnern konnte, als ich aufwachte.

Als ich ihn an den grünen Filztisch gesetzt und das Mikrophon ganz dicht vor sein Gesicht gezogen hatte – er starrte es misstrauisch an –, setzte ich mich ihm gegenüber, zog die Kopfhörer auf, öffnete mein Mikrophon und sagte zu der Tontechnikerin: »Wir machen noch eine Tonprobe …« Sie nickte und ich fragte Thurloe, was er zum Früh-

stück gegessen hätte (mit den richtigen Fragen wollte ich noch nicht herausrücken), und er öffnete den Mund und begann, irgendeinen Laut von sich zu geben – da fiel mir ein, dass er ja Dänisch reden sollte, und das konnte er bestimmt nicht. An dieser Stelle bin ich aufgewacht. Ich muss bis kurz vor dem Aufwachen geträumt haben.

Typische Kompensation. Vertauschte Rollen. Hirngespinste. Ich habe mit dem Gedanken gespielt, Thurloe von dem Traum zu erzählen, aber es ist schon spät und heute kommt er wahrscheinlich nicht mehr.

Auch in der Zeit, die ich verlassen habe, müssen zehn Jahre vergangen sein. Wer weiß, ob der Radiosender überhaupt noch existiert oder ob nicht alles zu irgendeiner privatisierten Reklamescheiße verkommen ist.

Oder ob die Welt wirklich verändert wurde, so dass es die Zeit, aus der ich komme, niemals geben wird …

Mir kann es egal sein. Ich werde es nicht erfahren.

31

Ich brauchte drei Tage, um nach London zu kommen. Ein besserer Reiter auf einem besseren Pferd hätte es schneller schaffen können, aber ich hatte es nicht eilig; die Tage waren kurz und durch das lange Reiten hatten sich meine Schenkel wund gerieben und schmerzten. Ich stellte fest, dass die Übernachtungen in den Wirtshäusern teuer waren, denn auch die braune Stute brauchte Futter, Wasser und einen Stellplatz für die Nacht. Außerdem musste ich mich mehrfach nach dem Weg erkundigen, denn obwohl ich im Prinzip einfach nur auf der Landstraße geradeaus reiten musste, ließ sich an einer Kreuzung oder Abzweigung nicht immer erkennen, welcher Straße ich zu folgen hatte. Es gab keine Schilder. Einige der Menschen, denen ich begegnete, wussten nicht einmal, wo London lag; sie wussten nur, wie man nach Leicester, Bedford oder St. Albans kam, aber ich glaube schon, dass ich mit ein wenig Glück und Orientierungssinn die direkte Route einigermaßen eingehalten habe.

Ich ließ mich auf London zutreiben wie ein Boot vor dem Wind, denn ich wusste nicht, wohin ich sonst hätte gehen sollen. Der Baron hatte mir eine Adresse genannt, und obwohl ich mir eigentlich gedacht hatte, mich von seinem Notar fernzuhalten – *scrivener* war der Ausdruck, mit dem er ihn bezeichnete –, schwand mein Vorsatz doch unterwegs.

In meinem mehr oder weniger betäubten und niedergeschlagenen Zustand war es mir unmöglich, irgendwelche Pläne zu schmieden. Und wenn ich unterwegs anhielt oder die Stute im Zotteltrab allein laufen ließ und es mir gelang, dem Rhythmus ihrer Bewegungen zu folgen, wurde ich von einem chaotischen Bilderstrom überrollt, aus dem Paradies, das ich so urplötzlich verloren hatte. Als ich endlich durch bekannte Straßen ritt, die Fleet Street und Ludgate Hill, wusste ich noch immer nicht, wohin ich eigentlich wollte, und mir fiel lediglich ein, vor dem *The Laurel* in der Lombard Street zu halten.

Der Wirt wischte gerade mit einem Lappen Bierreste von dem einzigen freien Tisch und ich ließ mich auf die Bank fallen. »Einen Krug Ale«, sagte ich zu ihm, und als er ihn brachte, erkundigte ich mich, ob es in der Nähe einen Ort gäbe, an dem ich ein Zimmer mieten könnte. Er rieb sein stoppeliges Kinn und musterte meine Kleider, den dicken Reisemantel und meinen fleckigen Filzhut. »Gerade nach London gekommen?«, fragte er. Ich nickte nur. Er empfahl mir, bei einem Schlosser in der St. Nicholas Lane direkt um die Ecke zu fragen, die hätten bestimmt etwas. Ich bezahlte sofort und trank das Bier hastig aus. Es dämmerte bereits und ich wollte gern bis zum Abend ein Dach über dem Kopf haben. Durch das Wirtshausfenster behielt ich meine Stute im Auge, die geduldig an einem Ring in der Mauer stand – mit meinem Gepäck, denn ich hatte es nicht geschafft abzusatteln.

Bevor ich ging, fragte ich den Wirt, ob er einen Notar Pottsborough kannte. Ich musste den Namen ein wenig lauter wiederholen, denn die übrigen Gäste machten einen ziemlichen Lärm. Doch dann nickte der Wirt und zeigte auf die Wand rechts von sich. »Direkt nebenan, eine Treppe hoch.«

An der Ecke bestätigte die Frau des Schlossers, dass sie unter dem Dach noch ein freies Zimmer hätten. Sechs Schilling und sechs Pence die Woche, plus Brennholz, Kerzen und Wäsche. Einen Stallplatz könnte ich beim Fuhrunternehmer gegenüber bekommen. Eigentlich zu teuer für mich, doch ich schlug ein. Ich war todmüde und dachte, etwas Besseres könnte ich später noch jederzeit finden.

Am nächsten Tag – nach einer Nacht, in der sich bewusstloser Schlaf mit abruptem Aufschrecken in Trauer und Klarheit abwechselten – beschloss ich, auf die andere Seite des Flusses zu reiten und *The Strawberry* aufzusuchen, den einzigen Ort in London, mit dem ich mich ein bisschen verbunden fühlte.

Die Brücke kam mir noch immer genauso beeindruckend und sonderbar vor mit ihren Buden und plötzlichen Durchblicken auf den graubraunen, träge dahinströmenden Fluss, und zu Pferd konnte ich das Ganze sogar noch besser überschauen. Allerdings erschien mir der Lärm, der Gestank und das vielköpfige Gewimmel noch chaotischer als damals, als ich zum ersten Mal die Stadt betreten hatte – wahrscheinlich weil ein ganzes Jahr auf dem Land hinter mir lag, ein Jahr, in dem ich die Sorgen über die nächste Mahlzeit und das nächste Obdach für die Nacht fast völlig vergessen hatte.

Das Schild am *Strawberry* war noch verwitterter, doch die Fassade sah aus wie immer. Ich band mein Pferd fest und ging hinein. Es war still, merkwürdig still. Ein einziger Gast saß über seinen Bierkrug gebeugt, und am hintersten Tisch, an dem man sich normalerweise lautstark mit Stammtischpolitik übertönte, hockten zwei stumme Gestalten. Es handelte sich um Mop und Henry Swottle – ohne Pfeife und so heruntergekommen und abgehärmt, dass ich ihn im ersten Moment nicht wiedererkannte. Auch sie erkannten mich nicht, als ich mich zu ihnen setzte, sondern sahen mich fragend an. Ich begrüßte sie mit ihren Namen, und erst da leuchtete ein Wiedererkennen in Swottles Augen auf. »John!«, rief er. »Du bist besser angezogen, seit ich dich das letzte Mal sah!«

Ich mochte nicht allzu viel von meinen Erlebnissen erzählen, sondern fragte nach Mutter Swottle. Henry senkte den Blick. »Unsere liebe Bessie ist nicht mehr bei uns«, sagte er. »Wir haben sie vor einer Woche begraben.«

Mop begann mit geschlossenen Augen leise zu weinen. Tränen und Rotz liefen ihm übers Gesicht.

»Letzte Woche fiel sie eines Abends einfach um«, berichtete Henry. »Sie hat gerade noch die Krüge auf den Tisch stellen können, dann war sie weg.« Er schniefte und schluckte. »Sie war so gut zu uns. Was sollen wir jetzt bloß machen?«

»Sie ließ mich das machen, mi- mi- mit dem Stöckchen«, stotterte Mop mit zitternder Unterlippe.

»Ja, das tat sie«, sagte Swottle und legte seinen Arm um ihn. »Sie war gut zu uns. Was sollen wir bloß ohne sie machen?«

Ich war vollkommen verwirrt und fühlte mich hilflos. »Es tut mir sehr leid, das zu hören«, sagte ich. »Ich habe sie gerne gemocht … Ich gehe jetzt wohl besser …«

»Ein andermal …« Swottle machte eine unbestimmte Gebärde mit der Hand.

»Ja, ein andermal«, antwortete ich und stand auf.

»Komm wieder«, sagte Swottle.

»Das werde ich«, erwiderte ich.

Es sollten drei oder vier Jahre vergehen, bis ich wieder in Southwark vorbeikam. Das Haus würde man in der Zwischenzeit abgerissen haben und im Erdgeschoss des neuen

Giebelhauses sich das Geschäft eines Hutmachers befinden. Ich habe weder Swottle noch Mop mit seinem lockigen Haar je wiedergesehen, ich weiß nicht, was aus ihnen geworden ist.

Die braune Stute wurde mir zu teuer, sie brauchte Futter und einen Stallplatz, ob ich sie nun benötigte oder nicht. Daher verkaufte ich sie samt Sattel und Zaumzeug über den Fuhrunternehmer in der St. Nicholas Lane. Mit dem Geld konnte ich einige Monate überleben, allerdings nicht länger, denn das Pferd war alt und der Sattel nicht gerade ein Prachtstück. Ich musste mich entscheiden: Entweder schlug ich mich noch einen Winter als Handlanger und Gelegenheitsarbeiter durch, mit allen Konsequenzen, Unsicherheiten und möglicherweise sogar regelrechtem Hunger – oder ich klopfte bei dem Notar in der Lombard Street an und wartete ab, was geschehen würde.

Direkt nach Neujahr vergaß ich meinen Stolz und suchte Mr. Pottsborough auf. Ich hatte die Kälte satt und war es leid, in dieser großen Stadt so einsam zu sein und jede Münze umdrehen zu müssen, bevor ich sie ausgab. Ich sprach selten mit jemandem und hatte keine Kontakte über das unbedingt Notwendige hinaus, also nur, wenn ich mir etwas zu essen und zu trinken kaufte oder meine Miete bezahlte. Es gab ganze Tage, an denen ich allein dasaß und in mein Zimmer starrte, bis es dunkel wurde und ich ins Bett gehen konnte, obwohl ich eigentlich nicht müde war – und dann schlief ich doch viele Stunden lang tief. Wenn ich daran zurückdenke, sehe ich diese Zeit als einen dunklen Tunnel voller Trauer, den ich zu durchqueren hatte – Trauer darüber, Laetitia und das Leben, dass mir jetzt so herrlich unbeschwert und munter vorkam, verloren zu haben. Mit mir mochte sich niemand gern im Wirtshaus unterhalten, ich gehörte eher zu denen, von denen die Leute unwillkürlich abrückten.

Mit einem Gefühl, dass ohnehin alles gleichgültig war, klopfte ich an Mr. Pottsboroughs Tür und reagierte beinahe überrascht, als eine tiefe Stimme sagte: »Herein!« Ich drehte an dem runden Türknauf und trat ein. Ein älter Herr mit Halbglatze stand auf der obersten Stufe einer Stehleiter und hielt einen großen Stapel Papier in den Händen. Dünne, weißblonde Haarsträhnen hingen von seinem fast blanken Schädel, der Mund hatte volle Lippen und war umgeben von einem kleinen Spitzbart und einem aufwärts gebürsteten Schnurrbart in einer eher graublonden Nuance. Die Augen waren schmal, er kniff sie beinahe zusammen, als hätte er Probleme, mich zu fixieren. »Womit kann ich Euch dienen?«, fragte er mit einem überraschend vollen, weichen Bass – aber er unternahm keinerlei Anstalten, von der Leiter zu steigen. Er war ganz in Schwarz gekleidet, vom Kasack mit vielen kleinen Knöpfen bis hin zu den Strümpfen um seine dünnen Waden; nur der weiße Leinenkragen am Hals und die blanken Silberspangen an den Schuhen durchbrachen die schwarze Erscheinung.

Ich nannte meinen Namen.

»Ah ja, Mr. Gambledays«, wiederholte der Mann erfreut, legte den Papierhaufen in ein Fach des großen Regals, an dem er stand, und stieg behände die Leiter hinunter. »Kommt, setzt Euch. Ich habe schon gedacht, Ihr kämt nie.« Er deutete auf einen Stuhl an einem Schreibtisch, der unter dem einzigen Fenster des Kontors stand, und setzte sich selbst auf den Stuhl an der anderen Seite des Tisches. Ich bemerkte jetzt seine blauen, scharfen Augen, in denen ein gewisser Schalk spielte, und dachte mir, wenn es um Geld geht, hat er sicherlich die meisten Spielarten menschlichen Verhaltens schon einmal erlebt.

»Nun?«, sagte er und sah mich auffordernd an. Es zog vom Fenster her und das kleine Feuer, das im Kamin auf der anderen Seite des Raumes flackerte, richtete wenig aus, um die Kälte zu vertreiben. Aber Pottsborough schien keine Notiz davon zu nehmen.

»Ich habe Euren Namen von Baron Delaffoy bekommen«, erklärte ich.

»Genau«, erwiderte Pottsborough. »Aber habt Ihr nicht ein Empfehlungsschreiben von Seiner Gnaden, hm?«

»Nein«, sagte ich und blickte auf den Tisch.

»Wie kann ich dann sicher sein, dass Ihr derjenige seid, für den Ihr Euch ausgebt?«

»Ich weiß es nicht.« Ich hatte das Gefühl, als sei alles umsonst. Ich konnte ebenso gut in die Stadt gehen und mit der zermürbenden Jagd nach erbärmlichen Jobs beginnen. Ich hatte nichts mehr zu sagen. Pottsborough beobachtete mich eine ganze Minute lang schweigend.

»Sehr überzeugend«, sagte er dann. »Betrüger haben in der Regel eine Menge guter Erklärungen. Von Euch, mein Herr, habe ich kaum ein Wort gehört. Ihr wirkt sehr vertrauenswürdig.« Ich schaute auf. Seine Mundwinkel sahen aus, als wären sie mit dem Schnurrbart zusammen nach oben gebürstet worden. »Aber Ihr müsst Euch keine Sorgen machen«, fuhr er in einem etwas ernsteren Ton fort. »Seine Gnaden hat mit eine sehr präzise und detaillierte Beschreibung von Euch zukommen lassen. Er hat mich sogar darauf vorbereitet, dass Ihr Hilfe brauchen könntet, wenn Ihr Euch einfindet. Und nun, da Ihr hier seid, vermute ich, dass Ihr das Geld nicht verschmähen werdet, das Seine Gnaden Euch zur Verfügung stellt, hm?«

»Ja. Ich meine, nein, ich weiß nicht … ich werde …«

»Das ist verständlich«, sagte Pottsborough und holte ein großes Rechnungsbuch von einem anderen Brett des Regals. Er schlug es auf dem Schreibtisch auf und ließ einen Zeigefinger über die Zahlenkolonnen laufen. »Hm … ja … Euch stehen vierzehn Pfund zu.« Er tauchte eine Feder in sein Tintenfass und schrieb einen neuen Eintrag auf die nächste leere Seite des Buches. »Und nun …« Vom Fensterbrett nahm er ein kleineres, in Pergament gebundenes Buch, öffnete es und schrieb ebenfalls etwas hinein. »Wenn Ihr Euren Namen hier druntersetzen wollt, mein Herr …« Er drehte mir das Buch zu und zeigte mir die Stelle. *Received this day £ 14 0 s 0 d*, stand dort, zusammen mit dem Datum und irgendeiner juristischen Formel darüber. Ich unterschrieb.

»Es wird Seine Gnaden freuen«, meinte Pottsborough und klang aufrichtig. Dann ging er zu einer kleinen eisenbeschlagenen Kiste in der Ecke beim Kamin, schloss sie auf und zählte die vierzehn Pfund in Goldmünzen, Angels und ein paar Sovereigns ab. Aber anstatt sie mir zu geben, legte er die Münzen in zwei, drei ordentlichen Stapeln zwischen uns auf den Tisch, sah mich direkt an und erklärte: »Und nun zu dem anderen Teil meiner Pflicht gegenüber Seiner Gnaden. Ich soll Euch fragen, wo Ihr wohnt, wie Ihr lebt und ob Ihr jemanden habt, der Euch das Haus führt … Ich hoffe, Ihr habt nichts dagegen, hm?«

Ich erzählte. Und je mehr ich berichtete, desto leichter wurde es, denn der Notar hörte wirklich zu, mit einem kleinen Nicken des Kopfes und Hm-Geräuschen. Und was immer der Baron auch über mich geschrieben hatte, es musste Pottsborough mir gegenüber freundlich gestimmt haben. Als ich meinen Bericht beendet hatte, strich er sich mehrere Male über seinen Schädel – ich bemerkte später, dass er es immer tat, wenn er nachdachte – und fasste zusammen: »Mr. Gambledays, Ihr lebt über Eure Verhältnisse. Eure Unterkunft ist zu teuer und zu schlecht, und es tut Euch überhaupt nicht gut, Euer Leben so zu führen. London ist ein Sumpf, und Ihr seid dabei, darin zu versinken. Ich hörte vor drei Tagen von einer ehrenwerten Witwe in Woolwich, die in ihrem Haus einige Zimmer vermietet und bei Herren wie Euch für die Wäsche und die Mahlzeiten sorgen kann. Ihr Mieter ist gerade verstorben, und ich denke, Euch wird der Ort gefallen. Nehmt meinen Rat an, sprecht mit der Witwe und schaut, ob es Euch nicht zusagt. Ich werde Euch den Namen aufschreiben, damit Ihr es nicht vergesst.«

Diesmal nahm er ein einzelnes Blatt Papier, schrieb einige Worte darauf, faltete den Bogen zusammen und trennte den oberen kleinen Teil sorgfältig mit einem Federmesser ab, bevor er ihn mir in die Hand drückte. *Mary Dibbs*, las ich, *Hog Lane, Woolwich*. Er nickte aufmunternd. Ich hatte damals nur eine vage Idee, wo Woolwich überhaupt lag, und als ich ihn fragte, erklärte mir Pottsborough bereitwillig, am südlichen Flussufer, ich könne zu Fuß dorthin gehen, es dauerte nur ein paar Stunden, über die Brücke und dann auf der Landstraße in östlicher Richtung den Fluss entlang.

»Ich mache mich gleich morgen auf den Weg«, sagte ich.

»Tut es noch heute«, erwiderte er. »Wenn Euch die Unterkunft nicht zusagt oder Ihr es nicht schafft, zurückzukommen, bevor es dunkel wird, dann gibt es ein Zimmer im *The Shipbuilder's Arms* in Woolwich. Erledigt es heute. Ihr werdet es nicht bereuen.«

Warum nicht, dachte ich. Seine Entschlossenheit schien anzustecken. »Gut«, erklärte ich. »Noch heute.«

»Viel Glück«, wünschte er und schob die Münzen vorsichtig zu mir herüber. Ich stand auf und steckte sie in die Hosentasche. »Lasst es nicht klimpern auf der Straße«, ermahnte er mich.

Dann begleitete er mich zur Tür.

Ich ging über die Brücke, bog links in die St. Tooley Street und dann weiter nach Osten. Nach einer Weile hatte ich meinen Rhythmus gefunden und schritt zügig aus. In den gefrorenen Karrenspuren auf der Landstraße ließ sich zum Teil etwas beschwerlich gehen, man knickte mit dem Fuß um, wenn man sich nicht vorsah, aber im Großen und Ganzen kam ich gut voran. Gleichzeitig hatte ich Zeit, mir noch einmal das Zusammentreffen mit Lionel Pottsborough ins Gedächtnis zu rufen. In den nächsten Jahren sollte ich ihm noch ziemlich oft begegnen: Alle drei Monate klopfte ich an die Tür seines Kontors und bekam meine sieben Pfund ausbezahlt; und bisweilen kam es auch vor, dass ich zu ihm hereinschaute, wenn ich in der Nähe der Lombard Street war. Er war ein angenehmer Mann, der sich stets nach meinem Befinden erkundigte; vielleicht geschah es nur der Form halber, aber es tat mir gut, dass es jemanden auf dieser Welt zu geben schien, der sich dafür interessierte, wie es mir ging.

Als ich nach Greenwich kam, glaubte ich zunächst, dass ich mein Ziel bereits erreicht hätte. Allerdings entdeckte ich nirgends eine Werft und als ich mich erkundigte, hieß es, dass ich noch weiter zu gehen hätte. Zu meiner Überraschung verlief die Landstraße jetzt zwischen zwei mannshohen roten Backsteinmauern und mittendurch ein vornehmes weißes Gebäude – beinahe wie durch ein Torgewölbe. Ich wusste damals noch nicht, dass sich hinter den Mauern ein Park befand und dass es sich bei dem Anwesen um einen Landsitz für Königin Anne handelte, den kein Geringerer als Inigo Jones entworfen hatte. Als ich das erste Mal durch das Torgewölbe ging, stand das Haus leer und verlassen, ein paar Fensterscheiben waren eingeschlagen. Einige Jahre später würde man es instand gesetzt und eine große Bäckerei darin untergebracht haben, in der Tag und Nacht Schiffszwieback für die Flotte gebacken wurde.

Es fror noch nicht und es fiel auch kein Schnee aus der weißen Wolkendecke über mir, und doch hatte ich steife Finger und kein Gefühl mehr in den Zehen, als ich in Woolwich ankam. Aus weiter Entfernung konnte ich den kleinen Kirchturm und die Masten erkennen, die von den Docks der Werft aufragten. Der Weg führte rund um das Werftgelände auf die Hauptstraße – die Stadt war nicht besonders groß –, und als ich an der Kirche stehen blieb und den erstbesten Passanten nach dem Weg zu Mrs. Dibbs fragte, wurde mir sofort ein kleines zweistöckiges Haus gezeigt, das fast am Ende der schmalen Gasse stand, die zum Fluss hinunterführte. Die Tür war niedrig, die Fachwerkwand beulte sich ein wenig, aber das Haus schien keineswegs vernachlässigt; ich glaube, ich hatte ein gutes Gefühl, noch bevor ich den kalten Messingring des Türklopfers anhob und ein paar Mal klopfte.

Die Tür ging auf und ich sah eine undeutliche Gestalt mit einer weißen Schürze – und der wunderbarste, würzigste Geruch nach Suppe strömte mir entgegen.

32

Die Tage sind längst so eintönig geworden, dass ich mich nicht daran erinnern kann, ob es drei oder vier Tage her ist, seit Thurloe hier war. Hat er mich vergessen? Hat er genug erfahren? Ist es für mich ein gutes oder ein schlechtes Zeichen, wenn er so lange ausbleibt?

Ich wünschte, ich hätte Stift und Papier, aber das ist offenbar nicht gestattet. Ich darf nicht einmal lesen. Ich habe die Wachsoldaten gefragt, alle drei, die sich draußen vor meiner Tür ablösen, aber ich habe lediglich ein Nein als Antwort erhalten, sie sahen mir dabei nicht in die Augen. Sie haben offensichtlich den Befehl, alles zu verhindern, was mir helfen könnte, mit meiner Umgebung zu kommunizieren.

Ich habe versucht, mich dazu zu zwingen, Gymnastik zu betreiben – Liegestütze auf dem Boden –, oder mich an die Gedichte zu erinnern, die ich auswendig kann – all diese Dinge, die Gefangene in ihren Zellen so tun, um nicht gebrochen zu werden, wie ich gelesen habe. Aber es wirkt so aufgesetzt, ich habe es eigentlich sofort wieder aufgegeben. Es gibt nichts anderes als das dürftige Essen, den Nachttopf und die Waschschüssel, um die Eintönigkeit zu unterbrechen. Oder im Zimmer auf- und abzugehen, vom Fenster zur Tür und wieder zurück, wie eine Maschine, erfüllt von aufdringlich klaren Erinnerungen. Ich versuche, diejenigen zu behalten, von denen ich Thurloe erzählen will, aber wenn er nicht bald kommt, breche ich unter dem Gewicht all dessen, was ich für ihn vorbereitet habe, zusammen.

Ich kann mich nicht einmal hinlegen, um zu schlafen. Habe es versucht. Ich bin zu wach. Die Kleider kratzen, das Haar juckt, vielleicht habe ich wieder Läuse, allerdings spüre ich nichts, wenn ich mir die Kopfhaut abtaste. Ich muss aufstehen und den Tag ertragen. Nur in der Dunkelheit kann ich in einer chaotischen Mischung aus Erschöpfung und halbwachen Träumen versinken.

Merkt man es eigentlich selbst, wenn man wahnsinnig wird?

Erinnern. Erzählen. Das ist es, was mich rettet.

33

Ich zog sofort bei Mary Dibbs ein. Ich bekam zwei kleine Zimmer im ersten Stock des Hauses; sie lagen beide an der Straßenseite, mit Blick auf die Themse und die vorübersegelnden Schiffe. Für neun Schilling und sechs Pence pro Woche hatte ich alles: Logis, zwei Mahlzeiten am Tag, Waschen des Bettzeugs und der Kleidung und ein Drittel des ins Haus gelieferten Brennholzes – »genug, um mich warm zu halten«, wie die Witwe erklärte. In London hatte ich mehr zahlen müssen und wie sich herausstellte, konnte ich hin und wieder sogar Arbeit auf der Werft bekommen und ein wenig dazuverdienen. An unserem Ende der Hog Lane war es recht friedlich, denn das holprige und löchrige Pflaster der Gasse führte nirgendwohin, sie endete am Fluss. Anlegen konnte man hier nicht– allerdings bestand weiter östlich eine Anlegemöglichkeit –, und als einzigen öffentlichen Ort der Gasse gab es lediglich das Wirtshaus oben an der Ecke zur Hauptstraße. Sonst wohnten hier so gut wie ausschließlich Menschen, die mit der Werft zu tun hatten.

Ich fühlte mich vom ersten Moment an willkommen, als Mrs. Dibbs – umgeben vom Suppengeruch – vor mir stand und bei meinem kurzen Bericht nickte. Sie war mittelgroß, füllig und hatte ein rundes Gesicht; das einzig Scharfe an ihr war die Nase: Schmal und eindeutig schief sprang sie aus ihrem Gesicht wie ein nach Backbord gelegtes

Ruder. Ihr, wie ich später feststellte, brünettes und ziemlich grau meliertes Haar hatte sie unter ein weißes Kopftuch gesteckt, und als sie von ihrer Familie und ihrem Leben zu erzählen begann, konnte ich mir ausrechnen, dass sie ungefähr fünfundvierzig Jahre alt sein musste. Sie zeigte mir die Zimmer, und rasch wurden wir uns über die Bedingungen einig, dann fragte sie, ob ich etwas zu essen haben wollte.

Ich war nach der langen Wanderung aus London in der Tat hungrig und durchfroren, doch ich bin sicher, dass ich ihre Suppe auch in einem weniger erschöpften Zustand als ein Meisterwerk bewundert hätte. Es handelte sich nicht nur um eine kräftige und gute Rindfleischsuppe mit kleinen Stücken Wurzelgemüse, es ging um einen ganzen Sommer voller würziger grüner Erinnerungen und Kräuter. Schon bald kam ich dahinter, dass Küchenkräuter ihre einzig wahre Leidenschaft waren – sie sammelte und trocknete sie, zog sie in Töpfen, Schalen und den schmalen Beeten in dem winzigen Gärtchen hinter dem Haus und verstand sich auf Kräutermischungen, die man nicht für möglich gehalten hätte. Wenn sie Erbsensuppe kochte, schmeckte die Suppe nicht nur nach Thymian, sondern nach irgendetwas überwältigend Provenzalischem, und wenn sie eine Fischsuppe mit Anissamen und Wacholder würzte, verwandelte sich der Fisch in etwas, das eigentlich nur in den streng bewachten, königlichen Fischteichen zu finden sein dürfte. Sie selbst war stolz auf ihr Können und viele der Kräuter und Gewürzgefäße, die sie mir zeigte und an denen sie mich schnuppern ließ, hatten Namen, die ich weder kannte noch mit irgendetwas in Verbindung bringen konnte. Sie freute sich über mein Lob, wenn ich irgendeine neue *pottage* als Ergebnis ihrer Experimente probierte; aber wenn ich behauptete, dass sie eigentlich die Köchin eines Herzogs sein müsste, zog sie den Mund zusammen und erwiderte: »Ich kenne meinen Platz.«

Im Laufe der folgenden Wochen erfuhr ich nach und nach ihre Lebensgeschichte. Sie hatte ihr ganzes Leben in Woolwich verbracht und war mit einem tüchtigen Schiffszimmermann verheiratet gewesen, der vor sieben Jahren gestorben war. Von ihren Kindern hatte nur eins überlebt, ein begabter Sohn, der jetzt als Hauslehrer auf einem Herrenhof in der Nähe lebte. Der Sohn hieß Phineas, genannt nach Phineas Pett, der inzwischen auch nicht mehr lebte, aber freundlicherweise eingewilligt hatte, Pate des Jungen zu werden. Ich kannte Phineas Pett nicht, behielt es aber für mich, denn Mrs. Dibbs ging offensichtlich davon aus, dass es ein auf der ganzen Welt berühmter Mann sein musste. Erst später fand ich heraus, dass es sich um einen namhaften Schiffbaumeister handelte, der die gesamte Werft geleitet hatte. Mutter und Sohn hatten noch immer ein freundschaftliches, wenn auch nicht mehr ganz so enges Verhältnis zur Familie Pett, was sich aber als durchaus nützlich erwies, denn die Familie Pett hatte großen Einfluss, sowohl in Woolwich als auch in Deptford, dem anderen Schiffbauort, der etwas näher bei London liegt.

Seit dem Tod ihres Mannes vermietete Mrs. Dibbs Zimmer. Ihr letzter Mieter war ein Takler gewesen, der an einem kalten Tag im Dezember von der Großrah einer Fregatte fiel. »Seine Finger müssen steif geworden sein, armer Mann. Sein Kopf zerbarst, als er auf Deck aufschlug«, erklärte Mrs. Dibbs. »Der Herr möge seiner Seele gnädig sein.« Hinterher stellte sich heraus, dass der Takler ein wenig Geld zur Seite gelegt und Mr. Pottsborough es gegen Zinsen verliehen hatte, was vielleicht nicht sehr christlich gewesen sein mag, aber zumindest hatte das Geld ihm zu einem anständigen Begräbnis verholfen, meinte Mrs. Dibbs.

Ich lebte fünfeinhalb Jahre in Woolwich, ich verbrachte dort die ruhigste Zeit meines Lebens in England. Und in gewisser Weise auch meine glücklichste, obwohl ich Laetitia noch immer vermisste und nichts und niemand an ihre Stelle treten konnte. Aber ich musste mir um mein Dasein keine Sorgen machen und allmählich kannte ich die kleine Stadt und die Gegend um sie herum ziemlich gut, denn wenn ich nichts anderes zu tun hatte, wanderte ich. Nach Süden, bis zu den Hügeln und den zum Teil vollkommen unwegsamen Wäldern von Kent, nach Osten bis zu den flachen Marschgebieten und westwärts nach Greenwich oder Deptford. Hin und wieder lief ich natürlich auch bis nach London, aber das chaotische Leben in der Stadt gefiel mir zunehmend weniger: diese Bilder von verzweifelter Armut und abgestumpfter Brutalität, die Bettler, die Verrückten oder diese selbstgefälligen Personen von Rang, die in einem Tempo durch die Straßen fuhren oder ritten, dass die Passanten buchstäblich um ihr Leben springen mussten. Einige Male musste ich ganz kurz an meine Besuche als Tourist denken, als ich noch im Wohlfahrtsstaat Dänemark lebte und London sich als moderne, aufpolierte Großstadt präsentierte – die Kluft war nicht zu überbrücken und allein der Gedanke, was vorher und nachher, Vergangenheit oder Zukunft bedeutete, bereitete mir Schwindelgefühle. Da saß ich lieber auf einem Stein in einem Wald, in dem die Blätter raschelten und die Vögel flogen, wie sie es schon immer gemacht hatten und wohl noch in Tausenden von Jahren tun würden. Hier gab es keine Veränderung, hier konnte ich zur Ruhe kommen.

Ein oder zwei Mal im Monat kam Mrs. Dibbs' Sohn zu Besuch, immer samstags. Er aß mit uns, übernachtete auf einer Schlafbank im Wohnzimmer, ging am Sonntagvormittag mit uns in die Kirche und kehrte dann auf den Herrenhof zurück, der nur einige Stunden zu Fuß in Richtung Süden lag. Phineas war dünn und schlaksig, er hatte glattes Haar und die scharfe Nase seiner Mutter – allerdings war sie nicht schief, sondern ragte gerade aus seinem Gesicht. Seine braunen Augen hatten eine komische Art größer zu werden, wenn er etwas Interessantes hörte; es sah aus, als würden die Augen – eine kurze Sekunde, bevor er es selbst tat – dem Redner entgegenkommen. Ich konnte einfach nicht aufhören zu erzählen, wenn er seine gesamte Aufmerksamkeit so auf mich konzentrierte und mich mit seinem fast verhungerten Blick verschlang. Inzwischen hatte ich meine Geschichten von John Gambledays so oft erzählt, dass es mir einigermaßen leichtfiel, sie zu wiederholen, und ich hatte sogar Zeit, ein paar neue, vorsichtige und durchaus plausible Details über das Phantasie-Norwegen zu erfinden, aus dem ich angeblich stammte.

Beim Abendbrot hörte auch Mrs. Dibbs interessiert zu, und die Geschichten meines langen Marsches durch England, die Schlacht bei Preston und die Rettung von Lord Delaffoy erwiesen sich als bombensichere Hits. Den tatsächlichen Grund meines Fortgangs von Hopesley Hall verschwieg ich natürlich. Stattdessen erfand ich eine Geschichte, dass mich das Leben so weit auf dem Land hatte melancholisch werden lassen, da ich zu Hause in Norwegen immer an der Küste gelebt hätte. Daher hatte mir der Baron in seiner Güte nicht nur erlaubt abzureisen, sondern sogar noch eine regelmäßige Zahlung für meinen Unterhalt gewährt. Mutter und Sohn nickten und murmelten einige Lobpreisungen für all diese Wohltaten, und ich bemerkte durchaus, mit welch unverhohlener Zufriedenheit Mrs. Dibbs zur Kenntnis nahm, dass ich einen reichen Adligen im Rücken hatte, einen frommen und rechtschaffenen Herrn, der mir sogar sein Leben schuldete.

Wenn Mrs. Dibbs oben in ihrer Kammer zum Hof ins Bett gegangen war – sie stand immer sehr früh auf, sommers wie winters – und ich mich in meine Zimmer auf der anderen Seite des schmalen Treppenabsatzes zurückgezogen hatte, kam Phineas häufig an den Samstagabenden heraufgeschlichen und klopfte an meine Tür. Er konnte noch nicht schlafen und dann saßen wir viele Stunden am Tisch der größeren meiner beiden kleinen Kammern, dem »Wohnzimmer«, und unterhielten uns leise miteinander – entweder im letzten Abendlicht, das durch die unregelmäßigen Glasromben in den diagonalen Bleisprossen des Fensters fiel, oder bei einer kleinen Talgkerze in einem Kerzenhalter. Ich sehe ihn deutlich vor mir, hin und wieder beugte er sich so weit über die Tischplatte, dass ihm das Haar wie eine Gardine zu beiden Seiten seines Gesichts herunterhing und es verschattete, aber jede einzelne Minute war ich mir seines aufmerksamen und empfänglichen Blicks bewusst.

Er fragte mich nach allem Möglichen – nach den Orten, die ich gesehen hatte, nach naturwissenschaftlichen Ideen, nach Theateraufführungen, die er noch nie besucht hatte, aber neugierig wie er war erleben wollte –, und ich begriff, wie viel ihn beschäftigte und im Kopf herumging. Später, als er bereits Bücher aus der Bibliothek des Herrenhofes mitbrachte, um sie mir zu leihen, sprachen wir auch über Liebe. Er wurde rot, als er mir anvertraute, dass er sich heftig in die siebzehnjährige Tochter des Gutsherren verliebt hatte, die große Schwester der beiden zehn- und zwölfjährigen

Burschen, die er unterrichtete. Aber noch bevor er mir ausführlich ihren Liebreiz beschreiben konnte, unterbrach ich ihn und erklärte, dass er sich niemals in eine Adlige verlieben dürfe, es würde ihn nur unglücklich machen, früher oder später. Er sollte sich ein Mädchen suchen, das er bekommen konnte, Punkt. Es fiel mir nicht leicht, die Wunden meiner eigenen Seele dabei zu verbergen, und er schaute mich erstaunt an und begriff höchstens die Hälfte meiner Andeutungen, vermute ich. Die hübsche Tochter erwähnte er allerdings nie wieder, ich hatte jedoch das Gefühl, dass er mich nach dieser Spur einer Geschichte, die in seinen Augen romantischschön gewesen sein musste, für noch interessanter hielt.

Im März dieses Jahres, es war 1650, wurde ich krank. Es war das einzige Mal hier in England, dass ich längere Zeit erkrankte; ja, es war sogar das einzige Mal seit meiner Kindheit. Meine Konstitution hält einiges aus. Doch in jenem Frühjahr steckte ich mich mit einer Art Grippe an oder was immer es auch war, einem »Fieber«, wie der Arzt und Mrs. Dibbs es zusammenfassten. Mir war unerträglich heiß, ich hustete und hatte Schmerzen in der Brust und im Kopf, in den Gliedern und auf der Haut, eigentlich überall, aber auf eine eher diffuse und irritierende Art; mir war schwindlig, ich war erschöpft und ständig musste ich mich ins Bett legen, obwohl ich versuchte aufzustehen, mich zusammenzunehmen und irgendetwas Vernünftiges zu tun.

Meine Wirtin kochte einen bitteren und galligen Kräuterextrakt nach dem anderen; ohne etwas dafür zu berechnen, wechselte sie die Bettwäsche wöchentlich und nicht wie vereinbart monatlich, und sie holte den Arzt, ohne dass ich sie darum gebeten hatte. Er verlangte ein ganzes Pfund für seine Visite, aber sie handelte ihn entrüstet auf die Hälfte herunter und wäre für die Rechnung sogar selbst aufgekommen, wenn ich nicht darauf bestanden hätte, dass es sich um *meine* Krankheit handelte und *ich* daher zu zahlen hatte. Als ich endlich, nach vier Wochen, wieder genesen war, erklärte sie mir, ich wäre so bleich gewesen, als würde der Tod bereits an mir nagen, und das hatte sie nicht zulassen wollen.

Ich dankte ihr selbstverständlich für ihre Fürsorge. Und an einem milden Apriltag erhielt ich die Gelegenheit, ihr nicht nur mit Worten zu danken. Durch die offene Hintertür sah ich, wie Mrs. Dibbs mit einer Axt im Hof stand und Brennholz für die Küche hackte. Sie ging ausgesprochen routiniert zu Werk, aber es war nicht zu übersehen, dass es ihr ausgesprochen schwerfiel. Ich ging hinaus und bot ihr an, sie abzulösen – und dann spaltete ich den Rest des Stapels. Es war ungeheuer befriedigend, sich körperlich zu betätigen und zu spüren, dass die Kräfte zurückgekehrt waren; hinterher verspeiste ich ihr geschmortes Lammfleisch mit einem so grimmigen Appetit, wie ich ihn viele Monate nicht mehr gehabt hatte, nicht seit Laetitia mich fortgeschickt hatte. Ich bin sicher, dass mich die Kombination zweier Dinge krank gemacht hatte: die Trauer und die bittere Gewissheit, dass es trotz allem jemanden gab, der sich Sorgen um mich machte. Aber diesen Zusammenhang konnte ich meiner Wirtin nicht offenbaren.

Solange ich bei Mrs. Dibbs wohnte, hackte ich nun ihr Brennholz. Im Übrigen hatte es ihr vorheriger Mieter, der Takler, ebenso gehalten, erzählte sie mir. Ein Haus hat seine eigenen Gewohnheiten.

Eines Tages, als ich krank im Bett lag und schwitzte, hörte ich den Hufschlag eines Pferdes, das im Schritt die Gasse herunterkam und direkt vor dem Haus stehen blieb. Jemand sprang ab und klopfte an der Tür, und ich hörte Mrs. Dibbs' Stimme: »Nein, Mr. Gambledays kann keinen Besuch empfangen.« Und dann erwiderte eine Stimme, die ich kannte: »Krank? Je eher, desto besser, ich bin Arzt. Wo ist er?«

Es war Jurij. Mrs. Dibbs führte ihn in meine Schlafkammer, er breitete die Arme aus und rief laut und eine Spur theatralisch: »Lanzenträger Gambledays, mein lieber alter Freund!« Und ich antwortete ihm in der gleichen Weise: »Doktor Razoumoff, welch unerwartete Freude!«

Ich hatte eigentlich nur in Jurijs Tonfall einstimmen wollen, doch es hatte zur Folge, dass Mrs. Dibbs sich sichtlich beruhigte und höflich zurückzog.

»Du siehst tatsächlich nicht besonders gut aus, John«, meinte Jurij mit seiner normalen Stimme und runzelte die Stirn. »Warte mal einen Moment.« Er ging ins Wohnzimmer, legte Mantel und Hut auf einen meiner drei Schemel, brachte einen der Hocker mit ins Schlafzimmer und wusch sich die Hände in meiner Waschschüssel. Dann setzte er sich ans Bett, legte mir die Hand auf die Stirn und zog eines meiner unteren Augenlider herunter. »Ich habe an so vielen Leuten herumgedoktert, dass ich bald selbst glaube, Arzt zu sein«, sagte er. »Du hast ein bisschen Fieber, höchstens aber etwas über achtunddreißig Grad nach Herrn Celsius' ausgezeichneter Skala« – er grinste und unsere alte Vertrautheit war sofort wieder da –, »und wahrscheinlich isst du zu wenig, aber deine Hämoglobinwerte scheinen in Ordnung zu sein. Und dein Bart ist hübsch gewachsen.« Er zog mich sanft an dem kleinen Spitzbart, den ich mir zugelegt hatte. Er selbst war noch immer glatt rasiert.

»Wie hast du hierher gefunden?«, wollte ich wissen.

»Ich bekam die Adresse von deinem kahlen Freund in London. Und dessen Adresse erhielt ich von Sir Marmaduke, der lebhaft an allem interessiert ist, was mit Delaffoys Geld zu tun hat. Du bist durchaus nicht vergessen, obwohl du so plötzlich von Hopesley Hall verschwunden bist. Was war denn da los?«

Ich trank einen Schluck von dem Sud aus Salbei und Kamille, den Mrs. Dibbs mir in einen Krug geschüttet hatte; bisher hatte ich es nicht über mich gebracht, davon zu trinken. Dann erzählte ich Jurij von Laetitia, von dem Kind, von ihrer eigenartigen Reaktion und der nicht weniger eigentümlichen Milde des Barons. Mein Bericht fiel mir wirklich nicht leicht, und wenn ich spürte, dass meine Augen blank wurden, schaute Jurij auf den Boden.

Hinterher schwieg er eine Weile. Aber nicht lange. »Das liegt doch auf der Hand«, behauptete er. »Die haben dich als Zuchtbullen benutzt. Gesund, stark, gute Gene, frisches Blut für eine degenerierte Adelsfamilie! Und dann auf Wiedersehen, vielen Dank, wir schicken einen Boten, sollten wir noch einen Erben benötigen, seien Sie so freundlich und treten Sie nicht mit uns in Verbindung. – Ärgerlich ist nur, dass du ihr geglaubt hast, John. Und nun liegst du da und pflegst deine Depression.«

»Aber …«

»Du solltest lieber vor die Tür gehen und etwas unternehmen. Sieh zu, dass du auf die Werft kommst, organisier die Arbeiter. Bist du dir darüber im Klaren, wie wichtig dieser Ort hier ist? Einer der militärischen Knotenpunkte! Geh da rein und führ sie zu einem Generalstreik, und wenn Cromwell seine Truppen gegen euch schickt, dann hältst du die Rede deines Lebens, gewinnst die Truppen für dich und wirst ein Held! Du kannst Flottenkommissar werden, wenn Cromwell fällt! Oder willst du lieber ein nettes kleines Boot und eine Angel?«

Plötzlich zitterten Jurijs Hände und ungläubig lauschte ich dem Klang seiner Stimme, mehr als den Worten, obwohl sie einigermaßen drastisch daherkamen. Hörte ich recht? War er sarkastisch – nicht mir, sondern seinem gesamten Projekt gegenüber?

»Es ist wohl an der Zeit, dass du mir erzählst, was du in den letzten Jahren gemacht hast, oder?«

»Tja«, sagte er und stieß ein Geräusch aus, das sich gleichzeitig wie ein Seufzer und ein kurzes ärgerliches Lachen anhörte. Dann blickte er zur Decke, als würde er seine Gedanken ordnen, und berichtete von einem missglückten Versuch nach dem anderen, die Partei der Leveller auf die soziale Revolution vorzubereiten. »Was ich auch anfange«, erzählte er, »egal, was ich vorschlage, sie fangen sofort an, darüber zu diskutieren, ob es Gottes Wille sei oder nicht und ob in der Bibel etwas darüber stünde, dass sie Cromwell stürzen und die Macht übernehmen sollten. Und wenn ich sage, dass es uns doch egal sein kann, was da steht, dann wenden sie ein, Gott hätte Cromwell all diese Siege verschafft und es sei wohl Gottes Wille, dass Cromwell regiert. Ich fasse einfach nicht, warum sie die ganze Zeit Gott mit ins Spiel bringen. Ich hätte Lust, ihnen ins Gesicht zu schreien, dass es überhaupt keinen Gott gibt, dass das Ganze Lug und Trug ist, nur etwas, wovon die Priester leben – aber ich weiß ja, dass die meisten von ihnen dann auf der Stelle aufhören würden, mir zuzuhören, es wäre zu radikal für sie. Sie sind nicht reif für die rationale Weltanschauung, John, und das treibt mich zum Wahnsinn.«

Er begann mit einem seiner Absätze unruhig auf den Boden zu trommeln, hielt aber inne sowie er es bemerkte.

»Ich sage ihnen, sie sollen ein paar Dampfmaschinen

bauen, ein paar Fabriken einrichten und Waffen produzieren, um die Macht zu übernehmen. Und hinterher sollen sie die Fabriken dazu benutzen, all die Dinge anzufertigen, die sie benötigen. Ich beschreibe ihnen so anschaulich wie möglich, wie die Maschinen ihnen die schwere Schufterei abnehmen können und wie sie ihre Sägen, Hämmer und Drehbänke betreiben können. Ich erzähle ihnen, dass Lokomotiven wie Dampfrösser mit Wagen durchs Land fahren werden, damit sie bequem und billig reisen und sehr viel besser und schneller als bisher Waren von einem Ort zum anderen transportieren können. Sie hören zu, aber es klingt wie Fabeln und Phantasien in ihren Ohren. Und in der Praxis – in der Praxis gibt es so gut wie keinen Handwerker, der einen Zylinder fertigen kann, der nicht undicht ist, oder ein Dampfrohr, dass nicht unter Druck zerplatzt. Sie verstehen nicht, worum es geht!«

»Kannst du sie nicht einfach in Ruhe lassen?«

»In Ruhe lassen? John, ich habe eine historische Chance, um … und du könntest dabei sein, aber du willst sie einfach in Ruhe lassen! In Ruhe worin? In den nächsten paar Jahrhunderten Elend, nicht wahr? Wie kannst du …« Er wollte noch mehr sagen, aber plötzlich kam er auf einen ganz anderen Gedanken, es war so deutlich, dass ich es von seinem Gesicht ablesen konnte.

»Vielleicht ist ja bereits etwas geschehen«, sagte er in einem etwas gelasseneren Ton. »Erinnerst du dich, dass ich von Rainsboroughs Beerdigung erzählt habe? In London? Die zu einer großen Demonstration der Leveller wurde? Gut. Es fand noch eine zweite Beerdigung statt, vor knapp einem Jahr, als ein Mann, der Lockier hieß, wegen Meutereiversuchs hingerichtet worden ist. Er war ebenfalls einer von uns, und bei seinem Begräbnis passierte dasselbe,

Tausende von Menschen mit seegrünen Bändern an den Hüten … Und da dachte ich, dass …«

Er kniff die Augen zusammen. »John, du weißt, dass ich meine Hausaufgaben gemacht habe. Ich habe diese Epoche gründlich studiert. Sowohl Rainsboroughs wie Lockiers Begräbnis waren Ereignisse, die ich bereits kannte. Und ich hatte damit gerechnet, dass sich letztes Jahr im Mai etwas Bestimmtes ereignen würde: Es sollte zu einer neuen Meuterei im Heer kommen, die Soldaten hätten unzufrieden sein müssen, weil sie monatelang keinen Lohn bekommen hatten, und Cromwell würde schließlich seine Versprechen brechen und die Gruppe der Unzufriedensten und am besten Organisierten nachts überfallen lassen, in Burford, oben in Oxfordshire. Drei ihrer Anführer sollten hingerichtet werden. Ich hatte gedacht, wir könnten diesen Vorfall für eine neue Mobilisierung einsetzen, diesmal mit einer klaren Anklage gegen Cromwell persönlich, ein erster Versuch, die Leute gegen ihn aufzubringen … Aber weißt du was, John? Es passierte nichts. Das Treffen bei Burford am 13. Mai fand überhaupt nicht statt. Cromwell und Fairfax verhandelten mit den Meuterern, sie hatten Säcke voller Geld dabei, sie kauften sie schlichtweg für den Sold, der ihnen ohnehin zustand. Und niemand wurde hingerichtet.«

»Du meinst – die Geschichte *ändert* sich bereits?«

»Ja, es sieht so aus … Es handelt sich um eine sehr gut dokumentierte Episode. Doch sie fand nicht statt. Und nun … Die Truppen des Parlaments sind dabei, die letzten Royalisten in Irland aufzureiben. Eine Festung nach der anderen ergibt sich oder wird gestürmt. Es ist so, wie es in meinen Geschichtsbüchern stand. Aber Cromwell, der das Ganze anführt, sollte erst im Sommer zurückkehren – und nun habe ich gerade erfahren, dass er das Kommando bereits an Ireton übergeben hat und sich auf dem Weg nach London befindet. Eine neue Anomalie. Ich weiß nicht, was ich davon halten soll.«

Jurij schüttelte den Kopf. Ich hatte ein sehr seltsames Gefühl, als mir die Konsequenz seiner Worte klar wurde. Vielleicht war es ja doch denkbar, dass Jurijs Anwesenheit die Maschinerie der Geschichte bereits durcheinandergebracht hatte. Aber dann hätte meine Anwesenheit vielleicht auch etwas zu bedeuten? In diesem Augenblick wurde mir bewusst, dass ich mich die ganze Zeit für ein vollkommen passives Opfer der Umstände hielt, das nicht den geringsten Einfluss auf den Lauf der Welt hat. Aber ich hatte Delaffoy gerettet. Und ich hatte mit Laetitia einen Sohn. Der eine wäre jetzt möglicherweise tot und der andere nie zur Welt gekommen, wenn ich nicht hier gelandet wäre … Und was hätten die beiden ändern können, was wäre vielleicht nicht geschehen, wenn sie nicht lebten? Ich atmete so heftig ein, dass ich einen längeren Hustenanfall bekam.

Jurij stand auf und klopfte mir auf den Rücken. »Ich muss weiter, alter Freund«, sagte er, »ich muss jemanden in Dover treffen. Aber ich komme wieder. Wenn ich gewusst hätte, dass du krank bist, hätte ich ein paar Kopfschmerztabletten für dich mitgenommen. Jetzt musst du dich mit einem anderen Geschenk begnügen, dass ich für dich habe machen lassen. Du ahnst ja nicht, wie sehr du so etwas vermisst hast.«

Er ging ins Wohnzimmer zu seinem Mantel und holte aus einer Innentasche ein kleines längliches Päckchen, das in ein Taschentuch gewickelt war. Mit einem lausbübischen Lächeln wickelte er etwas aus dem Taschentuch und reichte es mir. Es war eine Zahnbürste, mit einem sorgfältig gedrechselten Holzstiel und einem Kopf aus Elfenbein. Die Bürsten fühlten sich an, als hätten sie genau die richtige Härte.

»Etwas Vergleichbares hat nicht einmal Cromwell«, sagte Jurij. »Leb wohl und gute Besserung.«

Er hatte vollkommen recht. Ich hatte nicht gewusst, wie sehr ich eine Zahnbürste vermisste.

34

Heute kam er endlich. Sobald er sich gesetzt und mich mit einem kurzen Nicken begrüßt hatte, begann ich zu erzählen, beinahe atemlos, ohne Pause. Es gab so viel. Er musste mich ein- oder zweimal unterbrechen, um eine Frage einflechten zu können.

Als ich zu meinem Abschied auf Hopesley Hall kam, ließ ich durchscheinen, dass ich selbst den Wunsch hatte, fortzugehen, weil meine Leidenschaft für Laetitia einfach zu hoffnungslos und zu schwer zu ertragen war. Aber ich erinnerte mich nur allzu gut, wie Laetitia mich aus ihrer Welt verstoßen hatte. Und obwohl ich davon nichts erzählte, sprang ich unwillkürlich – aus lauter Unruhe und Qual, als ob mein Körper diese Notlügen nicht akzeptieren wollte – von meinem Stuhl auf und schrie, wahrscheinlich viel zu laut: »Und trotzdem war es, als hätte ich mein Paradies verloren!«

Durch den Lärm alarmiert, riss der Wachposten die Tür auf und stürzte mit gezogenem Degen herein, die Spitze direkt auf mich gerichtet. Ich erstarrte. Thurloe hob eine Hand, um den Soldaten aufzuhalten. Der Soldat erstarrte. Innerhalb weniger Sekunden standen drei weitere Soldaten direkt vor der Tür, Wachpersonal, das ich bisher nicht gesehen habe; ich werde offenbar besser bewacht, als ich dachte.

Thurloe erhob sich ohne Hast und schaute sich unter den Soldaten um. »Ausgezeichnet, Musketiere«, sagte er. »Und nun zurück auf Eure Posten. Hier droht keine Gefahr.«

Die Soldaten gehorchten. Wir fuhren fort, ich war nicht mehr ganz so hektisch.

Es dauerte lange und schließlich begann mein Magen zu knurren. Aber Thurloe hörte sich alles an, bis hin zu Mr. Pottsboroughs Empfehlung von Mrs. Dibbs. Dann beendete er die Sitzung. »Lasst uns über Woolwich beim nächsten Mal sprechen«, sagte er.

Als er schon fast an der Tür war, wagte ich, ihm eine Frage zu stellen. »Wisst Ihr, wie es Lady Laetitia geht?«

Er drehte sich halb um.

»Gut, soweit ich unterrichtet bin«, antwortete er in einem vollkommen neutralen Tonfall.

Ich weiß nicht, was ich mir erhofft hatte. Ein kleines, diskretes Zeichen des Verständnisses?

Ich bekam es nicht.

35

Ich hatte kaum einen Monat in Woolwich gewohnt, als einer von Mrs. Dibbs' Nachbarn, ein Schiffszimmermann wie ihr verstorbener Gatte, mich auf die Werft mitnahm. Er hieß George Turnbull und wusste, dass es an Leuten zum Holzsägen mangelte; er fragte mich, ob das etwas für mich wäre.

Ich antwortete, dass man es sich ja mal ansehen könnte. Und das taten wir. Zunächst gab es nur für einen Tag Arbeit, aber allmählich wurde ich so etwas wie die Vertretungsbereitschaft an der Sägegrube oder auf dem Spantenplatz. Mir gefiel es ausgezeichnet, dass ich ein wenig dazuverdienen konnte, wenn ich hin und wieder einsprang und ansonsten tun und lassen konnte, was ich wollte; wandern oder Bücher lesen. Turnbull gab mir freundlicherweise Bescheid, wenn es absehbar war, dass zusätzliche Arbeitskräfte benötigt wurden – und wenn ich nicht konnte, nun ja, dann ging es auch ohne mich. Das Arbeitstempo auf der Werft war nicht sonderlich hoch.

Am besten gefiel mir die Arbeit auf dem Spantenplatz, auf dem die großen gebogenen Holzstücke für die Spanten grob zugesägt wurden, bis die gelernten Schiffszimmerleute sie übernahmen. Die Arbeit in der Sägegrube dagegen war hart. Die dicken Holzstämme lagen waagerecht über der Grube und zwei Männer mussten die lange Säge bedienen, mit der die Stämme zu Planken geschnitten wurden. Einer stieg in die Grube und zog die Säge von unten, der andere balancierte auf dem Stamm oder ausgelegten Balken, um die Säge nach oben zu ziehen. Es wurde mit abwärtsgerichteten Schnitten gesägt, um das Eigengewicht der Säge auszunutzen, aber der Obermann benötigte dennoch erhebliche Kraft, um das Sägeblatt ein ums andere Mal gut einen Meter hochzuziehen. Doch auch der Untermann musste sich anstrengen, außerdem bekam er ständig Sägespäne in den Mund und die Augen. Untermann zu sein, gehörte zu den übelsten Jobs, aber wenn zwei Mann einen gemeinsamen Rhythmus fanden, befriedigte der Fortschritt der Arbeit. Es hatte durchaus etwas Hypnotisierendes, in die Grube hinunterzusteigen, in der die langen, kreischenden Züge der Säge mit ihrem Lärm die meisten anderen Geräusche übertönten. Das Sägemehl ließ den Boden weich federn und in der Luft lag der sauerwürzige Geruch nach Eiche.

Die Docks waren beeindruckend, vor allem das große Trockendock mit den enormen Toren, die das Wasser abhielten. Zwischen den Docks gab es ein Areal, von dem ich zunächst gedacht hatte, es handele sich um ein weiteres Nassdock, aber es war ein Bassin, ein Teich, in dem die langen Rundhölzer und Planken monatelang eingeweicht wurden, damit sie sich nicht verzogen, wenn sie mit dem Meerwasser in Berührung kamen. Dieser Teich war nahezu fünfzig Schritt lang, stellte ich eines Tages fest, als ich ohnehin daran vorbeizugehen hatte – und fast wäre ich dadurch in Schwierigkeiten geraten, denn einer der Aufseher bemerkte, wie ich die Schritte zählte. Er kam auf mich zu und fragte böse, was ich hier zu suchen hätte, und ich musste mich so naiv wie möglich stellen, um weiteren Anschuldigungen zu entgehen. Selbstverständlich war man auf der Hut vor Spionen, ich hätte daran denken sollen.

Im Trockendock konnte man deutlich sehen, wie rundbäuchig die Schiffe waren. Sie plusterten sich auf wie fette Enten und ich musste immer wieder daran denken, dass sie sehr viel schneller sein könnten, wenn man den Rumpf mit schnittigeren Linien bauen würde, vor allem am Vordersteven. Irgendwann redete ich mit Turnbull darüber, konnte es ihm aber nicht richtig erklären. Dann fand ich einen Holzklotz und nutzte eine Pause an der Säge, um einen kleinen Modellrumpf mit einer Art Klippersteven und tiefgehendem Kiel zu schnitzen. Ich schliff es mit einem Stück Schmirgelleinwand grob ab und zeigte es ihm. Grübelnd betrachtete er das Modell und bat mich, es eine Weile behalten zu dürfen.

Als ich einige Tage später wieder auf der Werft arbeitete und die Zähne der Säge mit einer Feile schliff (auch das hatte ich inzwischen gelernt), kam Turnbull mit einem Herrn auf mich zu, der eine Jacke aus teuer aussehendem Stoff trug. Die Jacke stand halb offen und der Mann schwitzte; es war ein warmer Spätsommertag, soweit ich mich erinnere. Es handelte sich tatsächlich um Peter Pett, den Leiter der Werft – und der Sohn des berühmten Phineas hielt meinen Modellrumpf in der Hand. »Wo habt Ihr diese Art von Schiffen gesehen, mein guter Mann?«, wollte er wissen.

Ich konnte ihm ja schlecht die Wahrheit sagen, also begnügte ich mich damit zu antworten, dass es gewisse norwegische Boote gäbe, die so gebaut wären. »Merkwürdig«, meinte Pett, »nie davon gehört.« Er hob das Modell und betrachtete es direkt von vorn. »Möglicherweise im Mittelmeer«, sagte er, »aber nicht hier. Es würde die Wellen schlecht abreiten. Und wo sollen Mannschaft und Vorrat untergebracht werden? Viel zu eng hier im Vorschiff. Nein. Das geht nicht. Aber Ihr habt recht, schneller wäre es. Gut als Piratenschiff.« Es lächelte ein kleines schroffes Lächeln, gab mir das Modell und ließ sich von Turnbull zurückbegleiten.

Die anderen Arbeiter starrten mich an. Es war sicherlich nicht normal, dass der Chef mit einem einfachen Handlanger und Sägehelfer über Schiffbau diskutierte. Ich glaube aber, dass Pett mit seinem ausgezeichneten Sinn für Schiffe etwas von den Möglichkeiten der Zukunft ahnte, seine Neugierde war jedenfalls geweckt. Allerdings war die Stimmung um mich herum nahezu feindselig und ich beschloss, keine weiteren Ideen mehr vorzubringen. Allmählich wurde mir klar, womit Jurij sich herumzuschlagen hatte, wenn er seine Leveller mehrere Jahrhunderte überspringen lassen wollte.

Nach und nach wurden die Tage heller und wärmer und ich begann, aus dem Loch aus Trauer und Selbstaufgabe zu kriechen, in dem ich den ganzen Winter über gesessen hatte – ich unternahm immer längere Touren in der Umgebung von Woolwich. Ich spürte eine Art von Frühjahrsunruhe in meinen Beinen und meinem Körper, die mich hinaustrieb, und eigentlich wusste ich ganz genau, wonach ich planlos und nicht ganz eingestandenermaßen suchte: Sex. Manche Männer mögen vielleicht ohne auskommen, ich kann es nicht.

Eines Tages ging ich am späten Vormittag nach Süden in Richtung Deptford und bemerkte, wie mir eine junge Frau mit langen Schritten und einem Joch mit zwei leeren Eimern über der Schulter entgegenkam. Wegen der Sonne kniff sie die Augen ein wenig zusammen und als wir aneinander vorbeigingen, drehten wir uns beide um und ich begegnete ihrem offenen, direkten Blick. Darin lag eine so offensichtliche Einladung, dass ich stehen blieb und einen Augenblick sprachlos vor Erstaunen war. Ich sah ihr nach. Sie ging unverdrossen weiter in ihrem langen, gleitenden Rhythmus mit schwingenden Hüfen und schwingenden Eimern, und unter ihrer Kopfbedeckung ragte sehr viel rotblond gelocktes Haar hervor.

Ich holte sie ein, fast musste ich laufen, und fragte, ob ich ihr bei den Eimern behilflich sein könnte.

Sie lachte und sagte, wenn ich Lust dazu hätte, gern. Ich nahm das Joch auf die Schultern und merkte bald, dass es mir leichter fiel, die Eimer mit den Händen zu tragen – ich konnte die Ketten nicht so im Takt schwingen lassen wie sie. Als Erstes fragte sie mich, woher ich käme. »Aus dem Wald«, antwortete ich. »Nein, wo bist du geboren?«, wollte sie wissen. »In Norwegen«, erwiderte ich. »Gut«, stellte sie fest, »dann bist du kein Sasanach.« »Was?«, fragte ich. »Ist schon egal, Hauptsache, du bist keiner«, sagte sie neckend. »Bist du Seemann?«

Ich verneinte und diese Antwort fiel offensichtlich ebenfalls zu ihrer Zufriedenheit aus. Sie erzählte, dass sie Bridget hieße und auf einem kleinen Hof außerhalb von Deptford lebte. Der Bauer und seine Frau waren kinderlos, und obwohl sie vorher auch alles allein erledigt hatten, war Bridget angestellt worden, um die Kühe zu hüten und zu melken und jeden Tag mit Milch und Käse zum Markt von Deptford zu gehen.

»Ich habe meine eigene Kammer hinten im Kuhstall«, sagte sie. »Ich muss nicht bei ihnen im Haus wohnen, das ist mir wichtig.«

Einen Akzent wie ihren hatte ich bisher noch nie gehört, also fragte auch ich, woher sie käme. »Aus der Grafschaft

Cork, ich bin Irin und ich bin stolz darauf. Und wenn du mich fragst, wie ich hier gelandet bin, weil ich töricht genug war, einem Sasanach hinterherzulaufen. Und wie bist du in dieses fremde Land gekommen?«

Ich erzählte ihr meine übliche Gambledays-Geschichte und so verging die Zeit, bis sie plötzlich stehen blieb.

»Schau, dort«, sagte sie, wobei sie auf etwas zeigte, »dort unten liegt der Hof. Gib mir jetzt das Joch und die Eimer. Wenn du der Straße noch ein Stück weiter folgst, biegt rechts ein Pfad ab. Nimm ihn und geh hinter dem Pappelgehölz entlang, dann über den Bach und du kommst bis an meine Tür, ohne dass sie dich sehen können.«

Sie selbst ging den kleinen Weg zum Hof hinunter, ohne sich umzusehen – und ich, ich lief ein Stückchen weiter und nahm den Pfad, wie sie es gesagt hatte.

Es stimmte – von hinten kam man bis zu einer Pforte im Giebel des Stallgebäudes, die vom Wohngebäude aus nicht zu sehen war. Ich klopfte mit einer Mischung aus Erwartung, Neugierde und bangen Ahnungen, die sich allerdings als grundlos erwiesen. Bridget öffnete und ließ mich in ihre kleine Kammer, in der ich mich schon bald sehr gut auskennen sollte. Es war ziemlich dunkel, denn Licht fiel nur durch ein kleines, unter der Decke eingelassenes Fenster aus grüngelbem Glas. Das Mobiliar bestand aus einem Holzstuhl und einem Bett, es gab weder einen Kamin noch einen Ofen. In den kältesten Wintermonaten stand manchmal ein kleines Kohlebecken in der Kammer, sonst blieb uns nur die Wärme des Betts und unserer Körper. Es roch ein bisschen nach Kuh und saurer Milch, aber auch nach weiblicher Haut und weiblichem Fleisch, als Bridget sich aufs Bett setzte und anfing, die langen Strümpfe herunterzurollen. Bei diesem Anblick wurde es mir eng in der Hose.

Wir hatten nicht viel zu besprechen, auch nicht beim ersten Mal, ziemlich schnell lagen wir in dem raschelnden Bettstroh und taten das, was wir beide gern wollten. Sie war langgliedrig und hübsch, sie schlug die Arme um mich und seufzte mir wie ein glühender Sommerwind ins Ohr. Ich hielt mich so lange wie möglich zurück, was ich allerdings nicht sonderlich lang aushielt, aber als ich kam, folgte sie mir, und eine Idee von Laetitias nacktem, wunderbaren Körper jagte an meinem inneren Auge vorbei wie eine Glücksvision, wie ein Stich ins Herz. Ich sank auf die Seite, mit einem bebenden, zufriedenen Körper, und hoffte, dass es nicht das letzte Mal sein würde …

»Du bist ein guter Mann, John«, murmelte Bridget und strich mir übers Haar. »Ich wusste, dass ich mögen würde, als ich dich sah. Willst du mir ein Geschenk kaufen?«

Jetzt geht's ans Bezahlen, dachte ich, aber nun ja, es war fair. »Was stellst du dir vor?«

»Wenn du wiederkommst, dann bring mir eine Flasche Essig mit.«

»Was soll das denn?«, entfuhr es mir verblüfft.

»Weißt du nicht, dass Frauen nur empfangen, wenn sie es genießen? Einige verhalten sich ganz still, aber ich will es lieber genießen … nur dann muss man sich hinterher mit Essig waschen. Ich will nämlich keine Kinder bekommen.«

Ich versuchte ihr zu erklären, dass nichts davon wahr wäre, aber sie war sich ihrer Sache sicher. Und ich gebe es zu, ich kaufte ihr den Essig und ich kam zurück. Es wurde zu einem festen Ritual, ich besuchte sie an jedem zweiten Donnerstag nach dem Markt, wenn sie aus Deptford zurückkam und der Bauer und seine Frau ihren Mittagsschlaf hielten. Je größeres Vergnügen sie mit mir hatte, desto eiliger hatte sie es hinterher, mich hinauszubefördern, damit sie sich waschen konnte; dabei durfte ich nicht zusehen.

Obwohl ich versuchte, sie dazu zu überreden, zog sie sich niemals aus. Sie erlaubte durchaus, dass ich ihre Schenkel und ihr üppiges rotblondes Schamhaar sehen durfte, nicht aber ihren Oberkörper. Einen plausiblen Grund nannte sie nie. »Ich will nicht von irgendjemandem nackt ausgezogen werden, jedenfalls nicht, bevor ich im Sarg liege«, erklärte sie mit ihrem irischen Temperament. Insgeheim vermutete ich allerlei – war sie verstümmelt? Gebrandmarkt? Schamhaft war sie jedenfalls nicht. Ich habe es nie herausgefunden, aber andererseits hat sie von mir auch nicht sonderlich viel wissen wollen. Möglicherweise mochte sie einfach nicht über Kratzer an der Seele sprechen; zwischen uns bestand eine Art unausgesprochener Pakt, der darauf hinauslief, alles so zu belassen wie es war. Es hatte sich doch bewährt.

Sie behauptete, keine anderen Liebhaber zu haben, und ich hörte oder sah auch nichts, was in diese Richtung deutete, obwohl ich ihr manchmal auf den Straßen oder dem Markt von Deptford begegnete, wenn wir kein Treffen vereinbart hatten. Nach und nach erfuhr ich ein bisschen mehr über sie, das meiste allerdings von Leuten aus der kleinen Werftgemeinde, mit denen ich ins Gespräch kam, nur sehr wenig von ihr selbst. Ihr voller Name war Bridget Kelly, sie war vor ein paar Jahren aufgetaucht und hatte sich von Hof zu Hof durchgefragt, bis sie von dem kinderlosen Bauernpaar eingestellt wurde. Sie hatte die Bauersleute und den Betrieb wohl fast davor gerettet, vor die Hunde zu gehen. Die Leute schüttelten ein wenig den Kopf über sie und meinten, sie wäre sonderbar, aber es wurde gern bei ihr gekauft, denn sie hatte gute Ware. Ich verschwieg, wie gut ich sie kannte.

Sie verlangte nie etwas anderes von mir als diese Flasche Essig, aber sie lehnte es auch nicht ab, wenn ich ihr hin und wieder etwas Geld zusteckte. Ich fühlte mich ein wenig wie ein Ausbeuter, weil ich mich eigentlich mit ihr tröstete und noch immer – also ganz buchstäblich – von Laetitia träumte, aber im Grunde genommen glaube ich, dass sie sich auch mit mir tröstete. So genussfreudig sie war, so sehr verteidigte sie doch ihre Freiheit. Schon die kleinste Andeutung, dass sie eines Tages vielleicht einen Mann finden und heiraten würde, brachte sie in Rage. Sie entschied auch, wie häufig ich kommen durfte. Doch ich hatte nichts anderes als sie, es war befriedigend und eine passende Antwort auf ein schlichtes Bedürfnis in meinem Leben.

Essig oder nicht, Bridget wurde nie schwanger. Ein einziges Mal kam ich zu ihr, als sie ihre Tage hatte, aber sie steckte einfach ihre Hand in meine Hose und begann mich zu melken. »So, ja«, flüsterte sie mir ins Ohr, »gute kleine Kuh! Hast nur eine Zitze, aber die ist so groß wie vier andere!«

Einige Tage nach meiner ersten Begegnung mit Bridget fragte ich Mrs. Dibbs, was *sasanach* bedeutete.

»Wo habt Ihr denn nur ein solches Wort gehört, Mr. Gambledays«, sagte sie. »Das ist ein Begriff, den die Iren für uns Engländer verwenden, wenn sie unter sich sind und uns verspotten wollen.«

»Und wie nennt ihr Engländer die Iren?«, wollte ich wissen.

»Wir nennen sie irische Schurken«, erwiderte Mrs. Dibbs mit unerschütterlicher Würde.

36

Taylor ist heute hier gewesen. Sonntag. Das heißt also, dass ich schon bald einen Monat hier eingesperrt bin. Aber ich habe keinen wirklichen Überblick.

Heute war seine Stimme sanfter, versöhnlicher – er las nichts Blutrünstiges aus dem Alten Testament, sondern eine Stelle aus dem Brief an die Philipper oder wie auch immer sie heißen mögen; etwas darüber, dass man sich um Gottes Frieden, der größer ist als alle Vernunft, keine Sorgen machen soll. Hinterher legte er es wieder aus und analysierte es von vorn und von hinten, ich habe nicht mehr zugehört.

Gottes Frieden, der größer ist als alle Vernunft. Das klingt nach etwas sehr Jenseitigem. Der Gedanke an den Tod, der sich nur so schwer unterdrücken lässt, meldete sich wieder. Nur glaube ich, dass Taylor hundert Mal hierherkommen müsste, bevor ich mich überwinden könnte, ihn etwas zu fragen, mich ihm zu erklären.

Vielleicht habe ich dennoch einen etwas erschütterten Eindruck gemacht, denn als er nach ihrem Einsatz seine kirchlichen Gerätschaften wieder zusammenpackte, nickte er mir von der Tür aus ein paar Mal aufmunternd zu, bevor er ging.

Ziemlich bequem für ihn.

Er ahnt ja nicht, wie es ist, ich zu sein.

37

Es verging ein ganzes Jahr, bevor der Gedanke an Laetitia mich nicht mehr jeden Tag quälte. Alles, was ich tat, alles, worauf ich versuchte, meine Aufmerksamkeit zu konzentrieren, geschah in einer Art von Trotz, aus einer fortwährenden Anstrengung weiterzukommen. Aber ich erinnere mich sehr deutlich an die Winternacht, als der Schmerz zum ersten Mal seinen Griff um mich lockerte, wenn auch nur für einen kurzen Moment.

Etwas Schnee war gefallen, genug um die Felder weiß werden zu lassen, und es war sehr kalt geworden. Ich hatte geschlafen, aber nicht sehr lange, dann wachte ich wieder auf – von einem Geräusch, aus einem Traum, ich weiß es nicht. Ich setzte mich im Bett auf und hatte das Gefühl, dass es in der Kammer furchtbar stickig war, ich brauchte ein wenig frische Luft. In meinem Wohnzimmer, in dem sich ein Schiebefenster öffnen ließ, glimmte noch immer Glut in dem kleinen Kamin. Ich schob das Fenster auf und die Kälte fuhr wie ein massiver Eisblock in den Raum, aber ich lehnte mich dennoch hinaus, um ein bisschen Luft zu schnappen – und sah dabei den Himmel. Plötzlich hatte ich die Idee, vor die Tür zu gehen.

Ich zog sämtliche Sachen an, die ich besaß, nahm die Stiefel in die Hand, um Mrs. Dibbs nicht zu wecken, und schlich die Treppe hinunter. An der Haustür zog ich die Stiefel an und zog den Hut fest über den Kopf. Der Schlüssel steckte im Schloss, ich schloss von außen wieder ab und steckte den Schlüssel in die Tasche; lange wollte ich nicht unterwegs sein. Dann zog ich den Mantel um mich zusammen und ging so leise wie möglich die nächtlich-stille Straße hinauf.

Die Hog Lane führte auf die Hauptstraße und wenn man an der Kirche vorbeiging, die auf einem kleinen Hügel stand, kam man rasch auf einen Fußweg, der direkt nach Süden auf die Gemeindewiese führte. Weiter musste ich nicht gehen.

Es war windstill. Die Erde atmete ihre sparsame Wärme direkt in den Weltraum, alle Dämpfe und Dünste wurden von diesem großen schwarzen Nichts verschluckt, die Luft war vollkommen klar. Über mir und um mich herum gab es Millionen und Abermillionen Sterne, an allen Seiten, bis hin zum Horizont. Ich kann mich an keinen Mond entsinnen, nur an diese unfassbare Menge von Lichtpunkten. Der Sternenhimmel, den mein Bewusstsein eigentlich immer als schwarze Kuppel wahrgenommen hatte, bekam eine enorme Tiefe und die Sterne hatten deutliche, unterschiedliche Farben – rot, grün, gelb, blau und weiß, nicht wie bunte Punkte, sondern wie glitzernde Edelsteine, deren Nuancen am Boden ihres verspielten Lichts verborgen lagen. Ich hatte niemals etwas Vergleichbares gesehen, ich hatte das Gefühl, ich müsste nur die Arme heben, um in diese Unendlichkeit hineingesogen zu werden, wie in einem schwebenden Fall, der niemals zu Ende gehen würde. Ich atmete tief ein und die knochentrockene Frostluft brannte mir in den Lungen, aber das war vollkommen egal, ich war so glücklich und klein, dass eigentlich nichts mehr von großer Bedeutung war.

Ich kann es nicht Freude nennen, ich kann es auch nicht

Frieden nennen, denn ich wusste die ganze Zeit, dass ich wieder nach Hause zurück musste, ehe mir die Zehen abfroren oder ich mir eine Lungenentzündung holte. Es war eher eine Art von verheißungsvollem Vakuum; der Raum dort draußen erschien mir als eine so überwältigende Tatsache, dass ich nichts Besonderes denken konnte, ich konnte einfach nur schauen, schauen, schauen …

Als ich den ersten Kälteschauer spürte und dadurch zur Vernunft gerufen wurde, fiel es mir auf: Der Schmerz hatte mich nicht mehr im Griff, nur für wenige Minuten, aber es war also möglich, ohne ihn zu leben. Ich empfand es als Trost ganz anderer Art, den kein Gespräch und keine Selbstbesinnung mir hätten spenden können. Ich lief über die schneebedeckte Gemeindewiese, auf der das welke, steifgefrorene Gras unter meinen Sohlen buchstäblich zersplitterte, und fand zurück zum Fußweg. Obwohl es Nacht war, fiel es mir nicht schwer, etwas zu erkennen; das Sternenlicht und der weiße Widerschein des Schnees reichten bei Weitem aus, um wieder auf den Weg zurück zu gelangen.

Die Kirchenuhr, die halb zwei angezeigt hatte, als ich losging, stand nun auf Viertel nach zwei, länger war ich nicht draußen. Ich war nicht einem Menschen begegnet. Leise betrat ich das Haus, wärmte mir die Hände an der letzten Glut des Kamins und spürte, wie die Wärme meinen ganzen Körper durchströmte. Dann ging ich wieder ins Bett und schlief tief, bis es hell wurde.

Im Herbst, im September 51, erfuhr ich von Mr. Pottsborough in London, dass Delaffoy wieder in den Krieg gezogen war. Er hatte mit großer Tapferkeit eine Reiterabteilung in der Schlacht bei Worcester angeführt, in der der Sohn des hingerichteten Königs Karl – von seinen Unterstützern aus dem schottischen Adel als Karl II. ausgerufen – eine so schwere Niederlage erlitt, dass er sich wie seinerzeit sein Vater zur Flucht entschloss. Dieser letzte Bürgerkrieg, der *dritte*, wie Pottsborough mit dröhnendem Bass und missbilligendem Kopfschütteln sagte, schien nun auch zu Ende zu sein.

»Werden sie nun etwas daraus lernen?«, fragte er. »Am selben Tag, am 3. September des letzten Jahres, schlug Cromwell die Schotten bei Dunbar. Ein bemerkenswerter Sieg. Und nun wurden sie erneut geschlagen. Wollen sie etwa, dass Karl II. denselben Weg geht wie Karl I.? Soll er etwa auch an einem neuen 30. Januar den Kopf verlieren, hm? Wenn Oliver ein Heer anführt, dann ist es egal, ob man ihm mit zwanzigtausend oder nur mit zwanzig Mann entgegentritt.«

»Ich wusste nicht, dass Ihr Cromwell so sehr bewundert, Mr. Pottsborough.«

»Ich gebe mich nicht damit ab, jemanden zu bewundern«, erwiderte Pottsborough mürrisch, »dazu bin ich zu alt. Aber ich kann Leute nicht ausstehen, die aus ihren Niederlagen nicht lernen wollen. Seid froh, dass Euer Wohltäter noch immer am Leben ist, Mr. Gambledays.«

Seien Sie froh, dass Karl II. nicht hört, was Sie reden, dachte ich mir. Aber ich sagte nichts.

Pottsboroughs Neuigkeiten gehörten zu den Vorboten eines Ereignisses, das einige Tage später eintraf. Eines Nachmittags holte mich ein Junge aus der Werft nach Hause, der Sohn des Nachbarn, der schräg gegenüber wohnte. Er brachte eine Nachricht von Mrs. Dibbs. Es sei Besuch für mich gekommen, eine Dame, die nicht warten könnte.

Mein Herz klopfte in ungläubiger Erwartung, als ich nach

Hause eilte. Mrs. Dibbs saß in der Küche und plauderte mit einem Diener, der nicht einmal seinen Umhang abgelegt hatte; sie stand auf und zeigte zur Treppe hinauf: »Ihre Gnaden warten oben.«

In meinem Wohnzimmer saß eine Frau in Reisekleidung auf einem der Schemel und sah aus dem Fenster. Sie wandte mir ihr Gesicht zu, als ich eintrat – und mit halb ausgestreckten, halb abwehrenden Armen taumelte ich ihr geradezu entgegen. Es war Laetitia.

Sie hatte sich nicht verändert. Möglicherweise erschienen mir ihre Züge ein wenig markanter, doch der wunderbare Glanz ihrer Augen war derselbe, der Bogen des Mundes war derselbe, und der Duft ihres Haars, als sie sich in meine Arme warf, war derselbe wie in den vielen wunderbaren Nächten.

Aber sie riss sich sofort wieder los. »Oh, John«, warnte sie, »wir dürfen nicht. Es ist zu gefährlich.«

»Wieso bist du gekommen?«, flüsterte ich.

Ihre Augen wurden feucht und liefen über. Sie trocknete sie. Niemand von uns setzte sich.

»Ich habe zwei Gründe. Einer ist Richards, der andere meiner. Mein eigener ist, dass ich dich fragen will, ob du mir böse bist.«

Widerstreitende Gefühle tobten in mir, aber eines wusste ich genau: »Nein, ich bin dir nicht böse. *Dir* kann ich nicht böse sein. Aber ich vermisse dich unendlich, und gerade erst habe ich begonnen, leben zu lernen, ohne Tag und Nacht an dich denken zu müssen.«

»Ich denke auch oft an dich, John, und auch ich habe gelernt, mich von dem Gedanken loszureißen. Ich wünschte, wir könnten durch die Zeit fliegen, wie du es erzählt hast, an einen Ort, an dem wir leben, wie wir wollten.«

»Du und ich?«

»Wir alle. Mein Richard. Mein kleiner Richard. Und du. Und ich.«

»Ich würde es nicht können, ich glaube nicht.«

»Wieso sollte ich es mir auch wünschen? Es wird nicht wahr. Die Wirklichkeit ist anders. Weißt du, dass neue Gesetze erlassen wurden, John?«

»Das ist wohl so.«

»Seit dem letzten Jahr steht auf Hurerei die Todesstrafe.«

»Was?«

»Das denke ich mir nicht aus. Lass uns immer daran denken, wie wir uns gekannt haben, John, aber lass uns nie darüber sprechen.«

Ich nahm ihre Hand und sie ließ es zu. So standen wir da, einander direkt gegenüber und die Arme in einem etwas linkischen Winkel, damit wir uns an den Händen halten konnten. Wir sahen aneinander vorbei.

»Wie geht es … dem kleinen Richard?«, erkundigte ich mich.

»Er ist gesund und munter und wächst«, sagte sie und lächelte zum ersten Mal. »Er fängt an zu sprechen. Er versteht viele Worte. Ich erzähle ihm Geschichten.« Sie schwieg eine Weile. »Ich erzähle ihm von einem schönen Land, einem Fabelland, wo die Kutschen von allein fahren, ganz ohne Pferde, und die Bilder an der Wand sich bewegen, einem Land, in dem große, starke Männer mit freundlichen Augen wohnen. Ich nenne es Norwegen.«

Ich wollte etwas sagen, bekam aber einen Kloß in den Hals.

»Der zweite Grund meines Kommens«, fuhr Laetitia fort und zog ihre Hand zurück, »ist, dass Richard dir dies hier schickt.« Sie zog einen Ring von ihrem Mittelfinger und reichte ihn mir. Ich starrte ihn an. Es war ein Goldring, auf dem ein großer, glitzernder Stein in einer ziemlich schmucklosen Fassung saß. Ich hielt ihn ins Licht. Der Stein funkelte stärker. »Was ist das?«, fragte ich.

»Ein Diamant«, antwortete Laetitia. »Verwahr ihn gut, er ist wertvoll.«

»Aber was ist das«, wiederholte ich meine Frage. »Ist das mein Lohn, weil ich ihm zu einem Erben verholfen habe? Will er noch einen?«

»Du verstehst ihn nicht«, sagte sie leise, aber mit gerunzelten Brauen. »Er ist in den Krieg gerufen worden.«

»Ich weiß, ich habe gehört, dass er sich bei Worcester ausgezeichnet hat.«

»Ich glaube nicht, dass ich Einzelheiten erfahren will. Sie erschrecken mich. Er ist in den Krieg gerufen worden, John, und ich musste nach London, um meine Familie zu besuchen. Er bat mich, dich hier in Woolwich zu finden und dir den Ring zu geben – ich lüge nicht, er bat mich darum. Er ist nicht sicher, ob deine jährliche Apanage aufrechterhalten werden kann, wenn er stirbt.«

»Du meinst, es geschieht nur aus Rücksicht auf mich, dass er …«

»Ja.«

»Ich kann ihn nicht annehmen. Ich will ihn nicht haben.«

»Wenn er fallen sollte, Gott möge es verhindern – im Augenblick sieht es ja so aus, als wäre der Krieg diesmal zu Ende, aber man weiß ja nie –, dann kann ich sein Vermögen nicht erben und ich kann es auch nicht unangefochten für meinen Sohn verwalten. Es gibt Familieninteressen, die mit Sicherheit sehr handfest eingreifen werden. Nimm den Ring, John, nimm ihn oder muss ich vor dir auf die Knie fallen?«

»Nein, nein. Gut, ich werde ihn nehmen – von dir.«

»Auf meine Bitte, aber von ihm.«

Ich widersprach ihr nicht, ich schloss meinen kleinen Geldschrein auf und legte den Ring hinein. Dann ging ich wieder zu ihr.

»Wenn jemand fragt, dann bin ich mit dem Ring hier gewesen. Mehr nicht. Das ist auch alles, was mein Lakai weiß«, sagte sie.

»Nein, mehr nicht«, bestätigte ich. »Nur, was dein Lakai weiß.« Ich legte eine Hand um ihren Nacken. Erst erstarrte sie, dann wurde sie geschmeidig wie eine Lilie. Doch als unsere halb geöffneten Münder nur noch einen Millimeter voneinander entfernt waren, hielten wir gleichzeitig inne.

»Wir dürfen nicht!«, rief sie leise aus. »Wir dürfen nicht«

Sie griff nach ihren Handschuhen auf dem Tisch und lief zur Tür. »Leb wohl, mein John!«, flüsterte sie, es war das letzte Mal, dass ich das weiche Licht ihrer Augen aus der Nähe sah. Ich sank mit den Händen vor dem Gesicht am Tisch zusammen und hörte sie die Treppe hinunterlaufen, hörte, wie sie ihren Diener hinauskommandierte, hörte sie gehen, hörte, wie der Diener einen Bootsmann am Ende der Hog Lane anrief und hörte die raue Stimme des Bootsmanns antworten: »Jawohl, dort hinten an der Treppe!« Dann nichts mehr.

Als ich – nach ich weiß nicht wie langer Zeit – den Kopf hob und mich umsah, fiel mein Blick auf etwas Weißes am Boden an der Tür. Laetitia hatte einen ihrer Handschuhe verloren. Ich hob ihn auf und setzte mich wieder an den Tisch, spürte das weiche Leder mit den zarten Stickereien und schnüffelte an jedem einzelnen Handschuhfinger, schnüffelte in das Innerste, denn dort war der Parfümduft am stärksten, und ich dachte an das erste Mal, als sie meine

Lippen mit solch einem weißen, weichen Handschuh berührt hatte. Ich wurde von einer derart heftigen Sehnsucht und Lust überwältigt, dass ich meine Hose aufriss und mir den Handschuh über meinen Schwanz stülpte. Ich kam sofort.

Den Handschuh versteckte ich auf dem Boden meines Geldschreins.

38

Träumte heute Nacht von meinen Eltern. Es ist auffällig, wie oft ich in der vergangenen Woche von meinem alten Leben in Dänemark geträumt habe. Als ob Bilanz gezogen werden soll.

Sie saßen mit Mikrophonen vor sich an einem langen Tisch mit einer gelben Tischdecke. Die Tischdecke reichte bis zum Boden, so dass ihre Beine nicht zu sehen waren. Der Hintergrund bestand ebenfalls aus einem Stück Stoff, ähnlich einem Vorhang, in einer dunkleren gelblichen Nuance, glaube ich. Es sah aus wie das typische Arrangement einer Parteiversammlung in einem Gemeindesaal, es fehlten allerdings die Plakate – doch es war eher eine Art Tribunal oder Untersuchungsgericht. Sie sollten sich über mich äußern. Mich hatte man mit dem Gesicht zu ihnen auf einen Stuhl oder eine Bank gesetzt, und ich hatte das vage Gefühl, dass es im Saal hinter mir Zuhörer gab, aber ich schaute mich nicht um. Ich sah nur in ihre Gesichter. Mutter mit den sorgfältig frisierten Haaren, Vater mit den rotfleckigen Gärtnerwangen. Sie waren ein wenig grau, ein ganz klein wenig runzlig, so wie sie damals aussahen.

Es wurde nicht viel gesprochen, eigentlich wurden nur Stichworte gegeben. Der Rest war eine Art stummer Dialog oder Gedankenübertragung. Es wurde auch kein Urteil gefällt oder irgendein Ergebnis mitgeteilt, es gab die ganze

Zeit nur dieses beklemmende Gefühl, dass es nicht »gut genug« war … Dann wurden sie immer kleiner, bis ich sie nicht mehr hinter dem Tisch sehen konnte.

Der Traum hat mich den ganzen Vormittag beschäftigt. Als müsste ich noch immer meine Abschweifungen verteidigen, meine gelegentlichen Jobs, meine Planlosigkeit, all das, wonach sie während meines Studiums – und als ich es längst beendet hatte – besorgt fragten. Sogar der Job beim Radio, der sie immerhin mit einem gewissen Stolz erfüllte – die Nachbarn konnten die Stimme ihres Sohnes und seinen Namen im Abspann hören, wenn sie denn das Kulturprogramm einschalteten –, war ihnen zu unsicher, ich sollte mich um eine Stellung an der Universität bemühen, da ich doch ein so gutes Examen vorweisen konnte und der Erste in der Familie war, der überhaupt ein Studium beendet hatte … Diese durch und durch ängstliche, erdrückende Haltung war wahrscheinlich der eigentliche Grund für mich, aus der Provinz nach Kopenhagen zu ziehen, wo es genügend Provisorien für ein ganzes Leben gab.

Ich erwartete Liebe von ihnen. Erwartet das nicht jeder von seinen Eltern? Aber das, was sie mir gegenüber zeigten, war eine freundliche, nie nachlassende Skepsis. Und als ich einsah, dass ich ihnen nur Schande bereitete, wenn ich nicht den üblichen, unaufhörlichen Marsch in Richtung der nächsten kleinen Lohnerhöhung antrat, schlug meine Liebe um in – nein, nicht Gleichgültigkeit. Sie entfernten sich einfach. Ihr stummes »nicht gut genug« beantwortete ich mit einem stummen »egal«.

Und davon handelte der Traum. Wenn sie noch leben, werden sie mich nicht sonderlich vermissen. Eine Sorge weniger.

39

Wenn Phineas Dibbs uns besuchte, begleitete ich ihn und seine Mutter am Sonntag in die Kirche. Sonst ging ich nicht hin. Der vorgeschriebene Kirchgang war im Herbst des ersten Jahres, in dem ich in Woolwich lebte, abgeschafft worden – ein überraschender Beschluss der puritanischen Führung, dachte ich, als er bekannt gegeben wurde. Mir gefiel es sehr gut, davon befreit zu sein, denn Pastor Fuller, ein ehemaliger Feldgeistlicher, war kein großes geistiges Licht. Aber ich schätzte Phineas' bisweilen kluge, manchmal auch ausgesprochen spitzfindige Kommentare zu seinen Predigten; ohnehin war es amüsant, sich mit Phineas zu unterhalten.

Eines Sonntags saßen wir in der vollen Kirche – das neue Gesetz hatte nur bei einigen wenigen zu einer Änderung der Gewohnheiten geführt – und hörten Fullers Predigt über Unterwerfung, Gehorsam und anderes Erbgut, puritanisch oder nicht. Doch plötzlich spitzte ich die Ohren, denn er erwähnte, dass er neulich einige Verse gelesen hätte, an denen er uns nun teilhaben lassen wollte. »Throw away thy rod, throw away thy wrath«, las er. »O my God, take the gentle path.« Und einige Zeilen weiter stand in diesem einfachen Gedicht, dass der Zorn sich zurückzuziehen und die Herrschaft der Liebe zu überlassen hätte, denn die Liebe könnte versteinerte Herzen erweichen, sie wäre rasch zu

Fuß und ein Krieger, der aus großer Entfernung schießen und treffen würde. Es handelte sich um eine sonderbare Bildersprache, die sich merkwürdig quer zu den selbstgerechten und bigotten Tönen so vieler anderer Predigten verhielt, die von den Kanzeln des Landes verbreitet wurden; ich hatte eine vage Erinnerung, das Gedicht schon einmal gehört zu haben. Ich beugte mich Phineas zu und flüsterte: »Wer ist der Dichter?«

Überrascht sah er mich an und flüsterte zurück: »Herbert, glaube ich.«

Auf dem Weg nach Hause nannte er den Namen noch einmal und versprach mir, in der Bibliothek des Gutsherrn nach einem Buch von ihm zu suchen. Und er hielt Wort. Als er das nächste Mal erschien, reichte er mir wortlos ein kleines braunes Buch. *The Temple* von George Herbert. Das Gedicht stand darin. Es hieß *Discipline*.

Ich erinnerte mich, dass ich seinerzeit irgendwo im Umfeld meiner Milton-Studien auf Herbert gestoßen war. Das kleine braune Buch wurde zum Anfang eines festen Austausches – Phineas lieh mir Bücher, ließ sie mich bis zum nächsten Besuch behalten und nahm sie wieder mit, bevor der Gutsherr sie vermisste. Meist waren es Gedichte und Schauspiele; ich quälte mich mit Donnes merkwürdiger Wortwahl und seinen angestrengten Bildern, ich langweilte mich über Richard Fanshawes Übersetzungen spanischer Dichter, ich las mit so etwas wie Ehrfurcht jedes einzelne Wort in einer Quartausgabe von *Romeo and Juliet* von 1637 – ich hatte keine Ahnung, dass es sie überhaupt gab –, und machte es mir mit Websters bluttriefender *Duchess of Malfi* gemütlich. Am meisten sprach mich allerdings ein verhältnismäßig neues Buch an, das sich nur schwer öffnen ließ. Offenbar hatte es sein Eigentümer nicht sehr oft zur Hand genommen, seit es vom Buchbinder gekommen war. Es handelte sich um Robert Herricks *Hesperides*, in dem ich Laetitias Seidenkleider wiederfand, Laetitias »Leben spendende« Augen, ihre stürmischen Röcke, ihre Stimme so weich, so süß, so klar wie Silber zu den Klängen einer Laute aus Bernstein. Und als Herricks Julia, das Vorbild meiner Laetitia, ihn das Traumbild der Liebe sehen ließ, das ihm einen Strick aus Seide und Gold reicht, damit er sich damit erhängen kann – dann löste sich der Knoten in mir und ich kapitulierte und weinte. Ganz allein, banal, voller Selbstmitleid und ein bisschen verlegen, aber hinterher fühlte ich mich erleichtert und geradezu ein bisschen dankbar.

Wie gern hätte ich dieses Buch besessen. Aber ich fand es nicht bei den Buchhändlern rund um St. Paul's und weiß nicht, was es gekostet hätte. Stattdessen beschaffte ich mir Papier, Feder und Tinte und begann Herricks Gedichte abzuschreiben, genauso wie ich bei Pastor Strongworth abgeschrieben hatte. Jetzt tat ich es für den Eigenbedarf, in meiner eigenen Freizeit, und niemand wusste etwas davon – mit Ausnahme von Phineas und George Turnbull, der mit etwas Geschick, ein paar Kniffen und der Hilfe von acht Schillingen die Schreibutensilien aus der Schreibstube der Werft organisiert hatte.

Phineas erwies sich als ein gieriger Leser und wir sprachen nicht nur über die Bücher, die er für mich aus dem Herrenhof schmuggelte, wir unterhielten uns auch über alle möglichen sonderbaren Traktate und Pamphlete, die er in die Finger bekam. Unbeholfen und naiv fragte er mich nach allem, was mit der Liebe zu tun hatte, aber er zeigte sich bereits als durchtriebener Sophist, wenn es um religiöse Fragen ging. Ich bemerkte schon damals seinen Hang zu extremen und außergewöhnlichen Standpunkten, die Freude am

Spekulativen, die sich später als so verhängnisvoll für ihn erweisen sollte. Angenommen, die Bibel wäre nicht Gottes Wort, sondern nur ein Buch wie alle anderen? Angenommen, sowohl das Böse wie das Gute käme von Gott?

Bisweilen verstieg er sich in Gedanken, die mich an Milton erinnerten. Ich fragte ihn, ob es in der Bibliothek des Herrenhofes etwas von Milton gab, und er konnte mir sofort mitteilen, dass nichts vorhanden sei. Der Gutsherr verabscheute Milton als einen Libertin, einen geschiedenen Mann, einen Sklaven von Cromwell und den anderen Königsmördern … Phineas hielt plötzlich inne und warf einen unwillkürlichen Blick durchs Wohnzimmer, obwohl wir im Haus seiner Mutter saßen und sie in der Küche mit ihren Töpfen klapperte. »Mein Herr ist noch vom alten Schlag«, erklärte er gedämpft, »aber sag's niemandem, er selbst macht es auch nicht. Nur innerhalb seiner eigenen vier Wände.« Ich versprach ihm, nicht zu plaudern.

Selbstverständlich hatte Mrs. Dibbs die Bücher und das neue Schreibzeug auf meinem Tisch bemerkt, und doch vergingen einige Monate, bevor sie auf ihrer üblichen Runde durch meine Zimmer mit dem Kehrbesen in der Hand stehen blieb und mit schlecht verhohlener Neugierde fragte, was ich denn »mit all dem Papier« veranstalten würde. Ich erklärte es ihr und irgendwie verstand sie es so, dass ich »Verse schrieb«. Dies war wohl der Grund, warum sie mich nach einem weiteren halben Jahr fragte, ob ich nicht ein Erinnerungsgedicht an einen gerade verstorbenen alten Takelmeister schreiben könnte, der ein guter Freund der Familie gewesen war. Sie wollte mich sogar dafür bezahlen, was ich aber auf der Stelle ablehnte.

Ich machte den Versuch und schrieb den Namen des Mannes und seine Verdienste, von denen sie mir erzählt hatte, in ein Gedicht mit vierundzwanzig Zeilen, ergänzt durch eine gehörige Portion von Phrasen, wie ich sie aus den schablonenhaft frömmelnden Gedichten von Phineas' Büchern kannte. Schließlich las ich das Gedicht Mrs. Dibbs' vor. Sie hörte sehr genau zu, kritisierte zwei, drei Stellen, von denen sie meinte, sie klängen »eigenartig«, erklärte sich im Übrigen aber als zufrieden. Ich korrigierte die eigenartigen Stellen und das Gedicht erfüllte seinen Zweck, als es nach der Beerdigung des Takelmeisters verlesen wurde. Sein Neffe, der es vorgelesen hatte, dankte Mrs. Dibbs als Stifterin des Gedichts und mir als Dichter, und bald hatte es sich herumgesprochen, dass in Woolwich in der Hog Lane ein Dichter lebte. Bei einer ganzen Reihe von freudigen oder traurigen Ereignissen wurde ich nun gebeten, etwas zu schreiben, was die Gefühle der Familie in Worte fasste, und mit Mrs. Dibbs als meiner strengen Zensorin konnte ich die Ware ohne Merkwürdigkeiten und zu aller Zufriedenheit liefern.

Ich fühlte mich ein wenig als Betrüger, denn obwohl die Gedichte die Erwartungen vollkommen erfüllten, handelte es sich doch nur um Formeln und Klischees, die ich mehr oder weniger geschickt zusammensetzte. Ich wehrte mich dagegen, die Bezahlung zu akzeptieren, die einem Gelegenheitsdichter eigentlich zustand, und bat die Kundschaft stattdessen, sozusagen als Notlösung, in der Kirche einen Beitrag für die Armen des Sprengels zu spenden. Auch das sprach sich herum und Pastor Fuller begann mich mit ganz anderen Augen zu sehen. Er besuchte sogar ein paar Mal Mrs. Dibbs' Haus mit lyrisch interessierten Pastorenfreunden, die gern den dichtenden Sägewerker aus dem fernen Ausland kennenlernen wollten. Ich hatte das Gefühl, ausgestellt zu werden, wie damals als Meermann bei Pastor Strongworth, aber meine Versuche, mit den Besuchern so wenig wie möglich in Kontakt zu kommen, wurden lediglich als Bescheidenheit ausgelegt und ließen den unverdienten Ruf meiner uneigennützigen Frömmigkeit nur noch größer werden. Ich wusste nicht, dass diese Besuche den Weg ebnen sollten für die Stellung, die ich dringend benötigte, als ich aus Woolwich fortziehen musste – und allem, was daraus folgen sollte.

Es war wohl geradezu unumgänglich, dass ich begann, auch eigene Gedichte zu schreiben. Ich hatte es nicht mehr getan, seit ich damals im Gymnasium Gedichte für die Schublade schrieb, von dieser gewollten und selbstverliebten Art – schon ein halbes Jahr später eine peinliche Lektüre. Auch jetzt sollte sie niemand sehen, denn es gab niemanden, den ich damit beeindrucken wollte, ich schrieb sie ausschließlich für mich selbst. Ich beschloss, bei den gebundenen Formen zu bleiben, so war es einfacher, im Kopf mit den Zeilen zu jonglieren und ihnen den letzten Schliff zu geben, bevor ich sie auf das teure Papier brachte. Meine Gedichte waren Collagen aus halben Zitaten und neuen Einfällen, ich benutzte alles, von Shakespeare über Eliot bis hin zu Poptexten, allerdings immer auf Englisch. Auf Dänisch zu schreiben, wäre zu beunruhigend gewesen, es hätte mich zu sehr an die Welt erinnert, aus der man mich damals auf der Nordsee herausgerissen hatte; ich spürte, dass ich mich kaum dagegen wehren konnte. Hätte ich begonnen, in meiner eigenen Sprache zu schreiben, hätte ich geschrieben, bis mir der Arm abgefallen, die Tinte ausgegangen und das Papier bis zur letzten kleinen Ecke gefüllt wäre, und was hätte es geholfen?

Das Englische war Teil einer Rolle, der Rolle, die ich zu

spielen hatte. Ein einziges Mal allerdings erlebte ich vielleicht doch so etwas wie eine Inspiration. Ich unternahm an einem Spätsommerabend eine lange Wanderung durch das Marschgebiet bei Plumstead und ruhte mich an einer Stelle auf einem Stein aus, an der sich das Flussufer ziemlich hochzog. Woolwich befand sich in Sichtweite, ich konnte also durchaus wieder zu Hause sein, bevor es dunkel wurde. Allerdings ging im Westen die Sonne bereits unter, am unteren Rand des Himmels, hinter dem trüben Dunst, der mir zeigte, wo London mit all seinen Schornsteinen lag. In einigen der kleinen Gemeindekirchen der Umgebung fingen die Glocken an, den Sonnenuntergang mit ihrem Geläut zu begleiten, und ganz unerwartet kam eine Brise auf, die den Klang der Glocken zu mir hinübertrug, so dass er auf einmal sehr, sehr nahe schien. Es berührte mich sehr, ohne dass ich wirklich wusste, warum.

Immer öfter erinnerte ich mich an die Stimmung dieses Augenblicks, aber es dauerte lange, vielleicht einige Monate, bevor sich dieser Augenblick an einem späten Abend in Worte verwandelte, als ich mit Feder, Tinte und einer brennenden Kerze an meinem Tisch saß. Ganz plötzlich wurde mir klar, dass der Klang der Glocken in meinen Gedanken wie eine Drehtür funktionierte: Ich dachte an mein eigenes Begräbnis, an meinen eigenen Tod – und dass er nichts Erschreckendes hatte; im Gegenteil, es war auf eine seltsame Weise beruhigend, daran zu denken, dass eines Tages alles vorbei sein würde. Es entstand ein Gedicht, das beinahe von allein aus der Feder floss, ich korrigierte nur wenig. Nachdem ich es am nächsten Tag ins Reine geschrieben hatte, konnte ich es auswendig – als einziges von gut fünfzig Gedichten, die ich in diesen Jahren produziert hatte.

Im Frühjahr 1652 klopfte es eines späten Abends bei strömendem Regen an der Tür. Mrs. Dibbs schlief bereits, also ging ich hinunter und schloss auf. Vor der Tür konnte ich nur zwei undeutliche Silhouetten erkennen, eine größere und eine kleinere, zwei Männer, und gerade wollte ich die Tür wieder zuwerfen, da hörte ich Jurijs Stimme: »John, mein Freund, lass uns herein, wir sind am Ertrinken.«

Ich führte sie hinauf in mein Wohnzimmer und legte mehr Holz aufs Feuer, das zum Glück noch brannte. Sie zogen die nassen Reisemäntel und die verdreckten Stiefel aus und wärmten sich am Kamin. Der große Mann, er war mager und sah verlebt aus, blickte unsicher zu mir herüber und wandte sein Gesicht von mir ab; mit der Zeit schien er sich aber zu entspannen. Ich holte Brot und Cider von unten und dachte, dass Mrs. Dibbs mir schon vergeben würde. Gierig aßen und tranken sie.

»Wir mussten den ganzen Weg von Greenwich hierher zu Fuß laufen«, sagte Jurij als eine Art Erklärung. »Uns ist der Wagen zusammengebrochen.« Sie wären gezwungen, bis zur Flut zu warten, morgen früh müssten sie dann weiter. Darüber hinaus wurde nicht viel gesprochen, der große Mann sagte während des ganzen Besuches kein Wort. Ich stellte fest, dass er glatt rasiert war, aber mit einigen Schnittwunden am Kinn, als hätte eine ungeübte Hand das Rasiermesser geführt. Sein dunkles Haar hatte er auf eine hässliche und unbeholfene Weise kurz schneiden lassen.

Ich bot ihnen an, in meinem Bett zu schlafen, gleichzeitig oder nacheinander, aber sie zogen es vor, sich auf den Schemeln auszuruhen, mit dem Rücken an der Wand oder mit dem Kopf auf den Armen am Tisch. Ich selbst ging ins Bett, fand allerdings nicht sehr viel Schlaf.

Im frühen Morgengrauen hörte ich, wie Mrs. Dibbs aufstand. Ich ging hinunter in die Küche und erklärte ihr, dass mein Freund, der russische Doktor, und ein weiterer Bekannter am Vorabend erschienen wären und noch an diesem Morgen weiterreisen mussten. Sie erwies sich als die Gastfreundschaft in Person und drängte den beiden sogar noch einen direkt auf der Glut der Feuerstelle aufgewärmten Rest Suppe vom Vortag auf, als sie die Treppe herunterkamen. Hastig schlürfend tranken sie die Suppe aus Holzschalen und brachen auf. »Ich komme zurück«, sagte Jurij leise, »ich bin sehr müde.«

Einige Stunden später tauchte er erneut tropfnass bei mir auf, denn es hatte wieder zu regnen angefangen. Nun nahm er das Angebot an, in meinem Bett zu schlafen, und als er gegen Mittag erwachte, zeigte sich der Jurij, den ich kannte.

»Weißt du, wer das gewesen ist?«, fragte er gedämpft, aber lebhaft, als wir an meinem Tisch saßen und uns ein saftiges Hühnchen teilten, das Mrs. Dibbs für uns geschlachtet, gerupft und am Spieß gebraten hatte. Er biss in einen der Schenkel, wartete auf meine verneinende Antwort und ließ sich der Spannung halber beinahe kindlich viel Zeit beim Kauen, bevor er schluckte und sagte: »Das war Ireton.«

»Was?!«

»Ja, niemand anderer als Henry Ireton, Cromwells Schwiegersohn und rechte Hand. Glaub es oder lass es, aber wir haben ihn auf unserer Seite. Er ist ein sehr kluger Politiker, der weiß, dass er ohne Cromwell weiter kommt als mit Cromwells Wohlwollen, denn Cromwell zieht seine eigenen Söhne ihm vor. Ireton ist ein Scheißkerl, John, aber gerade jetzt ist er sehr nützlich für uns. Leider gab es einige Komplikationen, daher mussten wir ihn sofort auf den Kontinent schaffen. Wir hatten zwei Fluchtrouten vorbereitet, die eine mit einem französischen Schiff von Southampton – davon gehen *die* aus –, und die andere mit einer kleinen holländischen Schute nach Amsterdam – an die haben *wir* uns gehalten. Ich habe ihn selbst hinausgerudert. Einer aus der Partei hat sein Boot hier in Woolwich liegen, denk mal, was für ein glücklicher Zufall.«

Jurij zeigte mit einem fröhlichen Lächeln seine kleinen weißen Zähne. Aber dann schien ein Schatten über sein Gesicht zu gehen. »John«, fragte er, »du kannst dich nicht an Iretons Todesdatum erinnern, oder?«

»Nein.«

»Dann kann ich nur mir selbst vertrauen. Aber er ist eine wichtige Figur und ich bin mir ziemlich sicher, dass ich mich korrekt erinnere.«

»Wann war es denn?«

»Es ist vier Monaten her.«

»Aber …«

»Genau. Er hätte in Irland sterben sollen, am Fieber, während er Limerick belagerte. Er hätte ein Staatsbegräbnis in London bekommen müssen. Seine trauernde Witwe sollte mit … Fleetwood, glaube ich, verheiratet werden. Nichts davon ist geschehen. Stattdessen ist er nun auf dem Weg nach Holland, um dort ein bisschen im Untergrund zu arbeiten. Und John Lilburne, der jetzt eigentlich hätte vor Gericht gestellt und des Landes verwiesen werden müssen, geht noch immer seiner Gartenarbeit nach und unterhält sich freundlich mit Oliver. Ich weiß nicht mehr, was ich glauben soll, John. Es mehren sich die Anzeichen, dass die Geschichte sich verändert hat. Wenn es nicht eine andere Erklärung gibt. Ich verstehe den Sinn nicht. Ich meine, politische Allianzen verstehe ich, das sind möglicherweise Folgen der Parteiarbeit, aber dass ein Mann nicht stirbt …

oder dass Lilburnes zweiter Bruder offenbar nie existiert hat …«

Das erinnerte mich an etwas. Ich musste mich anstrengen, um mich zu entsinnen. Wir hatten einen Astronomen im Studio, der davon berichtete … leider hatte nicht ich ihn interviewt … Dann fiel mir der Schlüsselbegriff wieder ein.

»Hast du von der Theorie über parallele Universen gehört?«, fragte ich Jurij.

»Eine Theorie? Glaub ich nicht.«

»Sie geht davon aus, dass es möglicherweise unendlich viele Universen nebeneinander gibt. Ich meine, es war ein amerikanischer Wissenschaftler, der sinngemäß behauptete, dass es Platz für unendlich viele Welten ähnlich unserer physischen Welt geben muss, wenn das Universum unendlich und unsere bekannte physische Welt endlich ist. Welten, die einander ähneln, sich aber doch ein klein wenig voneinander unterscheiden – und deren Unterschiede größer werden, je weiter sie sich voneinander entfernen. Und wenn man nun von einer Welt in die andere springt …«

Jurij starrte mich an. »Du meinst, diese Welt hier ist nicht die, von der ich gelesen habe – in der Welt, aus der ich gekommen bin – die also auch nicht dieselbe ist?«

Jurij blickte einige Minuten zur Decke. Dann hatte er offenbar seine Gedanken geordnet. »Hör mal«, sagte er, »die allererste Anomalie dieses Projektes geschah, als du mit hineingezogen wurdest. Das hätte eigentlich nicht passieren dürfen. Es ist schwierig, eine Bewegung in der Zeit zu erklären, die zunächst nach vorn und dann zurück verläuft. An diese Spiraltheorie habe ich nie wirklich geglaubt. Aber möglicherweise kann man eine lineare Bewegung zwischen mehreren Parallelwelten vornehmen, deren Unterschiede unter anderem in einer unterschiedlichen Entwicklungsgeschwindigkeit bestehen … Und wenn du nicht aus einer anderen Zeit der gleichen Welt kommst wie ich, sondern aus einer Welt, die parallel zu meiner verläuft, und wir beide in eine dritte Parallelwelt hineingesprungen sind, die sich wiederum ein bisschen von deiner und meiner Welt unterscheidet – dann müsste man auch Unterschiede zwischen deiner und meiner Welt finden können, oder?«

»Klingt logisch.«

»Wenn wir ein Faktum in unseren Welten fänden – das heißt den Welten, aus denen wir kommen –, ein Faktum, das wir beide kennen und bei dem wir uns vollkommen sicher sind, und dieses Faktum ist nicht identisch in deiner und in meiner Welt, dann hätten wir eine Art Beweis, nicht wahr?«

»Äh, ja.«

»Lass es uns versuchen. Wie heißt die Hauptstadt von Ungarn?«

»Budapest.«

»Einverstanden. Jetzt du.«

»Wer hat *Hamlet* geschrieben?«

»Shakespeare. Einverstanden? Gut. Wie viele Spieler hat eine Fußballmannschaft?«

»Elf. Und wer wurde 1970 Fußballweltmeister?«

»Brasilien. Leben in Brasilien Elefanten?«

Ich kann mich an die ersten Fragen erinnern, weil wir uns beide Mühe gaben, Fragen zu stellen, die der andere vermutlich beantworten konnte. Nach und nach wurden die Fragen jedoch immer alberner, wir versuchten uns gegenseitig zu übertrumpfen. Ist ein Mercedes ein Auto oder ein Kuchen? Wer hat den längeren Bart, Karl Marx oder Fidel Castro? Wie viele Brüste hat Sophia Loren? In diesem Stil endeten wir. Jurij wusste mehr über westliche Kulturikonen als ich über seine sowjetische Welt, aber wenn wir die Fragen abstrichen, auf die der andere einfach keine Antwort wusste, stießen wir nicht auf eine einzige Tatsache, über die wir uns nicht einig waren. Ich glaube, wir machten noch über eine Stunde so weiter und endeten in derselben aufgekratzten Euphorie, die wir schon einmal erlebt hatten: dass wir unsere gegenseitigen Anspielungen verstanden. Schließlich wischte Jurij sich die Tränen, die ihm vor Lachen gekommen waren, aus den Augen und wurde ernst: »Siehst du, wir haben nicht eine einzige Diskrepanz gefunden. Nicht einen einzigen Beweis deiner Theorie über parallele Universen.«

»Und was nun?«

»Also gibt es die Weltgeschichte nur einmal. Und sie ist dabei, sich zu ändern.«

»Das Fehlen eines Beweises ist nicht automatisch ein Gegenbeweis.«

»Nein! Aber für mich ist es wichtig, ob ich die Geschichte ändere oder nur eine von unendlich vielen Geschichten.«

»Wieso?«

Jurij öffnete den Mund, um zu antworten, ließ es aber. Stattdessen dachte er nach. »Vielleicht ist es auch gar nicht wichtig, John. Aber ich habe Menschen um mich herum gesehen, hier, wo wir uns jetzt befinden – Menschen, die aus Gründen hungern, frieren oder krepieren, an denen sie selbst vollkommen unschuldig sind. Das will ich nicht akzeptieren, um das zu ändern, werde ich kämpfen.«

»Auch wenn es nur zu einer kleinen unbedeutenden Änderung in dem großen, unendlich komplizierten Universum führt? Was ist von deiner Mission geblieben?«

»Ich.« Jurij stand auf und holte seinen Mantel. Das Huhn war gegessen, die abgenagten Knochen lagen in der

Schüssel, die Krüge standen leer, vom Brot gab es nur noch Krümel.

»Warte einen Moment«, sagte ich. »Du meinst, dass du deine Mission eigentlich nur noch aus Selbstzweck durchführst?«

»Ich führe sie durch, weil ich daran glaube.«

»Also für deinen eigenen Glauben?«

»Es ist sehr leicht, sich hinzusetzen und nichts zu tun. Es ist sehr leicht, *zu* leicht, ein Opfer zu sein. Ich tue etwas, John. Ich bin Kommunist.«

»Du bist Existenzialist.«

»Und du bist ein Quatschist.« Jurij trat mit seinem noch immer nach Nässe riechenden Mantel auf mich zu und legte den Hut auf den Tisch. Dann nahm er mein Gesicht in seine Hände und schaute mir direkt in die Augen. »Und du bist der Einzige, mit dem ich reden kann«, sagte er. »Leb wohl, Bruder, ich komme wieder, sobald ich kann.« Er tätschelte mir die Wange und richtete sich auf.

Ich stand auf und begleitete ihn hinunter zur Tür.

40

Thurloe hörte sich alles aufmerksam an, was ich über Woolwich zu erzählen hatte. Ich beobachtete sein Gesicht, als ich Phineas Dibbs' Namen zum ersten Mal erwähnte, aber er verzog nicht eine Miene. Die Geschichte über Iretons Flucht hingegen irritierte ihn, das sah ich ihm an. Es musste damals etwas schiefgegangen sein. Er fragte, ob ich mich an das exakte Datum erinnern könnte, und ich versuchte, es einzugrenzen, aber es gelang mir nicht richtig. Die Tage in Woolwich ähnelten sich dermaßen und Jurij erschien stets unangemeldet; im Übrigen erzählte er mir auch nie, wo ich ihn gegebenenfalls hätte finden können. Er muss sich gejagter gefühlt haben als mir klar war.

Die Sonne scheint, sie glitzert im Fluss, die Bäume zeichnen sich wie Silhouetten gegen das scharfe Licht des blauen Himmels ab. Unter dem Fenster habe ich einen Busch entdeckt, der in den letzten Tagen viele weiße Blüten bekommen hat. Rosen vielleicht, es ist durch das unebene Glas schwer zu erkennen und das Fenster lässt sich nicht öffnen. Unter anderen Umständen hätte ich das heftige Bedürfnis, hinaus ins Freie an die Sommerluft zu kommen – doch diese merkwürdige Trägheit, die mich bedrückt, seit ich in dieses Zimmer geführt und mir die Augenbinde abgenommen wurde, verhindert, dass ich irgendeinen Wunsch in diese Richtung hege. Ich lebe in dem Leben, das ich gelebt habe, nicht in dem Augenblick, in dem ich mich befinde. Und schon gar nicht in dem, der kommen wird.

»Mr. Thurloe, was soll mit mir geschehen?«, habe ich ihn heute ganz direkt gefragt, als er aufbrach. »Ich weiß es nicht«, hatte er erwidert. »Es liegt nicht in meiner Hand.«

Diese Floskel hat er schon einmal verwendet. Jetzt kann ich mir besser vorstellen, was sie bedeutet. Mein Fall wird an höchster Stelle entschieden, meinem Einfluss gänzlich entzogen. Der Gedanke erschreckt mich. Es wird immer schwerer, ihn zu unterdrücken.

41

Jurij besuchte mich noch einige Male in Woolwich. Ich fand nie heraus, ob Woolwich für ihn eine Art Basis war oder ob er nur kam, um sich mit mir zu unterhalten. Aber wie auch immer es sich verhielt, wie hatten ein Ventil und unsere Freude, in den Anachronismen zu schwelgen, mit denen wir sonst so vorsichtig sein mussten, um nicht in Erklärungsnot zu geraten: Filme, die wir gesehen hatten, das Vergnügen, ein Auto zu fahren.

Ein einziges Mal traf ich Jurij in London. Ich hatte Mr. Pottsborough aufgesucht und meine Zuwendung des Barons abgeholt, es war im Frühjahr, es muss der erste Montag im April 1653 gewesen sein. Als ich auf die Lombard Street trat, kam ein gebückter, fast kahler Mann mit dem Hut in der Hand auf mich zu und stupste mich an der Schulter. Ich drehte mich um und er wedelte eifrig mit seiner freien Hand, zeigte in eine bestimmte Richtung und deutete mit den Füßen Gehbewegungen an. Jetzt erkannte ich Jurijs taubstummen Diener, der ihn auf Hopesley Hall begleitet hatte, und folgte ihm.

Der Diener führte mich durch das Tor einer vornehmen Apotheke in der Thames Street zum Hinterhaus. Dort fand ich Jurij in einer Art Laboratorium, er rührte in einer blubbernden Flüssigkeit, die auf einem kleinen Stövchen auf einem Steintisch kochte. »Willkommen!«, begrüßte er mich.

»Du bist ein Mann mit festen Gewohnheiten, es war nicht schwer, dich zu finden.«

»Und wie hat dein Diener das geschafft? Oder besser gesagt, wie hast du ihm erklärt, dass er ausgerechnet mich suchen soll?«

»Wir kommunizieren ziemlich gut miteinander«, antwortete Jurij. »Er weiß natürlich nicht, wie du heißt, er weiß nur, wie du aussiehst. Also, in unserer internen Zeichensprache heißt du etwa ›großer-Mann-große-Zähne-schon-mal-gesehen-kommt-bei-dem kahlen-Geldmann-heraus‹. Und wenn ich ein ›zu mir‹ hinzufüge« – Jurij klopfte sich mit den Fingerspitzen an die Brust –, »dann holt er dich.«

»Unglaublich«, amüsierte ich mich.

»Das Beste an ihm ist«, fuhr Jurij mit gedämpfter Stimme fort, »dass er keine Namen kennt. Er kann nichts verraten. Er ist klug, aber die Leute behandeln ihn wie einen Idioten. Ich habe erkannt, wozu man ihn gebrauchen kann, also habe ich ihn angeheuert. Billig. Leider fällt er per se ein wenig auf, so dass man ihn nicht bei jedem Auftrag einsetzen kann. Womit wir beim Grund sind, warum ich dich sehen musste.«

Er hörte auf zu rühren und nahm den Eisentopf mit einer Zange vom Feuer.

»Wir haben dieselbe Bank, du und ich«, sagte er. »Mr. Pottsborough. Und bisweilen reden wir ein bisschen über dich und einige andere Leute. Gemeinsame Bekannte. Nützlicher Austausch von Informationen. Er weiß nur nicht, was ich treibe, wenn ich nicht Doktor Razoumoff bin, der ausländische Spezialist des Apothekers.«

»Stehst du nicht mehr in Sir Marmadukes Diensten?«

»Er verlangte, dass Gold auf den Tisch kommt. Gold, das ich machen sollte. Er gab mir eine Frist von einem Monat.

Seltsamerweise gelang es mir nicht und er fing an, kritisch und unangenehm zu werden. Also fühlte ich mich in meiner Berufsehre sehr, sehr tief verletzt, brüllte ihn ziemlich laut an und reiste sofort ab.«

Sonst lächelte Jurij für gewöhnlich, wenn er derart sarkastische Bemerkungen machte, dieses Mal allerdings nicht. Ich bemerkte plötzlich, dass er grau und müde aussah. »Und jetzt bist du hier?«

»Ich habe mich wieder mit dem Apotheker zusammengetan. Es ist nicht so einfach wie bei dem guten Fauconcrest, ihm das Geld aus der Nase zu ziehen, aber ich bin näher an den Leuten, in deren Nähe ich sein muss. Es hat seine Vorteile. Und nun, John, brauche ich ein unbekanntes Gesicht, zum Beispiel deins. Du sollst für mich etwas in einem Haus abliefern, das permanent überwacht wird; aber du kannst dorthin gehen, denn dich kennen sie nicht. Und so wird es auch bleiben. Ich verspreche dir, dass ich dich nur dieses eine Mal um diesen Dienst bitten werde.«

Er wirkte bedrückt. Ich brachte es einfach nicht über mich abzulehnen. Ich murmelte irgendetwas Zustimmendes.

Jurij spähte aus dem Fenster auf die Straße, öffnete eine Schublade, nahm einen kleinen schweren Lederbeutel heraus und gab ihn mir. »Steck ihn ein«, sagte er. »Geh zur Wentworth Street, sie liegt draußen bei Spitalfields, bis zu dem großen Haus direkt neben dem *The White Lion*, geh die Treppe hinauf und klopf an der ersten Tür. Dann fragst du nach Mr. Well, und wenn er kommt, sagst du, du hättest etwas von Vetter Harry. Antwortet er: ›Harry, der alte Schlingel‹, gibst du ihm den Beutel. Wiederhol es.«

Ich wiederholte es. Die Wentworth Street musste er mir noch einmal nennen, den Rest hatte ich behalten. »Gut«, sagte Jurij. »Danke. Du bist ein Freund, John. Geh jetzt.«

Ich machte mich mit gemischten Gefühlen auf den Weg nach Spitalfields. Wieso tat ich so etwas? Wieso ließ ich mich von Jurij in dieser Weise instrumentieren? Selbst wenn er auf irgendeine phantastische Weise das Glück haben sollte, den Gang der Geschichte zu ändern, würde es denn wirklich zum Besseren sein? Dennoch – wann immer ich mir vorstelle, wie es wohl wäre, wenn ich damals im Labor abgelehnt hätte, habe ich das Gefühl, dass ich dann etwas falsch gemacht hätte. Es gab etwas, das uns verband, wir kannten eine ganz entscheidende Wahrheit über uns, wir mussten uns aufeinander verlassen können, und es war ein Ausdruck seines Vertrauens zu mir, dass er mich um diese Art von Dienst bat. Als ich mir die Straßen ansah, ein Haus nach dem anderen voller Menschen, die ich niemals kennenlernen würde, Kutschen, Karren, Reiter und Fußgänger, deren Ziele ich niemals erfahren würde, kam es mir absurd vor zu glauben, jemals irgendetwas verändern zu können – zumindest nichts anderes als die ganz unmittelbaren, mit der Hand zu greifenden Verhältnisse. Vertrauen war Nähe, Nähe von einer Art, die man nicht zerstören sollte. Aber auf der anderen Seite, wenn man sich nur auf das Nahe beschränkte, wurde man ebenso leicht ein Opfer der großen, lenkenden Kräfte …

Meine Gedanken drehten sich im Kreis, während ich selbst weiterhin geradeaus ging. Hinter Aldgate begannen bereits die unbebauten Grundstücke, es gab Löcher in den Häuserzeilen; und wenn ich auch zu keinem Ergebnis bei meinen Grübeleien kam, so kam ich doch zumindest bis zur Wentworth Street. Ich fand Mr. Well, er antwortete korrekt und ich händigte ihm sein Geld aus. Hinterher setzte ich mich ins Wirtshaus, in den *Weißen Löwen*, und trank Bier. Damit konnte ich wohl kaum irgendwelchen Schaden anrichten, Jurij hatte doch gesagt, ich wäre ein unbekanntes Gesicht. Ich sah keinerlei Hinweise, dass das Haus nebenan unter Beobachtung stand. Aber was verstand ich schon von solchen Dingen.

Jurij sah ich das letzte Mal im Sommer 53. Es war ein schöner milder Tag, er erschien bereits am Morgen in Mrs. Dibbs' Haus – ohne einen Grund mitzuteilen – und konnte nicht still sitzen. Unruhig und gereizt ging er in meinem Wohnzimmer auf und ab, bis ich ihm vorschlug, eine Wanderung zu unternehmen. Er blieb stehen, überlegte kurz und akzeptierte, aber unter der Bedingung, dass wir irgendwo hingingen, wo wir niemandem begegnen würden.

Wir gingen in Richtung Süden, über die Gemeindewiese hinaus in die einsamen Waldgebiete um Shooters Hill. Die Leute behaupteten, es gäbe dort draußen Räuber, und die wenigen Male, an denen ich so weit gelaufen war, habe ich nie irgendjemanden gesehen. Sobald wir die letzten Höfe und Hütten hinter uns gelassen hatten, begann Jurij zu reden – er redete stundenlang, während wir uns auf kaum erkennbaren Pfaden vorkämpften oder an einem Bach rasteten.

Erst sprach er von den großen politischen Ereignissen. Cromwell hatte das ohnehin stark dezimierte Parlament aufgelöst – das entsprach ganz dem Geschichtsbuch. Aber es hätte ein Seekrieg zwischen England und den Niederlanden ausbrechen müssen, es hätte vor mehr als einem Jahr passieren müssen – doch der Krieg ließ auf sich warten. Ireton hielt sich noch immer in Amsterdam auf und schickte nur sehr kurze Berichte, und die Partei der Leveller wusste inzwischen nicht mehr, wo er stand. John Lilburne, der eigentlich im Exil sein sollte, wozu es aber nie kam, hätte als der wichtigste Wortführer der Partei gegen Cromwell zurückkehren müssen. Er war verhaftet worden und saß im Tower, soweit entsprach es der Geschichtsschreibung, nur passierte es einige Monate zu früh. Und Jurij hatte mehr als einmal den heißen Atem seiner Verfolger im Nacken gespürt. »Früher oder später verhaften sie mich, John«, erklärte er bitter, »früher oder später gibt es einen Verräter, der Angst bekommt und mich denunziert; dann ist es vorbei mit dem amüsanten russischen Doktor und seinen Medikamenten, dann hat sich der Konspirateur zu verantworten, und der ist dann nicht mehr amüsant.«

Mehr und mehr erzählte er nun über sich und sein Leben. Wie er in Moskau in den fünfziger Jahren aufgewachsen war – von den neuen großartigen Bauwerken, die errichtet, den neuen Schulen, die eingeweiht wurden, den Silvesterfeiern, bei denen sich die Tische bogen vor Kuchen, gutem Essen und Unmengen von Wodka für die Erwachsenen. »Es war eine Zeit der Hoffnung und des Fortschritts, wie du sie dir nicht vorstellen kannst, John. Mein Großvater ist Bauer in einem Dreckloch außerhalb von Tula gewesen und mein Vater Arbeiter und Soldat in der sowjetischen Armee während des Krieges, glücklicherweise kam er lebend wieder nach Hause. Und nun wohnten wir in einer modernen Wohnung in Moskau, mit fließend Wasser und Zentralheizung. Wäre die Revolution nicht gewesen, hätten wir noch immer in dem Dreckloch gesessen und ich hätte niemals studieren können. Mich hätte nichts anderes erwartet als harte Schufterei und unendliche Dummheit und Hitler hätte vermutlich den Krieg gewonnen!«

»War Stalin besser als Hitler?«

»Stalin, Stalin, Stalin.« Jurij breitete resignierend die Arme aus. »Wir waren ja nicht dumm, John. Wir wussten viel über all das verfaulte Gewebe, das im System wucherte. Die Partei versuchte, sich selbst zu heilen. Das war nicht einfach. Deshalb haben wir uns ja am Volkov-Projekt beteiligt – um die faulen Stellen von Anfang an herauszuschneiden, nein, schon einige hundert Jahre vorher! Um die eigentliche Ursache der Fäulnis zu verhindern – den Sozialismus in einem einzigen Land, einem zurückgebliebenen, isolierten Russland … Ich hatte in jener Nacht an Bord des Schiffes ein sehr langes Gespräch darüber mit General Apraksin… Ich glaubte daran, mein Freund John …«

»Und jetzt?«

»Ich weiß es wirklich nicht. Ich halte es einfach nicht mehr aus. Ich verstehe nicht, was geschieht, ich sehe nicht, wohin das Ganze geht, ich kann die Zusammenhänge nicht analysieren. Ich erwarte ein bestimmtes Ereignis und es geschieht ständig etwas anderes. Es ist zu viel für einen Mann, in zwei Zeiten zu leben!«

Wir saßen nebeneinander auf der Erde, mit dem Rücken an eine großen Eiche gelehnt. Durch die Blätter, die hin und wieder raschelten, sickerte das Sonnenlicht und wärmte uns. Es war ein wunderbarer Tag. Und ich hatte nie zuvor eine so große Mutlosigkeit in Jurijs braunen Augen gesehen.

»Wieso fliehst du nicht ins Ausland?«

»Ich bin Kommunist, ich laufe nicht davon.« Er sagte es ohne Begeisterung oder Heroismus, aber er fügte auch nichts hinzu. Stattdessen begann er wieder über sich und seine Eltern, über seine Spielkameraden im Hof des Wohnblocks in Moskau, seine Lehrer und seine Sommerferien in einem Pionierlager am Schwarzen Meer zu erzählen. All das war seiner eigentlichen Bestimmung als Chrononaut und Geheimagent vorausgegangen. Ich hatte den Eindruck, dass er sein Leben in meine Hände *reden* wollte, bevor es zu spät war. Schließlich gab es nichts mehr zu erzählen und wir saßen Seite an Seite im flirrenden Sonnenschein und schwiegen.

Den Rest des Jahres hörte ich nichts mehr von ihm. Pottsborough behauptete ebenfalls, nicht das Geringste zu wissen. Im Januar, als ich in der Kälte den langen Weg nach London hinter mich gebracht hatte, um meine vierteljährliche Apanage zu holen, machte ich mich nicht sofort wieder auf den Weg nach Woolwich, sondern ging zu der Apotheke in der Thames Street. Ich bat, mit dem Apotheker sprechen zu dürfen, es sei wichtig.

Der Apotheker war ein Mann in den Fünfzigern mit einem langen, hirschähnlichen Gesicht und hübschen Händen. Ich fragte nach Doktor Razoumoff und der Apotheker runzelte die Brauen und antwortete, der Doktor würde sich nicht länger hier aufhalten. Er machte Anstalten, sich umzudrehen und zu gehen, aber ich spürte, dass es eine unangenehme Wahrheit gab, die er mir nicht erzählen wollte. Daher hielt ich seinen Blick fest und sagte vier einfache Worte: »Er war mein Freund.«

Die Hirschaugen veränderten sich, der Apotheker zögerte und bat mich dann, ihm zu folgen. Er führte mich in seine Privaträume im Obergeschoss, wo ein Feuer in einem großen Kamin prasselte.

»Erlaubt mir die Frage«, sagte er formell und höflich, »seid Ihr jemals im Krieg gewesen?«

»Ich war Lanzenträger«, antwortete ich, »ich kämpfte bei Preston.«

»Und wahrscheinlich habt Ihr viele Feinde getötet?«

»Nein, niemanden, soweit ich weiß. Ich war offenbar kein sonderlich effektiver Soldat.«

»Dann glaube ich Euch«, sagte er. »Doktor Razoumoff erwähnte mehrmals, dass sein bester Freund ein Mann wäre, der tapfer gekämpft, aber niemals getötet hätte. Und er nannte auch Preston. Entschuldigt, aber diese Haltung deckt sich vortrefflich mit meinen eigenen Überzeugungen. Das fünfte Gebot wird in diesen Zeiten allzu schnell vergessen. Wir sollen nicht töten, sondern unseren Nächsten mit allem helfen, was zum Leben notwendig ist. Das ist meine Berufung als Apotheker und Doktor Razoumoff war mir dabei eine große Hilfe.«

Er schien tief bewegt und ich dachte mir, dass Jurij auch ihn auf seine unnachahmliche Weise fasziniert haben musste. Der Apotheker stand auf und holte zwei kleine Gläschen und eine Flasche aus einem Schrank. »Wir bedürfen einer Stärkung des Herzens«, meinte er, »es ist ein kalter Tag.« Er schenkte ein und wir tranken. Es war ein süßes und starkes Getränk, das zunächst die Mundhöhle wärmte und dann das Blut in den Adern rollen ließ. Wir blieben am Kamin stehen, während er mir knapp erzählte, was ich wissen wollte. Jurij war eines Tages im Herbst verschwunden, spurlos verschwunden, und es vergingen mehrere Wochen, in denen der Apotheker nichts von ihm hörte. Es war ungewöhnlich und der Apotheker begann allmählich, sich Sorgen zu machen

Eines Tages erschienen in der Apotheke zwei Offiziere mit einem Durchsuchungsbefehl, der das Siegel des Staatsrats trug. Sie durchsuchten das Laboratorium und das Zimmer, in dem Jurij gewohnt hatte, brachen Schränke auf und nahmen zwei verschlossene Kästchen an sich. Als sie gingen, ließen sie lediglich Jurijs Kleidung und ein paar andere unwichtige Habseligkeiten zurück. Der Apotheker hatte eine Erklärung verlangt, die ihm die Offiziere nur widerwillig gaben. Der russische Doktor sollte einem Verhör unterzogen werden, erklärten sie, aber noch bevor es dazu kommen konnte, sei es ihm gelungen, sich die Kehle durchzuschneiden. Seine Leiche hatte man – wie es sich für einen Selbstmörder gehörte – in einer Grube unter einer öffentlichen Landstraße begraben, sein Eigentum wurde konfisziert.

Mir wurde schwarz vor Augen und der Apotheker zog mir rasch einen Stuhl heran.

»Ich glaube es nicht«, sagte ich. »So etwas hätte er nie getan.«

Der Apotheker beugte sein Gesicht dicht an mein Ohr. »Ich glaube auch nicht daran«, flüsterte er.

»Es hat keinen Selbstmord gegeben!«, stieß ich mit zusammengebissenen Zähnen hervor, mir fiel es schwer, den Mund zu öffnen.

Der Apotheker richtete sich auf. »Doch, einen Selbstmord hat es gegeben«, sagte er. »Nur nicht seinen.«

»Wer dann?«

»Sein taubstummer Diener. Er hat sich im Stall erhängt, nachdem ich ihm mitgeteilt hatte, dass der Doktor tot ist.«

Ich blieb vor dem Kamin sitzen, bis ich mich so weit gefasst hatte, dass ich aufstehen konnte. Ich hatte meinen Kummer längst noch nicht überwunden, aber das musste jetzt warten. Ich dankte dem Apotheker. »Das werde ich Euch nie vergessen«, sagte ich.

»Gott segne Euch«, erwiderte er.

Als ich das nächste Mal mit Phineas und seiner Mutter am Sonntag in der Kirche von Woolwich saß, sprach Fuller ein Gebet für *The Protector.* Es war Cromwells neuer Titel, die

Bezeichnung für seine neue, nahezu absolutistische Macht. Der Reichsvorsteher. Aber ein Begriff, der auch »Beschützer« bedeutete. Wen beschützt er denn, dachte ich, allerdings war es ein Gedanke, den ich in meinem Innersten verbarg.

42

An der Geschichte meines Kurierjobs zu Mr. Well in der Wentworth Street hatte Thurloe großes Interesse. Wenn ich schätzen sollte, wie viel Geld hatte sich wohl in dem Beutel befunden? War der Beutel versiegelt? Hatte ich noch andere gesehen als diesen Mr. Well? Zum Schluss bat er mich um eine Beschreibung von Mr. Well. Ich konnte mich nur schwer an ihn erinnern. Er hatte helles Haar, eine gewöhnliche Statur …

»Denkt an seine Zähne«, half mir Thurloe. »Könnt Ihr Euch an seine Zähne erinnern?«

Nun dämmerte es mir. Der Mann hatte wirklich ungewöhnlich schlechte Zähne, braune Stümpfe, dazwischen Lücken. Eigentlich war das in London nicht ungewöhnlich, doch bei ihm schien es besonders schlimm. Ich erwähnte es. Über Thurloes Miene ging ein kurzer Anflug von Triumph, wie bei einer bestätigten Vermutung.

»Wer war es?«, fragte ich ihn rundheraus. Natürlich wusste ich, dass Mr. Well nicht der richtige Name war.

»Ein Feind«, sagte Thurloe, übertrieben deutlich und leicht gereizt, wie zu einem Kind.

Sehr lange ist er heute nicht geblieben. Etwas habe ich ihm nicht erzählt, und ich würde es ihm auch nicht erzählen, so lange er hier auch gesessen hätte.

Als Jurij unter der Eiche im Wald nichts mehr zu erzählen

hatte, war er einfach eingeschlafen. Und im Schlaf rutschte er zu mir hinüber, bis sein Kopf an meiner Brust lag. Ich roch den Duft seiner Haares und hörte ihn im Schlaf beim Atmen leise schnaufen; und angesichts dieser Wehrlosigkeit empfand ich so etwas wie Zärtlichkeit für ihn.

Nach zehn Minuten, vielleicht auch einer Viertelstunde, wachte er schlaftrunken auf und drückte sich noch enger an mich. Er begann meinen Schenkel zu streicheln. Es erregte mich. Ich habe weder vorher noch nachher sexuellen Kontakt zu einem Mann gehabt, aber es erregte mich, dort in der Einsamkeit, jenseits der vielen Worte über die Last des Lebens. Er spürte es und fing an, durch die Hose meinen Schwanz zu streicheln, wobei sein Atem schneller wurde. Schließlich bekam ich einen Orgasmus und so, wie er sich dabei an mich presste, schien es ihm ebenso zu ergehen.

Hinterher schien es ihm am peinlichsten. »Wir hätten das nicht tun sollen«, sagte er, rückte ein Stück von mir ab und schaute mich bewusst nicht an. Kurz darauf bemerkte ich, dass seine Schultern zitterten. Einen Moment dachte ich, er würde weinen, aber er lachte leise vor sich hin. Dann schaute er mich mit seinen lebhaften braunen Augen an und sagte: »Deine Hose ist nass.«

Ich erinnerte mich an seine Worte auf Russisch bei unserer folgenschweren Begegnung in Fauconcrests Küchengarten und musste ebenfalls lachen. Wir lachten, nicht lange, aber wir lachten zusammen, zum letzten Mal.

Als wir nach Woolwich zurückkehrten, war es schon spät; er verabschiedete sich hastig und machte sich rasch auf den Weg, wie gewöhnlich ohne zu sagen, wohin er ging. Wenn ich an diesen Augenblick denke, wünsche ich mir so sehr, dass er sich umgedreht und gewunken hätte, nur noch ein einziges Mal.

43

Mit der Zeit vergrub sich Phineas immer tiefer in bestimmte theologische Probleme, die mir ebenso abstrakt wie weltfremd vorkamen, wenn er sich über sie verbreitete. Aber ihn beschäftigten sie enorm und hin und wieder zeigte er mir auch ein paar Seiten, die er darüber geschrieben hatte. Ich las sie gewissenhaft, aber es war mir nicht möglich, die Texte besonders ausführlich zu kommentieren; ich konnte nur auf ein oder zwei Stellen deuten, an denen mir die Logik ein wenig holperig schien. In der Regel reagierte er enthusiastisch: »Ja! Ja! Das ist richtig, das muss ich genauer formulieren!« Er lieh sich meine Feder und schrieb ein paar Stichworte zur Verbesserung an den Rand seines Manuskripts, wobei ihm das Haar vor dem Gesicht hin- und herschaukelte.

Irgendwann begann er davon zu reden, seine Gedanken herauszugeben. Er sammelte Geld, um eine Schrift drucken zu lassen, und hatte bereits angefangen, von seinem bescheidenen Hauslehrerlohn ein wenig beiseite zu legen. Ich hielt sein Treiben für eine Art Ehrgeiz, einen Traum, etwas darstellen zu wollen, so wie einige meiner Klassenkameraden auf dem Gymnasium alles dafür getan hatten, um eine Platte mit ihrem Garagenrock aufzunehmen. Hin und wieder, wenn ich auf der Werft etwas dazuverdient hatte, unterstützte ich ihn mit ein bisschen Geld.

Es wäre besser für ihn gewesen, wenn ich es nicht getan hätte. Doch ich hatte andere Sorgen. Eines Tages im Juli 1654 – ich erinnere mich an einen schwülen, bedeckten Tag – kam Lionel Pottsborough unerwartet zu Besuch. Er hatte den weiten Weg aus London mit einem Boot unternommen, um mir eine traurige Neuigkeit zu überbringen, von der er selbst gerade erfahren hatte: Richard Delaffoy war tot, er war in Schottland bei einem Gefecht zwischen einer Bande Aufrührern und Royalisten und einer Reiterabteilung der Kräfte gefallen, die Cromwell unter dem Kommando von General Monk eingesetzt hatte. Sie hatten den Auftrag gehabt, die ständigen Versuche niederschlagen, dort oben Truppen unter der Flagge Karls II. zu sammeln.

Es hatte sich um einen zufälligen Zusammenstoß gehandelt, berichtete Pottsborough, um eine unerwartete Begegnung in einem engen Tal, die Aufrührer waren in der Überzahl gewesen. Delaffoy hatte wohl schlecht und recht versucht, den abschüssigen, schmalen Pfad mit seinem Pferd zu versperren, um seinen Reitern Zeit zu verschaffen, sich zu einer notdürftigen Kampfformation zu gruppieren, als er von einer Musketenkugel in den Kopf getroffen wurde und auf der Stelle starb. Ein paar andere wurden ebenfalls verletzt, auch unter den Aufrührern, dann hatten sich beide Parteien zurückgezogen. »So vergeblich, so wenig glorreich«, meinte Pottsborough, »so unendlich traurig.« *So very, very sad.* Seine tiefe Stimme ließ das a des letzten Wortes in meiner kleinen Kammer wie einen Orgelton vibrieren, danach schwieg er eine Weile.

Ich dachte an zwei Dinge gleichzeitig. Zum einen, dass es einen wirklich außergewöhnlichen Menschen durch einen sinnlosen Zufall aus dem Leben gerissen hatte. Zum anderen, dass Laetitia nun Witwe war – vielleicht könnte ich sie ja auf die ein oder andere Weise zurückgewinnen. Es war ein ungebührlicher Gedanke, das wusste ich wohl, aber ich konnte ihn nicht verdrängen.

Beinahe als könnte er Gedanken lesen, fügte Pottsborough mit einer gewissermaßen ermahnenden Stimmführung hinzu: »Ihr solltet Euch nicht mit der Familie in Verbindung setzen. Ich glaube, Lord Delaffoys nächste Angehörigen ziehen es vor, mit ihrer Trauer allein zu bleiben.« Es sei auch noch zu früh, um schon etwas darüber sagen zu können, ob der Todesfall eventuell Folgen für meine jährliche Apanage haben würde, aber er wollte mir Bescheid geben, sobald er Näheres wüsste, versicherte mir Pottsborough.

Ich folgte seinem Rat nicht. Ich dankte ihm für sein Kommen. Doch kaum war er aus der Tür, als ich schon auf und ab ging und überlegte, was ich unternehmen sollte.

Am nächsten Tag hinterließ ich Mrs. Dibbs eine Nachricht, dass ich nach London aufgebrochen wäre und dort einige Tage bleiben würde. Ich trug den Ring, den Laetitia mir gegeben hatte, zu einem Goldschmied in Cheapside und verkaufte ihn. Er sah mich misstrauisch an und wollte wissen, woher ich den Ring hätte, und ich antwortete, dass es sich um ein Geschenk des Barons Delaffoy handelte. Er akzeptierte meine Erklärung, wahrscheinlich auch, weil er mir viel zu wenig für den Ring zahlte – aber ich war nur daran interessiert, mir genügend Bargeld zu verschaffen, um ein Pferd zu kaufen und noch etwas für die Ausgaben auf der Reise zu haben. Bei dem Pferd handelte es sich um einen grauen Wallach, dessen Preis in Ordnung schien. Ich ritt nach Nottinghamshire.

Als ich zwischen den sommergrünen Bäumen endlich Hopesley Halls Schornsteine und die so wohlbekannten hohen Fenster sah, hielt ich das Pferd an und blickte lange auf das große Gebäude. Lebhaft konnte ich mir die Säle und Gemächer in Erinnerung rufen, die Treppen und Flure im Tageslicht, in der Dunkelheit und im Mondschein, obwohl seit meinem Fortgehen beinahe fünf Jahre vergangen waren. Dann ritt ich zum Hintereingang. Dort herrschte ein reger Verkehr von Karren und Kutschen mit allen möglichen Dingen – Vorräte und Einkäufe für die Beerdigung, die ein paar Tage später stattfinden sollte. Ich wusste nicht, dass ich auf dem Herrenhof lediglich einen Tag nach dem Baron eintraf, dessen einbalsamierte Leiche man auf einem Wagen aus Schottland nach Hopesley Hall transportiert hatte. All dies erfuhr ich erst in der Küche, in die ich ging, ohne großes Aufheben von mir zu machen; und doch erkannte mich ein Stubenmädchen. Ich bat sie, zu Lady Delaffoy hinaufzugehen und ihr mitzuteilen, dass ich gekommen sei.

Sie kam mit kugelrunden Augen zurück, selbst erschrocken darüber, was sie zu hören bekommen hatte. Sie flüstere mir zu, Ihre Gnaden hätten gesagt, ich sollte auf der Stelle fortreiten und nie wieder in ihre Nähe kommen. Bleischwer und finster wurde mir zumute, aber überrascht war ich nicht; ich hatte etwas in dieser Art befürchtet. Ich stammelte ein paar Worte, dass ich die große Trauer Ihrer Gnaden verstehen würde, ging hinaus zu meinem Wallach, der noch immer gesattelt vor der Tür stand, und ritt davon, diesmal ohne mich noch einmal umzusehen.

Aber ich gestattete mir doch den kleinen Umweg hinunter zum Fluss, anstatt direkt auf die Landstraße zu reiten. Und als ich den braunen, träge fließenden Wasserlauf entlangritt, fiel mein Blick auf eine kleine Gestalt mit strubbeligen Haaren, die auf einem Baumstumpf am Ufer saß. Als ich vorüberritt, schaute sie auf und ich erkannte Robin, den Diener des Barons. Er hatte rote Augen und schmutzige Kleider, und als ich näher kam, stellte ich fest, dass auch er mich wiedererkannte. Seine Miene bekam einen derart rasenden Ausdruck, dass ich dem Pferd die Hacken in die Seiten schlug, um fortzukommen, und im nächsten Augenblick sauste ein Stein an meinem Kopf vorbei. Mit zusammengebissenen Zähnen ritt ich ein langes Stück Landstraße in kurzem Galopp, bevor ich den Wallach in den Schritt wechseln und ein wenig ausruhen ließ.

Es handelte sich um ein gutes Pferd, aber ich habe es verloren. Ich glaube, ich nahm einen etwas weiter östlich verlaufenden Weg als bei meinem ersten Ritt von Hopesley Hall nach London, und am Abend des zweiten Tages hatte ich das Gefühl, todmüde zu sein, außerdem wusste ich nicht, wo ich mich befand. Es war schon spät, es begann dunkel zu werden und ich konnte kein Wirtshaus finden, aber die Luft war mild und daher legte ich mich zum Schlafen unter eine große Ulme. Den Wallach hatte ich an einen kleinen undefinierbaren, verkrüppelten Baum in der Nähe gebunden. Als ich aufwachte, war es hell und das Pferd verschwunden. Ich fand lediglich ein paar frische Pferdeäpfel und etwas abgeschabte Borke, nichts anderes, nicht einmal Spuren auf der Erde. Ich weiß nicht, ob der Wallach sich losgerissen oder ob ihn jemand gestohlen hat, zumindest konnte ich ihn nirgends finden und gab die Suche bald auf. Es war wie eine verdiente Strafe, nachdem ich Laetitias Wünsche und Mr. Pottsboroughs Warnungen in den Wind geschlagen hatte. Noch immer besaß ich einige Goldmünzen und meinen Mantel, den ich zu einem Bündel zusammengerollt und als Kopfkissen benutzt hatte, und in der nächsten kleinen Stadt, sie hieß Waltham Cross, bekam ich etwas zu essen. Ich brauchte beinahe den ganzen Tag, um von dort aus zu Fuß zurück nach Woolwich zu kommen.

Halt fand ich in den folgenden Monaten bei Phineas, Mrs. Dibbs und Bridget Kelly. Meine diskreten Besuche bei Bridget erschienen mir als freundliche Inseln des Vergessens, gerade weil sie nicht sonderlich viele Fragen stellte und nicht insistierte, wenn ich keine Lust hatte zu antworten. Es ging nur um das Hier und Jetzt, um die Körper, die Hitze und die Erlösung, und ich fühlte mich stets ein wenig lebensfähiger, wenn ich sie über den Schleichweg verließ, der am Bach und hinter dem Pappelhain entlangführte.

Im Frühjahr 55, als ich bei Mr. Pottsborough meine vierteljährliche Unterstützung abholte, zögerte er einen Moment, bevor er seinen Geldschrein öffnete. »Mr. Gambledays«, erklärte er mit ungewohnt feierlicher Stimme, »ich habe einen Brief für Euch, der mir kürzlich in großer Eile von einem Lakaien überbracht wurde. Man hat mir nicht mitgeteilt, wer ihn geschrieben hat. Lasst mich ehrlich sein: Obwohl ich es nicht wissen kann, glaube ich, dass dieser Brief von einer sehr hübschen Dame stammt. Und was immer auch darin stehen mag, so glaube ich, dass Ihr ihn mit großer Aufmerksamkeit und Sorgfalt lesen und nicht anders handeln solltet, als Euch darin geboten wird.«

Er zählte mir meine sieben Pfund vor und reichte mir ein zusammengefaltetes Blatt Papier mit meinem Namen, das mit zwei roten Lacksiegeln ohne Stempel verschlossen war. Ich schaute auf den Brief, ohne ihn an mich zu nehmen, unsicher, was er zu bedeuten hatte. Pottsborough legte den Brief auf den Tisch und sah mir in die Augen. Sein Blick verriet, gewissermaßen unausgesprochen, dass es sich bei der Absenderin des Briefes tatsächlich um Laetitia handelte und dass er sie sehr schätzte. »Ich bin sonderbarerweise davon überzeugt, dass ich sehr bald schon vergessen haben werde, dieses Papier jemals erhalten zu haben«, sagte er und schob mir den Brief mit den Fingerspitzen zu. Ich nahm ihn an mich und las ihn in meiner kleinen Kammer in Woolwich – wieder und wieder und wieder –, bis ich ihn schließlich im Kamin verbrannte.

»John, mein John aus dem fernen Land hinter den Bergen der Zeit, vergib mir, dass ich dich so streng von Hopesley Hall verweisen musste. Du hast nicht gewusst, dass ein anderer Gast gekommen war, gegen den ich mich mit Klauen und Zähnen zur Wehr zu setzen hatte – Marmaduke Fauconcrest. Dieser Mann ist gieriger als Geier und Wölfe. Er hat sehr hohe Schulden, und nicht nur mein Richard war unter seinen Kreditoren, es gibt noch viele andere. Der Tod meines armen Richards veranlasste ihn, unverzüglich hierher zu reisen und sich als Verwalter von Eigentum und Vermögen des kleinen Richard anzudienen – ich, seine Mutter, sei ja nur eine Frau und viel zu gebeugt von der Trauer, um sich einer derart verwickelten Materie anzunehmen, behauptete er. Zum Glück gelang es mir, diesen Plan abzuwehren, doch in der Zeit danach hat er mit all seiner Schläue und Beharrlichkeit mehrfach versucht, das Verfügungsrecht über das Erbe des kleinen Richard zu erhalten. Ich zweifele nicht daran, dass er hundertmal mehr als an Richard nur an sein eigenes Bestes denkt.

Du sollst wissen, dass Fauconcrest nach dem kleinen Richard der Nächste ist, der einen Großteil dessen erbt, was mein Richard besaß. Schuld daran sind juristische Umstände, die schwierig zu erklären sind. Dies bedeutet indes, dass die Einnahmen von vielen tausend Pfund im Jahr von einem

Tag auf den anderen Fauconcrest gehören würden, sollte es ihm gelingen, die Erbansprüche des kleinen Richard für ungültig erklären zu lassen. Wie diese Aussicht seine Phantasie und Ausdauer beflügelt, wirst du dir ohne große Mühe vorstellen können. Einer der Diener meines Mannes ist halb verrückt geworden vor Trauer und stößt ununterbrochen leise Verwünschungen gegen alle aus, die er für Richards Feinde hält, darunter auch gegen dich. Wenn Fauconcrest von seinem Gemurmel und den Andeutungen, dass Richard nicht der legitime Erbe meines Mannes ist, erfährt, wäre dies eine Katastrophe für die Zukunft meines Sohnes.

Ich muss an meinen kleinen Jungen denken und ich muss für Unterstützung durch stärkere Hände als meine sorgen. Der Pate des kleinen Richard, Richard Cromwell, der über Fauconcrests Absichten unterrichtet ist, erwirkte ein Treffen zwischen mir und dem mächtigen Lord Protector, und nun weiß ich, was ich zu tun habe. Seine Hoheit empfing mich freundlich und unterbreitete mir den Vorschlag, einen Mann zu heiraten, dessen Autorität und Einfluss Fauconcrest in die Schranken weisen können; einen Mann, der sein Verfügungsrecht über das Eigentum, das ich in die Ehe einbringe, nicht missbrauchen wird. Er benannte seinen eigenen Ratgeber Sir Edward Whatfield, der seit zwei Jahren Witwer ist, und erst kürzlich zum Viscount ernannt wurde. Sir Edward ist ein angenehmer und rechtschaffener Mann, und wenn meine Trauerzeit vorüber ist, werde ich ihn heiraten. Glaub bitte nichts anderes, es verhält sich genau so, wie ich es dir hier erzähle.

Ich bin die Mutter eines Kindes, das meine größte Freude in dieser Welt ist, und ich kann seine Zukunft nicht aufs Spiel setzen. Was ich an Freude und wunderbaren Momenten in meinem Leben hatte, bevor mein kleiner Richard geboren wurde, liegt wie ein kostbarer Schatz versiegelt in meinem Herzen. Dorthin zurückzukehren ist nicht möglich. Leb wohl, mein John, und mögest du niemals deine Freundlichkeit verlieren.

L.

P. S.: Verbrenne diesen Brief, wenn du ihn gelesen hast.«

Der Brief existiert nicht mehr, aber ich kenne ihn auswendig. Wieder und wieder ging mir sein Text durch den Kopf, wenn ich die Ereignisse zu verstehen versuchte.

Tatsächlich fand die Heirat wenige Wochen nach Ablauf von Laetitias Trauerjahr statt. Es war eine unauffällige, aber würdige Feier, hörte ich später, so wie es sich für eine Witwe und einen Witwer gehört. Ich hatte das Gefühl, als wäre ein eiserner Schlagbaum vor all meinen Wünschen und Sehnsüchten niedergegangen, die mich noch immer quälten, obwohl sie sich als so offensichtlich hoffnungslos erwiesen hatten.

Im Herbst hatte Mr. Pottsborough andere Neuigkeiten für mich. Er schaute verlegen, als wir uns in dem schmalen Kontor in der Lombard Street gegenübersaßen. Er räusperte sich ein paar Mal, dann eröffnete er mir so nüchtern wie möglich, dass Sir Edward die laufenden Ausgaben aus der Erbmasse Delaffoys durchgesehen und eine Reihe von Zahlungen als »nicht länger notwendig« eingestellt hatte. Darunter meine jährliche Apanage. Es war ein Schlag, und dass ausgerechnet Cromwells vertrauter Ratgeber die Macht zu diesem Beschluss hatte, machte es nicht besser. Zu Recht oder zu Unrecht hatte ich einmal mehr das Gefühl, dass der »mächtige Lord Protector« sehr schmerzlich in mein Leben eingriff.

»Wenn dieses letzte Geld an Euch ausbezahlt ist«, erklärte Pottsborough und reichte mir das Quittungsbuch, »habe auch ich nichts mehr mit dem Vermögen der Familie Delaffoy zu tun. Viscount Whatfield hat andere Leute zu seiner Verfügung.« Er seufzte. »Es ist auch für mich mit Unannehmlichkeiten verbunden. Ihr müsst verstehen, Mr. Gambledays, dass ich Euch nicht helfen kann, selbst wenn ich wollte, hm?«

»Bei Mrs. Dibbs kann ich nicht wohnen bleiben, was soll ich jetzt machen?«

»Fragt in Woolwich«, riet er. »Redet darüber, lasst alle es wissen. Es sind gute Menschen, die dort wohnen, ich stamme selbst daher, ich weiß es. Viel Glück.«

Er drückte mir die Hand und begleitete mich zur Tür, aber bereits, als er sie hinter mir schloss, hatte ich den Eindruck, dass es sich bei mir lediglich um einen abgeschlossener Fall handelte. Was hatte ich erwartet? Ich suchte ihn nie wieder auf.

44

Laetitias Brief habe ich Thurloe gegenüber heute nicht erwähnt, im Übrigen erzählte ich ihm im Großen und Ganzen jedoch alles, auch von der vergeblichen Reise nach Hopesley Hall und meiner törichten Sehnsucht, Laetitia wiederzusehen. Seine Miene verriet absolut nichts und ich hatte sogar das Gefühl, dass er zum ersten Mal in all diesen Tagen nicht richtig zuhörte. Kannte er möglicherweise bereits sämtliche Details? Oder beschäftigte er sich in Gedanken mit irgendeiner Angelegenheit, von der ich keine Ahnung habe?

Er brach unser Treffen ziemlich unvermittelt ab und teilte mir mit, dass er erst übermorgen wiederkommen würde.

Das heißt, ich muss den morgigen Tag ausschließlich in Gesellschaft meiner eigenen Gedanken und der Wachsoldaten verbringen, die nicht mit mir sprechen dürfen. Diese Müdigkeit, die so heftig ist, seit ich hierhergekommen bin, steckt noch immer in mir, aber sie zeigt sich jetzt auf andere Weise – sie äußert sich als plötzliche, unwiderstehliche Schläfrigkeit, die mich aufs Bett fallen und geradezu augenblicklich einschlafen lässt. Wenn ich aufwache, sehe ich am Licht, dass nicht sonderlich viel Zeit vergangen sein kann, aber ich habe das Gefühl, als hätte ich lange geschlafen und intensiv geträumt – allerdings kann ich mich nicht an das Geringste erinnern. Als wäre ich ohn-

mächtig. In den letzten Tagen ist es drei-, viermal vorgekommen. Ich hatte den naheliegenden Gedanken, dass man mir vielleicht etwas ins Essen getan hat, ein Mittel, das meine Widerstandskraft brechen oder mir langsam das Leben nehmen soll, aber ich weiß, dass es nicht stimmt, es ist ein hohler Erklärungsversuch. Dieses Abtauchen in die Bewusstlosigkeit erklärt sich einzig und allein aus meinen eigenen Gedanken, meinen Gedanken an den Tod; diese Ideen sind so schädlich, dass die Vernunft auf Distanz geht und sich der Leere, dem formlosen Nichts ergibt.

Merkwürdigerweise gibt es eine Art Trost in dieser Leere. Wenn ich aufwache, bin ich ruhiger. Als hätte ich in das Entsetzliche hineinsehen können und entdeckt, dass es kurz und unwichtig ist. Entweder kommt dahinter gar nichts, dann ist die ganze Angst und Panik geradezu lächerlich, unbegründet und irrelevant, denn man kann ja nicht mehr spüren, dass man nicht mehr da ist. Oder es kommt etwas danach – und dann ist man in jedem Fall nicht mehr derjenige, der man einmal gewesen ist oder was man einmal gewesen ist. Das heißt, man wird dieses »Hinterher« nicht mit seinem alten, wohlbekannten, ich hätte beinahe gesagt, irdischen Bewusstsein erleben. Und wieso sollte man nicht imstande sein, es auf eine neue und adäquate Art und Weise zu ertragen oder zu erleben, ebenso wie man sein diesseitiges, bekanntes Leben ausgehalten hat?

Der Gedanke erinnert mich an den Rat für lange Segeltörns allein auf See. Setz die Segel, bind die Pinne fest, schlaf wenig und hoffe das Beste. Ohne ein gewisses Vertrauen in die Ungewissheit kann man nicht leben. Das ist es, was mir irgendjemand in den Träumen erklärt, an die ich mich nicht mehr erinnern kann.

45

Ich folgte Pottsboroughs Rat und erzählte überall in Woolwich von der Klemme, in die ich geraten war. Mrs. Dibbs hatte Mitleid, brauchte aber verständlicherweise das Geld, das ihr ein Untermieter zahlte. Phineas war entrüstet, aber machtlos, und Turnbull fragte sogar in meinem Namen Peter Pett persönlich; nur gab es auf der Werft keine festen Arbeitsplätze zu besetzen, und die Arbeit als Tagelöhner war zu unsicher. Erst Pastor Fuller fand einen Ausweg. Er hätte einen Bekannten in London, sagte er zu mir, einen recht bedeutenden Geistlichen, der einen Assistenten für Schreibarbeiten und andere Aufgaben benötigte. Aber – und hier flackerte Pastor Fullers Blick ein wenig – ich sollte wissen, dass es nicht gerade einfach wäre, diesem Herrn zu dienen. Seine Assistenten verließen ihn oft schon nach wenigen Monaten.

»Ich habe wohl gar keine andere Wahl«, erwiderte ich. »Wer ist der Mann?«

»Er ist einer der Prediger, die dem Staatsrat angeschlossen sind, und er übernimmt häufig vertrauliche Aufgaben für den Reichsvorsteher«, beantwortete Fuller meine Frage. »Sein Name ist Hugh Peters.«

Ich erinnerte mich sofort an den Namen. Der mächtige Mann, der Pastor Strongworth besucht hatte und mich mit seinen intelligenten Fragen nach Dänemark beinahe aufs

Glatteis geführt hätte. Ich tat so, als sei alles in Ordnung; denn allzu viel hätte ich erklären müssen, wenn ich verraten hätte, dass ich Peters schon einmal begegnet war. Vielmehr beschloss ich sofort, alles abzustreiten, sollte Hugh Peters mich wiedererkennen. Ich setzte darauf, dass ich mich seit damals doch sehr verändert hatte und durchaus als jemand anderer durchgehen konnte. Mein Haar war gewachsen, ich trug einen Bart und meine englische Aussprache hatte sich meiner Umgebung weitgehend angeglichen. Und als »Assistent« bekäme ich ein Dach über den Kopf und ein festes Gehalt. Alles erschien mir erstrebenswerter als dieses Leben von der Hand in den Mund, das ich bereits ausprobiert hatte.

Es gab keinen Anlass zur Sorge. Hugh Peters erkannte mich nicht. Tatsächlich fiel es auch mir schwer, ihn wiederzuerkennen, als ich ihm Anfang November 1655 vorgestellt wurde – und die Stellung bekam. In den acht Jahren hatten sich die Falten noch tiefer in Peters' Gesicht gegraben, er war grau geworden, wirkte gebeugt und die senkrechten Stirnfalten gaben ihm nicht länger einen Ausdruck von starker Willenskraft, sondern eher von tief verwurzelter Sorge. Außerdem hatte er die Angewohnheit, die Nasenlöcher zu blähen, als würde er das Unglück buchstäblich riechen; eine Angewohnheit, an die ich mich von unserer ersten Begegnung nicht erinnern konnte. Noch immer war seine Präsenz raumfüllend, und sehr bald schon machte ich die Erfahrung, dass er seinem Ruf als kraftvoller Prediger nach wie vor alle Ehre machte – aber in vielerlei anderer Hinsicht handelte es sich doch um einen enttäuschten und gebrochenen Mann, in dessen Dienste ich trat.

Hugh Peters wohnte im Whitehall Palace in geräumigen

Gemächern, und in einer Ecke der Wohnung bekam ich eine kleine Kammer, nicht größer als ein Alkoven. Es gab kein Fenster, Licht und Luft kamen durch ein offenes Lattengitter über der Tür, aber ich hatte mein eigenes Bett, in dem ich schlafen, und eine Tür, die ich schließen konnte – und das war besser als erwartet. Die Räume hatte der hingerichtete Erzbischof Laud aus Canterbury bewohnt, und noch immer stand ein Teil von Lauds Büchern in der Wohnung; meine Arbeit bestand unter anderem darin, diese Bibliothek in Ordnung zu bringen und sorgfältig festzuhalten, wenn Peters Bücher verlieh, was selten genug geschah. Außerdem hatte ich die verschiedenen Entwürfe von Texten über alle möglichen Themen zwischen Himmel und Erde ins Reine zu schreiben, die Peters mit vielen Streichungen, Korrekturen und halbfertigen Sätzen herunterkritzelte. Und ich musste die zahlreichen Gäste empfangen, die Peters aufsuchten – obwohl er sich darüber beklagte, dass nur so wenige mit ihm reden wollten. Manchmal handelte es sich um alte Freunde, meist aber waren es Leute, die hofften, irgendeine Angelegenheit mit Hilfe von Peters und seinen guten Verbindungen zu Cromwell und dessen führenden Beratern voranbringen zu können. Kam es ihm gelegen, hatte ich sie hineinzuführen, schien es ungelegen, musste ich sie fortschicken. Ich kam rasch dahinter.

Whitehall Palace war eigentlich kein Palast, sondern eine ganze Kleinstadt, ein Wirrwarr von alten und neuen Gebäuden, Höfen, Gärten, Gängen, Treppen und Passagen. Wenn er nicht Hampton Court vorzog, residierte Cromwell hier, jedenfalls fanden die meisten Sitzungen in Whitehall statt. Viele seiner Beamten und Ratgeber hatten Wohnungen oder wenigstens Zimmer im Schloss, und vom frühen Morgen bis zum späten Abend herrschte ein ständiges Kommen und Gehen von Sendboten, Delegationen, Botschaftern und anderen wichtigen Personen – und ein mindestens ebenso hektisches Gewusel von einem ganzen Heer an Dienstboten und Schreibern wie mir. Ein interessanter Ort, an dem sich bequem Gerüchte aufschnappen ließen, obendrein einigermaßen glaubhafte Gerüchte, denn man saß nahe an den Quellen.

Hugh Peters beteiligte sich an diesem Betrieb, aber auf eine merkwürdig sprunghafte und halbherzige Weise. Er redete viel mit mir, wenn er mich anwies, das ein oder andere zu erledigen, und meist ging es nicht ohne zufällige Assoziationen und Gedankensplitter ab. Ich hatte den Eindruck, dass Peters einen Gesprächspartner für seine Betrachtungen vermisste, er schien mir verbittert, zu einem von vielen Pastoren degradiert worden zu sein, zu einem der *chaplains*, die den Männern der Macht als eine Art geistige Wegweiser dienten. Früher war er der *primus inter pares* gewesen, Olivers Vertrauter, Mitglied vieler Kommissionen und Gesandter in bestimmten wichtigen Missionen. Noch immer stand er der Macht nahe, aber eher als Zuschauer, und das nagte an ihm.

Durch seine Monologe – mir blieb ja nichts anderes übrig, als ein geduldiger Zuhörer zu sein – fertigte ich mir ein Bild, das mich fast ein wenig Mitleid für ihn empfinden ließ. Seine Frau war offenbar geistesgestört und befand sich zur Pflege auf dem Land, und sein einziges Kind wurde von Verwandten aufgezogen, er liebte seine Tochter Elisabeth sehr. Ich habe sie nie gesehen. Peters hatte lange in den Niederlanden und in Neuengland gelebt, und manchmal verbreitete er sich über das genügsame, aber nutzbringende Leben in der Neuen Welt oder über den Fleiß, die Tugend und die Reinlichkeit der Holländer. Bei anderen Gelegenheiten sprach er missmutig von der holländischen Krämerseele und der Engstirnigkeit der Kolonisten. Dann wiederum konnte er sich über bürokratische Verwicklungen oder politische Intrigen so aufregen, dass er herumbrüllte, die Möbel umwarf und mit seinen Papieren um sich schmiss. Hinterher brauchte ich Stunden, um sie wieder in die richtige Reihenfolge zu bringen.

Bisweilen redete und redete er stundenlang, völlig taub für meine Fragen oder Reaktionen, dann wiederum fragte er mich übertrieben neugierig nach den jüngsten Neuigkeiten, die ich gehört hätte, nach meiner Zeit als Lanzenträger oder meinen Jahren in Woolwich. In der ersten Zeit wollte er auch häufig etwas über mein Leben in Norwegen erfahren, aber es gelang mir, ihn davon zu überzeugen, dass ich ein unendlich tristes und ereignisloses Leben geführt hatte, bis ich aus Abenteuerlust zur See ging und später beschloss, im Dienste der guten Sache in das Parlamentsheer einzutreten. Es klang möglicherweise nicht sonderlich plausibel, aber er begnügte sich damit. Ein großer Menschenkenner war er nicht.

Ich fand heraus, dass Hugh Peters in Whitehall berüchtigt war, da er sich ab und an gern selbst zum Diplomaten oder Sonderbeauftragten ernannte. Es wurde ziemlich viel geklatscht im Labyrinth der Macht, vor allem unter den Subordinierten, und nachdem man mich erst einmal als einen der ihren akzeptierte, hörte ich eine Reihe komischer Geschichten. Ein Mann – er hatte in den Diensten eines Diplomaten gestanden, der eine Gesandtschaft zu Königin Christine von Schweden leitete – erzählte mir feixend, wie Hugh Peters eigenmächtig zwei Geschenke für Ihre Majestät mitschicken ließ: einen ziemlichen Brocken von einem Hund, einen Mastiff, und einen großen runden englischen Käse.

Die Königin hatte sich amüsiert – doch beim englischen Botschafter sorgten die Geschenke für erhebliche Verlegenheit.

Andere seiner Ideen waren zweifellos visionär. Einmal schrieb ich einen Entwurf ins Reine, den Anfang einer Denkschrift über die Notwendigkeit von Bildung in der Neuen Welt. Darin formulierte er die Hoffnung, dass auch in Amerika Universitäten gegründet werden mögen, damit tüchtige junge Männer nicht mehr den langen Weg nach Europa zur Ausbildung geschickt werden müssten. Ergänzt wurde die Schrift um einen Anhang, in dem Peters berichtete, wie er selbst ein *college* in Neuengland gegründet hatte, in »Newetowne«, ein Name, der mir nichts sagte. Der Bericht endete wie gewöhnlich abrupt, mitten im Satz, aber ich fragte Peters, was aus seiner Universität geworden sei.

»Oh ja«, antwortete er, »sie sollte in Salem gegründet werden, dort war ich Pastor. Das war mein Wunsch. Aber man entschied sich für einen anderer Ort. Das ist jetzt bald zwanzig Jahre her. Es gibt sie noch, aber ich weiß nicht, ob irgendetwas Gutes dabei herauskommt …« Er hing seinen Gedanken nach. »Ich reiste kurz darauf ab«, fuhr er dann fort, »ich hatte nicht mehr viel damit zu tun. Sie benannten sie nach einem gottesfürchtigen jungen Mann, der seine ganze Bibliothek und die Hälfte seines Vermögens der Universität überlassen hatte, als er starb.«

»Wie hieß er?«

»John Harvard.«

»*Harvard?*«

»Ja … kennst du den Namen?«

»Nein, nein … aber ich bin überzeugt, dass durchaus etwas Gutes dabei herauskommen wird«, erwiderte ich tröstend. Hugh Peters war in Gedanken bereits woanders.

Im Frühjahr 56 kreisten Peters' Gedanken nur noch um das Wohl und Wehe der Flotte. Er stellte mir eine Unmenge von Fragen: nach den Arbeitsabläufen auf der Werft von Woolwich, ob ich andere Werften kennen würde, ob man nicht viel zu viel Material verschwende, nach der Bezahlung der Löhne und so weiter und so fort. Murmelnd lief er auf und ab und schrieb Entwürfe für Reformprojekte, und ich musste als Eilbote kurze Briefe zu verschiedenen hohen Herren bringen, die mit der Administration der Flotte zu tun hatten. Einige von ihnen besuchten ihn, andere suchte er persönlich auf. Aber eines Tages im März stand plötzlich ein Soldat mit einem Brief vor der Tür, der das Siegel des Reichsvorstehers trug, und befahl Peters, den Brief sofort zu lesen. Peters las – dann schmiss er den Brief fort und brüllte wie ein verwundeter Stier. Er taumelte im Zimmer umher und raufte sich die Haare; ich musste den Soldaten um Hilfe bitten, um ihn festzuhalten und ins Bett zu bringen – was Peters selbst verlangt hatte, um sofort mit allen Kräften dagegen anzukämpfen.

Nur halb bei Sinnen blieb er über eine Woche im Bett und es dauerte mehrere Wochen, bis er einigermaßen wiederhergestellt war. Es hatte sich bei dem Brief um eine offizielle Warnung von Cromwell gehandelt – wenn Hugh Peters nicht augenblicklich damit aufhörte, seine Autorität für Dinge zu missbrauchen, die nicht in seinen Zuständigkeitsbereich fielen, werde er vor Gericht gestellt.

Ich kannte ihn zu diesem Zeitpunkt schon so gut, dass ich verstand, warum er sich diese Angelegenheit so zu Herzen nahm. Es war nicht die Angst vor den Folgen, nicht die Wut darüber, aufgehalten worden zu sein, es war die schiere Verzweiflung, von einem Freund im Stich gelassen und gemaßregelt zu werden, den er über alle Maßen bewunderte. Und so trat die entscheidende Besserung seines Zustandes ein, als Cromwell ihn eines Tages besuchte. Es passierte vollkommen unerwartet, der Reichsvorsteher erschien eines Morgens mit nur zwei Lakaien, ging ohne weitere Umstände ins Schlafzimmer von Peters und setzte sich auf dessen Bettkante. Es gelang mir gerade noch, einen Blick auf ihn zu werfen; seit dem kurzen Auftritt bei Preston sah ich ihn erst zum zweiten Mal leibhaftig, aber ich erkannte ihn sofort wieder. Er presste die Lippen aufeinander und schien mir ebenfalls gealtert – eine merkwürdig kalte Ausstrahlung ging von ihm aus. Cromwell blieb relativ lange, doch Peters' Diener hatte die Schlafzimmertür geschlossen und so konnten wir ihre gedämpften Stimmen nur undeutlich hören. Doch als geöffnet wurde, begleitete Peters Oliver bis an die Haustür; er hatte sich rasch einen Schlafrock über das Nachthemd gezogen. Und hinterher strahlte sein Blick im Frieden der Vergebung, obwohl seine Nasenflügel noch immer imaginäre, unheilschwangere Gerüche witterten.

Seit diesem Tag ließ es sich Cromwell zur Gewohnheit werden, sämtliche Noten und Briefe von Peters umgehend zu beantworten, vermutlich um seiner lästigen Betriebsamkeit zuvorzukommen. Ich überbrachte die Briefe, ich wartete und erhielt umgehend eine Antwort, wenn es sich nur irgendwie einrichten ließ. Allmählich wurde ich zu einem festen Gast an den Türen von Cromwells Kabinetten, sowohl in Whitehall wie in Hampton Court; ich bekam sogar die Erlaubnis, einzutreten und an seinem Schreibtisch zu warten, während er das Schreiben überflog und entweder ein paar Zeilen ans Fußende setzte oder etwas ausführlicher auf einem separaten Blatt antwortete. Der Reichsvorsteher blickte für gewöhnlich auf, erkannte mich, ohne ein Wort zu sagen, schrieb und reichte mir das Papier, ohne mich anzusehen – als Zeichen, dass ich gehen könnte. Reine Routine. In der Zwischenzeit hatte ich Gelegenheit, ihn zu betrachten. Sein oben schon recht ausgedünntes Haar, seine rote Nase, seine immer einfache und prunklose Kleidung, seine Hände, die leicht, aber deutlich zitterten, und dann seine wettergegerbte Gesichtshaut. Jurij hatte recht gehabt. Egal, von welcher Seite ich ihn betrachtete – die historisch berühmten Warzen gab es nicht.

An einem Sommertag in Whitehall, als Peters mich wieder einmal mit einem Brief zu Cromwell geschickt hatte, bekam ich die Ordre, im Vorgemach zu warten, weil der Reichsvorsteher sich gerade mit Viscount Whatfield traf, Laetitias Mann. Mit gemischten Gefühlen wartete ich darauf, ihn zu sehen. Es dauerte eine Viertelstunde, dann kam der Viscount heraus – und neben ihm ging ein Junge von sechs oder sieben Jahren mit schulterlangem braunem Haar. Ich erkannte Laetitias Nase und Stirn in seinem Gesicht, ein Hauch des Glanzes ihrer Augen – und mein eigenes markantes Kinn. Es war mein Sohn, der kleine Richard, und er ging direkt an mir vorbei, ohne mich zu sehen; unwillkürlich wollte ich aufspringen und ihn festhalten. Er machte einen ruhigen und sorglosen Eindruck und ließ sich gerade von Whatfield etwas erklären. Bei dem Viscount erinnere ich mich nur an einen grau gesprenkelten Bart und einen schwarzen, federgeschmückten Hut, den er sich mit einer schwungvollen Bewegung aufsetzte, als sie an mir vorübergingen. Mein Herz klopfte, als ich der schmalen Gestalt des kleinen Richard nachsah, der aufrecht und sicher neben seinem Stiefvater ging; einer von Cromwells Adjutanten musste mich regelrecht anschnauzen, dass ich mich an mein Anliegen erinnerte und mit Peters' Brief eintrat.

46

Heute habe ich den größten Teil des Tages mit einer Decke über den angezogenen Knien und dem Rücken an der Wand auf dem Bett gesessen und versucht, mir alle Begegnungen mit Oliver so genau wie möglich ins Gedächtnis zu rufen, eine nach der anderen. Ich glaube, ich kann mich erinnern, dass ich schon sehr früh – noch bevor es für den armen Phineas so böse endete – diesen Abscheu für Cromwell empfand, der schließlich ins Unermessliche wuchs. Anfangs war ich verlegen, in gewisser Weise fühlte ich mich auch beinahe geschmeichelt, direkt neben diesem berühmten Mann stehen zu dürfen – und sicher war ich auch benommen von der Vorstellung, dass ich, der Mann aus einer ganz anderen Zeit, die Hand ausstrecken und den Menschen berühren könnte, der mehr als jeder andere in England, vielleicht sogar in ganz Europa, die Macht hatte, den Gang der Geschichte zu bestimmen … Doch allmählich schwand diese Benommenheit. Er erschien mir zunehmend jämmerlich, kalt, müde und in der Trägheit seiner eigenen Größe gefangen. Bei seinen prompten Antworten auf Hugh Peters' Eingaben handelte es sich lediglich um Berechnung, es stand vermutlich nie etwas Positives oder Aufmunterndes darin, nur hinhaltende und nichtssagende Verbindlichkeiten und vage Versprechungen, nach Mitteln zu suchen, um die Vorschläge umzusetzen – jedenfalls stand das in den nicht gerade wenigen Antworten, die ich mir ansehen konnte, wenn sie dem ungeduldig wartenden Peters überbracht und dann zu archivieren waren.

Wenn ich jetzt darüber nachdenke, habe ich auch nur sehr selten jemand in den Labyrinthen von Whitehall mit echter Begeisterung über Cromwell reden hören. Respekt, Furcht, Scheinheiligkeit und unaufrichtige Bewunderung, sicher, all das, was man im Umkreis eines starken Mannes erwartet. Aber Begeisterung? Sogar Hugh Peters ist doch eher nostalgisch als begeistert, trotz seiner zweifellosen Bewunderung für Oliver. Niemand liebt das Generalmajorregime, die elf Militärgouverneure, die Cromwell zur Leitung der einzelnen Distrikte hat einsetzen lassen; elf harte Männer um einen absolutistischen Herrscher, der das Parlament aufgelöst und damit den letzten Schein von Legitimität abgeschafft hat. Geblieben ist der kalte, nüchterne Machtapparat.

Die Kälte. Diese Kälte, die ihn umgibt. Ich spürte sie bereits beim ersten Mal, als ich ihn in Whitehall sah.

Oliver ist der Einzige, der mich begnadigen kann. Sonst …

Wird er es tun?

47

In Hugh Peters' Bibliothek standen auch Bücher, die ich zum Vergnügen las, wenn sich – selten genug – eine freie Stunde ergab. Ein Buch war neu für mich – erst dachte ich, es sei in Latein gedruckt, denn die Rückenzeile lautete *Carmen Deo Nostro*, ein Lied für unseren Gott. Es zeigte sich aber, dass dieses Buch Gedichte eines gewissen Richard Crashaw auf Englisch enthielt, an die ich mich eigentlich aus meiner Studienzeit hätte erinnern sollen. Denn es handelte sich um ungewöhnliche Gedichte, eine leidenschaftliche Mischung aus Sinnlichkeit und Religion, schwer wie Metall in ihren Rhythmen und Reimen, und immer als Paarreim, nie als Kreuzreim gebaut. In Whitehalls Mischung aus Machtintrigen und Frömmigkeit erschien es mir, als würden mir durch sie die Augen geöffnet, sie verbanden Dinge, die ich nicht hätte verknüpfen können. In diesen Gedichten steckte eine gewaltige poetische Kraft, die mich immer wieder zu diesem Buch greifen ließ.

»Ein Renegat«, sagte Peters missbilligend, als ich ihm gegenüber Crashaw erwähnte. »Er starb als Papist, ich glaube, in Italien.« Das Buch war erst kürzlich in Paris erschienen, ein Bekannter hatte es von einer Reise mitgebracht und ihm geliehen. Dieser Bekannte, ein gewisser Parker, war Mitglied in Pastor Fullers Kreis von Literaturinteressierten, ich begegnete ihm nur bei zwei Gelegenheiten: das erste Mal, als er Peters aufsuchte, um sein Buch zurückzuholen und ich mit ihm über die Gedichte diskutierte; und das zweite Mal, als er mir einen kleinen Brief mit einer Einladung schickte, an einer Art literarischen Zusammenkunft bei niemand Geringerem als John Milton teilzunehmen.

Hugh Peters gab mir frei und Parker holte mich in seiner Kutsche ab, es war der 14. Oktober 1656, ein ruhiger und etwas grauer Herbsttag. Ich war gespannt und auch ein wenig nervös. Parker erzählte mir unterwegs, dass Milton Interesse gezeigt hatte, als er von mir hörte – diesem merkwürdigen Mann aus Woolwich, der aus einem fernen Land kam, einfacher Soldat gewesen war und nun Gedichte auf Englisch schrieb. Obwohl ich inzwischen daran hätte gewöhnt sein sollen, historischen Persönlichkeiten leibhaftig zu begegnen, erschien mir der Gedanke doch beinahe ungeheuerlich. Milton – interessiert an mir! Sie war absurd, diese verkehrte Welt …

Milton wohnte in Petty France, einer Straße in Westminster, die Fahrt von Whitehall dorthin dauerte nicht lange. Dennoch gelang es Parker, mich über die momentan wichtigsten Tatsachen im Leben des großen Dichters zu informieren: Er war seit vier oder fünf Jahren vollkommen erblindet, arbeitete aber nach wie vor für Cromwell, indem er wichtige Briefe an ausländische Staatsoberhäupter verfasste; er bekleidete noch immer das als »lateinischer Sekretär« bezeichnete Amt, obwohl er die Schreiben seinen Assistenten diktieren musste. So hielt er es auch mit den Werken, an denen er arbeitete, und im Augenblick, sagte Parker mit einem kleinen Lächeln, gab es eine besonders glückliche Phase in Miltons Leben, denn er hatte sich mit einer hübschen und sehr einnehmenden jungen Frau verlobt und wollte in knapp einem Monat heiraten.

Wir kamen spät und wurden als letzte Gäste hereingebeten. In dem geräumigen Zimmer hielten sich zehn, zwölf Herren auf, aber ich achtete nur auf Milton, der in einem Stuhl mit einer hohen Lehne saß. Er lauschte, während die Gäste mit den Stühlen rückten und ihre Plätze fanden; es schien, als würden seine blaugrauen Augen unter den geschwungenen Augenbrauen den Bewegungen der Männer folgen, obwohl sie ins Unendliche schauten und nur selten blinzelten. Diese blinden Augen strahlten eine derart große Intelligenz, Erfahrung und eine beinahe überwältigende Milde aus, dass ich mich in meiner alten Bewunderung für diesen Mann sofort bestätigt sah; mir wurde regelrecht sentimental zumute, weil ich ihn einfach schön fand. Er musste annähernd fünfzig Jahre alt sein, doch das lange Haar, das ihm weich über die Schultern und seinen weißen Kragen fiel, war noch immer eher dunkelblond als grau und die geschwungenen Lippen hatten die Spannkraft und Fülle eines jungen Mannes.

Als wir in einem unregelmäßigen Kreis Platz genommen hatten und im Raum Ruhe eingekehrt war, ergriff Parker das Wort und führte mich ein – »Mr. Gambledays, früher in Woolwich, nun in den Diensten des ehrwürdigen Hugh Peters« –, und Milton streckte, noch immer sitzend, eine Hand aus. Parker nickte mir zu, ich stand auf und ergriff Miltons Hand. »Ihr seid willkommen«, sagte der Dichter mit einer Stimme, die seinem Äußeren entsprach – schön und angenehm. »Ich bin sehr dankbar«, erwiderte ich mit einer Stimme, die ich nicht ganz unter Kontrolle hatte. Einige Herren lächelten, aber keineswegs boshaft.

Wieder musste ich meine Gambledays-Geschichte zum Besten geben und Milton und einige Gäste stellten Fragen, die ich beantwortete, so gut ich konnte. Ich galt ganz eindeutig als die exotische Einlage des Tages und die anderen Herren machten nicht einmal Anstalten, sich mir vorzustellen. Dennoch war ich geradezu euphorisch, mich mit der Person in einem Raum zu befinden, für die ich in meinem früheren, fernen Leben so viel Zeit aufgebracht hatte, um mich in sie einzufühlen. Und als Milton darum bat, etwas von meinen Texten zu hören, war ich bereit. Ich hatte mich für mein Gedicht über den Klang der Glocken an einem Sommerabend am Themse-Ufer entschieden, ich hatte es sogar noch einmal durchgelesen, obwohl ich es auswendig konnte. Ich erhob mich und trug es vor.

A day was dwindling in a golden cloud;
I listened to the distant sound of bells,
When suddenly their voice was clear and loud,
Forced by the wind that present night foretells.
Th'impetuous gust, invisible and swift,
Was like Time's own indomitable breath,
A sigh of ancient wisdom set adrift,
Exhorting me: Do not forget thy death.
Take heed, between thy essence and thy end
The shadows falls, the dusky counterpoint,
That shall at the appointed hour descend
To dash thy puny being out of joint.
And now, I wish and dread once more to hear
The sageness of the wind within my ear.

Alle hörten zu, glaube ich, aber ich sah nur auf Milton, der sich konzentriert in seinem Stuhl vorgebeugt hatte; der Mund stand ein wenig offen und dieser nichtsehende Seherblick richtete sich auf eine unbestimmte Stelle an meiner Stirn. Als ich geendet hatte und mich setzte – und plötzlich merkte, dass ich heftig unter den Armen schwitzte –, hörte ich vereinzelt zustimmendes Gemurmel, aber alle warteten darauf, was Milton sagen würde.

»Eigentümlich«, begann er, »zum Teil sehr, sehr gut. Ein Gedanke, aus der Natur gegriffen, glänzend, vielleicht ein wenig zu hastig eingeführt, aber von Bedeutung ... Aber wo ist ... Wie war das ...« – Er erhob sich aus seinem Stuhl, ging ein paar Schritte und ein junger schwarz gekleideter Mann mit runden Wangen, bei dem es sich um seinen Assistenten zu handeln schien, trat sofort auf ihn zu und griff nach seinem Unterarm. Milton ging einige Schritte auf und ab, dann sagte er: »*The dusky counterpoint / That shall at the appointed hour descend / To dash thy puny being out of joint* ... Das ist so begrenzt ... Wo ist die Hoffnung? Wo das Licht? Man könnte ...«

Ich war verblüfft, dass er meine Zeilen auswendig wiederholte, nachdem er sie nur dieses eine Mal gehört hatte, aber er fuhr umgehend fort: »Man könnte sagen: *Descend ... To see thy longing with thy being joint* ... Nein, es könnte noch besser sein, aber etwas in dieser Richtung. Die Poesie soll nicht Verzweiflung hervorbringen, die Hoffnung ist für alle ...«

»Die Poesie soll die Bewegungen der Seele widerspiegeln, Mr. Milton, ist es nicht so?«, warf ich ein und erschrak selbst über meine Rechthaberei.

Milton überdachte den Gedanken, als sei er neu für ihn. »Was sind die Bewegungen der Seele gegen die Kräfte des Universums?«, sagte er dann. »Wieso nur über die Dinge schreiben, die sich ausschließlich innerhalb unserer eigenen Erfahrung befinden?«

Es wurde still im Zimmer. Ein älterer, weißhaariger Mann mit zerfurchtem Gesicht äußerte: »Jedenfalls darf man nicht solche Dinge schreiben, bei denen man hinterher seine eigenen Worte verflucht.« Die anderen nickten. Auf dem Rückweg nach Whitehall erzählte mir Parker, dass es sich bei dem Mann um den früheren Bischof von Chichester handelte. Man hatte ihn aus dem Amt gejagt und von den Zinnen der Macht gestürzt, und nun lebte er von der Unterstützung seiner Freunde, darunter Milton – obwohl Milton Bischöfe und jeden Gedanken an eine vom Staat bezahlte und garantierte Geistlichkeit verabscheute.

Milton setzte sich wieder, schwieg einen Moment und fragte, ob ich noch eines meiner Gedichte rezitieren wollte. Ich lehnte ab und erklärte, nichts Besseres vorbringen zu können, und dass ich diesen Umstand so offen zugab, lockerte die Konversation merkwürdigerweise auf. Es gab andere Gäste, die gern ihre neuen Gedichte vorlesen wollten, und nach und nach waren alle in ein witziges und geistreiches Gespräch vertieft, bei dem ich regelrecht auflebte. Ich hatte nie zuvor an einem derartigen Kreis teilgenommen. Zwei, drei Gäste huldigten Milton und dessen Kunst und ich war derart hingerissen, dass auch ich eine kleine Rede über seine Bedeutung für mich improvisierte. Mir fiel ein Zitat von ihm ein, dass ich seinerzeit auswendig gelernt hatte, ich trug es vor. »Ich finde es einfach wunderschön«, meinte ich, »einen Engel im Paradiesgarten zu Adam sagen zu lassen: *Add faith, / Add virtue, patience, temperance, add love, / By name to come called charity, the soul / Of all the rest; then wilt thou not be loath / To leave this Paradise, but shalt posses / A Paradise within thee, happier far.* Das ist der schönste Ausdruck, den ich hier auf Erden für die Paradieserwartung kenne.«

Ich sah mich in der Runde um. Einige nickten wohlwollend und lächelten, andere schauten etwas verwundert drein. Milton selbst schwieg. Die Unterhaltungen setzten wieder ein, und als schließlich die Zeit zum Aufbruch kam und alle sich erhoben und verabschiedeten, trat Miltons Assistent, der junge Mann in Schwarz, auf mich zu und sagte gedämpft: »Mr. Milton würde gern auf ein Wort mit Euch allein sprechen.«

Ich wunderte mich, blieb aber stehen, während die anderen Herren das Zimmer verließen. Milton sagte in die Stille hinein: »Andrew, sind wir allein?« – »Ja, nur Mr. Gambledays ist noch hier.« – »Gut, dann geh, Andrew, und lass uns reden.«

Der Assistent hob die Augenbrauen in einer Mischung aus Verwunderung und Kränkung, gehorchte aber. Er schloss die Tür mit einem etwas zu deutlichen Knall.

»Mr. Gambledays«, sagte Milton leise aus seinem Stuhl, »die Zeilen von mir, die Ihr zitiert habt, woher stammen die?«

»Aus *Paradise Lost*«, antwortete ich.

Seine Lippen wurden zu einem schmalen Strich. »*Paradise Lost*«, sagte er, »ist ein Werk, das es noch nicht gibt. Ein Drama, das gerade erst in meinen Gedanken Gestalt annimmt. Möglicherweise wird es auch gar kein Drama, sondern ein großes episches Gedicht. Es gibt bestimmte Entwürfe, die aber im Schrank meines Studierzimmers liegen, und gewisse Sätze, die bisher nur in meinem Kopf existieren ... und die Zeilen, die Ihr gerade rezitiert habt«, sagte er und seine Stimme wurde scharf, »gehören in die letzte Kategorie. Ich habe sie bisher nicht diktiert und natürlich auch nicht niedergeschrieben. Ich habe sie nicht einmal so vollkommen gestaltet, wie Ihr sie gerade vorgetragen habt, aber ich weiß, dass sie einen wesentlichen Platz in meinem Werk bekommen werden. Mr. Gambledays, wie ist es möglich, dass Ihr meine Gedanken kennt, bevor ich sie selbst zu Ende gedacht habe?«

Ich hatte das Gefühl, als schwände mir der Boden unter den Füßen. Wie sollte ich irgendetwas erklären? Die Stille erschien mir ohrenbetäubend, aber wir waren allein im Zimmer und so entschied ich mich und antwortete: »Mr. Milton, glaubt es oder nicht, und erzählt es bitte niemandem, aber ich komme aus einer anderen Zeit, einer Zeit mehrere hundert Jahre nach dieser. Einer Zeit, die sich an Euch noch immer als einen der größten Dichter Englands erinnern wird.«

Er runzelte die Stirn und winkte abwehrend mit der rechten Hand. »Kommt«, forderte er mich auf, »lasst mich Euer Gesicht sehen.«

Ich ging zu ihm. Er hob die Hand, sie traf meine Brust. Ich beugte mich zu ihm hinunter. Lange befühlte er mein Gesicht, meine Stirn, meine Schläfen, meine Augen, meine Nase, meine Lippen, mein Kinn und meine Wangen. Seine warme, feste Hand duftete schwach nach Mandeln, ich weiß nicht warum. Er war tief konzentriert und ich bin fest davon überzeugt, dass er mein Gesicht vor sich sah, als er aufhörte.

»Ihr seid kein böser Mann, Mr. Gambledays«, sagte er. »Ihr seid aber auch kein Engel. Aber vielleicht seid Ihr hierhergekommen, um etwas über das Gewöhnliche hinaus auszurichten. Ich weiß es nicht. Aber ich danke Euch für dieses … Zeichen. Ihr müsst jetzt gehen. Geht und lasst Euch von Eurem Gewissen leiten. Gott möge mit Euch sein.«

»Danke«, flüsterte ich. Ich wusste nicht, was ich sagen sollte. Ich war fürchterlich aufgewühlt und gleichzeitig vollkommen klar. Dann ging ich. An der Tür drehte ich mich noch einmal um und sah ihn an. Er saß aufrecht in seinem

Stuhl. Seine gewölbten Augenlider waren geschlossen, die Hände lagen ruhig auf den Armlehnen des Stuhls.

»Was hat er gesagt? Was hat er gesagt?«, wurde ich von den Herren gefragt, die vor der Tür stehen geblieben waren. Andrew, Parker und noch einige andere Gäste. Ich nahm mich zusammen und behauptete, ein paar persönliche Ratschläge und gute Wünsche, nichts Besonderes, aber wichtig für mich. Sie begnügten sich damit.

Parker fuhr mich nach Hause.

Der Winter kam. Hugh Peters' sporadische Wutanfälle wurden schlimmer und meine Missionen in Olivers Arbeitszimmer immer häufiger; mehr als einmal unternahm ich die Tour nach Hampton Court auf dem Rücken eines Pferdes in Schneegestöber und beißender Kälte – nur um jedes Mal mit einigen nichtssagenden Floskeln zurückzukehren, die flüchtig aufs Papier geworfen und mit einem zitternden *Oliver P* unterschrieben waren – P für Protector. »Es fehlt nur ein Federstrich«, sagte Peters einmal in einem abgeklärten und resignierten Augenblick, »dann stünde dort R. R wie *Rex*.«

Es kam vor, dass ich mich plötzlich und unerwartet nach Bridget in Deptford sehnte. Ich hatte ihr Lebewohl gesagt, als ich bei Mrs. Dibbs ausziehen musste. Deptford war zu weit weg und ich konnte mir vorstellen, dass meine neue Stellung mich ziemlich in Anspruch nehmen würde. Die Sehnsucht nach einem weichen Frauenkörper verschwand allerdings auch ebenso schnell wie sie kam. Ich hatte das Gefühl, als würde man in Whitehall unter einem großen, amorphen Druck leben – einem Druck, der aus den latenten Katastrophen der Macht und den unvorhersehbaren Veränderungen bestand, aus den ozeanischen Strömen von Hass,

Furcht, Eigennutz, Pathos und Ehrgeiz, die bei einem absolutistischen Herrscher zusammenfließen. Sex schien nicht mehr so wichtig. Zu meiner Überraschung. Es blieb nicht aus, dass ich in Versuchung geriet … eine Küchenmagd oder eine Wäscherin, die einen bestimmten Ausdruck in die Augen bekam, wenn wir öfter aneinander vorbeigingen. Und ein paar Mal kam es auch zu einer schnellen Nummer in einem Keller oder der dunklen Ecke einer aufgeheizten Waschküche – aber es war nicht mehr so wichtig. Ich fragte nicht einmal nach ihren Namen und sie nicht nach meinem. Es handelte sich um so gut wie wortlose Begegnungen in der Unterwelt der Begierde, sowohl für mich wie für die Frauen. Wir taten es wahrscheinlich weniger um der Lust willen, sondern um für einige Augenblicke diesem Druck zu entkommen, den die Atmosphäre des ganzen Ortes uns auferlegte.

Es kam vor, dass ich mitten in der Nacht in dem kleinen Verschlag in Peters' Gemächern erwachte und diesen Druck spürte, als hätte mich das schwere, metallische Mahlen der ewigen Maschinerie der Macht geweckt – nicht etwa Angst, Begierde, glänzende Einfälle oder etwas, das nur mit mir selbst zu tun hatte.

Und die Kälte setzte sich in die Steine und Mauern, in die gefrorenen Pfützen am Morgen und in den Geist der Menschen, sie verdichtete sich draußen zu weißen Wolken und manchmal sogar in den eiskalten Hallen und Korridoren des Palastes.

48

Eine lange und anstrengende Sitzung mit Thurloe heute. Wieder und wieder fragte er nach Namen, und Einzelheiten der Gespräche, die ich in Hugh Peters' Umfeld mit Gott und der Welt geführt habe. Zum ersten Mal empfand ich ihn als unangenehm. Bedrohlich. Als würde mein Schicksal davon abhängen, wie kooperationsbereit ich bin. Obwohl er mehrfach gesagt hat, dass es nicht in seinen Händen läge …

Ich kann mich an das erste Mal erinnern, als ich ihn sah, einen oder zwei Monate, nachdem ich in Peters' Dienste getreten war. Thurloe ging mit eiligen Schritten durch einen der Innenhöfe in Whitehall, ich stand gerade mit einem Mann zusammen, einem Schreiber bei John Barkstead, dem Generalmajor von London und Westminster. »Schau mal«, sagte der Schreiber, »da kommt Staatssekretär Thurloe. Er weiß alles, was Oliver wissen muss. Das Geflüster gibt es nicht, das nicht schließlich doch sein Ohr erreicht.« Ich sah dem Staatssekretär nach, der mit wehendem Mantel, den er sich locker um die Schultern gelegt hatte, durch eine Tür verschwand, die ihm von innen geöffnet wurde. Als ob man ihn erwartete, er musste nicht einmal stehen bleiben. Seither sah ich ihn mehrmals, immer in Eile, aber nie gehetzt. Die Leute sprachen mit Respekt über ihn, aber auch mit einer gewissen Wachsamkeit.

Ein Mann, bei dem es gefährlich sein konnte, ihm zu nahe zu kommen.

Ich bin ihm jetzt bereits mehrere Stunden nahe gewesen. Gefährlich? Ich befinde mich in Lebensgefahr, seit ich hierherkam. Ich fange an, der Gefahr ins Auge zu blicken.

Es ist Nachmittag. Das enorme Schlafbedürfnis überkommt mich wieder wie eine dicke, dunkle Nebelbank. Ich muss zusehen, dass ich die drei Schritte hinüber zum Bett gehe, solange ich es noch schaffe.

49

Die Kälte verbiss sich und bis in den März hinein blieb es kalt. An einem der letzten Tage im Februar, an eben solch einem kalten Tag, bekam ich in Whitehall Besuch von Phineas Dibbs. Er war dünner geworden, seine Nase erschien mir noch größer und schärfer, seine Kleidung konnte unmöglich die Kälte abhalten, seine Finger schienen beinahe blau gefroren, doch er war glücklich. Glücklich auf eine heitere und überschwängliche Weise. Er kam einzig und allein zu mir, um mir die Schrift zu überreichen, die er nun endlich hatte drucken lassen, und um mir für meine Hilfe und das Geld zu danken, das ich ihm überlassen hatte. Er zog ein kleines Pamphlet aus einer abgeschabten Ledertasche und überreichte es mir, als wäre es eine große Kostbarkeit.

The Revelation of the Spirit, stand auf dem Umschlag, *a Word of Truth to all Men, Sinceerely Profess'd by Phineas Dibbs*. Es handelte sich um ein Heft von nur sechzehn Seiten, mit tanzenden Typen auf billiges Papier gedruckt und mit Bindfaden geheftet. Ich dankte Phineas und hörte mir seinen enthusiastischen Vortrag über die Menschen an, mit denen er nun zusammenlebte; eine kleine Schar freier Seelen, die jegliche Tyrannei abgeworfen hätten und nur nach den Eingebungen des Geistes lebten. »Wir ziehen uns aus und stehen nackt voreinander, und es gibt nichts, wofür wir uns schämen müssten«, erklärte er begeistert, ohne dass mir wirklich klar wurde, ob er es buchstäblich oder im übertragenen Sinne meinte. Ich verstand nur so viel, dass er seine Stelle als Hauslehrer aufgegeben hatte und nun in einer Gemeinschaft in London lebte, in der man alle Ausgaben und Einnahmen teilte. Allerdings konnte ich ihm nicht allzu lange zuhören, denn Peters hatte mir befohlen, mich auf den Weg zu machen, diesmal nicht zu Oliver, sondern zu einem Pastor in Clerkenwell. Ich bat Peters um Erlaubnis, Phineas in die kleine Küche bringen zu dürfen, die zu den Gemächern gehörte, und ließ das Mädchen etwas Suppe für ihn aufwärmen. Glücklicherweise hatte Peters gute Laune, und als ich in die Kälte hinausging, wärmte mich der Gedanke geradezu, dass Phineas sich nun ein wenig erholen konnte.

Ich las die Schrift erst am nächsten Tag. Sie erwies sich als eine einzige lange Beschwörung des uns »innewohnenden Geistes«, der alle Menschen von den überholten Formen der Religion befreien könnte, ja sogar von der Bibel. Jedermann wurde der Sündenerlass zugesichert, wenn er nur der Botschaft des Geistes gemäß handelte. Kirche und Geistlichkeit wurden mit etwas eigenartigen Argumenten widerlegt, und die Verzückungen des Geistes beschrieb Phineas ekstatisch, aber ziemlich unzusammenhängend. Seit ich seinen ersten Entwurf durchgesehen hatte, war es zu keiner Klärung seiner Gedanken gekommen, eher im Gegenteil. Die Lektüre bedrückte mich. Ich glaube, ich ahnte bereits beim ersten Mal, was er mit seiner Freidenkerei riskierte, so amateurhaft und unbedeutend sie auch aussehen mochte.

Im April kam die Nachricht, auf die viele gewartet hatten, die mich allerdings einigermaßen schockierte: Nach langer Bedenkzeit hatte Oliver sich entschlossen, die Krone entgegenzunehmen, wie es hieß. Der Reichsvorsteher sollte König werden! Zunächst hörte ich davon in den Fluren von Whitehall, doch noch am selben Abend wurde es von Hugh Peters bestätigt. Er nahm es mit einem Achselzucken, vielleicht mit einem leichten Bedauern, das er allerdings nicht äußerte. Er wollte überhaupt nicht darüber sprechen und sich an keinen Spekulationen beteiligen. Mich beschäftigte etwas ganz anderes. Denn an eine Tatsache konnte ich mich mit absoluter Sicherheit aus meinem Studium erinnern: Oliver Cromwell hatte sich niemals krönen lassen, sondern beendete seine Tage als Lord Protector. Und nun stimmte es nicht mehr. Meine langen Diskussionen mit Jurij über die Änderungen des historischen Verlaufs und dem Leben in parallelen Universen standen mir lebhaft und deutlich vor Augen; ich entschuldigte mich mit Kopfschmerzen und ging früh zu Bett, um in Ruhe all meine Gedanken zu ordnen. Natürlich schlief ich erst sehr spät nachts ein.

Der Krönungstag, Donnerstag, der 7. Mai, präsentierte sich sonnig und warm, als wollten die höheren Mächte Olivers Entschluss Beifall zollen. Als ich am Vormittag zur Westminster Abbey kam, standen die Menschen bereits dicht gedrängt um die Kirche und auf den Straßen. Nach der Krönung sollte Oliver die kurze Strecke von Westminster zum Whitehall Palace gefahren werden. Sämtliche Fenster in den Häusern, von denen man auf den Schauplatz blicken konnte, waren mit Zuschauern besetzt, und geschäftstüchtige Menschen hatten Karren herbeigerollt und Bänke aufgestellt, auf die die Neugierigen klettern durften. Ich bezahlte acht Pence, um auf einer Bank schräg gegenüber von Westminster Hall zu stehen. Vor ein paar Nächten hatte man dort ein großes, von Soldaten bewachtes Zelt errichtet, das Anlass zu vielerlei Spekulationen gab. Es sah aus wie ein Offizierszelt in Übergröße; kleine rote und goldene Wimpel flatterten von den Spitzen der Zeltstangen, aber darüber hinaus fehlten jegliche Wappenschilder oder Standarten – der Sinn der Sache blieb uns vorläufig verborgen. Die Bank füllte sich, nun standen fünf, sechs Menschen nebeneinander; es war nicht sonderlich bequem, aber man sah gut. Rechts neben mir stand eine Bürgerfrau mittleren Alters, die sich angeregt mit einem jungen Mann unterhielt, offenbar ihrem Sohn. Irgendwann verstummte sie und kurz darauf stellte sie die Füße so weit auseinander, wie es ihr bei dem Gedränge auf der Bank überhaupt möglich war, und ich hörte es auf die Bretter der Bank plätschern. Sie pisste dort, wo sie stand, schaute dabei in die Luft und tat so, als sei alles in Ordnung – lieber so als in der dichten Menschenmenge den guten Aussichtspunkt zu verlassen.

Die Zeremonie in der Kirche begann gegen zwei. Nur Personen von Stand hatten Zugang: Staatsratsmitglieder, Generalmajore, Botschafter, prominente Geistliche – Hugh Peters gehörte dazu, obwohl er enttäuscht war, dass nicht er die Predigt für den frisch gekrönten König halten durfte. Die Ehre fiel einem anderen von Olivers *chaplains* zu, und die eigentliche Krönung nahm ein sehr junger Pastor vor, der sich für diese Gelegenheit ganz in Weiß gekleidet hatte: als Symbol dafür, dass allein die Gnade Gottes Oliver die Krone aufs Haupt gesetzt hatte – weder mächtige Kirchenmänner noch Politiker. Zuvor hatte Cromwell einen langen und bedeutungsschweren Eid geleistet, dass er die wahre protestantische Religion erhalten und den Völkern der drei Nationen – England, Irland und Schottland – mit all seiner Kraft und nach bestem Verständnis der Heiligen Schrift dienen wollte. All dies wurde mir hinterher erzählt. Nach der Zeremonie hörten wir Rufe in der Nähe der Kirche, undeutliches Huldigungsgebrüll, das anzeigte, dass Oliver mit der Krone auf dem Kopf die Kirche verlassen und sich in seine Kutsche gesetzt hatte.

Kurz darauf kam die Prozession in Sicht. Vor der Kutsche marschierte eine Kompanie Soldaten in strahlend neuen roten Uniformen. Ihnen folgten zwei Herolde in goldbestickten Mänteln, die in regelmäßigen Abständen König Olivers Namen riefen, dahinter zehn bis zwölf Trommler und Trompeter, die mit ihren Fanfaren einsetzten, sobald sein Name genannt war. Die Kutsche wurde von sechs weißen Pferden gezogen, neben ihr liefen sechs Generalmajore zu Fuß. Hinter den Scheiben der Kutsche ließ sich Olivers grauer Kopf mit der goldschimmernden Krone deutlich erkennen; um seine Schultern lag ein weißer, schwarzgefleckter Kragen aus Hermelin und in der Hand hielt er irgendetwas, das wohl ein Zepter gewesen sein wird. Dann folgte ein Schwanz bedeutender Männer, Adelige, Londons Bürgermeister, Generäle, Diplomaten … einige von ihnen offenbar so bedeutend, dass sie unter leichten Baldachinen schritten, die in dem schwachen Wind wippten und von Lakaien mit federgeschmückten Hüten getragen wurden.

Beinahe direkt vor uns, vor Westminster Hall, kam der Umzug zum Stehen, wobei die Trommler einen unendlich langen Wirbel schlugen. Die Eingangsplanen des großen Zelts wurden zur Seite geschlagen und von drinnen waren sonderbare Geräusche zu hören – ein Fauchen oder Zischen und danach einige metallische Schläge. Die Trommler fielen wieder in ihren Marschrhythmus und die Parade setzte sich in Bewegung, doch im Zelteingang bot sich ein Anblick, der sämtliche Zuschauer den Mund aufsperren ließ. Ein riesiges Pferd aus blank geputztem Eisen zeigte sich, mit hocherhobenem Kopf, Dampf und Rauch strömten aus den geblähten

Nüstern. Es war mindestens doppelt so groß wie ein normales Pferd und bewegte sich steif und schwerfällig auf seinen mechanischen Hufen. Es dauerte einen Moment, bis mir auffiel, dass es nicht über vier, sondern über sechs Beine verfügte. Es sah ungeheuerlich aus, doch offensichtlich hatte man es bewusst so konstruiert, damit es nicht umfiel – auf diese Weise gab es stets drei feste Kontaktpunkte am Boden, obwohl das Pferd seine Beine in einer merkwürdig kreisförmigen Hebebewegung vorwärts schob. Es handelte sich um ein Ehrenpferd, wie ich später erfuhr, einem festen Bestandteil derartiger königlicher Paraden, doch als Zeichen einer neuen Ära wurde diesmal kein lebendiges Tier präsentiert, sondern eine von Menschenhand geschaffene, Furcht einflößende Maschine.

Man hatte ihm eine Art Pferdedecke aus goldbesticktem Samt übergeworfen, auf dem Kopf trug es einen roten Federbusch, Zähne und Augen bestanden aus weißer Emaille und aus dem Dampf speienden Maul hingen zwei goldbestickte Samtzügel, an denen zwei Dragoner das Pferd scheinbar führten. In Wahrheit muss sich jedoch ein Mann in der kolossalen Brust verborgen haben, der es steuerte – und ein Heizer im Leib des Pferdes. Denn sobald ich den Rauch der Kohle roch und das Zischen der Stempel hörte, wusste ich, worum es sich handelte: Jurijs Dampfmaschine, weiterentwickelt zu diesem Monstrum in den Händen von Leuten, denen er sie nie hätte geben wollen. Sein Satz über das eiserne Ross, das irgendwann einmal Menschen und Waren rasch durch das Land transportieren würde, war in dieses sechsbeinige Ungeheuer umgesetzt worden, das in all seiner Nutzlosigkeit eher erschreckend als imponierend wirkte und dazu führte, dass sich in der Menge Totenstille ausbreitete. Die Sonne spiegelte sich in dem blank geputzten Eisen, die Hufe dröhnten auf dem Pflaster, und das Ungeheuer schwankte auf dem unebenen Boden, verlor aber nicht das Gleichgewicht. Die lähmende Stille wurde von einigen Stimmen durchbrochen, die von hinten »Lang lebe König Oliver« riefen, und ein Teil der Menge brüllte mit, während andere noch immer der protzigen, nutzlosen Maschine hinterher starrten, die das Ende des feierlichen Umzugs bildete.

Später hörte ich, dass der Anblick des eisernen Pferdes auf dem ganzen Weg nach Whitehall die gleiche Stille ausgelöst hatte, nach ihm waren nur noch lustlose und leise Huldigungsrufe zu vernehmen gewesen. Es ist erst ein paar Monate her und doch spüre ich noch immer mein eigenes Gefühl von Unbehagen und Fassungslosigkeit bei diesem Anblick – und Zorn, der tief in mir schwelte.

Am Abend des darauffolgenden Donnerstags wurde an Hugh Peters' Tür geklopft. Ich schrieb gerade einen Entwurf für ihn ab, er selbst saß in seinem Arbeitszimmer und formulierte an einem neuen Text, also ging ich zur Tür und öffnete. Draußen stand Pastor Fuller mit einem ernsten Gesichtsausdruck und bat darum, mit Peters sprechen zu dürfen, neben ihm stand Mary Dibbs mit einem von Tränen aufgedunsenen Gesicht. Sie stolperte über die Schwelle, als ich sie hereinbat, und als ich ihr unter die Arme griff, fiel sie mir gegen die Brust wie ein umstürzender Kornsack und schluchzte herzzerreißend. Mit knapper Not hielt ich sie auf den Beinen und ging mit ihr in die Kammer, in der ich gerade gesessen hatte. Peters kam hinzu, mit vor Verwunderung hochgezogenen Augenbrauen, seine Feder hielt er noch in der Hand.

»Mr. Peters«, sagte Fuller ohne irgendeine Einleitung,

»Euch ist Seine Majestät gewogen und wir benötigen Eure Hilfe.«

Er erläuterte kurz, dass man Phineas Dibbs am Montag, dem Tag nach Abschluss der Krönungsfeierlichkeiten, wegen seiner Schrift verhaftet und auf der Basis des Blasphemieparagraphen angeklagt hatte. Heute hatte er sich vor Gericht verantworten müssen und war verurteilt worden – zum Tode.

»Er ist mein einziger Sohn«, schluchzte Mrs. Dibbs, »ich will nicht meinen einzigen Sohn verlieren! Er hat eine Dummheit begangen, aber soll er dafür sterben? Wem hat er denn geschadet? Oh, diese Ranters! Wäre er ihnen doch nur nie begegnet!«

Ranters. Ich hatte das Wort schon einmal gehört. Es wurde stets mit einer Mischung aus Verachtung und erregter Neugierde ausgesprochen. Ranters sind Freidenker, die nicht in die Kirche gehen, sondern ihre frommen Treffen in Wirtshäusern abhalten, bei denen sie sich nackt in zügellosen Orgien dem Suff und dem Sex ergeben, sollten die Gerüchte stimmen. Aber auch, wenn sie nur zur Hälfte der Wahrheit entsprachen, überraschte es mich nicht sonderlich, dass der unerfahrene Phineas enorm fasziniert davon war.

»Diese Ranters!«, rief Mrs. Dibbs noch einmal mit hasserfüllter Stimme, und es schien, als würde der Hass ihr einen gewissen Halt geben. Sie biss sich auf die Knöchel, um still zu sein, während Pastor Fuller Peters bedrängte, Oliver um die Begnadigung des jungen Mannes zu bitten, der ja keine anderen strafbaren Handlungen begangen hatte als ein unbesonnenes Traktat herauszugeben.

Peters zögerte. Ich sah ihm an, dass er nicht die geringste Lust hatte, sein ohnehin gespanntes Verhältnis zu Seiner Majestät mit einer derartigen Bitte zu belasten. Aber er ließ sich überreden, mit mehr als nur einem Seitenblick auf Mary Dibbs' verheultes Gesicht, ja, er war regelrecht gerührt, als sie vor ihm auf die Knie fiel und ihm dankte. Es war bestimmt einige Jahre her, dass jemand ihm einen derartigen Respekt und ein solch vorbehaltloses Vertrauen erwiesen hatte. Die beiden Geistlichen vereinbarten, dass Fuller mit Mrs. Dibbs zu einem Pastor in der Nähe fahren sollte, der ein geräumiges Haus mit mehreren Gästezimmern bewohnte; Peters wollte bereits am nächsten Tag versuchen, an Oliver heranzutreten.

Als Fuller und die Witwe gegangen waren, fragte mich Peters, ob ich wüsste, was für eine Schrift dieser Dibbs verfasst hatte. Ich holte sie ihm und er setzte sich hin und las sie. Hinterher sagte er einige Minuten kein Wort.

»Welch ein Jammer«, meinte er schließlich. »Der größte Teil ist verwirrter Nonsens, doch es stinkt nach ungesunder Aufsässigkeit. Wie leicht fallen den jungen Leuten doch die großen Worte. Bedauerlich. Ich muss versuchen, was ich tun kann. Aber er hat sich da ein paar schwere Fesseln geschmiedet, in der Tat …« Peters seufzte und rieb sich mit einem Finger zwischen den gerunzelten Brauen; eine Angewohnheit, die er hatte, wenn er mit einem Problem nicht weiterkam. »Wir werden sehen«, sagte er und stand auf. »Ich habe es versprochen …«

Keiner von uns schrieb an diesem Abend noch etwas.

»Ihr kommt besser mit«, forderte mich Peters am nächsten Morgen auf. Wir gingen zusammen in Olivers Vorgemach, dort erfuhren wir, dass Seine Majestät sich in einer Sitzung des Staatsrats befand. Wir begaben uns in einen anderen Innenhof, zum Sitzungssaal des Staatsrats, und warteten dort eine gute Stunde, bis die Tür geöffnet wurde und Oliver als

Erster ins Sonnenlicht trat. Er trug keinen Hut und wieder ganz einfache Kleider, ohne jedes königliche Gepränge.

Wir waren nicht die Einzigen, die ihn erwarteten, es gab andere, die entweder einen Blick auf die hohen Herren werfen oder die Gelegenheit ergreifen wollten, sich an den König zu wenden, aber Peters trat resolut vor, senkte untertänigst den Kopf und versperrte Cromwell dann beinahe den Weg. »Eure Majestät«, sprach er ihn mit sonorer Stimme an, »eine Witwe kam gestern Abend in Not zu mir. Es geht um Leben oder Tod.«

Es war ein guter Anfang, ich hatte den Eindruck, dass er sich sorgfältig vorbereitet hatte. Er erklärte den Fall kurz und knapp, allerdings nicht ohne Emotionen, und er sprach so laut, dass die Umstehenden es mit anhören mussten. Er sah müde und angespannt aus und das Gespräch verlief kurz.

»Wie heißt der junge Mann?«, wollte Oliver wissen.

»Phineas Dibbs.«

»Ich habe von der Sache gehört. Das Gesetz ist eindeutig. Er hat geschrieben, was er geschrieben hat, und er hat es drucken lassen – niemand hat ihn dazu gezwungen. Dafür muss er sich verantworten. Das Urteil ist rechtskräftig. Belästige mich nicht mehr damit.«

Den letzten Satz sprach er in einem barschen Befehlston aus, dann setzte Oliver ohne ein weiteres Wort seinen Weg fort. Peters blieb zurück, die Falten in seiner Stirn wurden tiefer und mein Herz verkrampfte sich vor Trauer und Wut, während ich – halb verdeckt von anderen Zuschauen – dem Monarchen und einigen Mitgliedern des Staatsrates hinterher sah, wie sie flankiert von ein paar Bewaffneten quer über den Platz gingen und an einem Portal abbogen. Es hatte nicht einmal eine Minute gedauert, doch in dieser kurzen Zeit hatten sich so viele Hoffnungen zerschlagen.

Hugh Peters und ich gingen wortlos durch die Korridore zurück zu seinen Gemächern. Vor der Tür blieb er stehen. »Geht nach St. Martin's und sagt Fuller und der armen Frau, dass …« Plötzlich richtete er sich auf. »Nein. Ich muss selbst dorthin. Geht in den Stall und lasst mein Pferd satteln!«

Ich tat es sofort. Erleichtert. Ich konnte den Gedanken nicht ertragen, Mrs. Dibbs berichten zu müssen, was sich zugetragen hatte.

50

Ich weiß wirklich nicht, was ich glauben soll. So unangenehm und bedrohlich Thurloe beim letzten Mal gewesen ist, so freundlich, ja geradezu mitfühlend verhielt er sich heute. Er kommentierte die Geschichte von Mrs. Dibbs' vergeblichem Versuch, ihren Sohn zu retten, nicht, aber er nickte mehrfach, als ich erwähnte, wie sehr mich die Sache bedrückte. Ich spürte eine Art Verständnis bei ihm.

Bedeutet seine Freundlichkeit, dass Oliver freundlicher über mich denkt? Oder ist irgendetwas passiert, was meine Chancen verbessert? Ich habe nicht die geringste Ahnung, allerdings habe ich in diesen Wochen auch nicht die kleinste Spur einer Nachricht von draußen erhalten.

Es dauerte heute nicht so lange, er musste offenbar weiter. Der Ort, an dem ich bin, kann nicht sehr weit von London entfernt sein, sonst könnte er nicht so häufig kommen. Ich erkenne nur nichts von dem wieder, was ich aus meinem Fenster sehen kann.

Als er aufbrechen wollte, fragte ich ihn, ob ich rasiert werden könnte. Der Backenbart juckt, und Schnurr- und Kinnbart dürften lang und zottelig sein. Ich habe keinen Spiegel. Es ist ein irritierendes Gefühl. Komisch. Ich sitze hier möglicherweise in einer Todeszelle und mache mir Sorgen um mein Aussehen. Aber so ist es.

»Rasieren?«, fragte er zurück. »Ja, natürlich. Ich werde

für einen Barbier sorgen. Es ist an der Zeit. Wir nähern uns dem Ende. Von Eurer Erzählung, meine ich …«

Mit der Andeutung eines Lächelns drehte er sich um und ging aus der Tür.

Es ist jetzt ein paar Stunden her. Ich bin auf und ab gegangen, zum Fenster und wieder zurück, und habe meine Wangen, mein Kinn und meinen Hals befühlt.

Es gibt eine Frage, die ich nicht verdrängen kann und auf die ich keine Antwort bekomme.

Ob es wohl schmerzhaft ist, gehängt zu werden? Wie schnell ist es vorbei?

51

In den Tagen nach dem vergeblichen Versuch, eine Begnadigung von Phineas zu erreichen, verhielt sich Hugh Peters mir gegenüber mürrisch und jähzornig, als hielte er mich für verantwortlich. Er wusste natürlich, dass ich bei Mrs. Dibbs gewohnt hatte und Phineas kannte, aber er konnte doch nicht ernsthaft glauben, ich hätte etwas mit dem Urteil oder Pastor Fullers Bitte zu tun.

Am Morgen des Tages, an dem Phineas hingerichtet werden sollte – ich wusste es, weil ein Tod durch den Strang nicht nur Stoff für die Gerüchtebörse in Whitehall lieferte, sondern Gesprächsthema in allen Wirtshäusern der Stadt war –, fing Peters wieder an, mich zu beschimpfen, ich würde meine Arbeit langsam und nachlässig erledigen. Da reichte es mir. Ich knallte das Buch, das ich in der Hand hielt, auf die Tischplatte, dass er zusammenzuckte, und erklärte: »Heute soll mein Freund Phineas sterben und ich glaube, dass ich dabei sein sollte, wenn er zum Galgen geführt wird. Ich werde jetzt gehen, mit oder ohne Eure Einwilligung!« Er starrte mich an. Ich ging, ohne eine Antwort abzuwarten.

Es war ein schwerer Weg hinaus nach Tyburn. In den langen Alleen am St. James' Palace und in den Gärten um die Palais der Adligen hingen hellgrüne Blätter an den Bäumen, die Sonne schien hinter leichten Wolken, die Vögel sangen – doch ich konnte an nichts anderes denken als an das sinnlose Todesurteil, das vollstreckt werden sollte. Hätte es noch eine Möglichkeit gegeben, um Phineas zu retten? Aber was hätte ich denn tun sollen? Ihm verbieten, über die großen Fragen nachzudenken? Ihn auffordern, dumm und gehorsam zu bleiben? Ich wälzte die Argumente in meinem Kopf, und erst als ich die staubige Straße erreichte, die nach Oxford führt, bemerkte ich, dass sich sehr viel mehr Menschen auf der Straße befanden als sonst. Heiter lärmend waren sie unterwegs zu demselben Ereignis wie ich, allerdings hielten sie es für eine Belustigung. Als ich schließlich den kleinen Hügel erreichte, auf dem der Galgen stand, hatten sich bereits mehrere hundert Zuschauer eingefunden. Auch tauchten bereits die ersten Verkäufer von Brötchen, Pies und Cider auf, obwohl es noch einige Stunden bis zur Hinrichtung dauerte. Acht bis zehn Wachen mit kurzen Lanzen standen um den dreieckigen Galgen und sorgten dafür, dass die Leute nicht zu nahe kamen.

Am Nachmittag wurde dann die offene Karre mit Phineas auf der Ladepritsche vorgefahren. Ich stand dicht genug am Galgen, um sein Gesicht zu sehen – bleich, die scharfe Nase zeigte nach unten, versuchte er, die johlende Menge um sich herum nicht zu beachten. Zwischen ihm und dem Kutschbock lag quer ein grob gezimmerter Sarg aus knotigem Kiefernholz voller Astlöcher. Ein Geschrei erhob sich, als der Karren mit einer Reiterabteilung dahinter in Sicht kam, und ein dicker Mann direkt vor mir brüllte aus voller Kehle: »Hängt alle Ranters! Hängt alle Ranters!«

Dem Wagen folgte eine kleine Gruppe von Männern und Frauen, die den Karren offenbar ein Stück begleitet hatten, einige von ihnen drängten sich resolut zum Galgen, so dass beinahe ein Handgemenge mit denen entstand, die bereits lange dort gestanden hatten. Doch die Rangelei hörte auf, sobald die Soldaten eingriffen. Ein Mann in Hemdsärmeln setzte eine lange Leiter an den am nächsten gelegenen Querbalken, mit denen die drei groben, unbehandelten Holzpfosten des Galgens verbunden waren, stieg hinauf und knüpfte ein Seil, das in einer Schlinge an den waagerechten Balken endete. Währenddessen setzte sich der Karren wieder in Bewegung, den Sarg hatte man heruntergenommen. Nun ritten die Soldaten heran und räumten den Weg, und als der Karren direkt unter dem Seil stand, sprang der Mann in den Hemdsärmeln auf die Ladefläche und zerrte Phineas, dem man Hände auf den Rücken gebunden hatte, unsanft auf die Beine. Dann griff er sich die Schlinge, führte sie ein paar Mal am Seil auf und ab, um sicherzugehen, dass sie reibungslos glitt, und legte sie Phineas um den Hals. Die ganze Zeit über stand ein Gefängnispastor daneben und sprach eindringlich auf Phineas ein, ich konnte nicht verstehen, was er sagte. Schließlich schwieg er und schaute den Jungen auffordernd an – denn Phineas war wirklich nicht mehr als ein Junge, so wie er dastand, verloren aussah und allzu tief und allzu hastig einatmete.

Er versuchte, etwas zu sagen, aber ich konnte seine Stimme kaum hören… dann verstummte er und blickte zu Boden. Der Henker band ihm ein schwarzes Tuch vor die Augen, sprang von der Ladepritsche und half dem Pastor herunter. Phineas stand allein auf dem Karren und die Menge ließ ein erwartungsvolles Murmeln hören. Nach und nach waren ein paar tausend Zuschauer gekommen.

Ich zwang mich hinzusehen. Der Kutscher, der die Karre gefahren hatte, war vom Bock gestiegen und hielt das Pferd an der Kandare. Auf ein Zeichen des Henkers klatschte er dem Pferd mit der Peitsche aufs Hinterteil und das Pferd zog den Karren mit einem Ruck vorwärts.

Als die Pritsche unter Phineas' Füßen verschwand, wurde er zunächst ein Stück mitgezogen, dann pendelte sein Körper in einem Bogen zurück. Er baumelte, er zuckte mit den Beinen und erneut schrie die Menge auf. Ich musste meine Hände ineinanderpressen, um in meinem Zorn nicht auf den Nächststehenden einzuprügeln, und wenn ich selbst ein Brüllen ausstieß, dann sicher nicht aus Spannung. Die Füße des armen Phineas zuckten noch immer in Krämpfen und plötzlich drängelten sich zwei Männer bis zu ihm durch. Die Wachen hielten sie nicht auf. Zunächst dachte ich, sie wollten ihn befreien, aber jeder der beiden griff sich eine der Waden, dann blickten sie sich an und zogen gleichzeitig den Körper fest nach unten. Sie legten ihr ganzes Gewicht in diesen Zug und traten dann sofort zur Seite. Eine fürchterliche Hilfe, ein letzter Freundschaftsdienst: Einem halbtoten Mann wird das Genick gebrochen, damit er endlich stirbt. Eine dunkle Flüssigkeit lief aus Phineas' Hose und Strümpfen und tropfte ihm auf die Schuhe. Die Zuschauer wurden still. Nur eine Frau weinte, langgezogen und klagend, und ich sah, wie die beiden Männer, die Phineas die letzte Hilfe erwiesen hatten, sie umarmten und trösteten. Sie war jung. Ihr Weinen hatte mich einen Moment an Mrs. Dibbs denken lassen, allerdings konnte ich sie nirgends sehen; ich glaube auch nicht, dass sie sich dort aufhielt. Es war auch besser so. Denn es war ein unwürdiger, furchtbarer und sinnloser Anblick.

Einige Zuschauer begannen aufzubrechen, die meisten jedoch blieben. Wie gerne hätte ich mich umgedreht und wäre weit fortgegangen, aber ich konnte mich nicht von der Stelle bewegen, bevor ich nicht das Ende gesehen hatte. Phineas' Körper hing still, er schwankte nur ein wenig von einer Seite zur anderen, entweder durch den leichten Wind oder weil das Seil etwas nachgab.

Nach einer Weile wurde die Leiter wieder an den Querbalken gelegt, der Henker stieg hinauf, fühlte am Handgelenk des Toten, nickte und stieg wieder hinab. Zwei Burschen mit roten Flecken im Gesicht, die ich bisher nicht bemerkt hatte, übernahmen die weitere Arbeit. Sie trugen eine Art Schlachterschürze, schnitten die Leiche, der noch immer das Seil um den Hals hing, professionell ab und warfen sie in den Kiefernholzsarg, dann nagelten sie mit ein paar Nägeln den Deckel darauf. Einige Zuschauer, Männer wie Frauen, liefen eilig zum Sarg und drängelten, um den Toten zu berühren – den Grund konnte ich mir nicht erklären –, aber sie wurden von den Wächtern und den beiden grobschlächtigen Burschen fortgejagt. Dann wurde der Sarg auf die Pritsche geschoben, so unzeremoniell wie eine Pappschachtel, und die großen massiven Räder begannen sich zu drehen.

»Wo bringen sie ihn hin?«, fragte eine junge Frau ihren Mann.

»Zurück nach Newgate«, antwortete der Mann. »Bis er begraben wird, ist er ein Gefangener.«

Zurück machte ich einen langen Umweg; ich dachte, ich könnte mir die grauenhaften Eindrücke und Gedanken durch Gehen aus dem Kopf vertreiben, doch als ich die Säle von Whitehall wieder betrat, herrschte in mir noch immer ein Chaos aus Erregung, Zorn, Verzweiflung, einem Gefühl des Abgestoßenseins und allem Möglichen mehr. Hugh Peters kam aufgebracht aus seinem Arbeitszimmer, ich sah ihm an, dass er eine gewaltige Strafpredigt vorbereitet hatte. Doch ich muss fürchterlich ausgesehen haben. Er blieb mit offenem Mund stehen, die Lungen voller Luft, die er gerade eingesogen hatte, um mich laut anbrüllen zu können;

stattdessen entwich sie ihm nun in einer sonderbaren Mischung aus Seufzen und Schnauben. »Ruh dich aus!«, sagte er, als wäre es ein Befehl. »Ich rede morgen mit dir.« Dann drehte er auf der Stelle um und verschwand in seinem Arbeitszimmer.

Ich aß in der Küche Brot und kaltes Fleisch, obwohl ich überhaupt keinen Appetit hatte. Ich antwortete nicht auf die Fragen der Magd. Ich versuchte, früh ins Bett zu gehen, stand aber wieder auf und ging ins Freie. Es war noch nicht ganz dunkel, und ich lief zu einem kleinen Tor, das zu einem der schrägen Stege führte, die an den Mauern von Whitehall an mehreren Stellen in die Themse ragen. »Wer da?«, fragte der einsame Wachposten am Tor, aber glücklicherweise kannte er mich, wir hatten ein paar Mal vor der Wachstube miteinander geplaudert. »Ich brauche noch ein bisschen frische Luft«, sagte ich und betrat den Steg.

Die Flut kam und das Wasser stieg, als ich auf den rutschigen Bohlen saß, zum Glück aber nicht so hoch, dass ich mich hätte umsetzen müssen. Ich hockte mit angezogenen Knien, um die ich die Arme gelegt hatte, mir war weder heiß noch kalt, ich empfand eigentlich überhaupt nichts; ich fror nicht einmal in der klammen Abendluft des Flusses. Der Anblick des langsam dahinfließenden Wassers war beruhigend, der dunkelsaure Geruch des Flussschlamms passte zu meiner Stimmung, ich konnte die Umrisse der viereckigen Türme des alten Bischofssitzes von Lambeth drüben auf der anderen Seite erkennen und von Zeit zu Zeit glitt ein Ruderboot mit ein oder zwei brennenden Fackeln an Bord vorbei. Doch niemand legte an oder rief mir etwas zu. Man ließ mich in Ruhe.

Die Gedanken strömten ebenso an mir vorbei. All die Vorwürfe, die ich mir selbst auf dem Weg nach Tyburn gemacht hatte, hatten sich auf dem Heimweg noch verschlimmert. Ich hätte etwas unternehmen müssen, ich hätte mir den Weg zu Phineas bahnen und einem der Soldaten eine Lanze aus der Hand reißen müssen, ich hätte Phineas retten und fortbringen müssen. Ich hätte ihm wenigstens etwas Tröstendes sagen oder zumindest bei der allerletzten Hilfe dabei sein müssen, die alles beendete. Ich hätte müssen … Ich war rasend wütend auf mich selbst, auf die Welt, auf das Schicksal, auf alles.

Aber langsam, langsam, ebenso langsam, wie sich die Dunkelheit allmählich über die letzten Lichtstreifen am Himmel legte, begann sich mein Zorn auf ein Ziel zu konzentrieren. Es gab eine Person, die diesen Mord an einem unerfahrenen Jungen hätte verhindern können. Es gab eine Person, die dieses rigide Gesetz über »Blasphemie« mit einem Federstrich abschaffen oder ändern konnte. Es gab eine Person, die zumindest einer Bitte um Gnade hätte zuhören und die Milde zeigen können, die angemessen gewesen wäre. Oliver Cromwell. Der König, der nicht König sein sollte. Der Alleinherrscher über diese verzerrte Variante der Geschichte, in die ich geraten war. Der Tyrann Oliver, der Despot Oliver, das innerste Rad dieser Maschinerie aus Furcht und falscher Begeisterung, die Tag und Nacht im Palast mahlte.

Ich sah ihn vor mir wie auf einer überscharfen Fotografie: am Schreibtisch sitzend und einige Worte auf Hugh Peters' Briefe kritzelnd. Ich sah sein dünnes Haar, seinen auf das Papier gerichteten Blick, und ich sah dieses kleine Stück seines rotgesprenkelten Halses, das sich zwischen dem Kiefer und dem weißen Kragen zeigte. Ich stellte mir vor, wie es wohl wäre, dort ein Messer hineinzustoßen, ein scharfes, spitzes Messer, und dieses eitrige Geschwür der Machtgier aus ihm herauszuschneiden – und diese Vorstellung führte zu einer seltsamen, tief befriedigenden Besänftigung all der Unruhe, die in meinem Körper tobte. Immer wieder spielte ich diesen Gedanken durch, bis mein Puls sich beruhigte, meine Muskeln schwer und meine Atmung langsam und regelmäßig wurden.

Dann stand ich auf, wischte mir etwas eingetrockneten Dreck von der Hose, beugte ein wenig die steifgewordenen Knie und ging durch das Tor zurück in den Palast.

»Genug frische Luft?«, fragte der Soldat, der noch immer auf seine Hellebarde gestützt dastand. »Ja«, erwiderte ich und wünschte ihm eine ruhige Wache.

Diesmal schlief ich mühelos ein.

Der Gedanke verschwand in den folgenden Tagen nicht. Er wurde immer klarer. Ich könnte etwas bewirken, ich könnte die Geschichte von der falschen Richtung abbringen, in die sie sich momentan unweigerlich bewegte. Ich durchdachte alles sehr nüchtern. Ich hatte lediglich eine mikroskopisch kleine Chance, lebend davonzukommen, aber Phineas war für weniger gestorben; mir schien, dass meine Handlung seinem Tod ein wenig mehr Sinn geben könnte – ihn aufwiegen oder sühnen, möglicherweise. Ich hatte mir bisher nie derartige Gedanken gemacht, allerdings hatte ich auch nie zuvor diese Ruhe verspürt, die mich überkam, als ich meinen Beschluss gefasst hatte.

Während einer meiner Botengänge für Hugh Peters kaufte ich mir in der Stadt bei einem Messerschmied ein Küchenmesser. Es handelte sich nicht um eine Handwaffe, das Blatt bestand aus billigem, grauem Stahl und der Schaft aus einem einfachen Holzgriff, aber es erfüllte seinen Zweck. Alles in allem war es gerade so lang, dass ich es meinem Reitstiefel verstecken konnte, es hatte ein dreieckiges Blatt, das in einer scharfen Spitze auslief, und die Schneide war so scharf geschliffen, dass man damit auch der zähesten Hammelkeule hätte beikommen können. Aus ein paar alten durchlöcherten Schuhen, die ich für einige wenige Pence bei einem Pfandleiher kaufte, bastelte ich eine Art Scheide, die flach genug war, um sie in meinem rechten Stiefel anzubringen. Und nachdem ich einige Male trainiert hatte, allein, konnte ich mich wie zufällig bücken und das Messer innerhalb einer Sekunde ziehen.

Es dauerte eine Weile, bis sich eine Gelegenheit ergab, nahe genug an Oliver heranzukommen. Hugh Peters hatte offenbar keine große Lust, das Risiko einzugehen, Seine Majestät mit neuen Ideen zu belästigen. Doch am 5. Juni, einem Freitag, überschlugen sich die neuesten Gerüchte über eine Allianz zwischen Frankreich und Spanien, die angeblich zum Ziel hatte, einen Teil der Spanischen Niederlande zu erobern. Er *musste* seine Sicht der Dinge in einem Schreiben darlegen, das so geheim war, dass er es sogar versiegelte, bevor er es mir überreichte und befahl, es so schnell wie möglich zu überbringen. Oliver ruhte sich auf Hampton Court aus, aber ich konnte im Stall Peters' persönliches Reitpferd für mich einfordern. Selbstverständlich wusste ich in groben Zügen, worum es in dem Schreiben ging, denn Peters hatte den ganzen Vormittag über laut gedacht.

Der Ritt kam mir aus mehreren Gründen gelegen. Zum einen bekam ich Zeit und Muße, mich unterwegs auf den großen Moment vorzubereiten, andererseits würde sich niemand darüber wundern, warum ich an einem Sommertag in Reitstiefeln erschien. Peters' Pferd war ein fuchsroter Hengst mit einem freundlichen Temperament, den ich von früheren Ausritten kannte, und mein Reitlehrer auf Hopesley Hall hätte meinen Fortschritten Beifall gezollt, wenn er gesehen hätte, wie ich auf der bald geraden, dann wieder gewundenen Straße galoppierte – vorbei an Feldern und durch Wälder, in denen die Themse durch die Bäume glitzerte. Ich wusste, dass ich einem entscheidenden Augenblick entgegenritt, und doch konnte ich mich noch maliziös über eine Tatsache amüsieren, die mir in diesem Augenblick einfiel: In Dänemark wurde der Tag des Grundgesetzes gefeiert, der Festtag der Demokratie in einem Land und einer Zeit, die es überhaupt noch nicht gab und möglicherweise niemals geben würde. Doch dann konzentrierte ich mich umso mehr auf meine Aufgabe hier und jetzt: Der blitzartigen und entschlossenen Abrechnung mit einem Tyrannen, dessen Handeln sämtliche menschlichen Hoffnungen zum Erliegen brachte.

Kurz darauf kamen Hampton Courts weitläufige Mauern und Böschungen in Sicht. Ich ritt auf den ersten Wachtposten zu, direkt an der Landstraße, teilte ihm meinen Namen und mein Anliegen mit und durfte passieren. Ich band mein Pferd dort fest, wo ich es schon früher festgebunden hatte, und ging dort hinein, wo ich schon früher hineingegangen war. Und ich hatte Glück: Die alte Anordnung war noch in Kraft, ich wurde direkt in Olivers Arbeitszimmer gewiesen, in dem er in diesem Moment saß und Papiere durchsah. Die Umstände hätten nicht besser sein können.

Wie gewöhnlich warf er nur einen kurzen Blick auf mich, nahm mir einfach Peters' Brief ab, brach das Siegel, faltete ihn auseinander und begann zu lesen.

Ich stand an seiner rechten Seite. Ich sah seinen rotgesprenkelten Hals. Ich beugte mich hinunter zu meinem Messer.

Als ich mich aufrichtete, hatte er den Kopf gedreht. Er sah mich direkt an. Seine Blickrichtung veränderte sich nur um den Bruchteil eines Millimeters und erfasste das grobe Messer in meiner rechten Hand, dann kehrte sein Blick zurück und er sah mir wieder direkt in die Augen. Nie zuvor hatte ich seine Augen aus der Nähe gesehen. Sie waren groß, voller Glanz, irgendwo zwischen grau und grün; sie zeigten eine enorme Melancholie und gleichzeitig sah ich etwas in ihnen, für das ich, so sehr ich mich auch anstrenge, kein anderes Wort finde als: Hoffnung. Er sah mich an, als wäre ich gekommen, ihn zu retten. Ich habe diesen Augenblick in den vergangenen Tagen wieder und wieder hin- und hergewälzt, ich habe mir seinen Blick ins Gedächtnis gerufen, ich habe ihn in meinen Träumen gesehen, ich werde nicht fertig damit. Ich weiß nicht, was passiert ist. Ich empfand in diesem Augenblick ein so tiefes Gefühl der Verbundenheit mit ihm, dass ich wie gelähmt stehen blieb. Ich sah bis ganz tief in den Kern seines Wesens, aber es war so unvermittelt und so überwältigend, dass ich überhaupt nicht wusste, wie ich damit umgehen sollte. Ich habe das sichere Gefühl, dass er meinen Todesstoß willkommen geheißen hätte, doch wenn ich den Gedanken zu Ende denke, ist er absurd. Ich konnte nichts tun. Ich las in seinem Geist, als hätte ich völlig unerwartet einen Code geknackt; ich spürte ein schwindelerregendes Mitleid mit ihm und wusste, was er sich von mir wünschte, aber ich konnte nichts tun …

Ich erinnere mich an diese Sekunden als etwas sehr, sehr Langsames. Natürlich muss das Ganze im Handumdrehen passiert sein, aber in meinen Gedanken sind sämtliche Bewegungen schwebend, verzögert, schwerelos, vollkommen ungewiss in ihrer Ausdehnung und Dauer. Ich sehe die Veränderung seines Blicks von Wehrlosigkeit zu einer Art ärgerlichem Zorn; ich sehe, wie seine rechte Hand auf mein rechtes Handgelenk zugleitet und es mit einer Entschlossenheit und Kraft packt, die nicht zu einem so alten Mann passen; ich sehe aus den Augenwinkeln die beiden Wachen, die vor der Tür postiert waren, im Zeitlupentempo auf mich zuspringen, in wogenden Bewegungen, als müssten sie durch eine sämige Flüssigkeit; ich sehe Olivers Mund offen, ich weiß nicht, ob er sie gerufen hat; ich sehe den Zorn, ich sehe … die Enttäuschung in seinen Augen. Dann sind die Soldaten über mir, sie werfen mich auf den Boden und alles geschieht in harter und hektischer Realzeit – ich krümme mich zusammen und ihre Schläge und Tritte sind schmerzhaft.

Mit auf den Rücken gebundenen Händen werde ich eine Treppe hinunter in ein dunkles Gefängnisloch mit einer kreischenden Eisentür geschleppt. Selbstverständlich findet sich so etwas auch auf Hampton Court. Habe ich geschlafen? Bin ich lange oder kurz dort gewesen? Unmöglich zu sagen. Als ich hinausgeführt wurde, band man mir eine Binde straff vor die Augen, durch die ich nichts sehen konnte, und fuhr mich so lange in einer Kutsche herum, bis ich das Gefühl für die Zeit verloren hatte. Möglichweise handelte es sich um Umwege, vielleicht ging es aber auch wirklich an einen fernen Ort, ich habe keine Ahnung.

Als mir die Binde abgenommen wurde, fand ich mich hier wieder, in diesem Raum, den ich in den letzten zirka vier Wochen nicht verlassen habe, wenn ich richtig rechne. Meinem Rekapitulationsraum. Meinem Erzählraum. Wo soll ich hin, wenn meine Geschichte zu Ende erzählt ist?

52

Heute wurde nach dem üblichen Frühstück ein Barbier ins Zimmer gebracht. Der Wachsoldat zog einen der Stühle in die Mitte des Raums, ich musste mich hinsetzen und er band mir die Hände auf den Rücken – offenbar hatten sie Angst, dass ich versuchen würde, das Messer des Barbiers an mich zu bringen. In dieser unbequemen Haltung hat man mich eingeseift und rasiert, wurden Kinn- und Schnurrbart getrimmt. Das Ganze fand in absoluter Stille statt. Als der Barbier gegangen war, band der Soldat mich wieder los. Ich berührte meine glatten, kühlen Wangen und eine Stelle, die ein wenig brannte. Ein kleiner feiner Streifen Blut zeigte sich auf meinem Mittelfinger, als ich nachsah.

Kurz darauf kam Thurloe. Wir setzten uns wie gewöhnlich jeder an seine Seite des Tisches. Ich berichtete über Phineas' Hinrichtung und mein unterlassenes Attentat auf Oliver, aber am meisten darüber, was ich dabei fühlte, so verworren und unklar es auch noch immer ist. Als ich am Ende war, sagte er nichts.

»Was jetzt?«, fragte ich.

»Das kann ich Euch noch immer nicht sagen«, erwiderte er. »Noch ist nichts entschieden. Aber ich denke, wir werden uns nach dem heutigen Tag nicht mehr wiedersehen.«

»Bleib sitzen«, sagt er, als ich vom Bett aufstehen will. Er nimmt sich einen Stuhl und setzt sich mir gegenüber, den Stock zwischen den Beinen. Er blickt mich lange an.

»So treffen wir uns wieder, Master John«, sagt er. »Ich hatte nicht erwartet, dich wegen eines Anschlags auf Seiner Majestät Leben im Gefängnis wiederzufinden.«

»Zehn Jahre sind eine lange Zeit«, entgegne ich.

»Erklärt das ein Verbrechen?«

Ich weiß nicht, was ich antworten soll. Stattdessen frage ich: »Wie habt Ihr mich gefunden?«

»Ich habe dich nicht gefunden. Ich bekam einen Brief von Sekretär Thurloe. Jemand muss sich daran erinnert haben, wie du nach England gekommen bist.«

»Hugh Peters?«

»Nein. Nicht Hugh Peters. Ein anderer meiner Gäste, damals, als du dich in meinem Haus aufgehalten hast. Das ist alles, was ich weiß. Doch als Sekretär Thurloe mich aufforderte, den langen Weg nach London anzutreten und ihm zu berichten, was ich über dich wüsste, bat ich ihn um die Erlaubnis, dich zu sehen.«

»Wieso?«

»Master John, bereust du, was du getan hast?«

»Was meint Ihr?«

»Auch ein missglücktes Attentat bedeutet nach dem Gesetz, dass du dein Leben verwirkt hast. Das weißt du doch.«

»Und nun soll ich bereuen, bevor ich am Galgen ende?«

»Die Reue kommt von innen, nicht, weil man soll. Ich habe einen sehr genauen Bericht darüber bekommen, was auf Hampton Court passiert ist. Du hättest den Stoß ausführen können, der König Oliver getötet hätte. Niemand

war in der Nähe. Du hattest Zeit genug. Wieso hast du es nicht getan?«

»Mich verließ wohl der Mut. Ich hätte es tun können, ich hätte einen Tyrannen töten können. Ich hätte etwas verändern können. Aber ich hatte nicht den Mut, glaube ich.«

»Denk nach.«

Er schaut mich so insistierend an, so merkwürdig freundlich. Er verwirrt mich. Ich weiß nicht, was ich sagen soll.

»Es waren seine Augen«, sage ich.

»Erzähl mir davon. Erzähl mir, was du gesehen hast.«

Ich erzähle es. Es erschüttert mich. Diese Melancholie, diese Hoffnung ... Plötzlich spüre ich, dass es zwischen ihm und mir eine Grenze gegeben hatte, die aufgehoben worden war, sie war ganz einfach verschwunden; es wäre gleichgültig gewesen, ob ich das Messer in ihn oder in mich gestochen hätte, es war vollkommen sinnlos ...

Strongworth findet meinen Blick und hält ihn fest.

»Master John«, sagt er, »ich glaube nicht, dass dich der Mut verlassen hat. Ich glaube, dass Gott der Herr dir einen größeren Mut eingab – den Mut, ein gewöhnlicher Mensch zu sein. Kein mörderischer Held, sondern ein durchschnittlicher, gewöhnlicher Mensch.«

»Wie ...?«

»Als ich jung war, Master John, dachte ich, es wäre groß, für eine Sache zu sterben. Je älter ich werde, desto größer finde ich es, für eine Sache zu leben.«

»Aber ich habe nichts ausgerichtet und soll dennoch sterben.«

»Wir alle müssen sterben. Wir wissen nur nicht, wann. Denk nach, Master John. Bereust du?«

»Ich weiß es nicht!«

»Lass mich mit anderen Worten fragen. Kannst du Oliver diesen Hass vergeben, den du gegen ihn genährt hast?«

»Es muss doch wohl er sein, der mir meinen Hass vergibt.«

»Nein, du bist es. Ich glaube, du verstehst es. Geh in dich.«

»Warum seid Ihr gekommen?«

»Um dich nach diesen Dingen zu fragen. Geh in dich.«

»Wieso?«

Er schweigt. Ich frage noch einmal: wieso?

»Ich weiß nicht, wie ich es dir in einer Sprache verständlich machen soll, die dich erreicht. Ich bitte dich, geh in dich.«

Ich versuche, das Unverständliche zu tun, um das er mich bittet. Ich versuche, in mich hineinzuhorchen. Ich sehe sein unverändertes Gesicht vor mir, ich sehe, dass er nur Gutes für mich will, und ich verstehe nicht, warum. Ich sehe ihn an. Ich sehe ihn unverwandt an. Ich habe das Gefühl, als würde etwas Unsichtbares geschehen, als wüsste ich es im Voraus, als würde alle Zeit der Welt über ihre Ufer treten.

Niels Brunse

Die erstaunlichen Gerätschaften des Herrn Orffyreus

Roman, 320 Seiten, Broschur, 2007
Aus dem Dänischen von Ulrich Sonnenberg

Eine geheime, nirgendwo verzeichnete Stadt, irgendwo in Mecklenburg im 18. Jahrhundert. Ein Utopia, wo alle frei sind und die Arbeit von den erstaunlichen Gerätschaften des Herrn Orffyreus erledigt wird. Hat er das Rätsel des Perpetuum mobile gelöst? Wer einmal Bürger der geheimen Stadt geworden ist, darf sie nicht wieder verlassen. Ein Freiherr ist dennoch geflüchtet und hat ein Manuskript hinterlassen. Hundert Jahre später schreibt es ein alter Germanistikprofessor, von der Liebe getrieben, ins Reine und macht sich auf die Suche nach der verbotenen Stadt …

»Zwei wunderbare Geschichten auf einmal.«
Neue Zürcher Zeitung